T0356417

PRÊT À MARQUER

ASHLYN KANE
MORGAN JAMES

PRÊT À MARQUER

ASHLYN KANE
MORGAN JAMES

Publié par
DREAMSPINNER PRESS

8219 Woodville Hwy #1245
Woodville, FL 32362 USA
www.dreamspinnerpress.com

Prêt à marquer
Copyright de l'édition française © 2025 Dreamspinner Press.
Titre original : Scoring Position
© 2022 Ashlyn Kane and Morgan James.
Première édition : octobre 2022
Traduit de l'anglais par Black Jax.

Illustration de la couverture :
© 2022 L.C. Chase.
http://www.lcchase.com
Conception graphique :
© 2025 L.C. Chase.
http://www.lcchase.com
Les éléments de la couverture ne sont utilisés qu'à des fins d'illustration et toute personne qui y est représentée est un modèle

Édition e-book en français : 978-1-64108-828-2
Édition imprimée en français : 978-1-64108-829-9
Première édition française : février 2025
v 1.0
Édité aux États-Unis d'Amérique.

QUELQUES EXPLICATIONS SUR LE HOCKEY

NHL : Ligue Nationale du Hockey
 Une équipe est formée de six joueurs : un gardien de but, trois attaquants (qui forment la ligne d'attaque, avec un centre et deux ailiers) et deux défenseurs.
 Pour un match de la NHL, chaque équipe a plusieurs lignes d'attaques, plusieurs paires de défenseurs et deux gardiens.
 Un match standard est composé de périodes de quinze minutes entrecoupées de pauses.

LEXIQUE DES TERMES DU LIVRE
Ailier : voir **Attaquant**
Agent libre (ou joueur autonome, ou joueur disponible) : formule qui existe aux États-Unis, pas en Europe, et donne à un joueur en fin de contrat la liberté de s'engager sans contrainte d'aucune sorte.
Arbitre : au hockey, ils sont en général quatre sur la glace, un principal et trois juges de lignes.
Conférence Est : subdivision de la NHL, composée de seize équipes et organisée en deux divisions : la **division Atlantique** (Nord-Est) et la **division Métropolitaine** (Sud-Est).
Conférence Ouest : subdivision de la NHL, composée de seize équipes et organisée en deux divisions, la **division Centrale** et la **division Pacifique**.
Attaquant :
 Il existe deux postes spécifiques d'attaquant au hockey :
  • le **centre** qui évolue dans l'axe de la patinoire,
  • les **ailiers** qui évoluent de part et d'autre du centre.
 Ces trois joueurs forment une **ligne**.
Avantage numérique : quand une équipe a plus de joueurs que l'équipe adverse suite à des pénalités.
Balustrade : voir **Bande**
Banc des joueurs : lieu disposé en bordure de patinoire à l'usage exclusif

des joueurs et des officiels d'équipe. Chacune des deux équipes en lice dispose d'un banc identique.

Banc de touche : lieu situé en bordure de patinoire, à hauteur de la zone neutre et à l'opposé au banc des joueurs, où est envoyé un joueur ayant écopé d'un penalty.

Bandes (ou planches, ou balustrade) : parois qui entourent la patinoire et délimitent l'aire de jeu.

Capitaine : un des joueurs de l'équipe. Sur la glace, il est le seul habilité à questionner l'arbitre en cours de jeu.

Celly : célébration d'une équipe après un but.

Centre : voir **Attaquant**

Coup du chapeau : terme sportif d'origine anglophone associé à trois actions décisives d'un même joueur pour marquer un but (au Québec, on dit « *tour* du chapeau ».)

Coup de poignet : mouvement qui consiste à utiliser les muscles du bras pour propulser le **palet**.

Coupe Campbell : nom d'un trophée de hockey sur glace d'Amérique du Nord remis chaque année dans la NHL à la meilleure équipe de la **Conférence Ouest** au cours des **Séries éliminatoires**, juste avant la finale de la **Coupe Stanley**.

Coupe Stanley : trophée de hockey sur glace décerné chaque année en Amérique du Nord dans la NHL à l'équipe championne des **Séries éliminatoires**.

Crosse (ou bâton) : équipement de hockey sur glace composé d'un manche droit et d'une lame incurvée reposant sur la glace qui permet de contrôler et de lancer le **palet**.

Défenseur :

Leur rôle est double : ils empêchent l'équipe adverse de marquer et ils relancent l'attaque.

• Les défenseurs défensifs marquent peu.

• Les défenseurs offensifs marquent plus souvent.

Dégagement interdit : lorsqu'un joueur tire ou dévie le palet de sa **zone de défense** au-delà de la ligne de but adverse. L'arbitre arrête alors le jeu.

Deke : technique de feinte par laquelle un joueur attire un joueur adverse loin de sa position.

Désavantage numérique : quand une équipe a moins de joueurs sur la glace que l'équipe adverse suite à des pénalités.

Différentiel +/– : statistique de hockey sur glace mesurant la différence de but lorsqu'un joueur en particulier est sur la glace. Elle est calculée lors d'un match et peut être cumulée sur la saison.

Division Pacifique : voir **Conférence Ouest**

Échappée : situation de jeu quand un joueur se retrouve seul face au gardien avec le palet, libre de patiner autant qu'il le souhaite et de déclencher son tir à volonté.

Engagement : voir **Mise en jeu**

Équipe PK : voir **Équipes spéciales**

Équipe PP : voir **Équipes spéciales**

Équipes spéciales : joueurs appelés sur la glace après un penalty, pendant un **avantage numérique*** (équipe PP) ou un **désavantage numérique*** (équipe PK).

Exercice de tir : exercice de vitesse. La première équipe à faire entrer six palets gagne.

Gardien : joueur dont l'objectif principal est d'empêcher l'équipe adverse de marquer.

Giveaway : quand un joueur perd le palet pour l'équipe adverse (vs **takeaway**).

Hors-jeu : lorsqu'un joueur de l'équipe attaquante entre dans la **zone d'attaque** avant le palet.

Juge de lignes : voir **Arbitre**

Lancer frappé : technique qui permet d'obtenir les tirs puissants et rapides.

Ligne : voir **Attaquant**

La ligne bleue : elle détermine si un joueur est **Hors-jeu**, ce qui signifie que le joueur est entré dans la **zone offensive** avant le palet.

Match à domicile : expression utilisée quand une équipe affronte dans sa ville des adversaires venant d'ailleurs. Inversement, on parle de **match à l'extérieur**.

Match des Étoiles : rencontre de hockey sur glace qui marque la mi-saison de la NHL.

Match à l'extérieur : expression utilisée quand une équipe se déplace pour jouer dans la ville de ses adversaires. Inversement, on parle de **match à domicile**.

Mise en jeu (ou engagement) : elle marque le début de chaque match, de chaque période et de chaque reprise du jeu ; l'**arbitre** laisse tomber le **palet** entre les crosses de deux joueurs adverses désignés par les **capitaines** (il s'agit généralement des **centres**), qui se le disputent.

Mort subite : quand un match stagne à l'issue des **prolongations** et des **tirs au but**, la victoire est accordée à la première équipe marquant un but ou un point.

Palet : rondelle en caoutchouc vulcanisé que les joueurs tentent de propulser dans les filets adverses.

Planches : voir **Bandes**

Prolongations : période supplémentaire pour départager deux équipes à égalité.

Repêchage d'entrée : évènement organisé chaque année qui permet aux juniors de faire leur entrée dans les franchises nord-américaines de hockey sur glace.

Reprise instantanée : tir frappé dès réception d'une passe sans tenter de contrôler le palet, ce qui nécessite un timing précis de la part des deux joueurs impliqués.

Séries éliminatoires (de la **Coupe Stanley**) : la partie finale de la saison de hockey sur glace.

Takeaway : prise de possession du palet par un joueur (vs **giveaway**).

Tirs au but : moyen de départager deux équipes en cas de match nul. Les règles varient, mais en général, trois joueurs désignés affrontent tout à tour le gardien de but adverse.

Toe-drag : deke dans lequel un joueur utilise la pointe de son bâton pour ramener le palet vers lui et hors de portée d'un défenseur.

Tournoi à la ronde : compétition dans laquelle les participants se rencontrent tous un nombre égal de fois – et non une seule fois.

Trophée Art-Ross : trophée de hockey sur glace remis annuellement par la NHL au joueur ayant combiné le plus grand nombre de buts et de passes durant la saison régulière.

Trophée Calder : trophée remis au joueur de hockey sur glace qui a su démontrer des qualités exceptionnelles durant sa première saison dans la NHL.

Trophée des Présidents (ensemble des présidents et dirigeants des équipes) : trophée de hockey sur glace remis à l'équipe ayant accumulé le plus de points lors de la saison régulière de la NHL.

Trophée Vézina : trophée de hockey sur glace remis annuellement au meilleur gardien de but de la saison dans la NHL.

Zones : le terrain de hockey est divisé en trois zones.
- Au centre, la **zone neutre** ou zone centrale.
- Deux **zones d'extrémité**.

La zone d'extrémité dans laquelle une équipe tente de marquer est appelée « **zone d'attaque** » et celle où se trouvent les buts à garder est la « **zone de défense** ».

Avant le match

Encore moite de sueur après son footing matinal, Ryan Wright s'attabla dans la cuisine de chez ses parents, à Vancouver, devant un bol de céréales. Si sa sœur Tara le voyait manger des billes au chocolat, elle roulerait des yeux et le traiterait de gamin. Et elle aurait totalement tort ! D'après Ryan, manger des céréales au goût d'enfance, riches en protéines et faibles en glucides, c'était une décision d'adulte. Mais Tara n'était pas là. Même les nutritionnistes de son équipe ne sauraient rien.

Parce que Ryan n'avait jamais révélé aux Voyageurs ce qu'il préférait prendre au petit déjeuner.

Il avait cependant envoyé un texto à sa sœur en recevant ses premières boîtes de céréales par la poste.

Elle avait répondu du tac au tac :

Tara. Tu es idiot. Et tu n'aurais pas à m'expliquer que tu es adulte si tu ne revenais pas chez les parents tout l'été chaque année.

C'était grossier, c'était blessant et pire encore, c'était faux. Il ne revenait pas *tout l'été*, mais un mois seulement, le dernier de l'intersaison avant son retour à Montréal pour le camp d'entraînement. De plus, nombreux étaient les joueurs de hockey qui passaient une bonne partie de l'été dans leur ville natale.

Ryan avait répondu à sa sœur, bien entendu :

Ryan. Séjourner chez les parents, ça n'est pas de l'infantilisme, c'est de la logistique. Ils sont toujours si occupés ! Si je ne venais pas à Vancouver, je ne les verrais jamais. Tu es jalouse parce que je suis le préféré de maman.

C'était un mensonge flagrant, la grande favorite, c'était sa sœur, même si Ryan préférait prétendre n'avoir rien remarqué. Tara avait longuement hésité à suivre les traces de leur mère, médecin, ou celles de leur père, thérapeute, avant de couper la poire en deux : elle avait passé – et obtenu – un master en consultation génétique. Et puis l'immobilier était hors de prix à Vancouver, où la crise du logement battait son plein. Ryan ne comptait pas empirer la situation en achetant une maison où il ne mettrait quasiment jamais les pieds.

De plus, ses parents n'étaient quasiment jamais là. Quand ils ne travaillaient pas dans leurs cabinets respectifs – ou aux urgences –, ils s'absentaient pour des séminaires et des colloques professionnels.

En parlant de ça… Ryan avait presque oublié que Tara était censée présenter une conférence haut de gamme cette semaine. Il sortit son téléphone pour lui envoyer un texto d'encouragement… quand il se rendit compte que pendant qu'il courait, il avait reçu d'innombrables notifications.

Son cœur se serra. Tous ces SMS non lus, ces alertes WhatsApp et ces appels de *TheScore* n'avaient qu'une seule explication possible : un transfert.

Ryan ne voulait pas croire qu'il s'agissait de lui… pourtant, il savait déjà que c'était le cas. Même si l'équipe appréciait qu'il soit capable de dynamiser un vestiaire, ce n'était pas assez pour le garder. Au meilleur de sa forme, il n'était que centre* [1] de troisième ligne* et le sport professionnel ne faisait pas de cadeau.

Même Gretzky avait été transféré ! Mais Ryan n'avait jamais imaginé que ça lui arriverait aussi et qu'il l'apprendrait en mangeant des céréales tout seul chez ses parents, à la table de la cuisine.

Il essaya d'oublier le gouffre qui s'était ouvert dans son estomac et la froideur soudaine de sa peau. Puis il ouvrit *TheScore* pour évaluer les dégâts. Ce serait peut-être plus facile pour lui d'apprendre les nouvelles d'une source extérieure que d'un coéquipier. Pourtant, une boule de céréale semblait s'être coincée dans sa gorge.

Fuel envoie à Montréal Lundström et un repêché* au second tour en échange de Ryan Wright

Merde.

Ryan eut comme un vertige, il s'affaissa sur sa chaise. Il avait cru avoir au moins une autre année avec les Voyageurs – jusqu'à l'expiration de son contrat actuel. Son agent semblait même penser qu'ils progressaient vers une prolongation à négocier.

Pourquoi ce transfert ? Pourquoi offrir une Ferrari flambant neuve et un VTT contre une vieille Toyota Corolla. Bien entendu, Montréal ne pouvait refuser une offre pareille.

Le regard un peu flou, Ryan parcourut l'article, mais le contenu ne suffit pas à donner plus de sens au titre. Il était envoyé au Fuel contre

---

1 Pour tous les termes de hockey marqués d'un astérisque, voir lexique en début de tome (NdT).

un jeune défenseur droitier, pas trop cher et talentueux, et un repêché au second tour.

Le Fuel tenait-il tant à perdre? Chercher une meilleure position au repêchage n'avait aucun sens s'ils devaient aussi abandonner leur sélection.

Selon toi, qu'allait-il se passer, Ryan?

Dans l'espoir de faire taire cette voix intérieure lancinante, Ryan lâcha son téléphone et se frotta le visage à deux mains, mais ça ne marcha pas. Les mots que Josh lui avait jetés au visage avant de s'en aller le hantaient depuis quatre ans et demi, sans doute les entendrait-il jusqu'à la fin de ses jours.

Josh était parti pour la Silicon Valley [2], avec son fonds en fiducie, ses diplômes universitaires et sa féroce détermination de laisser sa marque sur le monde. À un autre moment, Ryan aurait pu envisager de partir avec lui. À vingt et un ans, il avait presque abandonné l'idée de faire carrière dans le hockey. Mais là, un dénicheur de talents était passé à l'université, il s'intéressait au gardien* de l'équipe adverse, mais… après avoir assisté au dernier match de Ryan, il l'avait invité à des essais à Montréal et….

Visiblement, Ryan avait été idiot de penser que Josh, pourtant capable de créer des logiciels n'importe où, tiendrait à rester avec lui.

Tu espérais quoi, hein? Que je te suive comme un toutou en rebâtissant mon réseau relationnel à chacun de tes transferts?

Ryan passa les mains dans ses cheveux et tira dessus jusqu'à la douleur. Un premier transfert, c'était déjà un choc. Inutile de ressasser en plus une douloureuse rupture.

Il déglutit, sortit de l'application et consulta ses textos. Plusieurs de ses coéquipiers… de ses *anciens* coéquipiers lui avaient envoyé de brefs messages indiquant colère et stupeur. Il lut d'innombrables «putain!», des «merde!» et des émoticônes rouges ou en larmes. Bobby lui avait envoyé un GIF *:* un gamin rageur étalé sur le sol qui tapait des pieds et des mains.

Ryan était transféré! Il partait à Indianapolis [3]. Bien sa chance!

Il pensa à Montréal, à ses rues bondées et ses bâtiments entassés. Les habitants du quartier éclectique dans lequel il s'était installé arpentaient les rues par tous les temps et s'intéressaient à lui parce qu'il était leur voisin, pas parce qu'il jouait au hockey. Il pensa au campus universitaire

---

2 Région de la baie de San Francisco, Californie, où sont réunies les start-ups de technologie.
3 Capitale de l'Indiana, États-Unis.

et aux cafés à proximité, toujours pleins d'étudiants, à son appartement près de Metro Center avec des marches métalliques pour arriver à la porte d'entrée – marches qui, une fois gelées, essayaient de le tuer tous les ans en janvier –, et au salon confortable où il aimait passer ses jours de congé avec une conquête.

Enchanté de t'avoir connu, Mathieu. Au moins, Josh lui avait appris une leçon : la vie de Ryan était plus adaptée à des plans cul qu'à une relation stable. Mathieu comprendrait.

Toujours abasourdi, Ryan fixait toujours son téléphone et ses textos sans réponse, essayant de gérer ce qui venait de lui arriver… quand il reçut un appel de Diane, son agent.

Peut-être avait-elle de bonnes nouvelles ? Peut-être s'agissait-il d'une simple erreur, ou d'un malentendu ?

Il pressa son écran si violemment qu'il se tordit le pouce.

Il ne pensa même pas à saluer son agent.

— Diane, dites-moi que je rêve ! s'exclama-t-il, le souffle rauque.

Diane ne releva pas son impolitesse.

— Je suis désolée, Ryan.

Merde. Il ferma les yeux et se pinça entre ses sourcils.

— Le Fuel ?

Ils jouaient dans la division Ouest, aussi Ryan ne les affrontait-il que deux fois par an. Trois ans plus tôt, ils avaient repêché Nico Kirschbaum, un choix de premier tour censé être le nouveau roi du hockey ou quelque chose du genre, mais jusqu'à présent, il leur avait peu rapporté. Outre le fait que les résultats du Fuel étaient nuls, Ryan ne savait pas grand-chose de l'équipe.

— Côté positif, déclara Diane, l'immobilier ne coûte pas très cher en Indiana.

Merde, il allait devoir vendre son appartement de Montréal.

Merde, il allait devoir se trouver un nouvel appartement à Indianapolis – alors que les entraînements de la présaison commençaient dans une semaine !

L'appétit coupé, il repoussa son bol de céréales.

— Diane, pourriez-vous… je suis bien évidemment pris au dépourvu. Vous m'auriez prévenu, j'imagine, si vous aviez été au courant ?

— Bien sûr ! C'est mon travail !

Elle était très convaincante, pensa Ryan. Elle avait eu la juste intonation, un peu sèche, qu'il remette en doute ses compétences professionnelles, avec

4

une touche d'empathie pour lui démontrer qu'elle compatissait à ses ennuis. Les directeurs d'équipe ne prévenaient pas toujours les joueurs de hockey ou leurs représentants de leurs projets.

— J'ai appris votre transfert il y a quelques minutes, déclara Diane. Je viens d'avoir au téléphone la direction du Fuel.

Oh. Voilà qui semblait prometteur. Si Ryan ne jouait pas mal, il n'intervenait qu'en troisième ligne en cas de désavantage numérique*. Il ne serait jamais de ceux qui retiennent l'attention des hauts dirigeants.

— Et alors? persifla-t-il. La situation se présente comment? Ne me dites pas qu'Indianapolis a soudainement décidé qu'ils manquaient de papier de verre!

Même lui ne se considérait pas comme un joueur acharné à réussir, surtout pour un problème de taille : il était trop petit. Pourtant, sur la glace, il était une vraie teigne, il provoquait des penaltys en agaçant l'équipe adverse. Malheureusement, la ligue grouillait de jeunes attaquants* ambitieux et la plupart d'entre eux étaient meilleurs que lui pour marquer des buts.

— Je n'ai pas eu cette impression, non, déclara Diane avec diplomatie. La conversation m'a laissé une impression… étrange.

Ryan entendit alors un bruit saccadé à l'autre bout du fil : son agent tapotait nerveusement son stylo à bille sur son bloc-notes.

D'accord, finalement, ce n'était pas si prometteur. Le cœur de Ryan se serra davantage.

— Comment ça?

— Je ne saurais l'expliquer, c'était juste une sensation. Mon interlocuteur a vérifié les écoles que vous avez fréquentées, il a demandé la nature de vos études universitaires, ce genre de choses.

Oh. Peut-être s'intéressait-il aux sports universitaires. Ryan avait fait ses études à l'Université du Michigan. Il y avait vécu des évènements bizarres. Les fans là-bas étaient d'un tout autre niveau.

— Écoutez, reprit Diane, je ne sais pas ce qui se passe, mais vous avez lu vous-même les détails du transfert. Je sens qu'on ne nous dit pas tout.

Ryan aurait préféré se croire parano. Il avait entendu des rumeurs sur Le Fuel, oui, mais comment se fier à des commérages qui remontaient d'Indianapolis jusqu'à Montréal?

— Un problème de vestiaire? suggéra-t-il.

Le Fuel ne serait pas la première équipe à tenter d'inculquer à ses joueurs l'esprit de groupe. Si Ryan n'était pas un caïd pour marquer des buts, il savait mieux que personne calmer les tensions. Parler et convaincre, c'était dans ses compétences.

En tout cas, il l'avait prouvé à Ann Arbor [4] et à Montréal. De l'extérieur, d'accord, le Fuel évoquait la Fosse du Désespoir. Ce n'était peut-être pas le cas.

Diane tapotait toujours.

— Peut-être. Je ne suis pas sûre. Je ne tiens pas à ce que vous débarquiez là-bas sans préparation.

Et triste d'avoir le cœur brisé et amer de quitter Montréal.

Ryan poussa un long soupir. Il fallait qu'il s'y fasse. Bien sûr, c'était son premier transfert, mais il avait vingt-six. Ce ne serait pas le dernier, ni même le plus douloureux.

Même si renoncer à son logement était une vraie plaie.

— Merci, Diane. Je vous suis reconnaissant de votre soutien.

Cette fois, il l'entendit brasser des documents.

— Hé, je ne fais que mon travail. Ceci étant réglé, j'ai à vous donner quelques détails de logistique. Vous devrez passer les voir pour des entretiens, vous vous présenterez aux relations publiques et tout le bataclan habituel. La plupart auront lieu pendant la période d'entraînement, mais je vous conseille d'arriver avec quelques jours d'avance. Connaissez-vous quelqu'un dans l'équipe?

— Peut-être, oui. Quand j'étais à Shattuck, j'ai joué avec Tom Yorkshire, mais il était plus jeune que moi. Nous ne sommes pas restés en contact.

Ce séjour en internat datait de presque dix ans. Yorkie [5] avait sauté les étapes en devenant papa à dix-neuf ans. En comparaison, gérer une équipe de gars en sueur devait lui paraître un jeu d'enfant.

Hé, hé, un jeu *d'enfant*!

— Connaître le capitaine*, c'est utile, déclara Diane d'un ton sentencieux, ça paye toujours.

— Oui, je suppose. Je retrouverai son numéro.

— Bien, approuva Diane. Je vais vous laisser à présent. Attendez-vous à un appel de la direction, ça ne devrait pas tarder. Restez prudent, évitez de vous faire manipuler et contactez-moi si vous avez des doutes, d'accord?

---

4 Ville du Michigan, États-Unis.

5 Tom Yorkshire apparaît dans le premier tome de la série, *Au grand Jour*, même auteur, même éditeur.

Malgré son abattement, Ryan esquissa un sourire. Diane se montrait protectrice envers lui. Comme réconfort, c'était peu, mais c'était mieux que rien.

— Oui. Merci, Diane.

Après avoir raccroché, il écarta son téléphone de son oreille et regarda ses notifications.

Vingt-sept.

Il n'en avait pas reçu autant depuis la signature de son premier contrat – un contrat d'un an de type «two-way [6]»; il avait passé la première moitié de la saison dans la filiale montréalaise de la AHL.

Mais ce n'était pas le moment d'être nostalgique.

Il avait ses bagages à préparer.

---

6 Contrat type qui permet aux franchises de tester le potentiel d'un joueur sur une courte durée. À la fin de ce CDD, soit le joueur signe un contrat plus solide, soit il retourne d'où il venait s'il n'a pas convaincu.

Classement de présaison mis à jour !
Par Neil Wilson, Cassandra McTavish et Eric Doyle
25 août

Avec les camps d'entraînement qui commencent la semaine prochaine et les enfants pas encore retournés à l'école, tous les prétextes sont bons pour s'enfermer au bureau. De plus, la semaine a commencé par l'annonce d'un transfert inattendu et, si nous n'en parlons pas, nous risquons d'exploser. Alors, votre équipe sportive s'est ruée sur le canal Slack pour poser la question : après ce qui vient de se passer, quels joueurs sont remontés dans notre classement de présaison ? Et lesquels ont chuté ?

Cassie : Commençons par le commencement, ce transfert qui a poussé tous les fans de hockey à vérifier qu'il n'y avait pas des hallucinogènes dans leur café du matin.

Eric : Avant cela, je voudrais signaler que je suis un fan de Montréal et que j'adore Ryan Wright, comme beaucoup d'autres. Au hockey, il n'est peut-être pas une superstar, mais pour apaiser une situation, c'est le meilleur, nous sommes tous d'accord. De plus, le public l'adore et c'est un des rares joueurs de hockey à avoir de la personnalité pendant une interview. Hors glace, ça compte beaucoup !

Mais…

Neil : « Mais », oui, effectivement.

Cassie : *Mais* aussi charmant et charismatique soit-il, ça ne justifie pas son transfert contre Lucas Lundström et un autre jeune, la décision reste donc absolument dingue.

Neil : En l'apprenant, moi, je n'ai pas cherché des hallucinogènes dans mon café, en revanche, j'ai vérifié si le dirigeant du Fuel n'était pas un Alien.

Cassie : C'est aussi ce que Montréal a pensé, je n'en doute pas. Wright contre Lundström tout seul, pas de problème, c'est un choix évident. Même sans nécessiter

8

d'urgence un excellent jeune défenseur*, ce qui est le cas de Montréal, personne ne refuserait une offre aussi alléchante, alors, pourquoi diable y rajouter un bonus?

Mais Indy…

Eric : Oui, justement, que se passe-t-il à Indianapolis? Parce qu'on ne parle plus que de son directeur, John Rees. À mon avis, il mérite la médaille du transfert le plus déconcertant de l'été. Qu'espère-t-il? Couler le Fuel? Pourquoi s'en donner la peine? L'équipe a déjà les pires résultats de la ligue.

Neil : Désolé d'aborder le sujet, mais pensez-vous aussi ce que je pense?

Cassie : J'ai l'impression que personne ne tient à en parler le premier, aussi me contenterai-je de dire… il n'y a qu'une explication possible à ce transfert insensé, le Fuel attend de Wright qu'il résolve le problème le plus flagrant de l'équipe.

Eric : Ce n'est pas tout à fait vrai. Sans Lundström, leur défense va devenir une catastrophe. Mais parlons de Nico Kirschbaum.

Neil : Premier choix au repêchage allant sur sa dernière année d'ELC [7] et ses statistiques restent moyennes. Un joueur de son calibre devrait augmenter d'un point par match. Lui, en cent trente matchs, il n'a que 79 points. Parfois, il a des éclairs de génie sur la glace ensuite… plus rien. C'est très surprenant.

Cassie : Je vous rappelle qu'il s'est cassé le bras – le radius pour être plus précise – à la fin de l'année dernière, sinon, il aurait sans doute de meilleurs chiffres.

Eric : Le Fuel a tout misé sur Kirschbaum pour remonter dans la division. Ils doivent être déçus, sinon frustrés. Leur vedette doit se reprendre. Wright est justement le genre de gars capable de dynamiser une équipe et de calmer les pires frustrations. S'il parvient à

---

7 Contrat d'entrée de gamme essentiellement proposé aux choix de repêchage.

aider Kirschbaum à exprimer son potentiel à chaque match, ce transfert devient une véritable aubaine.

Cassie : Je vous l'accorde, mais il y a un énorme « si » ! Et n'oublions pas les détails importants.

Neil : Je vois ce que vous voulez dire, de tous les joueurs susceptibles d'être transférés, le Fuel a choisi le seul ouvertement gay. Quelle… coïncidence, non ? Que pouvons-nous en déduire ?

Eric : Je ne dirais pas que le Fuel cherche à réduire le burnout de son centre superstar en lui trouvant un petit copain qui joue au hockey.

Neil : Vous ne le dites pas, mais vous ne dites pas *non plus* le contraire.

Cassie : Je pense au Titanic, je crains que nous assistions très bientôt à un crash retentissant suivi d'un naufrage abyssal. Mais au moins, cela nous donnera matière à de beaux articles.

MISE EN JEU*

NON SANS inquiétude, Ryan frappa à la porte.

— C'est ouvert! vint la réponse immédiate.

La voix semblait joyeuse et de bonne humeur.

Ryan inspira un grand coup et actionna la poignée.

Le bureau de John Rees, le directeur général du Fuel, était au même étage que l'arène ADESA [8] – surnommée « La Casse Envahissante » par les fans de l'équipe. John avait ouvert ses stores pour laisser entrer le soleil, ce qui mettait un peu de chaleur dans une pièce à l'aspect industriel : murs gris et bureau en verre. Les seules taches de couleurs étaient les plantes en pot, probablement fausses d'après la poussière qui maculaient leurs feuilles, et les posters NASCAR [9] affichés aux murs.

Rees était d'âge moyen, avec des cheveux poivre et sel et une moustache à la colonel Sanders [10]. Il se leva et tendit la main.

Sa poignée de main était ferme et chaleureuse.

— Ryan! Je sais que vous êtes encore en pleine installation. Merci d'être venu.

Qu'est-ce que j'étais censé faire, refuser? Ryan avait rarement eu l'occasion de rencontrer un directeur en tête-à-tête.

— Je suis heureux d'être là, monsieur, dit-il.

C'était la réponse attendue.

Rees lui désigna un siège.

— Asseyez-vous, asseyez-vous. Voulez-vous quelque chose à boire? Un Gatorade peut-être?

Il avait un mini frigo dans le coin. Ryan décida que ce serait aussi bien de savoir quoi faire de ses mains.

---

8 « Auto Dealers Exchange Services », Services d'échange entre concessionnaires automobiles d'Amérique.

9 National Association for Stock Car Auto Racing, principal organisme qui régit les courses automobiles de stock-car aux États-Unis où cette discipline est la plus populaire.

10 Restaurateur, entrepreneur et philanthrope américain, fondateur de la chaîne de restauration rapide KFC.

11

— Volontiers, merci.

Rees lui en tendit une cannette jaune – un choix étrange, mais Ryan ne comptait pas s'en plaindre – et prit pour lui de l'eau pétillante. Il l'ouvrit et en sirota une gorgée avant de la poser à côté de lui.

— Maintenant, passons aux choses sérieuses, d'accord ?

Ryan ne sut trop quoi répondre, mais avant qu'il ait le temps de trouver une formule appropriée, Rees esquissa un sourire qui se perdit presque dans sa moustache et poursuivit :

— Vous avez probablement entendu des rumeurs, ou lu des articles indiquant que j'avais perdu la tête. Un journaliste a même suggéré que j'avais été remplacé par un Alien. Cela vous dit quelque chose ?

Rees ne ressemblait pas à un petit homme vert, mais à son intonation, Ryan pressentit un piège.

Il esquiva du mieux qu'il put.

— Eh bien, monsieur, j'essaie de ne pas lire les articles me concernant, aussi ai-je assez peu parcouru la presse ces derniers temps. Mais…

— Pourquoi échanger un défenseur de vingt ans qui multipliait les takeaways* pour un attaquant qui marque à peine quinze buts par an ?

Au moins, il parlait franc… jusqu'à présent, en tout cas. Ryan se détendit un peu. Peut-être Rees savait-il ce qu'il faisait.

— Je me suis aussi posé la question, répondit-il, diplomatiquement.

Rees but une autre gorgée d'eau.

— Bien sûr. C'est normal. Connaissez-vous Nico Kirschbaum ?

Là, Ryan sentit s'évaporer sa bouffée d'optimisme. Kirschbaum était une légende, il avait le hockey dans le sang : son père, Rudy Kirschbaum, avait jadis été le meilleur joueur allemand de la ligue. En principe, Nico avait tout pour être une superstar.

— Pas vraiment. Je ne l'ai jamais rencontré personnellement, mais je connais son nom, bien entendu.

Rees ouvrit un tiroir de son bureau, il en sortit une tablette, il l'alluma et la fit glisser vers Ryan.

— C'est un enregistrement de Nico.

D'accord, ainsi, la conversation ne porterait pas sur lui.

Curieux malgré lui, Ryan lança la lecture.

Sur l'écran apparut un joueur en maillot orange, le numéro 17. Il arracha le palet* à la lame* d'un adversaire – un *toe-drag** –, un mouvement que Ryan aurait cru presque impossible. Puis le numéro 17 zigzagua entre quatre maillots blancs avant de tirer. Le gardien bloqua le but. Le maillot orange récupéra le palet sur le rebond et l'envoya à un coéquipier qui avait fini par le rejoindre, le second joueur tira dans le filet – où le gardien n'était pas.

Pas étonnant qu'ils soient prêts à tout pour chouchouter ce gosse !

Nom de Dieu. Ryan en avait la chair de poule.

Le reste du clip de six minutes était du même genre : des takeaways improbables, des buts marqués à des angles absurdes, des mouvements que nul n'aurait jamais imaginés.

Et le gamin était très loin d'être la meilleure Recrue de l'année ! En vérité, il était *capable* de jouer comme un dieu... mais la plupart du temps, il ne le faisait pas.

Ryan coupa la vidéo et repoussa la tablette.

— Impressionnant.

Rees hocha la tête. Il fit un geste vers l'écran en pause.

— Oh, oui. Et c'est aussi frustrant. Vous voyez bien que dans cette compilation, j'ai considéré que c'était la règle et non l'exception.

— Bien sûr, admit Ryan.

Si Rees voulait son aide, il allait devoir se montrer plus précis. Qu'attendait-il de lui au juste ? Qu'il « répare » le jeu de Kirschbaum d'un mouvement de baguette magique ?

La mine suspicieuse, Rees plissa légèrement les yeux. Il tapa des doigts sur le bureau.

— Vous avancez vos cartes avec prudence, déclara-t-il, sans sauter aux conclusions hâtives. Ça me plaît. Je vais donc vous expliquer ce que j'attends de vous.

Tout arrive.

— Je connais votre réputation, Ryan, je sais que vous prenez les plus jeunes sous votre aile. Ce qui est assez admirable à vingt-cinq ans.

— Vingt-six.

Rees hocha la tête et poursuivit :

— Je ne prétends pas savoir ce que Kirschbaum a dans la tête, mais il est évident que ses rouages sont plus grippés que ceux d'une horloge. Je veux que vous deveniez son ami, que vous appreniez à le connaître. Essayez de découvrir ce qui le tracasse. Nous avons essayé de lui faire voir un psy, ou notre coach mental, mais ça n'a rien donné. Peut-être s'ouvrira-t-il à un coéquipier.

Présentée comme ça, l'idée semblait presque raisonnable. Rees n'avait pas proféré une ineptie du genre : « *il lui faut quelqu'un qui sait ce qu'il traverse* ». Et Ryan tenait sincèrement à aider Nico Kirschbaum, parce que jouer avec un coéquipier aussi doué serait une merveilleuse opportunité. Habitué à lutter contre ses propres doutes, Ryan se sentait apte à conseiller les autres.

D'après lui, Kirschbaum apprécierait peu d'apprendre que la direction avait demandé au nouvel arrivant de devenir son ami, mais là, Ryan n'y pouvait rien. Maintenant qu'il était au Fuel, il était censé suivre les ordres qu'il recevait jusqu'au moment où on l'enverrait ailleurs. Il avait fait pareil à Montréal.

Il afficha donc un sourire de circonstance et déclara :

— Je ferai de mon mieux.

— Parfait !

Rees rayonna et se leva, la main tendue.

— Je ne vous retiens pas davantage, ajouta-t-il, j'ai d'autres rendez-vous aujourd'hui. Puisque vous êtes là, profitez-en pour faire un tour et vous familiariser avec vos nouveaux locaux.

C'était ce que Ryan avait prévu.

— Bonne idée, monsieur. Merci.

— Bien, bien. Tenez-moi au courant, d'accord ? À plus tard.

Tenez-moi au courant. Seigneur ! Maintenant, Ryan se sentait à la fois espion et imposteur. Mais quelle autre option avait-il ? Il pouvait demander son transfert, bien sûr, mais ça ne marcherait pas et il serait encore plus pathétique.

Une fois dans le couloir, Ryan frotta la main sur son front. Dans quel merdier il s'était mis ? se demanda-t-il.

Il n'allait pas tarder à le découvrir.

La sueur dégouttait du nez de Nico Kirschbaum, qui pédalait de toutes ses forces. Une heure plus tôt, après avoir parlé avec Rees, il avait sauté sur un vélo pour tenter d'expurger son ressentiment et son énervement… D'après lui, mieux valait pédaler que frapper son directeur sur le nez. Cependant, il évoquait en boucle un aphorisme que sa mère aimait à répéter : *certains actes étaient impardonnables.*

Ironiquement, son père aurait pu apprécier son initiative.

De toute façon, se mettre mal avec la direction ne donnerait certainement pas à Nico plus de temps sur la glace. Alors, autant fixer le cadran de son vélo jusqu'à ce que les chiffres deviennent flous. Il crispait si fort les doigts sur le guidon qu'il avait mal et ses jambes le brûlaient.

Adulte autonome et responsable, il estimait ne pas avoir besoin de baby-sitter. Il grinça des dents et augmenta la résistance du vélo. Putain, mais qu'est-ce que Rees espérait en engageant Ryan Wright dans l'équipe ? Ou en convoquant Nico dans son bureau pour lui demander de se lier d'amitié avec lui ?

D'après Nico, que cette demande tombe sur *lui*, le seul gay de l'équipe – sans compter Wright, bien entendu – n'était pas une coïncidence.

C'était totalement ridicule ! Et même homophobe. Nico était outré que la direction aille jusqu'à organiser des transferts pour lui trouver des amis. Quoi qu'il en soit, si telle était leur volonté, pourquoi avoir éloigné Lucas ? Lucas avait été son ami, il comprenait son sens de l'humour, il savait quand le laisser seul et quand l'entraîner à sortir. De plus, contrairement à beaucoup d'autres gars de la NHL*, Lucas n'avait jamais mis Rudy Kirschbaum sur un piédestal et quand Nico s'accrochait avec son père, Lucas prenait son parti.

Un « *bip* » attira son attention : il arrivait à la fin de son temps enregistré. Sans s'en soucier, Nico baissa la tête et continua à pédaler.

Le camp d'entraînement commençait le lendemain. Ce matin-là, Nico était arrivé à l'arène ADESA pour profiter d'une petite remise en forme estivale de dernière minute. Au printemps dernier, il s'était cassé le radius, ce qui l'avait exclu du jeu pour le reste de la saison, il tenait à être au top de sa forme pour ne plus manquer un moment.

Et il en avait ras le bol de perdre, ras le bol de ne pas réussir à jouer comme il en était capable. En théorie, Le Fuel ne devrait pas stagner tout en bas du classement. Nico était certain, s'il travaillait assez dur, de réussir à faire émerger son équipe. C'était pour lui une nécessité, d'ailleurs, sinon il allait rester coincé chez les perdants.

— Je suis presque sûr que le « *bip* » signifie que ta session est finie.

Nico tressaillit et tourna la tête. Tom Yorkshire était près du vélo, il portait des vêtements de sport et tenait une cannette de Gatorade bleu à la main. Le regard qu'il portait sur Nico était attentif et calme.

— J'avais envie de continuer.

Yorkie haussa un sourcil et continua à le fixer. Il était ridiculement bon dans cette attitude : le capitaine un peu déçu. Nico ralentit, tiraillé entre un respect réticent et un embarrassant désir d'apprécier que Yorkie se soucie de lui.

C'est son boulot, il est capitaine.

Yorkie lui accorda trente secondes pour se remettre de ses efforts, puis il enchaîna :

— Pourquoi es-tu venu à la Casse la veille du camp d'entraînement?

Nico haussa les épaules et se concentra sur la lecture du compte-rendu de sa session, où la distance «parcourue» augmentait lentement. Il ne tenait pas à avoir cette conversation. Si Yorkie était déjà au courant, sa présence avait deux possibilités : soit il allait ajouter aux arguments de Rees, soit il envisageait de compatir. Et Nico ne savait pas ce qui serait le pire. Et si Yorkie ne savait rien, Nico n'avait aucune envie de tout lui raconter. Merde, quoi! Il était déjà suffisamment humilié.

— Je voulais juste vérifier que j'étais prêt, marmonna-t-il.

Yorkie gloussa.

— Sans blague? Après ces vidéos de toi postées sur Instagram, tout Internet sait à quel point tu es prêt pour la saison!

Nico piqua instantanément un fard, très reconnaissant que la rougeur de ses joues puisse être attribuée à son exercice.

— C'est pas moi, maugréa-t-il, c'est mon amie qui les a postées.

En vérité, il doutait que la vérité soit moins embarrassante. Que Ella, son amie d'enfance, ait créé pour lui un Instagram où elle publiait des vidéos embarrassantes afin de «promouvoir» Nico semblait tout aussi pathétique que les poster lui-même pour ses fans. Qui tenait tant à le voir s'entraîner, manger ou traîner la plage, hein? Pourtant, Ella trouvait ça amusant. Et Nico lui avait donné carte blanche, très conscient que son père détesterait ce genre de publicité. C'était le moins qu'il puisse faire pour remercier Ella! Au printemps dernier, elle lui avait offert une excellente excuse pour quitter Berlin pendant quelques semaines afin de l'accompagner à Malte.

Pourtant, Nico envisageait aussi de révoquer l'accès d'Ella à son compte. Il la considérait comme une sœur, certes, mais même en famille, il fallait parfois établir des frontières. Elle avait beau affirmer que les vidéos qu'elle postait le rendaient plus abordable et sympathique aux yeux du grand public, il n'y croyait pas vraiment.

Il était même certain que personne ne le décrivait en ces termes.

Il était tout aussi certain de ne pas avoir le mot de passe de «son» compte.

— En tout cas, ces vidéos sont très appréciées, enchaîna Yorkie. Et tu n'as jamais été aussi en forme, Nico, tes abdos le prouvent.

Sa musculation était due à des mois d'exercices exténuants – une vraie autopunition ! – en salle d'entraînement, Nico le savait. Que Yorkie l'ait remarqué le flatta secrètement, même s'il ne comptait pas l'exprimer.

Il finit par abandonner son vélo. La lenteur, c'était ennuyeux.

— Je ne veux rien perdre, marmonna-t-il.

Yorkie lui jeta un regard entendu, puis il lui tendit la Gatorade. Nico l'accepta, il la décapsula et en prit une grande gorgée, heureux que Yorkie ait opté pour une cannette bleue. Il détestait les rouges, elles lui donnaient l'impression de boire du sang.

Lorsqu'il baissa sa cannette pour respirer, Yorkie leva un sourcil et enchaîna :

— Même si je croyais que tu es juste venu pour garder la forme avant le camp d'entraînement d'été, ça n'explique pas que tu t'acharnes à ce point sur ce vélo. Qui cherches-tu à punir au juste ? Toi ou quelqu'un d'autre ?

Pour échapper au regard de son capitaine, Nico baissa les yeux sur sa Gatorade. Une punition. Oui, lui aussi avait utilisé ce mot dans sa tête, mais il ne s'attendait pas à ce qu'un autre le comprenne.

Sans piper mot, il reprit de la Gatorade.

Yorkie soupira et s'appuya contre un tapis roulant.

— J'ai entendu dire que Rees t'avait convoqué ce matin. Je présume que c'était pour t'annoncer l'arrivée imminente de Ryan Wright, mmm ?

Vu que Yorkie s'amusait encore à remplir de crème à raser les casques de ses coéquipiers, il était facile d'oublier qu'il était papa. Mais il s'était bel et bien marié à dix-neuf ans, il avait eu un enfant peu après et cette paternité lui avait donné d'étonnants superpouvoirs. Il les prouvait constamment.

— Et alors ?

Nico ne comptait pas confirmer ce que tout le monde savait déjà.

— Personnellement, commença Yorkie, je n'approuve pas les transferts basés sur d'éventuelles amitiés à venir…

Nico ricana. À écouter Rees, Ryan était plus à un animal de thérapie qu'un copain potentiel.

— Mais Doc est adorable.

— Tu le connais ? lâcha Nico.

S'il ne voulait pas de Ryan, il n'en était pas moins curieux.

— Oui, nous étions ensemble à Shattuck. Enfin, pas tout à fait *ensemble*. Il m'a contacté par texto la semaine dernière, il était sacrément secoué par ce transfert de dernière minute.

Rien d'étonnant, car Ryan était à Montréal depuis son arrivée dans la NHL. À part ça, Nico ne savait pas grand-chose à son sujet.

Enfin, sauf que Ryan était gay et qu'il avait fait son coming-out en quittant l'université, son diplôme en poche, pour s'engager chez les Voyageurs en agent libre*. L'année où Nico avait été repêché, Ryan faisait sensation sur Twitter : une photo prise lors d'une marche des fiertés le montrait avec des arcs-en-ciel sur les joues, une cape assortie et un débardeur au logo « Gay et Fier de l'Être ! »

— C'est un gentil garçon, insista Yorkie. Tout le monde l'adore.

Nico esquissa un rictus amer.

— Oui, je sais. Rees me l'a dit.

— Je suis sûr qu'il veut juste jouer au hockey. Si la direction a concocté un plan tordu, Ryan n'y est pour rien.

— Ça ne change rien au fait que…

Nico soupira et se tut, incapable de terminer sa phrase. Que pouvait-il dire au juste ? *Rees pense que j'ai besoin d'attention ? Il me croit incapable de supporter la pression ? Il regrette de m'avoir repêché ?*

Peut-être ne supportait-il pas la pression. Mais il ne pouvait y penser, parce que… que se passerait-il alors ? Que deviendrait-il ? Il avait été formé à jouer au hockey depuis son enfance. Ses parents et lui étaient retournés en Allemagne quand son père avait pris sa retraite de la NHL, mais à seize ans, Nico était retourné en Amérique du Nord, il s'était installé dans une famille d'accueil pour jouer dans l'OHL. Il avait le hockey dans le sang. Il adorait la glace !

Dommage que la direction du Fuel cherche avec autant d'acharnement à transformer sa passion en haine ! Et Rees avait payé bien trop cher un gay pour venir le baby-sitter. La réputation de Ryan était connue de tous : il aidait ses coéquipiers à traverser les moments difficiles.

Nom de Dieu ! Nico espérait que ce n'était pas un horrible arrangement d'ordre romantique. Pas question qu'il baise parce que la direction s'était privée pour lui d'un défenseur doué. D'ailleurs, si Nico tenait à soulager sa pression, il avait une main droite, pas vrai ?

Une main droite opérationnelle depuis que son radius était guéri.

Son embarras se voyait, comprit Nico, parce que Yorkie le regardait maintenant avec empathie.

— Oui, dit le capitaine, gentiment. Je comprends. Tu es le plus jeune et ce n'est pas drôle de se sentir couvé par toute l'équipe. Crois-moi, j'ai vécu ça.

18

Oui, mais Yorkie avait su résoudre ses problèmes, il avait épousé sa copine, gagné le trophée Calder*, eu une petite fille. Et quelques années plus tard, il avait obtenu sa chevalière de la coupe Stanley*. Alors, Nico trouvait difficile d'assimiler sa situation à celle de son capitaine.

Comme si Yorkie devinait ses doutes, il ajouta :

— Si je m'en suis sorti, c'est parce que mes coéquipiers se sont mobilisés pour m'épauler.

Tant mieux pour lui, mais Nico ne trouvait toujours pas qu'engrosser sa copine était comparable au fait de ne pas tenir ses promesses en tant que premier choix de repêchage. En vérité, il ne savait même pas mettre un nom sur son problème. Il jouait bien au hockey – et même super bien.

Mais pas pendant les matchs de la NHL.

Frustré, Nico soupira et détourna la tête pour échapper au regard de Yorkie.

— Oui.

Il n'avait rien d'autre à ajouter, ni en anglais ni dans une autre langue.

Petite consolation : Yorkie ne lui avait pas envoyé Misha, un gigantesque défenseur russe qui avait peut-être un problème avec l'homosexualité. D'après Nico, Misha le supportait uniquement pour parler russe avec lui. Sa mère, Irina Kirschbaum, était née moscovite.

Le capitaine attendit encore un moment, puis il comprit que pour Nico, la conversation était close. Avec un haussement d'épaules, Yorkie enfourna un autre vélo.

— Si tu changes d'avis, déclara-t-il seulement, je suis là.

Changer d'avis sur *quoi* ? Sur le fait d'échapper le plus rapidement possible à cette atroce conversation ? C'était peu probable.

— Merci, répondit Nico.

Il opta pour une retraite stratégique vers les douches.

Debout sous le jet puissant, il évita délibérément de penser aux formules anglaises débiles, comme «noyer son chagrin». D'après lui, ça impliquait de l'alcool, pas de l'eau chaude. Mais il dut admettre que c'était probablement sa dernière chance. Depuis deux ans, il était très en dessous des performances que le Fuel attendait de lui. S'il ne scorait pas cette année, le Fuel le rétrograderait et Nico n'aurait sans doute pas l'option de refuser. Aucune équipe ne chercherait à l'acquérir, sinon, elle devrait abandonner ses choix de repêchage. Si le Fuel ne voulait plus de lui, peut-être trouverait-il une place ailleurs, mais ce serait humiliant. Il était censé être la star de cette ridicule équipe, il le savait.

Son humiliation actuelle était-elle pire ? Après tout, la direction lui avait procuré un grigri. Le nouveau, Ryan Wright, ne valait pas ceux que le Fuel avait perdus pour l'avoir. Nico sentait un peu coupable de le penser, mais c'était vrai. D'accord, Wright était sans doute un brave garçon, Nico l'avait vérifié sur Google avant de réaliser que le gars était censé être son… remonte-moral. Ryan Wright était ouvert, affable, il participait à diverses causes caritatives. Son seul défaut, apparemment, était sur glace : il était médiocre.

Puis John Rees l'avait convoqué pour lui détailler la position exacte du nouveau, insistant même pour qu'il devienne son ami, son confident, celui sur lequel s'appuyer en cas de problème. Wright avait fait des études universitaires, il avait de *l'expérience*…

Eh merde ! Nico ne pouvait retourner sur un vélo, même si la contrariété lui provoquait des crampes musculaires. Le camp d'entraînement commençait le lendemain, il devait se calmer. S'il se trouvait dans une situation aussi ridicule, c'était justement parce qu'il était incapable de gérer ses emmerdes. Il devait prouver qu'il avait dépassé ce stade.

Et ce serait un vrai défi, puisque Nico ne savait toujours pas ce qui le faisait suffoquer.

Il referma le robinet un peu plus fort que nécessaire et saisit sa serviette. Un frottage vigoureux de son visage et de ses cheveux devrait suffire à éliminer ce qui subsistait de son irritation.

Il enroula une autre serviette autour de sa taille et retourna au vestiaire, la tête baissée parce qu'il continuait à se sécher avec la première serviette. Il gardait sûrement sur sa tablette des vidéos de la saison passée. Elles lui distrairaient l'esprit et lui permettraient d'oublier sa matinée difficile. En plus, ce serait productif. Il pourrait identifier ses erreurs…

Il télescopa un mur qui n'était pas censé se trouver là et lâcha la serviette qu'il tenait à la main.

Sauf qu'il n'avait pas heurté un mur, mais Ryan Wright.

Il portait un short de basket et un des nouveaux tee-shirts du Fuel, et clignait des yeux, l'air ahuri. Plus petit que Nico le pensait, sans doute dépassait-il à peine le mètre soixante-dix alors que sa fiche annonçait un mètre soixante-quinze, il avait un visage ouvert et amical, des cheveux bruns et des yeux noisette.

Nico s'étonna presque de ne pas l'avoir renversé, il avait quinze bons centimètres de plus et avait passé toute la morte saison à acquérir de la masse musculaire – et à devenir une célébrité Instagram ! Pourtant, l'image d'un « mur » n'était pas totalement inexacte.

— Euh…

Pourquoi fallait-il qu'il soit à poil devant ce gars qui avait de bonnes chances d'être un onéreux gigolo financé par son directeur ? Qu'avait-il fait au ciel pour mériter ça ?

Wright afficha aussitôt un sourire commercial.

— Salut, déclara-t-il. Excuse-moi, je jetai juste un œil sur les installations, je ne m'attendais pas à trouver quelqu'un.

— Moi non plus.

Surtout pas toi.

— Je suis Ryan.

Il tendit la main. Nico la regarda, perplexe. Ne pas la serrer serait impoli, mais sa serviette tenait de façon précaire. Se sentant très pataud, Nico attrapa sa serviette de la main gauche et libéra la droite pour serrer celle de Ryan.

— Je sais.

Wright allait-il s'écarter maintenant ?

Réalisant enfin qu'il bloquait le passage, Wright recula pour le laisser passer.

Nico avança, conscient que sa peau était brûlante. Il espéra que ce soit dû à la chaleur du jet. Il ne tenait pas à ce que Wright comprenne que cette situation déconnante l'énervait prodigieusement, au point de lui donner des spasmes dans les épaules. *Personne* n'avait à le savoir. Que Yorkie l'ait compris était déjà assez agaçant.

— Tu ne te présentes pas ? insista Wright, d'un ton légèrement sarcastique.

Nico se laissa tomber sur le banc et releva les yeux, très tenté de montrer les dents comme un animal. Il se comportait en malotru, il en était conscient, mais faire ami-ami en ce moment lui était impossible, il avait encore les tripes en feu de colère et d'humiliation.

— Je comptais d'abord enfiler un pantalon, si tu n'y vois pas d'inconvénient.

D'accord, il passait de malotru à franchement grossier. Mais au sortir de la douche, son cerveau n'était pas programmé pour les subtilités sociales. Ou à tout autre moment, pour être franc.

Réaction exaspérante, Wright se contenta de sourire.

— D'accord. De toute façon, tout le monde sait qui tu es.

21

Oui. Le premier au classement général, le super échec, celui qui n'a pas tenu ses promesses ! Nico lâcha sa serviette et enfila un boxer.

Devant son silence obstiné, Wright se racla la gorge.

— Je viens de croiser Yorkie, il m'a dit t'avoir parlé. Ce serait dommage que nous commencions du mauvais pied.

Le cerveau de Nico s'emballa au « commencions », du coup, il mit un moment à intégrer la totalité de la phrase. Il détestait l'anglais !

— Oh ? dit-il, glacial. Laisse-moi deviner : tu veux être mon ami ?

Wright grimaça.

— Je vois, tu as aussi eu droit au laïus de Rees, hein ?

Merde. Rees aurait-il demandé à Wright de gagner son amitié ? *Fantastique !*

— Je doute fort qu'on puisse nous obliger à passer du temps ensemble en dehors de la glace.

Dieu merci !

Wright paraissait contrarié. Nico s'en foutait complètement. Si le nouveau ne parvenait pas à obéir aux ordres de Rees, ça n'était pas son problème.

— Merde ! protesta Wright. Moi, je veux juste jouer au hockey. Personne ne m'a demandé si je tenais à quitter une équipe où je me sentais très bien pour remonter le moral d'un gars mal embouché qui ne veut clairement pas de moi ! Depuis que je suis là, j'ai la sensation que tout le monde doute que je sois uniquement venu pour le hockey.

Il avait l'air aussi amer et frustré que Nico.

Et il disait vrai. Tout le monde savait que Wright était là pour Nico. Pour le baby-sitter, pour lui remettre les idées en place.

Nico sentait le trou s'ouvrir sous ses pas : c'était comme si toute la ligue attendait qu'il pète un câble !

Il ferma les yeux et inspira un grand coup, espérant se recentrer comme sa mère lui avait appris à le faire quand il s'impatientait pendant un match d'échecs. *Compte jusqu'à dix, Kolia. Regarde l'échiquier. Regarde les pièces.* S'il se calmait et essayait d'évaluer la situation avec objectivité avant de rétorquer, sans doute éviterait-il de dire quelque chose qu'il regretterait par la suite.

— C'est exact, je ne veux pas de toi. Tu ne veux pas non plus être ici. Le mieux est que nous restions chacun dans notre coin, d'accord ?

Wright le regarda un long moment, les sourcils froncés, avec une expression que Nico ne sut interpréter.

Puis il hocha lentement la tête.

— Oui, tu as raison. Autant éviter que les gens parlent.

Nico comprit que par «les gens», il entendait «les médias». Effectivement, ni Wright ni lui n'avaient particulièrement intérêt à attirer les ragots.

— Oui.

Wright gardant le silence, Nico se leva et continua à s'habiller, gêné de sentir un regard scrutateur peser sur lui. Pour la première fois depuis longtemps, Nico se sentit nu dans son vestiaire.

Il attendit de porter une chemise et un pantalon pour se retourner et affronter Wright, qui le fixait toujours.

— Tu veux encore quelque chose?

Wright ricana et secoua la tête.

— Pas de toi, non. À très vite, Kirschbaum!

Il tourna les talons avec un sourire guilleret – et totalement crispant – et un petit geste désinvolte de la main.

Nico serra les poings, très tenté de le frapper en plein sur le nez.

Première période

Ryan était mal-barré.

Sa première rencontre avec Kirschbaum s'était passée... comme prévu. Ryan avait tenu à prévenir Rees qu'il faudrait à Kirschbaum un certain temps pour dépasser son ressentiment. Faire progresser leur amitié serait une seconde étape.

Loin d'être en colère ou déçu, Rees s'était contenté de rire.

— Pas de problème, c'est vous le spécialiste, je vous laisse gérer votre approche.

Pour le moment, Ryan essayait juste de comprendre le vestiaire.

Certains roulaient des yeux en parlant des joueurs-tampons, « bons pour l'ambiance », ce que Ryan comprenait très bien. Qui voulait d'un médiateur incapable de jouer au hockey ? Mais Ryan avait toujours été à l'aise entre mecs. Il connaissait les règles tacites des vestiaires, il savait décrypter les indices les plus tenus. Il avait aussi le don de doper son équipe avant un match ou entre les périodes, d'atténuer les frustrations lorsque les scores devenaient tendus, de remonter le moral des troupes après une défaite. Il adorait ce pouvoir découvert durant ses études en étudiant la psychologie en milieu sportif.

Dans le vestiaire du Fuel, Ryan se sentait perdu.

Il savait ce que Rees attendait de lui : jouer au Dr Freud avec Kirschbaum et le pousser à exprimer son vrai potentiel au jeu, bref, le traiter en singe savant, pas en être humain. Même si Ryan en était capable, Nico n'était qu'un des problèmes de cette équipe.

Aucun vestiaire de camp d'entraînement n'aurait dû être aussi oppressant après un exercice. À voir la tension des gars, on aurait pu croire que leur équipe en était à sa sixième défaite consécutive.

D'ordinaire, c'était au capitaine de gérer ses hommes, mais Yorkie avait... quoi, à peine vingt-cinq ans ? Son expérience restait limitée. En plus, il avait déjà deux enfants. Peut-être était-il dépassé. Peut-être ces constantes défaites avaient-elles anéanti son envie d'essayer.

Mais franchement, c'était quoi ce bordel ?

Yorkie se leva et ouvrit la bouche, probablement pour exprimer des mots réconfortants et gentils, en bon papa, quand l'entraîneur du Fuel – un dénommé Vorhees – entra dans la pièce.

— Eh bien, j'espère que vous vous êtes tous bien amusés cet été !

Yorkie serra les lèvres et se rassit, le visage inexpressif et figé. Le remarquant, Ryan tourna son attention vers l'entraîneur.

Ancien joueur, Chuck Vorhees avait accumulé, au cours de sa carrière, plus de penaltys que de buts. Il était aussi d'une stature intimidante. Il faisait claquer son chewing-gum entre les mots.

— Parce que, enchaîna-t-il, j'ai pas l'impression que vous avez beaucoup travaillé. C'était une blague ou quoi, les gars ? J'ai vu des enfants de six ans mieux jouer ! Vous êtes lents. Je vous avais demandé de faire du muscle cet été, pas du gras.

Son regard bleu délavé et glacé se dirigea vers Kipriyanov, un redoutable défenseur qui dépassait les cent kilos. Mais comme il mesurait un mètre quatre-vingt-dix et qu'il était aussi rapide que l'exigeait son poste, Ryan ne voyait pas où était le problème.

Vorhees ricana et chercha du regard Kirschbaum, recroquevillé sur lui-même.

— Oh, ajouta-t-il, lourdement railleur, je sais que certains d'entre vous ont exhibé leurs muscles sur Twitter, mais j'suis pas certain que vous avez compris la différence entre exercice *intensif* et exercice *intelligent*. Demain, nous commencerons à vous exercer de façon intelligente, sinon, je vous garantis que ce que j'ai prévu pour la soirée d'ouverture vous plaira pas du tout !

Il tourna les talons et quitta le vestiaire, mâchant toujours son chewing-gum.

Eh bien, ça s'était… plutôt bien passé. D'accord, l'entraîneur avait taclé deux des meilleurs éléments de l'équipe, mais il disait vrai : l'entraînement avait été poussif.

Ça et une semonce somme toute modérée n'expliquaient pas les épaules vaincues de presque tous les hommes, à deux exceptions près. Kitty Kipriyanov toisait la porte d'un œil féroce et Yorkie serrait les lèvres en une ligne ferme et obstinée.

Ryan ne pouvait discuter du problème avec Rees. D'abord, il était trop nouveau, ensuite, il ne progressait pas d'un poil concernant sa première mission : conquérir Kirschbaum. De plus, sa première estimation était peut-être erronée. L'arrogance ne lui apporterait rien, mais il pouvait tenter de remonter le moral de l'équipe.

Il croisa le regard de son capitaine et haussa les sourcils en une question silencieuse. Quand Yorkie lui fit signe d'approcher, Ryan alla s'asseoir sur le banc à côté de lui.

— Yorkie, il me semble que chaque équipe mérite de célébrer le début de la saison. Je viens d'arriver, je ne connais pas encore les bons restaus et mon logement n'a pas de jardin. Et chez toi ?

Yorkie fit la moue.

— J'avais prévu une petite fête plus tard dans la semaine, mais tu as raison, le plus tôt sera le mieux.

Tout en parlant, il faisait du regard le tour du vestiaire.

Ryan s'empressa de dire :

— Nous pourrions aller manger tous ensemble, il n'est pas si tard. Tu as un endroit à nous recommander ?

— Bien sûr.

Yorkie se leva et tapa dans ses mains.

— Les gars, je meurs de faim. Et je présume que ça me trouble l'esprit, parce que Ryan vient de m'arracher la promesse de l'inviter à déjeuner. Tant qu'à faire, vous devriez venir aussi.

Kitty ricana.

— Tu payes pour tout le monde, Cap ? La facture va être salée. Tu es sûr d'en avoir les moyens ?

Yorkie roula des yeux.

— Oui ! J'ai négocié une prime supplémentaire lors de ma dernière signature, une clause pour nourrir les joueurs de hockey.

Kitty gloussa.

— D'accord. Je te rappelle que Kolya et moi mangeons deux fois plus que les autres. C'est dans les gènes d'un Russe.

Tout en parlant, il posa la main sur la tête de Kirschbaum et lui ébouriffa les cheveux. Ryan comprit que Nico était « Kolya » et maudit intérieurement les surnoms russes

Kirschbaum eut un très léger tressaillement et ses pommettes se teintèrent de rose. Sinon, il resta muet.

En revanche, Greenie, le gardien de but survolté avec des cheveux dont les pointes hérissées défiaient la gravité, poussa un cri outragé – qui détourna l'attention générale de Kirschbaum. Incapable de laisser passer un défi, Greenie avait mal pris que Kitty prétende manger davantage que le reste de l'équipe.

Dans le chaos qui suivit, Kirschbaum s'esquiva pour aller prendre une douche et Ryan retourna à son casier en riant. Il applaudit aussi pour encourager Greenie qui suggérait un concours de hot-dogs.

Heureusement pour le portefeuille de Yorkie, Greenie et Kitty renoncèrent à leur idée une fois au restaurant. Ryan s'arrangea pour s'asseoir à côté de Yorkie, en bout de table, afin de jauger la température émotionnelle du groupe.

L'ambiance s'était réchauffée de quelques degrés.

Ryan était peut-être arrivé par hasard dans la NHL, mais maintenant qu'il y était, il s'y plaisait. Il aimait le hockey. Il ne deviendrait jamais une superstar, il le savait, mais il avait le niveau pour être sur la glace.

Passer une saison entière dans une équipe qui semblait (mal) rafistolée au ruban adhésif n'était pas une perspective tentante. Alors, s'il pouvait un tant soit peu améliorer la situation, il n'hésiterait pas. Mais comment ? Il n'avait pas encore trouvé la solution.

Pas de pression, hein ? Ce n'était qu'un petit problème qu'une trentaine de joueurs, dirigeants et entraîneurs n'avaient pas réussi à résoudre ces deux dernières années.

Le restaurant que Le Fuel envahit était confortable et intime, avec une carte courte qui promettait des plats faits maison. Le personnel reconnut les joueurs et leur accorda une table malgré leur arrivée tardive.

Ryan jugea les mimosas excellents. Manifestement, Yorkie avait appris les règles du brunch avec un vrai pro.

Conscient qu'il valait mieux que ses coéquipiers ne surprennent pas leur conversation, Ryan s'exprima à mi-voix :

— Alors, raconte, où est le problème au juste ?

Yorkie soupira et lui lança un regard oblique.

— Ça va mal, admit-il. Mais on n'est quand même pas à Chicago.

Ryan comprit entre les mots. L'affaire ne nécessitait pas d'appeler la police… il trouva néanmoins étrange que Yorkie ait tenu à le préciser ! Il sirota une grande gorgée de son mimosa.

— L'entraîneur Vorhees est… difficile à satisfaire, ajouta Yorkie d'un ton hésitant. Il est prompt à souligner le moindre défaut… D'accord, c'est son job, mais il n'est jamais fichu de lâcher un compliment. Un mec de la vieille école, quoi !

27

Il se tut parce que le serveur revenait poser sur la table un immense plateau de tacos. Quand il s'éloigna, Yorkie enchaîna :

— Si tu fais partie de ses chouchous, il ne te dira jamais rien, mais si ce n'est pas le cas, tu ne gagneras jamais, quoi que tu fasses.

Ben voyons ! Ryan n'eut aucun mal à deviner ceux que l'entraîneur appréciait. Pas les joueurs d'élite, les gars comme Grange, capables de renverser la vapeur en une seconde et qui, dans leurs bons jours, ne pouvaient être touchés, encore moins arrêtés. Non, Chuck aimait ceux qui lui rappelaient celui qu'il avait été, les durs à cuire, même si de nos jours, le terme évoquait plus courage et détermination que bagarres et coups de poing.

Ryan correspondait à ce type, à moins que l'entraîneur soit aussi homophobe. Parfois, les connards avaient ce genre de bonus.

— Je sens qu'on va se marrer ! déclara Ryan.

Il se servit d'un taco. Après l'entraînement, il avait besoin de se sustenter.

Yorkie fit comme lui.

— La situation dure depuis un moment, annonça-t-il. J'ai été assez surpris que tu sois transféré chez nous, en fait.

Ryan dut faire un effort pour ne pas tiquer.

— Oh.

Yorkie récupéra le guacamole que Greenie monopolisait, il en versa dans son assiette et passa le plat à Ryan.

— Ce n'est pas que tu es mauvais, ajouta-t-il, mais… euh, la justification « cachée » de ton arrivée ne correspond pas à la réputation de notre directeur général, c'est bien trop… subtil.

Eh bien, voilà qui était horrible à tous les niveaux. Ryan décida qu'il méritait bien une double dose de guacamole.

— Sois franc, Yorkie, la lumière au bout du tunnel, c'est bien un train qui nous arrive dessus à toute vitesse ?

Yorkie lui envoya un coup de pied sous la table. Il carra les épaules et continua :

— Ne sois pas aussi négatif ! La bonne nouvelle, c'est que les autres entraîneurs sont sympas. Notre coach de santé mentale est génial. Je ne connais pas encore très bien Phil, le coach adjoint, mais il m'a fait une bonne première impression. La plupart du temps, ça baigne. L'entraîneur V se calmera quand la saison débutera.

Ryan prit note de prévenir Diane de ne pas chercher à prolonger son contrat une année de plus. Savoir où on allait était toujours utile.

— D'accord, dit-il, acceptons-en l'augure. Et buvons !

Yorkie trinqua avec un ricanement.

La nourriture était excellente. Ryan essaya de se détendre et d'en profiter, tout en papotant avec ses voisins, Greenie et Grange, une ex-superstar qui prenait de l'âge. Greenie déclara qu'un appartement se louait meublé dans l'immeuble où il vivait. Ryan en prit note, impatient de libérer la chambre d'amis de Yorkie pour s'installer chez lui.

Cohabiter avec un autre célibataire, c'était une chose, mais Yorkie avait une femme, une fille de six ans et un bébé. Ryan se sentait de trop, bien que la petite Gaby soit adorable – elle s'était prise d'une passion pour lui. Facilement insomniaque, il préférait ne pas avoir un nouveau-né dans la chambre d'à côté. Entre ses difficultés d'endormissement et ce que son père appelait ses « terreurs nocturnes », une façon élégante de décrire que Ryan se réveillait parfois le cœur battant, sans aucune raison, il avait à peine deux heures par nuit de sommeil réparateur.

Grange secoua sa tête rousse en signe d'empathie.

— Jenna et Yorkie se comportent encore comme de jeunes mariés, mec, je comprends que tu veuilles te tailler !

Greenie ricana et lui lança une serviette à la tête.

— Tu peux parler ! Je te rappelle que tu as trois morpions de moins de trois ans.

Grange afficha un air fat.

— Mes enfants sont géniaux ! Tu veux voir des photos, Ryan ?

Son regard plein d'espoir indiquait combien l'heureux papa était impatient d'exposer sa progéniture à de nouveaux yeux. Et Ryan n'était pas du genre à refuser une opportunité de créer des liens avec ses coéquipiers, aussi regarda-t-il les photos de Tanya, de Casey et de Miles en poussant les cris d'admiration attendus.

Cette équipe n'avait pas le rythme auquel il était habitué, mais Ryan se sentait moins dépaysé désormais. Il commençait à forer sa place.

Bientôt, il pourrait même s'y sentir à l'aise.

Ça marcherait. Il allait consacrer quelques semaines à s'installer, laissant ainsi la tension avec Kirschbaum retomber, il tenterait ensuite d'établir des liens. Malgré les questions que tous devaient se poser, les nouveaux coéquipiers de Ryan le traitaient avec naturel. Était-ce dû à l'influence de Yorkie ou si les autres pensaient-ils encore à Vorhees, Ryan n'en savait rien. Peu importait, d'ailleurs, ça lui faisait un problème de moins à gérer.

Il avait d'autres priorités : se trouver un appartement, se faire accepter dans l'équipe et jongler entre deux extrêmes : satisfaire Rees et éviter Kirschbaum...

Ce dernier point semblait facile. Kirschbaum était assis à l'autre bout de la table, entre Kitty et l'une des recrues... Comment s'appelait ce gosse, au juste ? Ah, oui, Chenner ! Il gardait de ses années adolescentes une coupe déplorable et une teinture orange. Kirschbaum semblait mal à l'aise et Kitty lui parlait à l'oreille – avant de lui envoyer un coup de coude. Était-ce un geste amical ou pas ? Ryan n'en savait rien.

Greenie remarqua la direction de son regard.

— Les deux dernières années ont été dures pour lui, déclara-t-il.

Grange lécha de la crème aigre sur son pouce avant de lancer :

— Plus pour Kersh que pour nous ? Je t'accorde qu'il subit une sacrée pression et qu'il doit l'avoir mauvaise d'avoir perdu Lundström, mais il se cause du tort.

Que voulait-il dire par là ? Ryan ne comptait pas lui demander.

Greenie fronça les sourcils.

— Arrête, fiche-lui la paix ! Ce gosse est juste coincé.

L'était-il ? Peut-être. D'après Ryan, Kirschbaum devait être un sacré numéro pour que la direction ait été jusqu'à ce transfert hyper bizarre. Même si Kirschbaum semblait socialement parlant mal à l'aise, Ryan doutait que « coincé » définisse entièrement son problème.

Eh bien, il aurait tout le temps nécessaire pour enquêter. En supposant que ni Kirschbaum ni lui ne soit prochainement échangé, ils allaient jusqu'en avril se fréquenter quotidiennement, que ça leur plaise ou non.

Et tant que Ryan n'avait pas obtenu la confiance de Kirschbaum, ses autres difficultés ne le concernaient pas.

Et pourtant, il aurait juré reconnaître la solitude qu'il avait vue briller dans le regard d'un bleu si pur. Il voyait la même dans son miroir tous les matins en se rasant.

NICO ATTENDAIT avec impatience la routine des jours de match. Il trouvait apaisants les déplacements réguliers et le processus prévisible. Pendant quelques heures, il n'avait pas à penser.

En fait, *ne pas penser* était ce qu'il avait longtemps préféré au hockey. Avec des patins aux pieds et une crosse* dans les mains, il pouvait laisser son instinct prendre le dessus. Il se contentait de réagir. Il n'avait pas à se demander ce que son père aurait fait à sa place, ou s'il serait réprimandé pour avoir fait une passe au lieu de tirer – ou l'inverse. Il n'avait jamais voulu jouer «comme son père» – il avait même délibérément choisi un poste d'attaquant et non de défenseur –, mais jamais il ne pourrait échapper aux comparaisons. À chaque diffusion télévisée d'avant-match ressortaient d'anciennes photos de Nico et de son père, dans leur équipement complet. Et leurs statistiques affichées côte à côte soulignaient que Nico n'était pas à la hauteur de ses gènes.

Malheureusement, au cours des derniers dix-huit mois, il trouvait de plus en plus difficile de *ne pas* penser pendant les matchs, aussi profitait-il du rituel de préparation pour les méditations sans portée.

Après sa série d'étirements, il sortit sa collation d'avant-match. Sa pomme à la main, il se rendit au vestiaire et tomba sur un groupe qui jouait au ballon.

La nostalgie le frappa aux tripes. L'an passé, Lucas avait facilité son intégration dans l'équipe en agissant comme… un pare-chocs. Même quand ils jouaient ensemble étant enfants, Lucas se posait déjà en intermédiaire pour décrypter l'état émotionnel de Nico, c'était même un constant sujet de plaisanterie entre eux. Si Nico avait mieux joué, ou s'il n'avait pas manqué l'essentiel de la saison dernière à cause de son bras cassé, peut-être se souviendrait-il des conseils de Lucas, peut-être saurait-il mieux s'adapter au reste de l'équipe.

Mais la simple perspective de se joindre à eux lui semblait atrocement gênante.

Il aurait dû continuer son chemin, pourtant, la curiosité le poussa à s'approcher. Debout au centre du groupe, Wright criait des encouragements et des vannes. Avec cette énergie et ce volume sonore, il était difficile à ignorer. Le regard de Nico ne cessait de revenir à lui.

Greenie envoya le ballon à Chenner, une recrue qui passerait sans doute un bout de temps chez les juniors. Dommage pour lui, il avait les cheveux dans les yeux, aussi quand son pied glissa sur le ballon, il perdit l'équilibre et tomba à la renverse. Nico grimaça d'embarras et retint son souffle pendant que Chenner se redressait et vérifiait ne s'être rien cassé dans sa chute.

31

Wright approchait déjà, il tendit la main à Chenner et l'aida à se relever.

— Ça va, gamin ?

Chenner se frottait le cul

— Oui, oui, marmonna-t-il.

— Jolie cabriole, recrue ! cria Greenie.

Chenner rougit et grogna une réponse que Nico n'entendit pas à cause du bruit des rires et des sifflets. Et il n'entendit pas non plus ce que disait Wright à Chenner, la main sur sa nuque.

Wright avait plié le bras et son biceps fléchi se voyait à travers le tissu de son tee-shirt Under Armour.

Le spectacle valait le coup d'œil, pourtant, Nico s'en voulut de s'y attarder. Il ne comptait pas se lier d'amitié avec Wright, aussi n'était-il *pas question* d'envisager une relation d'ordre intime. Dans un vestiaire, Nico avait depuis longtemps appris à ne pas laisser son regard s'égarer. Les joueurs de hockey étaient bien foutus, certes, mais il les trouvait assez répugnants, aussi bien dans leurs commentaires vulgaires que dans leur hygiène personnelle. Surtout les ados. Après des années de conditionnement, il parvenait sans difficulté à ignorer un gars que, dans un autre contexte, il aurait pu trouver attirant.

Alors pourquoi diable remarquait-il l'étonnante musculature de Wright ?

Chenner leva les yeux, Wright lui sourit chaleureusement et hocha la tête. Retirant sa main, il tapota l'épaule de Chenner.

Et Nico sentit sa peau le démanger, comme s'il sentait une main chaude se poser sur lui, des doigts calleux s'accrocher au col de son tee-shirt…

Non. Que signifiaient ces conneries ? C'était pire qu'une simple attraction physique. Nico fixait la scène avec avidité parce qu'il jalousait un contact amical. Parce que Ryan… non, Wright, bon sang ! Wright se montrait sympa envers Chenner. Parce que, même si Nico détestait le reconnaître, il n'avait pas d'amis au Fuel. Lucas et lui avaient vécu ensemble et ils s'entendaient si bien que Nico n'avait pas eu besoin d'un autre copain.

En fait, Rees avait raison à son sujet.

L'humiliation de cet aveu lui était encore plus douloureuse que ses problèmes sur la glace.

Nerveux et embarrassé, il s'éloigna sans se faire remarquer, la peau crépitant toujours. Il se demanda si les autres le voyaient comme lui-même le faisait : un abruti mal dans sa peau, incapable de trouver sa place.

Il se sentait si seul, il avait tellement besoin d'une main tendue qu'il avait réussi à se jouer des films en regardant ses coéquipiers jouer au ballon et l'un d'eux offrir un geste de réconfort à un jeune après une chute. Son cerveau avait mélangé les signaux. Nico s'accrocha à cette explication, vu qu'il refusait d'envisager l'alternative. S'amouracher d'un coéquipier serait stupide dans tous les cas, mais faire une fixation sur le gars que la direction avait engagé pour le remettre sur les rails ? Ce serait du pur masochisme !

Nico s'était calmé quand le reste de l'équipe revint au vestiaire, car il était temps de s'habiller pour l'échauffement. Délibérément, il évita de regarder Wright. C'était vital pour lui.

Dans les matchs de présaison, pensa-t-il avec amertume, il y avait tellement d'appelés et de recrues qu'il était impossible de faire des prévisions sensées quant à la formation des lignes et des équipes.

NICO SE retrouva sur la glace face à la troisième ligne de Nashville avec Wright comme ailier*.

Même Vorhees ne l'aurait jamais collé à Wright dans un match – vu qu'ils jouaient tous les deux au centre. Ça n'avait aucun sens. Bien sûr, ils partageraient la glace de temps à autre, mais rien de plus.

Mais en présaison, les entraîneurs aimaient à bousculer les habitudes pour tenter de nouvelles combinaisons. Et ce soir, Nico en payait le prix.

L'arbitre* laissa tomber le palet et le jeu débuta. Nico remporta la mise au jeu et envoya le palet à Wright, qui fila avec sur la glace. Et Nico se rua derrière lui.

Au milieu de la première période, aucun but n'avait été marqué et Nico avait passé l'essentiel de son temps conscient que son ailier réclamait le palet et fonçait sur leurs adversaires les plus proches.

Il aurait voulu oublier Wright, ou son agacement, mais ça lui était impossible et sa frustration ne cessait d'empirer.

Wright tapa les planches* de sa crosse et cria pour encourager Chenner qui patinait devant lui. Nico mordit son protège-dents plus fort encore. Pourquoi Wright était-il toujours aussi bruyant ?

Quand Nico revint sur la glace après son temps de pause, son agacement s'était transformé en colère.

Il gagna l'engagement au centre de Nashville, arracha le palet à la lame de son adversaire et fit une passe à son ailier. Wright tira vers Chenner, qui patina avec le palet jusqu'au filet, suivi par Nico et Ryan. Puis, comme dans un mouvement répété une centaine de fois, Chenner renvoya le palet à Nico, qui le fit passer à Wright, qui tira ensuite à l'arrière du filet.

— But ! hurla Wright, les bras en l'air.

Il télescopa Chenner et lui tapa dans le dos, bientôt rejoint par les défenseurs pour former une mêlée serrée.

Un féroce désir d'appartenance brûla les tripes de Nico – il avait toujours aimé ce sentiment de fierté et de connexion avec son équipe ! Il l'avait perdu au Fuel, en même temps que sa capacité à jouer correctement. Comment célébrer un but alors qu'il ne pouvait même plus marquer ? Pourquoi Wright voudrait-il de lui dans sa celly* ? Nico était censé garder ses distances.

Il retourna jusqu'au banc, sûr de sentir le regard de Wright dans son dos.

Le score final fut de un à zéro en faveur du Fuel, aussi le but de Wright s'avéra-t-il déterminant, même si dans un match de présaison, c'était sans réelle portée. Et vu qu'il n'y avait que quelques joueurs de la formation habituelle, Nico, Wright, Greenie et deux autres, sans doute ne serait-il pas nécessaire d'aller dîner ensemble le soir même…

En tout cas, Nico le pensait… jusqu'à ce que Yorkie revienne.

L'entraîneur avait déjà terminé son discours d'après-match plein de faux compliments, aussi Yorkie n'eut-il qu'à siffler pour attirer l'attention.

— C'est la dernière nuit de la présaison…

Le cœur de Nico se serra. Il n'allait pas pouvoir éviter une sortie, finalement.

Yorkie enchaîna :

— Allez prendre une douche et faites-vous beaux. Je vous attends tous chez O'Malley dans une heure.

Nico détourna les yeux pour éviter le regard de Yorkie. S'il gardait la tête baissée et sortait du vestiaire assez vite, peut-être éviterait-il une invitation individuelle impossible à refuser. Après tout, personne ne tenait réellement à sa présence.

Une demi-heure plus tard, il arriva dans le garage de son bungalow et coupa le moteur.

Puis il resta assis un moment, à contrôler sa respiration.

Cette série noire ne durerait pas éternellement. Il était bon au hockey. Il en était certain jusque dans la moelle des os. La saison dernière, juste avant de se casser le bras parce qu'il n'avait pas réussi à éviter un coup, il avait presque atteint le bon niveau. Il avait gagné des points pendant cinq matchs consécutifs – un record dans la NHL !

Maintenant, il avait retrouvé la glace, il était en meilleure forme physique que jamais. Il devrait retrouver son ancien élan, à condition de se bouger un peu plus. Il se sentait… rouillé.

S'il s'entraînait davantage, il exprimerait enfin son potentiel.

Dans ce cas, il mériterait de sortir avec ses coéquipiers : il aurait gagné sa place parmi eux.

RYAN ATTENDIT que l'horloge ait dépassé la demie avant de se tourner vers son voisin. Une question lui brûlait les lèvres depuis la deuxième période du match.

— Kitty, mon très cher ami, j'ai quelque chose à te demander. Au fait, tu as un surnom marrant.

Tout le monde – à une exception près – appelait le défenseur Mikhail Kipriyanov «Kitty», «minou». Nico Kirschbaum, lui, l'appelait Misha.

Le Russe jeta à Ryan un regard amusé et vida son verre à shot – le dernier d'une longue série.

— Tu peux parler, toi, on te surnomme «Doc» et je sais déjà que tu es très curieux, très fouineur, et que tu poses beaucoup de questions.

Pour indiquer qu'il plaisantait, Kitty lui donna un coup d'épaule. Si Ryan n'avait pas été un joueur de hockey professionnel, sans doute aurait-il été éjecté de son banc et de la salle.

— Que veux-tu savoir ? ajouta le Russe.

Ryan, largement imbibé d'alcool, répondit en toute franchise :

— Je ne comprends pas Kirschbaum. C'est quoi, son problème ?

Kitty grommela entre ses dents des mots en russe, puis il fit signe au serveur de lui rapporter une vodka. Ryan n'en fut pas surpris. Parler de Nico Kirschbaum réclamait de l'alcool.

— Je refuse de colporter des ragots sur mes coéquipiers, déclara Kitty, les yeux plissés. Kolya est un bon garçon. Laisse-le tranquille.

Ryan leva les mains.

— Hé, c'est mon intention, je m'en tiens à notre accord.

Oui, cet accord dont il n'était pas censé parler. Ryan se doutait bien qu'il devait y avoir bon nombre de spéculations quant aux motivations de Rees pour l'avoir transféré au Fuel, mais il ne tenait pas à les confirmer.

Malgré tout, il brûlait de curiosité. Il avait remarqué le regard avide de Kirschbaum pendant leur petite celly après le but, on aurait cru… un affamé devant un buffet de desserts interdit par la nutritionniste de l'équipe. Ryan parviendrait mieux à comprendre ce qui se passait s'il réussissait à convaincre Kirschbaum de lui faire confiance. Après avoir souvent lutté dans sa vie, il savait reconnaître quand quelqu'un avait besoin d'aide.

— Je veux juste savoir… commença-t-il.

Il ne put aller plus loin, car Kitty avait posé la main sur son bras.

— Quel accord ?

Ah… merde ! Ryan s'agita, mal à l'aise.

— Rien d'important.

Mais Kitty ne le lâchait pas, il le toisait même d'un œil noir. Ryan comprit que pour espérer récupérer son bras, il allait devoir s'expliquer.

— Il a été très clair dès le premier jour, il m'en veut parce que Rees a échangé son ami contre moi, je comprends, alors, je lui fiche la paix.

Le serveur revint avec quatre shots de vodka qu'il déposa sur la table.

Kitty libéra Ryan et poussa un des verres vers lui.

— Bois, ordonna-t-il.

Ryan n'essaya même pas de résister, il savait que les Russes plaisantaient rarement concernant la vodka. Il but.

— Maintenant, explique-moi, reprit Kitty. Et emploie des mots simples. Tu es bourré.

Non, sans blague ? Qui était le plus bourré des deux ?

— Nous sommes tombés d'accord pour nous éviter autant que faire se peut, répondit Ryan. Il prétend que la direction m'a demandé de m'occuper de lui et ça l'énerve. Personnellement, je ne suis pas tenté par le baby-sitting. Alors, j'ai accepté de rester à l'écart le plus possible.

Kitty fixa les shots de vodka qui restaient, puis il les vida l'un après l'autre. Il marmonna encore des mots russes.

Ryan commençait à douter de tirer de lui des réponses. Du moins, des réponses compréhensibles.

— Vous en voulez tous les deux à la direction, alors, vous vous évitez ?

Présenté de cette façon, évidemment, c'était stupide.

— C'est compliqué, affirma Ryan.

C'était la vérité, il en était sûr, même s'il ne se souvenait pas des détails. Il attrapa sa bière et en sirota une longue goulée avant de continuer :

— Mais quand même, je m'inquiète pour lui. Pourquoi n'est-il pas là ce soir pour boire avec nous ? Pourquoi refuse-t-il de participer à une celly ?

Pourquoi me rappelle-t-il constamment Charlie Brown juste avant que Lucy lui confisque son ballon de foot ?

Et pourquoi faisait-il une fixation sur Nico ? Le détester aurait dû être facile. Nico Kirschbaum, le fils d'un célèbre joueur de hockey, avait été un premier choix de repêchage. Il avait eu dès sa naissance tous les atouts dans sa manche, la route du hockey avait été facile pour lui. Ryan, lui avait dû se battre à toutes les étapes du chemin pour arriver dans la ligue. Même ses parents ne pensaient pas qu'il serait repêché, alors, ils l'avaient encouragé à tenter sa chance dans le hockey universitaire.

Oui, haïr Kirschbaum aurait dû être facile. Et pourtant, Ryan n'y parvenait pas. Comment détester un gars qui se défonçait autant pour réussir sans y parvenir ?

Un gars qui avait si manifestement besoin d'une main tendue.

— Kolya est un bon garçon, répéta Kitty, l'air troublé. C'est dur pour lui. Beaucoup d'attentes pèsent sur ses épaules, il a été blessé. Il peut pas jouer comme il veut. Maintenant, tu dis avoir été engagé comme baby-sitter ?

D'accord, c'était dur pour l'ego d'un mec, surtout celui d'un joueur de hockey.

— Mais en quoi ça l'empêche de participer à une celly…

— Si tu y tiens vraiment, coupa Kitty, tu trouveras tout seul pourquoi Kolya n'aime pas les fêtes. Essaie de résoudre ça, parce que nous…

D'un geste ample, il désigna les autres joueurs attablés,

— … on a tous essayé. Il veut pas nous écouter. Avec toi, peut-être…

— Moi ? Mais il me déteste !

— Oui, dit Kitty. Parce que tu es très pénible, tu poses beaucoup de questions. Bois, Doc. Un soir de fête, il faut pas parler de choses sérieuses.

Il pressa la bière de Ryan dans ses mains. Ryan hocha la tête. Oui, autant profiter de la fête pendant qu'il le pouvait. Il leva sa bière.

— Santé !

Sans même le réaliser, il continuait à fixer la porte. Il tressaillit quelques minutes plus tard quand Kitty poussa un soupir exaspéré.

— Doc ! Il viendra pas !

Ryan reporta son attention sur lui, mécontent de son comportement. Il ne voulait pas que Kitty le croie obsédé par Kirschbaum sur un autre plan que professionnel. Il n'avait encore jamais reçu d'avertissement d'un défenseur de la NHL et ce n'était pas une expérience qu'il tenait à vivre.

37

Et puis, Kitty n'avait pas à s'en faire. D'abord Kirschbaum détestait Ryan, en plus, tous deux ne jouaient pas dans au même niveau. Malgré ses problèmes actuels, Kirschbaum resterait dans la NHL jusqu'à sa retraite. Il était beau et intelligent, il parlait couramment trois langues, dont deux réputées difficiles. Et son éthique d'entraînement rendait en comparaison le plus fanatique des Voyageurs paresseux.

Ryan, lui, était dans la ligue par miracle. Et il était nul comme compagnon, pas assez engagé, fiable, ou sérieux – Josh le lui avait amplement démontré.

Aussi seul que soit Kirschbaum, Ryan n'avait qu'une seule chose à lui offrir : sa compagnie.

NICO TRÉPIGNAIT d'impatience quand la saison débuta enfin.

La présaison s'était mieux déroulée que prévu. Il avait marqué un point à chaque match auquel il avait joué – trois seulement, mais c'était un progrès. L'entraîneur Vorhees ne s'améliorait pas – d'après Nico, il faudrait au moins un traumatisme crânien sévère pour impacter ce crâne épais –, son père non plus. Il avait réussi à regarder tous les matchs de la présaison et à envoyer à Nico ses critiques par mail.

Mais, aussi étrange que cela paraisse, la terreur à laquelle Nico s'attendait s'était en partie dissipée.

Sa pomme d'avant-match à la main, il se dirigeait vers le vestiaire quand il entendit son nom.

— Oh, merde, Kerch ! Attention !

Agissant d'instinct, Nico parvint à rattraper le ballon de foot du genou, à le faire rebondir et à le renvoyer au groupe de son autre pied.

— Joli ! s'exclama Wright avec approbation. Tu veux jouer avec nous,

La proposition avait-elle un motif caché ? se demanda Nico. Wright avait-il deviné que Nico *crevait d'envie* de s'intégrer ? Peut-être.

Mais pour le moment, il ne pouvait pas encore accepter. Quand il aurait fait ses preuves sur la glace, ses coéquipiers l'accepteraient « pour de vrai ». Alors, il pourrait se mêler à leurs jeux, à leurs cellys.

— Euh… non, merci.

Il leva sa pomme comme s'il s'agissait d'une excuse valide. Devait-il ajouter quelque chose ? Comme « amusez-vous bien » ? Non, ce serait condescendant.

Et puis, c'était sans importance. Personne n'insista pour le faire changer d'avis. Le groupe retourna à son jeu et Nico continua seul son rituel d'avant-match.

Il pédalait et atteignait presque ses dix minutes habituelles à vélo quand un juron sonore le sortit de sa transe.

Il n'y avait qu'un autre joueur avec lui dans le gymnase, Misha, plus proche que lui de la porte d'où le son était venu. Quand Nico croisa le regard de Misha, il ne put résister à la curiosité.

— C'était quoi?

Misha secoua la tête.

— La recrue vient d'apprendre qu'elle ne jouerait pas.

Alors que ça aurait dû être son premier match dans la NHL? *Ouch.* C'était une vacherie bien digne de l'entraîneur.

— Pourquoi Vorhees a-t-il mis Chenner sur la touche?

Misha roula des yeux.

— Qui sait?

Nico se sentit mal pour Chenner. L'entraîneur avait fait plusieurs fois à Nico le même coup pour des raisons arbitraires : rater un but de penalty, avoir deux minutes de retard au petit déjeuner, rouler des yeux pendant l'entraînement…

Misha lui tapa sur l'épaule.

— Chenner s'en remettra. Doc et Yorkie s'occupent de lui.

Nico grinça des dents. Wright venait à peine d'arriver dans l'équipe et il prenait déjà en charge une recrue? Pourquoi pas lui? N'était-ce pas une preuve de plus qu'il n'était bon à rien?

Mais tout changerait dès qu'il recommencerait à marquer des buts. Il espérait que ça ne tarde pas.

En attendant, le pauvre Chenner ne souffrirait pas tout seul. Yorkie avait soutenu Nico dans ses pires moments, en particulier quand il s'était cassé le bras, et Wright avait la réputation d'être empathique. Autant que Chenner en profite.

RIEN N'ÉTANT jamais simple au Fuel, Rees convoqua Ryan dix minutes avant le début du match.

— Ryan! L'orange vous va très bien!

Rees avait-il un problème de vue? Voilà qui expliquerait son horrible moustache…

— Merci. Euh… vous avez demandé à me voir, monsieur ?

Ils étaient dans un petit salon réservé aux joueurs, au bout du couloir des vestiaires. Ryan portait son équipent complet de hockey, Rees un costume et une cravate orange. Sur lui aussi, la couleur était atroce.

— Je venais aux nouvelles. Comment avance notre projet ?

Ryan aurait préféré que Rees ne traite pas Nico de « projet ». C'était déshumanisant, lui semblait-il. D'un autre côté, déclarer franchement « avez-vous réussi à faire ami-ami avec lui comme je vous en ai donné l'ordre » n'était guère mieux.

— Plutôt bien, marmonna-t-il, sans conviction. Il est nettement moins agressif envers moi.

Rees esquissa un sourire satisfait.

— Bien, bien. J'espère que vous progresserez vite maintenant que la saison a commencé. Vous serez constamment ensemble, ce qui vous donnera plus d'occasions d'approfondir votre relation.

Ryan s'entendait bien avec ses nouveaux coéquipiers, à la seule exception de Nico. À ce propos… pourquoi ne pas interroger Rees ? Avec un autre directeur général, il ne s'y serait pas risqué, mais Rees semblait très investi dans le bien-être émotionnel de l'équipe, même si ses interventions étaient un peu étranges. Avec un peu de bol, il ne prendrait pas mal que Ryan remette en cause une décision de l'entraîneur.

— Monsieur, sauriez-vous pourquoi Eric Chen ne joue pas ce soir ? Il est totalement effondré ! Toute sa famille est venue de Nouvelle-Écosse pour assister à ses débuts.

Rees secoua la tête.

— Non, je n'en sais rien. Le pauvre garçon, je comprends sa déception. Pensez-vous que cela puisse créer un problème ?

Oui, je trouve lamentable de subir les lubies d'un entraîneur lunatique qui ne se donne pas la peine de justifier des décisions de dernière minute totalement arbitraires.

En fait, Ryan savait très bien la vérité : Vorhees avait tenu à rappeler à tous qu'il avait le pouvoir de leur pourrir la vie. Mais l'accusation était trop hardie dans le contexte – Ryan n'avait après tout qu'un seul exemple à présenter pour argumenter sa thèse. Mieux valait ne pas abuser de sa chance.

— Non, je me demandais juste si Chenner avait commis une erreur afin que nous puissions nous assurer que cela ne se reproduise plus.

Rees haussa les épaules.

— Je vois. Vous savez, je ne m'implique pas dans les décisions des entraîneurs, mais j'apprécie votre soutien envers ce jeune. Et je suis certain qu'il vous en est très reconnaissant.

Le match approchait, Ryan n'avait plus une minute à perdre.

Il trouva bizarre de porter un maillot de la « mauvaise » couleur pour un match à domicile*, d'entendre le « mauvais » hymne émaner des haut-parleurs. Mais c'était déjà moins bizarre que durant la présaison, aussi comprit-il qu'il s'y habituerait, comme il s'habituait déjà à un style de hockey différent, plus lent, plus conservateur qu'à Montréal. Et c'était dû à deux facteurs : primo, une défense qui manquait de profondeur – Ryan ne voulait pas dénigrer ses coéquipiers, mais Kitty était quasiment tout seul à tenir la ligne bleue* ; secundo, le noyau dur de l'équipe n'était pas tout jeune.

Greenie avait trente-cinq ans, Grange trente-sept. Dans le monde du hockey, tous deux étaient presque des vieillards.

Mais ce soir, ils jouaient bien. Grange et Kirschbaum étaient les centres de la première et de la deuxième ligne et celle de Ryan, la troisième, dite « ligne de contrôle » destinée à frustrer leurs adversaires, tenait bon, même si l'absence de Chenner se sentait.

Le score était de un à zéro en faveur de Montréal : Columbus avait marqué un but en passant à travers les patins de Greenie parce que Ryan avait bêtement pris un penalty pour avoir levé sa crosse, ce qui lui avait valu un temps sur le banc de touche*. Furieux de sa stupidité, Ryan mâchait son protège-dents quand Kirschbaum arriva sur la glace, le visage crispé de rage.

Sans perdre une seconde, il intercepta une passe bâclée à la ligne bleue. Les défenseurs sur les talons, il zigzagua autour de ses adversaires comme s'ils étaient pylônes sur une piste de ski. Son entrée en zone* fut parfaite. Sans même réaliser son geste, Ryan se mit debout pour mieux voir ce qui se passait dans l'arène.

Une fois devant le gardien de but, Nico utilisa la pointe de son bâton pour ramener le palet vers lui et hors de portée d'un défenseur – un toe-drag ! – et tira. Malheureusement, il heurta le poteau. Le palet ricocha sur la glace et le jeu continua.

Quand même !

— Putain ! marmonna Ryan.

Peut-être y avait-il encore de l'espoir pour cette équipe !

41

À la fin de la troisième période, c'était l'égalité, un but partout. Et Ryan se sentit tenu de mériter son salaire. Il tapa dans ses mains pour attirer l'attention de ses coéquipiers.

— Nous sommes sur notre terrain, c'est la soirée d'ouverture et nos adversaires sont fatigués ! Mettons-leur une raclée !

À travers la pièce, son regard tomba sur Kirschbaum. Ryan hésita à faire référence à son incroyable prestation en plein désavantage numérique, mais en constatant la raideur des épaules, il décida de s'en abstenir. Kirschbaum risquait de prendre sa réflexion pour une critique puisque le but n'était pas entré.

Le Fuel perdit au cours des prolongations*.

Ryan rentra à son appartement épuisé et déçu, espérant au moins réussir à dormir. Pas de chance, il se réveilla en sursaut, assourdi par le tambourinement de son pouls dans ses oreilles et la poitrine si oppressée qu'il avait du mal à respirer. Après s'être dit et répété qu'il devait se calmer, il se leva, conscient que l'adrénaline qui coulait dans ses veines l'empêcherait de se rendormir avant au moins vingt minutes.

Du coup, il évoqua l'expression de Nico Kirschbaum après le match, sa posture vaincue, ses épaules affaissées… et le claquement de sa crosse sur la glace lorsque le but de Columbus était entré. Pire que tout, Ryan était hanté par le doute qu'il avait vu briller dans les beaux yeux bleus aux cils épais.

Si quelqu'un devait se sentir coupable, c'était lui, Ryan. C'était lui qui avait pris un penalty. Avec un autre joueur de plus sur la glace, peut-être le Fuel aurait-il marqué un but sur le rebond…

Ryan pouvait aider Kirschbaum – il le savait.

À condition que Nico se laisse approcher.

NICO FAISAIT ses étirements post-footing quand il reçut un appel de son père.

Il aurait voulu ne pas réagir si violemment en voyant le nom s'afficher sur son écran, ne pas être tenté de jeter son téléphone par la fenêtre. Son père l'aimait, il voulait ce qu'il y avait de mieux pour lui. Il ne méritait pas un fils qui ne tenait pas à lui répondre.

Alors, Nico décrocha… et le regretta presque immédiatement.

En vérité, son père cherchait de nouveaux sponsors, mais suite aux deux dernières saisons sans gloire de Nico, il ne les avait pas encore trouvés. Tout ce qu'il avait obtenu, déclara-t-il avec amertume, c'était une vague promesse d'en rediscuter après que Nico aurait gagné quelques matchs cette saison.

Du coup, il en vint à la vraie raison de son appel.

— Je tiens à ce que tu te montres brillant.

Comme si Nico avait besoin d'une pression supplémentaire !

Quand son père raccrocha, Nico laissa tomber son téléphone et s'allongea, les yeux au plafond, l'esprit vide. Il détestait de se sentir aussi mal chaque fois que son père lui téléphonait.

Un « *bip* » attira son attention, c'était un message cette fois.

Ella : Je m'ennuie en cours !

Pour accentuer son propos, Ella lui envoyait plusieurs GIFs pleins de créativité. Nico faillit sourire devant le bébé endormi le nez dans son assiette.

Il répondit :

Nico : Mets-toi au tricot.

Il vit les mots « Ella écrit » apparaître sur son écran et attendit.

Ella : Sûrement pas ! Si je chope un syndrome du canal carpien, comment veux-tu que je réussisse à mes examens ?

Nico ricana.

Nico : Alors, regarde passer les trains ou commence une collection de timbres. Si tu n'es pas fichue de trouver un passe-temps, ce n'est quand même pas de ma faute !

Ella : D'accord. Dans ce cas, changeons de sujet, je voudrais savoir pourquoi tu m'évites.

Nico laissa tomber son téléphone avec un juron. Il ne l'avait pas évitée délibérément, mais à chaque conversation, elle lui demandait comment se passait sa saison. Et il ne savait quoi répondre. *J'ai marqué trois points en huit matchs, un seul était pour un but, donc l'entraîneur m'a pris en grippe ?*

Le but aurait pu valoir la peine d'être signalé si Nico en avait d'autres auxquels le comparer.

Et ce but avait été agréable. Nico avait rugi de joie, il s'était jeté sur les planches… En revanche, l'enthousiasme de ses coéquipiers ne lui faisait ni chaud ni froid. Yorkie avait frappé son casque contre le sien, Misha lui avait tapoté l'épaule et c'était tout.

Nico n'avait pas pris la peine de patiner jusqu'au banc pour offrir son poing aux autres joueurs de son équipe.

Il tapa rapidement un texto :

Nico : Je ne t'évite pas. Si mon attitude t'a donné des raisons de le penser, je te demande pardon.

Il espérait qu'elle en resterait là, mais son téléphone sonna. Ella était butée.

Nico décrocha avec un soupir.

— Je ne t'évite pas !

— C'est ce que je constate, admit-elle, puisque tu réponds. J'ai regardé tes matchs, tu sais.

Ella semblait très contente d'elle et bien guillerette pour quelqu'un qui se plaignait de s'ennuyer.

Pouah.

— Donc, tu sais que nous sommes 2-5-1. En clair, au fond du trou. Tu es maso ou quoi ?

— C'est peut-être que tu me manques, chouchou. Tu n'as pas mis à jour ton compte Insta.

— *Je* n'ai jamais mis à jour mon Instagram.

— Aucune importance, je n'appelle pas pour ça. Raconte-moi plutôt comment ça se passe avec l'équipe.

Nico ramena son genou contre sa poitrine. Un de ses quadriceps avait encore besoin d'étirements.

— Vorhees est toujours aussi pénible, il ne change pas. Il m'a mis sur la touche au dernier match. Et il s'acharne sur Chenner.

— Comme d'hab quoi. Et le nouveau, il s'en sort comment ?

Nico s'étonnait que ce ne soit pas la première question qu'elle ait posée. Les médias avides de sensations ne cessaient de le harceler : tous voulaient son avis sur le fait qu'un autre gay ait été engagé dans l'équipe.

Deux ans plus tôt, avant qu'il ne perde confiance en son étoile après avoir raté deux saisons, il aurait probablement cligné des yeux, l'air innocent, et répondu aux paparazzis : « Oh, Wright serait-il gay ? »

— Pas mal. Il parle beaucoup, il pousse souvent nos adversaires à la faute.

Ella émit un bruit frustré.

— Cesse le politiquement correct et dis-moi comment il est *vraiment*.

Elle fit une pause, puis ajouta en gloussant :

— Physiquement, il te plaît ?

— *Ella* !

Elle n'avait qu'à chercher sur Google une photo de Wright.

— Oooh ! C'est chou ! Donc, tu le trouves à ton goût et… Merde ! Je ne comprends pas du tout ta réaction… Que me caches-tu ?

Nico relâcha son genou et le fléchit plusieurs fois, puis il respira profondément pour tenter de dissiper sa tension.

— Figure-toi qu'il a un diplôme en psychologie du sport !

— Oh, oh, un *universitaire* !

Nico se demanda pourquoi il regrettait parfois de ne pas avoir plus amis. Il avait Ella et elle était… terrible !

— Oui, grinça-t-il, et d'après Rees, c'est *exactement* le genre d'interlocuteur à qui je devrais me confier !

Ella jura.

— J'imagine que tu n'as pas apprécié.

— Tu es devin ? répondit-il sèchement.

Le silence qui s'ensuivit lui parut de très mauvais augure. Connaissant Ella, il devina qu'elle réfléchissait à la formulation de sa prochaine attaque.

— Tu ne m'as jamais dit pourquoi tu refuses de voir le psy de ton équipe.

Parfois, Nico détestait avoir raison.

— Je sais, et je ne tiens pas non plus à t'en parler maintenant.

— Nico, je m'inquiète pour toi. Tout le monde a besoin de parler à quelqu'un, tu le sais ! Ce n'est pas bon de laisser macérer ses problèmes. Je vois mon psy régulièrement, tu ne me l'as jamais… reproché.

Nico sentit un pincement inconfortable dans la poitrine. Il n'avait pas imaginé qu'elle interpréterait sa réticence à suivre une thérapie comme de la désapprobation.

— Bien sûr que non ! Si ton psy t'aide, tant mieux pour toi. Je n'ai jamais critiqué…

Il sut qu'il avait commis une erreur avant même qu'elle l'interrompe d'un cri outré.

— Oh, je vois ! TOI, non, tu n'as jamais critiqué personne, mais….

— Ella…

— C'est encore ton père ? Franchement, il mériterait des claques !

Nico piqua un fard.

— Ce n'est pas…

— Pas à cause de lui ? Ben voyons !

Il savait qu'elle roulait des yeux. Elle enchaîna d'un ton lourd de sarcasmes :

— Je te connais depuis très longtemps, Nico, j'ai rencontré ton père. Pour mieux jouer au hockey, tu serais capable de manger des betteraves pendant un mois, alors que tu les détestes, mais tu refuses de suivre une bête thérapie ? C'est à cause de lui, je le *sais* !

Malheureusement, elle avait raison. Rudy Kirschbaum prônait l'indépendance et la force mentale. Il avait pour mantra : «souris et serre les dents», ou «fais semblant jusqu'à ce que ça passe». Si Nico ne marquait pas, d'après son père, c'était uniquement parce qu'il ne s'exerçait pas assez.

— Tu n'es pas obligé de tout lui dire, tu sais, insista Ella.

Nico soupira.

— J'ai essayé une fois de parler à quelqu'un, souffla-t-il. Tu t'en souviens ?

Ella avait été là. Pourquoi ne s'était-il pas adressé à elle ?

Il se pensait gay, alors, il l'avait dit à une enseignante. Il avait douze ans à l'époque. Ses parents n'étaient pas homophobes – pas vraiment –, mais il ne se sentait pas prêt à se confier à eux. Cela n'avait pas arrêté *Frau* Schmidt, cependant. Elle leur avait téléphoné…

Le soir, ses parents l'attendaient à son retour à la maison. Et son père lui avait expliqué en détail ce qu'il pensait d'avoir un fils gay.

Quand Nico repensait à ce jour, il retrouvait la terreur qui l'avait secoué.

— Elle a été nulle.

— Je sais.

Nico avait été tellement en colère… il n'avait plus fait de coming-out, il n'avait plus fait confiance…

Ella poussa un long soupir.

— Oui, tu le sais… mais le sais-tu *vraiment* ?

— Ella ! grommela Nico.

Pourquoi fallait-il constamment qu'elle coupe les cheveux en quatre ?

— Nico, tu es adulte aujourd'hui, le psy de ton équipe ne contactera certainement pas tes parents pour leur révéler le contenu de ton dossier.

Ah, ce discours avait peut-être un sens. Ella avait raison. Nico savait qu'un thérapeute ne répéterait pas ses secrets à son père. Pourtant… rien n'ébranlait la peur ancrée en lui que sa confiance soit violée et ses paroles utilisées contre lui.

— Merde ! s'exclama Ella. J'aimerais tellement baffer ton père !

Nico ricana.

— Cela ne servirait à rien.

Pourtant, son père n'aimerait pas *du tout* d'être agressé physiquement par une fille. Rien que pour voir sa tête, ça vaudrait presque la peine de lâcher Ella sur lui.

— Mais merci quand même, ajouta Nico.

RYAN ÉTALAIT de la mayonnaise sur son sandwich quand sa sœur l'appela en vidéo-conférence. Il répondit et laissa son téléphone posé sur le comptoir. Elle le verrait sous un angle peu flatteur avec son sandwich en gros plan, mais c'était sans importance.

Il attrapa un pot de cornichons et y plongea sa fourchette.

— Salut, Tara !

— Oh, mon Dieu, qu'est-ce que tu manges ?

Elle était assise dans son salon, avec son téléphone idéalement positionné, bien entendu.

— Euh, le meilleur sandwich de tous les temps ?

Il piqua enfin un cornichon.

Tara ricana et écarta ses cheveux blonds de son visage.

— Frangin, je t'adore, mais si ton sandwich mérite des superlatifs, ils ne sont certainement pas du côté positif. Je verrais plutôt : le pire, le plus dégoûtant, le plus horrible…

D'accord, son œuvre était un peu déséquilibrée et peut-être trop grande pour sa bouche, et alors ? Ryan agita sa fourchette – et son cornichon – devant la caméra.

— Tu es juste jalouse de mon talent culinaire !

— Oui, c'est la seule explication rationnelle, répondit-elle, impassible.

Ryan trancha le cornichon et en garnit son sandwich.

— Bien, déclara-t-il, ce point étant réglé, pourquoi cet appel ? Je présume que ce n'était pas pour critiquer mon sandwich ? Sinon, je te signale que mon téléphone à une fonction « silence ». Je sais même en user !

— J'aimerais discuter avec toi de ton régime – franchement, écoutes-tu seulement ton nutritionniste ? —, mais tu as raison, ce n'est pas la raison de mon appel.

— Bien.

Ryan n'avait aucune envie d'argumenter. C'était son jour de congé et il tenait à décompresser – son travail était hyper merdique !

Nico déprimait un peu plus à chaque match que perdait le Fuel – Ryan trouvait difficile de continuer à l'appeler Kirschbaum quand il était si évident que le pauvre gars avait besoin de douceur et de réconfort – et se réjouissait à peine quand il gagnait. Sinon, Nico restait focalisé sur l'entraînement physique, aussi bien sur la glace qu'au gymnase. Mais quoi qu'il fasse, l'entraîneur n'était jamais satisfait. La consternation de Nico au dernier match en apprenant qu'il était banni à la tribune de presse avait réveillé les instincts protecteurs de Ryan, très tenté de l'envelopper dans une couverture, de lui servir un chocolat chaud et de lui caresser ses cheveux.

Ce qui ne servait à rien et ne risquait pas de se produire avant que Ryan réussisse à briser le mur dont Nico se protégeait.

Donc, il avait besoin d'une pause, d'un délicieux sandwich et de longues heures devant sa série préférée, *Fast & Furious*. Parfois, regarder les voitures rapides exploser était vraiment jouissif.

— Bien, répéta-t-elle sur le même ton. Parle-moi de ta nouvelle équipe. Enfin, je veux les détails croustillants, pas les statistiques et autres chiffres sans intérêts. Je sais juste que le Fuel perd souvent, j'en suis désolée pour toi.

Il ricana et régala sa sœur de quelques anecdotes : la façon dont Yorkie améliorait ses discours de capitaine pour dynamiser ses troupes ; le magnétisme animal de Kitty, dont il semblait inconscient ; le premier match de Chenner et le fait que Yorkie avait discrètement payé le voyage à toute la famille Chen pour y assister.

— Ils paraissent sympas, admit-elle. Mais tu n'as pas mentionné les progrès de ton protégé.

Un jour où il était particulièrement frustré, Ryan avait texté à sa sœur les détails de sa «mission» concernant Nico. Il secoua la tête.

— Il n'y a pas grand-chose à dire, soupira-t-il. Je n'ai jamais vu quelqu'un travailler si dur pour si peu de résultat. Le problème doit être dans sa tête, mais il refuse d'en parler, alors…

Il haussa les épaules.

— Alors, tu abandonnes ?

— Non ! protesta-t-il. Mais je… je prends mon temps.

Bien sûr, il aurait pu considérer la tâche impossible, mais il ne le pensait pas. Il fallait juste qu'il attende le bon moment.

Elle plissa les yeux avec suspicion.

— Que me caches-tu au juste ? Il te plaît ?

Eh meeerde. Ryan gémit.

— Tara ! Tu ne vas t'y mettre aussi !

Elle leva les mains.

— Pourquoi pas ? Il est beau ! Et gay. C'est normal que je me pose des questions. Au fait, j'ai appris sur Facebook que tu avais rompu avec ton ex.

Maintenant, Ryan n'y comprenait plus rien. Oh, il reconnaissait les charmes de Nico : grand, solide, tout à fait son genre, même s'il préférait mourir que l'avouer. Mais…

— De qui parles-tu ?

— De Mathieu ! s'emporta Tara. Le gars avec qui tu sortais à Montréal !

Cessant ses préparatifs, Ryan fixa l'écran de son portable. Sa sœur paraissait ulcérée, lui avait tout d'une carpe hors de l'eau, les yeux exorbités, la bouche ouverte.

— Mais… mais… bêla-t-il, nous n'étions pas ensemble ! Nous nous sommes vus une fois ou deux, avant que je déménage dans une autre ville, alors…

— Ryan.

Il ne voulait pas parler d'un « plan cul » à sa sœur, mais Mathieu n'avait rien été d'autre pour lui, ni son compagnon, ni même un ami.

— Nous n'étions pas ensemble ! répéta-t-il avec force. Et je ne crois pas aux relations longue distance !

Elle haussa un sourcil.

— Ce devait être sérieux, insista-t-elle. Tu me l'avais présenté.

— J'y ai bien été obligé puisque tu nous avais surpris ensemble.

Il reposa son téléphone et croqua dans son sandwich. Avec seulement onze mois de moins que lui, Tara s'était toujours octroyé un droit de regard sur ses fréquentations. Parfois, Ryan le déplorait. C'était de sa faute sans doute, car il avait créé un précédent en faisant son premier coming-out devant elle.

Tara fit la grimace.

— Je préférerais l'oublier !

— On n'a pas idée de se pointer chez les gens sans prévenir !

— Je voulais te faire la surprise ! cria-t-elle. C'était ton anniversaire !

Il ricana et avala ce qu'il avait dans la bouche – ça avait le goût de la victoire.

— La question n'est pas là, reprit Tara. Revenons-en à l'essentiel.

— Qui est ?

— Tu as rompu avec Mathieu, un garçon très sympa. Pourquoi ?

Ryan sentit qu'il s'aventurait en terrain miné.

— Je n'ai pas rompu, nous n'étions pas ensemble. Et même si nous l'avions été, je te rappelle que j'ai déménagé, j'ai même changé de pays.

Elle poussa un soupir et haussa les sourcils.

— Tu ne restes qu'une saison au Fuel, ça n'est pas une raison suffisante.

Ryan en avait assez.

— Je ne crois pas aux relations longue distance, répéta-t-il, Mathieu n'était qu'un plan cul.

En le présentant à Tara, il avait bien précisé qu'il n'y avait rien de sérieux entre eux.

— Alors, ce n'était pas pour te protéger ?

Ryan sentit qu'il était tombé dans un piège tendu par sa sœur.

— Me protéger de quoi ?

— Eh bien, en ne tentant rien, après tout, tu ne risques pas d'être déçu ou d'échouer.

Merde. Elle ne retenait pas ses coups.

— Écoute, je n'ai rencontré personne qui m'intéresse…

Tara souffla, sans cacher son scepticisme

— … mais, insista Ryan, ça ne veut pas dire que je refuse de m'engager.

Et pourtant… Il avait appris une leçon avec Josh : la vie ne faisait pas de cadeaux. C'était soit le hockey, soit le grand amour, mais seul le premier offrait à Ryan un salaire qui lui permettait de manger et de se loger.

Tara poussa un soupir exaspéré.

— Ryan ? Tu m'écoutes ?

C'était sa formule quand il rêvassait pendant un appel. Il mordit à nouveau dans son sandwich pour cacher qu'effectivement, il n'avait pas écouté. De toute façon, il doutait d'apprécier ce qu'elle avait dit.

— Mmm.

— Tu parles ! Tu n'as pas toujours été comme ça, frangin. Tu as eu un copain à Shattuck, tu en étais dingue. Plus tard, à l'université, personne.

— Tara…

Comme tous les joueurs de hockey, Ryan avait suivi des cours pour apprendre à « gérer les médias », il savait donc garder un visage impassible devant les questions insidieuses ou piégées. Quand il était arrivé au Fuel, les journalistes l'avaient harcelé pendant des semaines pour savoir comment il s'adaptait à un nouveau système (*mal, Vorhees était encore plus pénible que prévu*), comment il trouvait son nouvel appartement (*nul, le mobilier était atroce et il n'y avait pas de balcon*), comment il s'entendait avec ses coéquipiers (*s'ils cherchaient une histoire sur Nico et lui, ils n'auraient rien du tout*).

Oui, Ryan avait réussi à tout traverser, il avait affronté la presse après une défaite de sept à zéro, mais avec sa sœur, ce fut totalement inefficace.

— Oooh! Tu me caches quelque chose! Je suis désolée, ajouta-t-elle aussitôt avec une grimace, si tu ne m'as rien dit, c'est que ça se passe mal et que tu préfères me cacher que tu souffres.

Il soupira. S'il ne voulait pas passer le reste de la saison à éviter Tara, autant tout lui dire.

Il écarta son sandwich.

— Il y a eu Josh.

Tara cligna des yeux.

— Pardon?

— À l'université, il y a eu Josh. Nous nous sommes rencontrés quand j'étais en première année. Il étudiait l'ingénierie logicielle.

Josh était intelligent, caustique, il avait un sourire létal et il s'affichait sans problème devant les amis sportifs de Ryan.

Il considérait aussi que le monde lui devait quelque chose et qu'il toucherait un jour son dû. Ryan avait aimé cette avidité. Ils s'étaient installés ensemble en dernière année. Ryan pensait qu'ils étaient heureux, qu'ils avaient la même vision d'un avenir commun…

— Quand j'ai déménagé à Montréal, j'ai cru qu'il viendrait aussi, pour rester avec moi. Il m'a ri au nez, il m'a traité d'idiot sentimental et naïf. Il avait raison, au fond.

C'était une version aseptisée, mais Ryan espérait que Tara s'en contenterait. Déjà, il avait du mal à la regarder dans les yeux – par écran interposé. Il ne voulait pas qu'elle ait pitié de lui.

Malheureusement, s'il ne le voyait plus, il pouvait encore l'entendre.

— Ryan…

Il inspira un grand coup et l'interrompit :

— J'ai toujours su que si je voulais être un professionnel, je serais amené à déménager souvent.

Josh n'aurait pas dû se moquer de ses compétences assez modestes sur la glace, mais bon, il avait le sarcasme lourd, ça n'était pas nouveau.

— Alors, ajouta-t-il, s'engager dans une relation sans savoir combien de temps on restera dans le coin, ça n'est pas toujours évident. Et je n'ai pas les moyens de payer un gigolo.

51

Il avait tenté d'alléger l'ambiance.

Pour une fois, Tara ne le tacla pas.

— Très drôle.

Ryan évoqua alors ce qu'elle avait dit un moment plus tôt. Il lui avait fallu tout ce temps pour se remettre de ces paroles, reçues comme un coup. Elles continuaient à résonner en boucle dans sa tête.

— Tu le penses vraiment ? demanda-t-il brusquement. Tu as dit que je ne tentais rien ?

C'était effrayant. Il n'aimait pas penser ça de lui.

Tara répondit de façon indirecte :

— Tu ne t'es pas inscrit dans les listes de repêchage.

Où était le rapport ? Ryan fronça les sourcils et croisa les bras.

— Je te rappelle, grinça-t-il, que les parents m'encourageaient à suivre la voie universitaire.

Même eux ne le croyaient pas assez bon pour être repêché ! Pourquoi aurait-il dû s'exposer à une humiliation et à un nouvel échec ?

Elle le fixa, interloquée.

— Oui, effectivement, ils t'ont conseillé de postuler pour avoir plusieurs options, un plan B si ça ne marchait pas comme tu voulais, pour que tu ne sois bloqué. L'aurais-tu oublié ?

L'avait-il oublié ? Ryan en doutait. Il aurait pu jurer...

Bon, c'était sans importance de toute façon. Il était ici maintenant.

Soudain, il se sentit épuisé.

— Je ne crois pas que mon ego en supportera davantage, arrête, Tara, s'il te plaît.

Elle s'adoucit.

— Oui, bien sûr. Viens avec moi, je dois choisir une robe pour un mariage en fin de semaine. Tu vas me donner ton avis.

Elle se leva, emportant son téléphone, et prit la direction de sa chambre.

Merci, Seigneur !

— D'accord, mais je veux aussi voir tes chaussures.

— Peuh ! Tu ne connais rien aux chaussures !

Le FUEL affronta Calgary à domicile la dernière semaine d'octobre, et, pour une raison quelconque, ce match incitait toujours les médias à des jeux de mots pleins d'esprit. *Calgary s'enflamme et Indianapolis est à court de Fuel.* Ce genre de chose.

Inutile de le préciser, Nico détestait jouer à Calgary. Si un journaleux de plus parlait de fuel dans son article, il allait… quoi? Faire du yoga? Probablement. Mais ça ne l'aiderait pas vraiment.

Il finissait de s'habiller pour l'échauffement quand Wright aboya :

— Que se passe-t-il, merde? Quelqu'un est mort?

— Pas encore, marmonna Nico.

Deux casiers plus loin, Grange étouffa un ricanement.

Yorkie considéra que c'était le bon moment pour son discours de motivation, il affirma avoir foi dans ses joueurs et que s'ils s'en donnaient la peine, ils pouvaient battre n'importe qui, etc. Nico ne l'écouta pas longtemps. Il surveillait Vorhees, car il tenait vraiment à savoir dans quel ordre allaient jouer les différentes lignes. L'entraîneur était bien capable de tout gâcher encore une fois.

Il ne le fit pas.

Rassuré, Nico suivit l'équipe et alla s'échauffer sur la glace.

Malgré son malaise, malgré le picotement de sa nuque indiquant que le public le regardait et attendait sa prochaine – et inévitable – erreur, tout se passa bien jusqu'à l'exercice de tir*.

En toute justice, Nico aurait dû détester cet exercice. Il ne marquait jamais dans ce contexte. Les médias en faisaient des gorges chaudes : chaque fois que Fuel y participait, l'entraîneur envoyait Nico sur la touche, ou il le laissait jouer… et se ridiculiser.

Sauf que Nico excellait à ces tirs de vitesse… tant qu'il s'agissait d'un exercice. Tout le monde espérait qu'un jour ou l'autre, ça payerait pendant un match.

Ce n'était encore jamais arrivé. Alors, l'entraîneur ne l'impliquait pas à moins de n'avoir pas d'autre option.

Au moins, l'exercice était routinier, Nico pouvait y sombrer et déconnecter son cerveau pendant quelques minutes. Peut-être réussirait-il aussi à atténuer l'énergie qui vibrait en lui à fleur de peau.

Grange récupéra son palet et avança vers le filet. Il tenta de passer entre les jambes du gardien de but et Greenie était derrière lui. Ce fut un beau tir et une belle récupération.

Ensuite, ça aurait dû être au tour de Nico. Il passait toujours après Grange, il l'avait fait depuis sa première semaine au Fuel au camp d'entraînement.

Mais aujourd'hui, le suivant dans la ligne, c'était Chenner, passé devant lui, pour une raison quelconque.

Greenie attrapa le palet et cria une vanne à Chenner, qui secoua la tête et répondit sur le même ton. Nico n'entendit pas leur échange.

Il déglutit, attrapa le palet et prit son tour. Greenie était déjà en position, suivant ses mouvements. Nico appréciait cette façon qu'avait Greenie de prendre ses tirs au sérieux, c'était l'une des rares choses dont il était fier ces temps-ci.

Il fila vers le filet, feinta à droite et tira à gauche, trop haut…

Greenie rattrapa le rebond.

— Ça marchera la prochaine fois, Kersh ! cria-t-il avec un clin d'œil.

Il lui renvoya le palet et Nico s'écarta du filet en essayant de ne pas ruminer de ce coup raté. Il aurait dû savoir Greenie serait de ce côté, surtout après avoir vu Chenner manquer son tir. Il fronça les sourcils. Sans être superstitieux, il devait reconnaître que son cerveau n'était même plus fichu de prendre une pause dans la routine.

Il quitta la glace et se laissa tomber sur son banc. Le match commençait et lui ne cessait de ressasser cet exercice de tir, encore et encore. Ce coup manqué ressemblait à un mauvais présage.

Le fait que le Fuel n'ait pas perdu dès les dix premières minutes du match ne fit rien pour calmer son appréhension. Ses coéquipiers ne jouaient pas bien, mais les gars de Calgary non plus. Pour le moment, aucun but n'avait été marqué.

La première période touchait à sa fin, le Fuel n'avait réussi que trois tirs et Vorhees ne cessait de grogner. Dès que Nico fermait les yeux, il revoyait le gardien bloquer son but. Il s'y était pris comme un manche ! Pourquoi avoir tiré trop haut ?

— Kirschbaum ! aboya Vorhees. C'est à toi !

Nico sauta par-dessus les planches. Il devait se concentrer.

Il perdit la mise au jeu. Le Gaucher parvint à récupérer le palet et fila avec sur la glace. Nico et Bourbeux le suivirent au-delà de la ligne bleue, où un joueur adverse bloqua soudain le passage de Nico.

Nico le repoussa d'un coup d'épaule et le contourna et…

Putain, le Gaucher exécutait un de leurs mouvements. Ils l'avaient pratiqué des dizaines de fois, mais Nico avait tout oublié. Parti du mauvais côté, il n'était pas à la position voulue. Le Gaucher fit une passe, Bourbeux récupéra le palet, mais Nico eut beau s'étirer, il ne put le rattraper.

Leur adversaire, lui, y parvint.

Nico, le Gaucher et Bourbeux lui filèrent le train sur la glace. Nico sentait l'amertume monter en lui, menaçant de l'étouffer. Il vit la passe, le tir et le but, presque avant qu'ils se réalisent. Il sut que le palet allait entrer dans le filet. *Merde!*

Les épaules affaissées, la bouche serrée, il patina jusqu'au banc en évitant de croiser les yeux des autres. Il jouait comme un pied ce soir.

À la fin de la seconde période, il s'était laissé prendre le palet deux fois de plus et s'était querellé avec un défenseur du Fuel sur la glace. Ils étaient restés au corps-à-corps dix bonnes secondes en laissant leur équipe jouer à trois contre cinq.

Vorhees les avait engueulés depuis son banc et plus tard, dans le vestiaire, mais le score n'arrêtait pas de chuter. Un à zéro; deux à zéro; trois à zéro.

Au début de la troisième période, Nico était au bord de la rupture, les épaules nouées, les dents serrées. Il voulait cogner.

Puis un joueur opéra un dégagement interdit* et le changement de ligne fut lent et bâclé. Nico se retrouva sur la glace avec Chenner, qui changeait souvent de poste, mais était rarement avec lui.

Et ce soir, la recrue avait apparemment oublié sa place, parce que deux fois de suite, il poussa toute la ligne à reculer dans la zone défensive pour une erreur de position.

À la fin de son temps sur la glace, Nico était furieux. Il vidait une bouteille d'eau quand Chenner s'installa à côté de lui, les épaules basses, il secouait la tête.

Wright lui tapota le dos.

— Qu'est-ce que tu foutais? aboya Nico. Tu ne m'as pas vu?

Chenner sursauta.

— Ben… euh… bégaya-t-il.

Wright intervint. Il posa sa main gantée sur le casque de Chenner et fit semblant de lui ébouriffer les cheveux.

— N'écoute pas Grincheux, gamin. Tu as commis une erreur, ça arrive à tout le monde.

De l'autre côté de Wright, le Gaucher ricana :

— Grincheux! Ça lui va comme un gant! Kersh le Grincheux!

Non. Nico serra le poing. Non, ils n'allaient pas…

55

Granger, qui était à sa droite, lui tapa doucement sur la tête.

— Doc a raison, Grincheux. Les erreurs, ça arrive à tout le monde, alors, relax et concentre-toi sur la suite du match.

Grincheux.

— Non, marmonna Nico.

Mais personne ne l'écoutait.

À la fin du match, son nouveau surnom s'était propagé tout le long du banc, à travers la glace et jusqu'au filet.

Nico faillit laisser tomber le palet quand il entendit crier à sa gauche :

— Grincheux ! Grincheux ! Par ici !

Il fit une passe sur sa droite.

Le Fuel perdit quatre à un. Les quatre dernières minutes, Nico resta assis sur le banc en essayant d'ignorer la fosse béante dans son estomac et la façon dont Vorhees le fusillait des yeux.

Dans le vestiaire, il évita les regards des autres. Il avait peur de vomir et son expression devait être révélatrice, parce que Felicia, des relations publiques, lui jeta un coup d'œil, puis elle secoua la tête et le libéra. Ce fut Wright qu'elle envoya affronter les loups.

Nico envisagea de se noyer sous la douche.

Au final, il préféra s'enfermer dans un placard à provisions. Il y resta tranquille cinq minutes, occupé à faire des exercices respiratoires et à prétendre se ficher que son équipe le déteste.

La limite de temps qu'il s'était imposée était à peine atteinte quand on frappa à la porte.

— Kirschbaum, ouvre. Je sais que tu es là.

Merde. Wright ! La dernière personne que Nico tenait à voir quand il se comportait en gamin capricieux. Plus il pensait au match, plus il était horrifié. Quand allait-il grandir ? Il avait engueulé une recrue pour une erreur que lui-même avait commise des centaines de fois. Il avait passé tant de temps à ressasser ses erreurs qu'il en avait commis d'autres, par inattention – assez pour que l'entraîneur le mette au coin comme un garnement. Et c'était une décision que Nico ne pouvait même pas contester. Il avait mérité cette sanction.

Il aurait voulu rester éternellement enfermé dans ce trou.

Pire encore, il commençait à se dire qu'il aurait mieux fait d'avaler la pilule, aussi amère soit-elle, et parler à Wright, comme le directeur général le lui avait conseillé. Rien n'aurait pu le détruire autant que la façon dont il avait joué ce soir.

— Nico, si tu ne sors pas, je vais entrer. Ne m'y oblige pas, s'il te plaît ! Je suis sorti du placard en 2007.

Même dans son état actuel, Nico ne put s'empêcher d'être choqué : qu'allaient penser ses coéquipiers d'une blague de ce genre ?

Il s'écarta du mur et ouvrit la porte, priant tous les dieux du hockey que Wright soit seul.

Il l'était.

Le couloir était violemment éclairé, Wright était en costume, les cheveux encore mouillés et hérissés.

— Viens, dit-il. Il faut qu'on parle.

APRÈS LE match, la question n'était plus de savoir s'il fallait parler à Nico, juste de déterminer qui allait s'y coller.

Alors, quand Ryan vit Nico filer dans le couloir, la tête basse, et s'enfermer dans un placard pour continuer la crise commencée à l'échauffement, il prit Yorkie et Kitty à part et leur donna son avis. Grange était aussi un des piliers de l'équipe, mais Ryan ne le trouvait pas très aimable envers Nico. Était-ce une question de rivalité ? Se retrouvait-il trop en Nico ? Ou manquait-il tout simplement d'empathie ? Peut-être aussi n'était-il qu'un sale con. Ryan n'en savait rien.

Yorkie semblait aussi concerné que Ryan par l'état de Nico.

— Il doit parler à quelqu'un, déclara-t-il. Il a des trucs merdiques à gérer, je sais bien, mais il ne peut pas continuer comme ça.

Kitty secoua la tête.

— Il joue mal, admit-il. Yorkie a raison, nous avons toléré cette situation bien trop longtemps. Mais Yorkie, tu as pas le temps ce soir de t'occuper de Kolya, la recrue a besoin de son capitaine.

En temps normalement, Ryan serait sorti avec Chenner, il passait plus de temps sur la glace avec lui que Yorkie et en général, une recrue préférait la compagnie d'un joueur plus âgé – et plus expérimenté – à celle d'une figure d'autorité, mais après un match aussi catastrophique, les règles changeaient. Kitty disait vrai, Chenner avait besoin d'attention.

Bien sûr, Kitty aurait pu se charger de Nico, lui au moins semblait l'apprécier. Mais Ryan n'était pas à cent pour cent certain que ce soit réciproque. Après tout, Nico était aussi coincé avec Kitty qu'avec ses autres coéquipiers.

Du coup, il y avait lui, bien qu'il ait promis à Nico de le laisser tranquille.

Merde, tant pis. Il ne supportait plus de laisser Nico souffrir, il était temps de lui tendre la main. Voir un homme partir en vrille comme ça, c'était atroce, surtout pour Ryan, qui savait pouvoir lui être utile.

En plus, sa conversation avec sa sœur lui laissait une amertume dans la bouche, il tenait à se prouver qu'il ne fuyait pas les engagements et les responsabilités. Il allait donc tenter d'aider Nico, même si c'était dur.

— Je vais lui parler si vous êtes d'accord, proposa-t-il. Euh... connaissez-vous un endroit où je pourrais l'emmener ? Un terrain neutre, de préférence. Kitty, peux-tu rester un moment dans les parages au cas où il m'envoie chier et préfère s'adresser à toi ?

— *Da*, acquiesça le Russe. Je vais demander aux autres de vider les lieux. Envoie-moi un texto si tu as besoin de moi.

Yorkie dévisagea Ryan, la mine sombre.

— Tu es sûr de vouloir te lancer là-dedans ?

Ryan commençait à avoir de sacrés doutes. Seigneur, dans quel merdier s'était-il mis ?

— Je suis sûr qu'il a besoin de parler à quelqu'un, déclara-t-il, la gorge serrée. Au point où on en est, qu'est-ce qu'on risque ?

Yorkie soupira et acquiesça à contrecœur.

— D'accord. Bonne chance.

Oui, Ryan allait en avoir besoin.

Quand Nico finit par ouvrir la porte du placard – franchement, il ne se rendait pas service avec des conneries pareilles ! –, l'irritation de Ryan se dissipa. À voir la tête que tirait Nico, on aurait cru qu'il avait passé les trois dernières heures à se répéter en boucle toutes les crasses entendues à son sujet jusqu'à ce qu'elles deviennent pour lui des vérités inébranlables.

— Il faut qu'on parle, déclara Ryan.

Puis il se souvint de leur accord passé et fit l'effort d'ajouter :

— Si tu préfères, je t'envoie Kitty.

Étrangement, Nico paraissait tout petit malgré son mètre quatre-vingt-cinq et les dix kilos de plus qu'il avait sur Ryan.

— Non, chuchota-t-il. C'est bon.

La défaite résonnait dans sa voix.

Super. Pas à dire, on allait se marrer. Ryan envoya un bref SMS à Kitty et tourna les talons, entraînant Nico jusqu'au salon des joueurs. Il emprunta un couloir peu fréquenté afin de ne rencontrer personne. Il eut de la chance, son plan fonctionna.

Et le salon était vide quand ils y entrèrent. Ryan referma la porte sur eux et désigna le canapé.

Maintenant, par où commencer pour avoir une chance de comprendre ce merdier?

Ryan s'assit dans un siège, en face de Nico.

— Je voudrais d'abord m'excuser.

Nico releva la tête si vite qu'il aurait pu se coller un torticolis.

— Quoi?

Ryan grimaça.

— Je t'ai appelé Grincheux, c'était pas très cool. Je voulais juste remonter le moral de la recrue, mais je n'aurais pas dû le faire à tes dépens. En plus, je ne pensais pas que ça sortirait du vestiaire! Je ne le dirai plus jamais, je te le promets.

Dans la NHL, les joueurs récoltaient fréquemment des surnoms qu'ils détestaient, mais c'était plus facile à supporter quand on se savait bon au hockey et inclus dans une équipe. À l'heure actuelle, Nico ne bénéficiait d'aucun de ces deux soutiens.

Nico fronça les sourcils, le visage plein de défiance.

— Tu te fous de moi?

— Non. Dans la vie, il y a les plaisanteries et les choses sérieuses. Tout à l'heure, quand j'ai parlé du placard, je plaisantais, même si ce n'était pas très fin. Là, je suis sincère, mes excuses sont sincères, mais j'avoue que j'espérais aussi t'amadouer un peu parce que la suite sera plus difficile à entendre.

— Tu ne peux rien me dire de pire que ce que je me suis déjà dit, marmonna Nico.

— Peut-être, admit Ryan. Tu t'es dit quoi au juste?

Il s'adossa dans son siège, dans une pose relaxée – en espérant que Nico se sente moins… menacé.

Nico croisa les bras et courba les épaules.

— Je suis complètement idiot! Je n'arrive pas à croire que je me comporte encore en sale gosse capricieux! Je ne sais pas ce qui déconne chez moi. Je me sens… coincé, alors, je ressasse, encore et encore, et ça ne sert à rien, je reste coincé.

— En clair, tu revois en boucle un tir manqué au lieu de te concentrer sur le suivant?

Nico soupira.

— Oui. C'est débile, je sais, mais je n'arrive pas à faire autrement.

Il jeta à Ryan un regard anxieux avant de baisser les yeux.

Ryan attendit un moment, puis il comprit que Nico n'avait rien à ajouter.

Pour le moment.

— D'accord. Ça craint.

Nico ricana.

— Oui, je sais. Tu ne m'apprends rien !

De façon ironique, Ryan doutait que ce soit le bon moment d'encourager Nico à parler. Quelle que soit sa nature, son problème dépassait son rayon d'action.

En revanche, Ryan comptait l'adresser à de vrais professionnels. Et grâce au webinaire [11] auquel son père l'avait inscrit de force, Ryan savait comment procéder.

— Puis-je te poser une question ?

Nico haussa les épaules.

— Oui.

— Pourquoi refuses-tu de consulter le psy de l'équipe ?

Ryan n'aurait pas cru que Nico puise encore rapetisser… et pourtant !

— Je peux pas, marmonna-t-il.

Il tourna vers Ryan des yeux anxieux, presque suppliants.

— Ce n'est pas une réponse, rétorqua calmement Ryan. Tu ne *peux pas* prendre un rendez-vous ?

Nico hocha la tête.

Ryan continua son monologue :

— Parce que tu détestes les thérapeutes ?

Nico hésita, puis il secoua la tête. Bon sang ! Si ça continuait, Ryan allait y passer la nuit.

— Si je comprends bien, je n'ai aucune chance de deviner tes raisons ?

Nico acquiesça. Ryan attendit, mais le silence retomba.

Bon, autant tenter le coup.

— D'accord, reprit Ryan, c'est sans importance, au fond. Oublions tes raisons et voyons comment te prendre un rendez-vous avec Barb.

---

11   Mot-valise associant les mots « Web » et « séminaire » créé pour désigner toutes les formes de réunions interactives faites par Internet pour un travail collaboratif ou la transmission d'informations à une audience.

Nico ouvrit la bouche, puis il la referma et déglutit.

Ryan inspira un grand coup et le regarda droit dans les yeux.

— Écoute, tu n'imagines quand même pas être le premier joueur de hockey à avoir des problèmes, hein ? Tu te donnes à fond et ça ne paye pas. Ça te mine, et plus tu déprimes, plus tu joues mal. Et c'est dommage parce que j'ai rarement rencontré un joueur aussi doué que toi ! Ça me rend malade de te voir te débattre ! Mais tu auras beau t'exercer, si le problème est dans ta tête, tes muscles n'y changeront rien. Donc, si tu tiens vraiment à scorer…

Il laissa ses mots flotter dans une question informulée. Nico hocha la tête de façon à peine perceptible.

Ryan sourit et conclut !

— … tu dois parler à Barb.

— Oui, admit Nico.

Il semblait vaincu, mais résigné. Il ne sortit pas pour autant son téléphone.

— Tu veux que je m'en charge ? insista Ryan. Je peux t'accompagner chez elle, prendre un rendez-vous ou lui téléphoner en ton nom. Merde, je peux même te conduire à ce putain de rendez-vous et attendre dehors, si tu veux. Mais tu dois lui parler.

Nico déglutit.

— Appelle-la, s'il te plaît, je n'ai pas mon téléphone sur moi.

Bon, d'accord, c'était une bonne raison pour qu'il n'ait pas cherché à le sortir de sa poche.

Ryan obtint sans difficulté un rendez-vous le lendemain à dix heures. Après un match comme celui de ce soir, Barb s'était certainement attendue à être contactée – par un joueur ou un autre. Après avoir raccroché, Ryan étudia Nico, toujours voûté, mais moins agité.

— Voilà, c'est fait, Barb va t'envoyer un mail de confirmation. Tu as fait le premier pas.

— Le premier pas ? répéta Nico.

Ryan ne sut pas déchiffrer son expression. Nico s'affolait-il de tout le chemin qui restait à parcourir ou avait-il le désir informulé de lister ce qu'il avait encore à faire ?

— Oui, parler à Barb, c'est important, mais avant, tu as d'autres tâches à accomplir.

Nico releva la tête et, pour la première fois depuis qu'ils étaient entrés au salon, il croisa le regard de Ryan. C'était un progrès.

— Lesquelles?

— Primo, présenter des excuses à Chenner.

Nico poussa un soupir, puis carra les épaules.

— D'accord. Je peux le faire. Je dois le faire. Ensuite?

Ryan étouffa un ricanement tant sa demande lui semblait ironique.

— Eh bien, le contexte va sans doute donner à la déclaration une connotation un peu étrange, sinon franchement égoïste, surtout à cause des idées loufoques de Rees, mais il avait raison, même si ça me tue de le reconnaître.

— Raison en quoi?

— Nous devrions être amis.

Nico émit un petit son involontaire qui ressemblait à un rire. Un rire aussi inaudible n'aurait pas dû remplir Ryan d'un tel sentiment de victoire, pourtant, ce fut le cas. Après ce qui s'était passé ce soir, autant ne plus penser qu'aux progrès, aussi minimes soient-ils.

Bien entendu, il ne comptait pas le dire à Nico.

— Enfin, pas forcément moi, corrigea-t-il, mais il te faut un ami. S'habituer à moi demande du temps, tout le monde le dit. Si tu préfères Chenner, il t'admire éperdument. Il accepterait sans hésiter une main tendue en guise de rameau d'olivier.

Bien que dubitatif, Nico ne protesta pas.

— Je vais y réfléchir, se contenta-t-il de dire.

Ryan n'insista pas, il avait déjà obtenu plus qu'il ne s'y attendait. Nico aurait très bien pu péter un câble, se mettre à hurler ou au contraire s'enfermer dans un silence buté.

Ce n'était pas *du tout* le cas. Il semblait… eh bien pas vraiment avide de plaire, mais soucieux de ne plus décevoir personne.

— D'accord. Très bien.

Nico se détendit un peu. Ryan considéra que c'était bon signe.

Du coup, il décida d'avancer un autre pion. Même si Nico et lui étaient partis du mauvais pied, Ryan ne supportait pas de le voir aussi malheureux.

— Nico, j'aurais une autre question à te poser, ne le prends pas mal, s'il te plaît. Je ne te juge pas.

Nico lui jeta un regard franchement sceptique.

— Tu crois? Ce préambule est un peu inquiétant.

Ryan gloussa. Il savait déjà que Nico avait le sens de l'humour, même s'il l'exprimait rarement – du moins en sa présence.

— Je suis curieux, c'est vrai, admit-il, je me demandais pourquoi tu ne viens jamais aux cellys.

Il avait désespérément besoin de le savoir.

La question prit Nico au dépourvu. Ryan le comprit en le voyant se figer, puis s'empourprer. Pensait-il que Ryan ne l'avait pas remarqué ?

Le silence retombant, Ryan se sentit tenu d'ajouter :

— Serais-tu haptophobe ? Si c'est le cas, tu devrais en parler aux autres, ils le comprendraient, ils le respecteraient.

Comme il l'avait espéré, Nico mordit à l'hameçon :

— Ça veut dire quoi ?

— C'est la peur phobique du contact physique.

Nico grimaça.

— Non, non, c'est pas ça. C'est… gênant.

Ryan leva la main et pesa ses mots, car il ne voulait pas aggraver la culpabilité de Nico.

— Tu n'es pas obligé de me le dire. Mais s'il y a une raison qui t'empêche de te joindre à nous, il me semble que tu devrais en parler, sinon, les autres finiront par penser que tu les considères comme de piètres joueurs.

Et que tu les méprises, alors que c'est toi la principale cible de tes critiques et de ta colère. Tu voudrais tellement contribuer davantage !

Nico était piégé par ses propres pensées.

Ryan compatissait de plus en plus.

Nico pâlit. Pauvre gosse !

— Oh.

Puisqu'il n'était pas haptophobe, Ryan lui tapota gentiment la cuisse.

— Tu sais, tu peux aussi prétendre qu'il ne s'est jamais rien passé, la plupart des hommes détestent parler de leurs émotions.

C'était le cas de Ryan. Il était même franchement allergique ! Devait-il chercher d'urgence un auto-injecteur d'épinéphrine pour éviter un choc anaphylactique ? Ou demander à Rees une prime de risque ?

— Rien passé ?

— Oui, si tu viens désormais manger avec nous, personne ne te posera de questions.

Nico hocha la tête.

— Oh, répéta-t-il.

Il rougissait encore et baissait la tête, fixant sa jambe.

Ou plutôt la main de Ryan posée sur elle.

Ryan ôta sa main, à contrecœur d'ailleurs. Il s'en inquiéta un peu.

— Bien, c'est tout ce que je voulais te dire, merci de m'avoir écouté. Tu veux que je te raccompagne chez toi ?

Surpris, Nico cligna des yeux.

— J'ai ma voiture.

Ben, oui. Enfin, Ryan !

— Je m'en doute, mais personnellement, je n'aime pas… euh…

Merde, allait-il devoir admettre qu'il lui arrivait aussi de ressentir des émotions conflictuelles ? Décidément, la soirée allait de mal en pis.

— … conduire quand je ne suis pas au top de ma concentration.

Il se félicita mentalement de ce compromis.

Il avait déjà pas mal obtenu. Il ne voulait pas que Nico ressente le contrecoup émotionnel d'un match aussi désastreux, mais le pauvre gars avait l'air épuisé. Il rêvait sans doute de rentrer chez lui et de se mettre au lit. Il n'avait pas du tout besoin…

— Oui, d'accord, déclara Nico. Merci beaucoup, c'est très sympa de ta part.

Ah, merde ! Ryan força un sourire et se redressa, puis il tendit la main.

— C'est bien normal.

UNE FOIS chez lui, Nico parvint – de justesse – à retirer son costume avant de s'écrouler sur son lit. Il dormit si longtemps qu'il faillit être en retard à son rendez-vous avec Barb. Il était sans voiture, aussi dut-il prendre un Uber.

Il arriva dans les temps, cependant, et trouva Barb… sympa. Elle ne portait pas de jugement et lui parler fut plus facile qu'il s'y attendait. Pourtant, il avait trouvé plus naturel encore de parler à Ryan, même s'il refusait avec obstination de reconnaître que Rees avait vu juste à leur sujet. Quand Nico s'enfermait dans le silence, Barb le regardait et attendait, ce que Ryan n'avait pas fait. Mais quand même…

Après une brève présentation, ils abordèrent le vrai problème… En vérité, il avait du mal à définir ce qui s'était passé. Il avait eu une sorte de *crise*. Il décrivit ce qu'il avait pensé et ressenti, et son désir de s'isoler le temps de retrouver son self-control, parce qu'il avait conscience de s'être très mal comporté.

À plusieurs reprises, Barb lui reprocha gentiment d'être trop sévère envers lui-même. Nico n'était pas d'accord avec elle, mais il n'était pas

64

thérapeute, aussi décida-t-il de garder ses objections pour lui et de suivre les conseils qu'elle lui donnait.

Elle finit par conclure :

— Eh bien, je ne pense pas que c'était une vraie crise de panique, mais vous avez été très secoué, je le comprends très bien. Il y a des moyens pour éviter une rechute.

Elle les lui détailla. Elle lui donna aussi un livre audio à consulter, *Chop Wood. Carry Water* [12], un autre rendez-vous de suivi et ce fut tout.

En sortant du cabinet, Ryan rappela un Uber et retourna à l'arène chercher sa voiture, puis il rentra chez lui et suivit sa routine d'entraînement dans sa salle de sport tout en écoutant le livre audio de sa psy. Sans doute le réécouterait-il quand il aurait davantage de temps, mais pour le moment, autant faire d'une pierre deux coups.

Ses exercices terminés, il hésita. En général, il entamait aussitôt une ou deux séries supplémentaires, mais là, les paroles de Ryan la veille lui revinrent en mémoire : *tu te donnes à fond et ça ne paye pas. Ça te mine…*

Nico inspira un grand coup, il décida de sauter les exercices punitifs et de passer directement à son yoga de récupération. Ryan avait raison : il n'avait pas bien pris soin de lui ces derniers temps. Négliger sa santé mentale pouvait avoir des conséquences physiques.

Mais aujourd'hui… il se sentait bien. Bien mieux qu'il ne l'avait fait depuis bien longtemps.

Misha lui dirait probablement : *tu vois, j'avais raison* ! Mais Nico était trop soulagé pour s'en soucier.

BAISER UN coéquipier, ça ne se faisait pas, Ryan le savait. Il avait appris à contrôler ses pulsions. Il n'était plus un ado, il ne risquait pas la camaraderie du vestiaire ou la timide amitié naissante avec Nico pour s'envoyer en l'air. Même si Nico était, en toute objectivité, super bandant. Même si Ryan découvrait peu à peu la personnalité attachante qui se cachait sous son attitude farouche, son sens de l'humour, son exceptionnelle éthique de travail. Était-ce absurde que Nico se pense capable à lui tout seul de coordonner l'équipe et de la faire gagner ? Bien entendu. Cela empêchait-il

---

12 « *Coupe du bois, bois de l'eau* », de Josuah Medcalf, livre qui a pour but de donner au lecteur les outils pour mener une vie plus significative et satisfaisante.

Ryan de trouver irrésistible un tel niveau de dévouement et de responsabilité personnelle ? Absolument pas.

Aussi attiré qu'il soit, Ryan ne ferait rien.

Il pensait très fort au hockey. Rien qu'au hockey. Il céda même à Yorkie – après des semaines de résistance – et accepta de participer à un entraînement facultatif la veille d'une tournée de matchs à l'extérieur*.

Chenner vint aussi, l'air pas très sûr de ce qu'il fallait faire, notamment parce que Vorhees était dans les gradins avec certains de ses collaborateurs, son chewing-gum dans la bouche, la mine renfrognée. Espérait-il que les joueurs lisent les consignes directement dans son esprit ? Lui et son groupe parlaient et gesticulaient en désignant la glace, ce qui suggérait que la conversation se basait sur des observations. En étudiant ceux qui entouraient l'entraîneur, Ryan aurait pu jurer que l'un d'eux au moins, un balafré, n'était pas un employé du Fuel. Il se serait certainement souvenu d'une cicatrice aussi visible.

Phil, l'entraîneur adjoint, était sur la glace, lui, il travaillait avec les joueurs.

Ryan effectua les quelques exercices – maniement du bâton, virages rapides, tirs – qui pouvaient s'exécuter seul. Quand il prit une pause pour se désaltérer, il constata que Chenner était à l'écart, l'air morose, il tripotait un palet, le regard fixe.

Ça n'allait pas du tout.

Avec la bénédiction silencieuse de Phil, Ryan passa les trente minutes suivantes avec Chenner, il lui fit répéter ses exercices et l'interrogea sur ce qu'il pensait de la ligue, malgré son expérience limitée, voulant aussi savoir où il vivait et comment il s'adaptait. Tout en parlant, il évoqua le proverbe : « Il suffit d'une pomme pourrie pour gâter tout un panier. » Le cœur au bord des lèvres, il avait la sensation qu'un homme aussi pourri que Chuck Vorhees était bien capable de gâter tout un verger !

Cette nuit-là, les dieux du sommeil refusèrent de se montrer cléments envers lui. Malgré les rideaux occultants qu'il avait spécifiquement commandés, il ne parvint pas à bloquer les néons du bâtiment voisin, aussi au lieu de dormir passa-t-il une éternité à regarder les ombres dessinées sur le mur de sa chambre.

Le lendemain matin, il était en mode zombie quand il s'affala dans l'avion dans le siège à côté de Nico. En le voyant approcher, Nico lui avait donné un accord réticent, mais Ryan avait de l'optimisme pour deux : ils étaient *amis*, désormais. Du moins, ils pouvaient le devenir.

Nico ne se plaignit pas de sa présence, se contentant de remarquer :

— Tu as une sale tronche !

C'était un simple constat, pas une critique.

Ryan ouvrit un œil et se tortilla dans son siège pour trouver une position plus confortable.

— Merci, dit-il, fortement sarcastique.

C'était le mois d'octobre et Indianapolis ne semblait ne pas réaliser que l'automne était arrivé, Ryan regretta de ne pas avoir prévu un manteau de laine confortable et une toque rembourrée. Dans ce cas, peut-être aurait-il pu espérer se reposer. En costume, c'était nettement plus difficile !

Et le regard de Nico qui pesait sur lui n'arrangeait rien.

Ryan fronça les sourcils, la mine sombre.

— Quoi ?

— On dirait que tu n'as pas dormi la nuit dernière…

— Et alors ?

Il ne tenait pas à évoquer ses problèmes de sommeil. Vu qu'il était jeune et en bonne santé, les gens pensaient toujours qu'il exagérait.

— Et alors, tu m'as reproché de ne pas prendre soin de moi, grommela Nico.

Waouh ! Ryan étudia l'expression de son voisin de rangée, mi-butée, mi-malicieuse comme s'il hésitait entre se vexer ou rire. Ce sourire narquois, cette bouche qui frémissait, c'était…

D'accord, c'était sexy.

Bon sang !

Aussi fatigué que soit Ryan, il apprécia que Nico prenne ses recommandations à cœur. Là, il semblait tester leur nouvelle amitié, ses frontières, ses codes. Ryan s'adoucit, prêt à sacrifier quelques instants de repos pour répondre à cette main tendue.

— Je n'ai pas délibérément saboté mon sommeil, avoua-t-il. Je me suis couché tôt, mais je n'ai pas réussi à dormir. J'ai *tenté* de prendre soin de moi, ça n'a pas marché. Je mérite quand même un A, non ?

Pour illustrer ses paroles, il planta le doigt dans le biceps de Nico et le regretta aussitôt. Avait-il vraiment besoin d'un rappel que le gars était baraqué, costaud et délicieusement comestible ?

Nico l'examina avec une attention sur laquelle Ryan tenta de ne pas s'attarder.

— D'accord. Ces efforts sont méritoires. Mais niveau résultats, c'est quand même un D.

Ryan posa la main sur la poitrine.

— Mon ego vient d'en prendre un coup, se plaignait-il. Je tenterais bien de défendre ma position, mais je suis trop fatigué.

— D'accord, pique un roupillon, déclara Nico. Tu as le temps.

Effectivement, il y avait quatre heures de vol entre Indianapolis et L. A. La question n'en restait pas moins académique.

— Le temps, oui. L'aptitude ? C'est pas évident.

Perplexe, Nico fronça les sourcils.

— Pourquoi ?

— Parce que le sommeil en avion est rarement réparateur. D'ailleurs, je me demande comment les gens font pour dormir, les sièges sont trop étroits, la cabine est affreusement bruyante, il y a trop de luminosité. Je déteste dormir avec un masque sur les yeux.

Nico ricana.

— Bruyant, je te l'accorde, mais étroit ?

Une fois encore, son regard parcourut Ryan des pieds à la tête. Ryan se demanda s'il n'allait pas développer un complexe.

Les yeux sur ses genoux, qui touchaient le siège devant lui, Nico lança :

— *Toi*, tu as de l'espace.

Ryan afficha une mine consternée.

— Franchement ? Traite-moi de nabot pendant que tu y es ! C'est d'un mesquin !

Nico éclata de rire, un son chaud et étonnamment profond. Pendant qu'il riait, les belles lignes de son visage sévère s'adoucirent, ce qui le rendit plus approchable, plus humain.

Ryan sentit l'attention de l'avion se porter sur eux. Depuis combien de temps l'équipe n'avait-elle pas entendu le rire de Nico ?

Ryan essaya de ne pas s'y attarder.

— Je suis d'une taille tout à fait normale, Kirschbaum, pas un géant comme certains ! Et je persiste à trouver que les avions manquent de confort !

— Si tu le dis.

Nico sourit et sortit un étui de son sac.

Ryan pointa du doigt les AirPods.

— Tu vas faire quoi avec ça ?

Nico se tourna vers lui, le regard innocent, ses yeux très bleus tout écarquillés.

— Ce sont des écouteurs, déclara-t-il avec un grand sérieux. Ils servent à écouter des enregistrements en Bluetooth…

Qui était-il ? se demanda Ryan. Depuis combien de temps se cachait-il derrière ses tourments ? Avait-il réellement besoin de parler à un psy ? Était-ce normal qu'il ait tant changé en seulement deux jours ?

Ryan secoua la tête, mais il ne put s'empêcher de sourire, heureux que Nico soit d'humeur à plaisanter – fut-ce à ses dépens.

— Yark, yark, tu es hilarant quand tu t'en donnes la peine ! Je voulais juste savoir ce que tu écoutais. C'est de la musique ?

Nico baissa les yeux, gêné.

— Euh, non. C'est un livre audio.

Ryan cacha sa surprise, il s'attendait à la musique pop ou à un blockbuster récent et plein d'énergie, mais un livre ? Pourquoi pas.

— Il parle de quoi ? Je peux écouter aussi ?

Nico afficha une mine horrifiée.

— Quoi ? Non ! Je ne mettrai pas un de mes AirPods dans tes oreilles !

Oh, Nico Kirschbaum avait des règles strictes concernant l'hygiène ? C'était bien rare chez les joueurs de la NHL, mais Ryan n'y voyait aucun mal, bien au contraire, il trouvait ce trait tout à fait respectable.

Un jour, peut-être, la mononucléose ne se transmettrait pas constamment dans les équipes.

Il sortit ses écouteurs et les présenta à Nico.

— C'est bon j'ai les miens. Je peux écouter ?

Avec un soupir, Nico lui tendit l'appareil le temps d'y brancher ses écouteurs, puis il pressa le bouton et lança la lecture de l'audiobook. Ryan entendit une sorte de parabole sur la grandeur. Il lui sembla la reconnaître. Il avait dû lire ce bouquin à l'université, en premier cycle.

Il se tourna vers Nico, une question dans les yeux.

Nico leva une épaule, il paraissait toujours un peu gêné.

— C'est un bouquin que Barb m'a recommandé.

— Hmm.

Ryan fit un gros effort pour rester impassible et cacher le soulagement qu'il éprouvait. D'abord, Barb faisait son boulot, elle aidait son patient à remonter la pente, mais plus encore, Nico s'impliquait dans sa thérapie, même en dehors de ses séances chez sa psy.

C'était une excellente nouvelle ! Ryan voulait voir Nico heureux.

Mais il sentait aussi le piège qui s'ouvrait sous ses pas : vouloir que Nico soit heureux, c'était très bien, vouloir être celui qui le rendait heureux, c'était… dangereux.

Ryan ne pouvait assumer ce rôle.

Aussi se concentra-t-il sur la parabole d'une maison à construire.

Une fois l'avion arrivé au bout de la piste de décollage, les moteurs rugirent et la masse de métal prit de la vitesse. L'accélération rendant son corps plus lourd, Ryan ferma les yeux jusqu'au moment où les hôtesses annoncèrent que l'appareil avait atteint son altitude de croisière.

Au-delà du ronron du livre audio, Ryan entendit vaguement le volet de son hublot se fermer.

Il se réveilla en sursaut et vit Kitty penché sur lui.

— Quoi ? grogna-t-il.

Ses écouteurs étaient silencieux, sa bouche était sèche et amère. Avait-il bavé ?

Kitty agita la main avec impatience.

— Chut ! Tu vas réveiller Kolya.

Ah, merde ! La tête de Nico pesait lourdement sur celle de Ryan, une masse ferme se trouvait en dessous : l'épaule de Nico.

Ryan, après avoir parlé de ses difficultés d'endormissement, n'avait rien trouvé de mieux à faire que s'assoupir sur Nico.

Et Nico avait fait pareil.

Ryan nota alors que Kitty rangeait son téléphone.

— Tu nous as pris en photo ? gémit-il.

— Oui, Kolya est mignon comme ça, déclara Kitty.

Derrière lui, quelqu'un ricana. Ryan se rassit tout doucement, afin que la tête de Nico roule en douceur sur le côté du siège au lieu de retomber en avant. Une fois libéré, Ryan étira son cou. Bien qu'il ait dormi dans une position bizarre, il ne ressentait ni courbatures ni torticolis.

— Tu lui as parlé, Doc ? Je trouve qu'il est mieux.

Kitty avait parlé d'une voix à peine audible, d'abord pour que leurs coéquipiers n'entendent pas ses paroles, ensuite pour éviter de déranger le sommeil de Nico.

Ryan ne comptait pas mentionner que Nico avait été voir Barb. Ça ne regardait personne, pas même Kitty. Mais il pouvait répondre à la question posée.

— Oui, je trouve aussi. Nous verrons ce que ça donnera demain soir sur la glace.

Kitty le dévisagea pendant un moment et Ryan fit de son mieux pour rester impassible. Il n'avait rien à cacher. Il n'avait rien fait de mal... et il ne prévoyait pas de changer.

— C'est bien qu'il ait accepté de te parler, dit enfin Kitty. Si *toi*, tu as besoin de parler, appelle-moi, *da*?

Oh, oui, bien sûr! Absolument! Ryan avait tout à fait l'intention d'avouer à un gigantesque défenseur russe hétéro l'attirance que lui inspirait Nico, qui non seulement était leur coéquipier à tous les deux, mais aussi celui que Kitty traitait en petit frère adoré.

Si Kitty comptait sur son appel, il allait attendre... longtemps.

Merde.

Par chance, Kitty ne put s'attarder, car l'avion entamait sa descente sur L.A. Une fois certain que plus personne ne le regardait, Ryan s'autorisa un coup d'œil à Nico.

Il est mignon, avait dit Kitty. Oui, Ryan trouvait aussi. Nico avait la peau lisse, des cheveux soyeux et de très longs cils.

Il avait aussi l'air sombre et farouche d'un loup-garou, une barbe noire, un long corps solide, des muscles durs. Et puis cette bouche pécheresse, ces belles lèvres boudeuses d'un rose si tendre. Elles étaient entrouvertes à l'heure actuelle, un souffle imperceptible les traversait. «Mignon» n'était pas le premier mot qui venait à l'esprit de Ryan quand il regardait Nico.

Il aurait plutôt dit... non, mieux valait ne pas y penser.

Mais il était déjà trop tard.

Ce soir-là au dîner, son mignon coéquipier s'arrangea pour partager une banquette avec Chenner. En le voyant s'asseoir à ses côtés, la recrue eut l'air stupéfait. Ryan était trop loin d'eux pour écouter la conversation, mais Nico, à en juger par sa raideur corporelle et son expression incertaine, tentait très maladroitement de se montrer gentil.

Chenner récupéra vite de son choc : en moins d'une minute, il était en pleine conversation avec son idole.

Avec un mélange de fierté et de soulagement, Ryan le vit boire les mots de Nico et hocher la tête avec enthousiasme, comme un chiot avide de plaire.

À côté de Ryan, Yorkie gloussa.

— C'est chouette de les voir comme ça!

— Oui.

Ryan jeta un dernier regard à Chenner, toujours béat, et à Nico, presque détendu, puis il reporta son attention sur son capitaine. Pas question de passer la soirée à fixer Nico.

— Yorkie, enchaîna-t-il, tu as aussi été une recrue de dix-neuf ans dans la NHL, non ? Je parie que tu étais exactement comme Chenner.

Yorkie éclata de rire.

— Oh, mon Dieu ! Oui, c'est probable. En y réfléchissant, ça explique que Bricksy et Baller[13] aient été si sympas avec moi.

Ryan étudia Yorkie, ses joues rondes enfantines et ses yeux doux, il le revit à seize ans, regardant Jenna avec admiration et affirmant qu'elle jouait mieux que lui au hockey…

— Yorkie, mon petit pudding du Yorkshire ! Ils voulaient probablement te protéger, t'envelopper dans du coton et te ramener chez ta maman.

Les yeux de Yorkie pétillaient.

— Je me souviens que Gabe nous a conduits chez son père, Jenna et moi, quand nous avons appris que nous allions être parents.

L'un dans l'autre, ce fut une belle soirée.

Cette bulle enivrante de soulagement et de succès, que Ryan ne comptait pas examiner de trop près, resta en lui toute la nuit et jusqu'au lendemain matin. Sur l'échelle de la connerie, Vorhees resta aux barreaux inférieurs et l'équipe semblait plutôt optimiste au déjeuner. L'optimisme les emmena jusqu'au match.

Ryan trépignait presque sur place dans son impatience de se retrouver sur la glace.

Pour une fois, leurs adversaires restèrent à la traîne.

Au début de la première période, Bourbeux vola le palet d'un défenseur adverse et le fit passer à Nico, qui s'élança sur la glace et l'envoya au Gaucher, parfaitement placé pour marquer parce que le gardien de but cherchait à bloquer Nico. Grandiose !

Mieux encore, Nico télescopa le Gaucher et cria de joie. De prime abord stupéfait de se retrouver avec une arapède d'un mètre quatre-vingt-cinq sur le dos, le Gaucher récupéra vite, il accepta la celly et hurla tout aussi fort. Sans hésiter, Bourbeux leur fonça dessus et cogna sur leurs casques.

Puis le Gaucher traversa la patinoire jusqu'à la ligne pour tendre le poing à ses coéquipiers et Nico le suivit. L'air incertain, il souriait, rassuré

_____

13 Voir le premier tome de la série, *Au Grand Jour*, même auteur, même éditeur.

sans doute de ne pas être repoussé, comme il devait le craindre. Ryan fut très tenté de le serrer dans ses bras.

Au changement d'équipe, les joueurs se mélangèrent sur le banc et Ryan se retrouva à côté de Nico. Il lui donna un coup d'épaule – et en reçut un en échange.

— Joli boulot, gamin, dit-il avec un sourire. Je suis fier de toi.

Nico se racla la gorge et baissa les yeux.

— Merci. Mais c'est le Gaucher qui a marqué le but, pas moi.

Ryan ne parlait pas du but, mais de la celly. Pourtant, il ne rectifia pas, peu désireux que Nico, en dehors du feu de l'action, se sente mal à l'aise.

— Je sais, mais c'était grâce à ta super passe ! lança-t-il.

EN ENTRANT au vestiaire avec ses coéquipiers, Nico vibrait encore d'adrénaline. Avec deux passes décisives et un but à son actif, il avait bien joué et Le Fuel avait gagné quatre à deux. Pour une fois, il avait la sensation d'avoir rempli son contrat, d'être utile, de faire partie intégrante de l'équipe.

Il en explosait presque de bonheur.

Derrière lui, quelqu'un brancha du hip-hop plein d'énergie optimiste, toute l'équipe semblait gonflée à bloc. Tout sourire, Nico écouta la musique et commença à se déshabiller.

Greenie se dressa devant son banc, encore à moitié encombré de son équipement. Il brandissait un vieux casque de voiture des années 1960, celui que, depuis leur tout premier match, les joueurs du Fuel utilisaient pour désigner leur MVP [14] : le joueur le plus méritant.

—Les enfants, écoutez-moi ! J'ai l'honneur douteux de choisir parmi vous celui qui mérite ce beau trophée. Je regrette terriblement de ne pas le garder, mais le règlement m'oblige à le faire passer, même si je reste le plus génial des…

— Arrête, tu vas prendre la grosse tête !

Greenie agita les mains.

— D'accord, d'accord, laissez-moi faire mon choix !

— Dépêche-toi, protesta Ryan. On ne va pas y passer les fêtes !

---

14 « *Most Valuable Player* », titre décerné à un joueur par son équipe ou la ligue.

— Du calme, petit bonhomme, la décision mérite d'être mûrement pesée, rétorqua Greenie. Bon, en fait, un seul d'entre nous a marqué trois points ce soir, c'est à lui que revient la couronne. Vous ne pouvez le nier…

Il avança jusqu'à Nico et posa le casque sur sa tête.

La «couronne» était vieille, elle avait une odeur bizarre, mélange de moisi, de sueur rance et d'essence, mais au moins le casque était-il sans visière, ce qui laissait le visage découvert.

Greenie tapota sur la tête de Nico.

— Il te va très bien, gamin, dit-il.

Même quand il alla affronter les médias, Nico ne perdit pas son sourire béat.

Les questions fusèrent :

— Nico, ce soir, vous avez enfin joué comme nous l'attendions tous. Que s'est-il passé ? Avez-vous trouvé un remède miracle ?

Nico évoqua instantanément le soir où Ryan était venu lui parler, la main sur sa cuisse. C'était ce qui avait tout mis en branle. Il y aurait beaucoup d'autres matchs difficiles à jouer à l'avenir, il le savait, mais ce soir, il était entré sur la glace l'esprit léger. Malheureusement, il recommencerait un jour ou l'autre à déconner, à rester coincé dans sa tête et là, il jouerait à nouveau comme un pied.

Quelques phrases du livre que Barb lui avait conseillé lui revinrent en mémoire. Il ne pouvait en parler devant les journalistes, il passerait vraiment pour un con s'il attribuait son succès à un auteur plutôt qu'à ses coéquipiers. En plus, pas question d'avouer qu'il voyait une psy, sinon, son père l'apprendrait très vite.

Dans la même optique, il ne pouvait citer Ryan sans éveiller des questions insidieuses et des spéculations. Si Ryan n'avait pas été gay, tout aurait été différent, bien entendu, mais dans ce contexte particulier, Nico ne tenait pas à affronter la réaction prévisible de son père, qui détestait tout ce qui avait trait à son homosexualité.

Il trouva donc plus simple d'attribuer son succès à ses coéquipiers. Ils le méritaient ! Pendant des lustres, ils avaient supporté ses sautes d'humeur, son éloignement – il les avait traités comme s'ils n'existaient pas ! – et quand il avait tenté de revenir au sein de la mêlée, il avait été accueilli sans question. Il n'avait même pas à s'excuser.

— Non, pas de remède miracle, mais j'ai reçu beaucoup de soutien de mes coéquipiers.

Son père ne pourrait lui reprocher cette déclaration.

— Ils m'ont aidé à traverser une période assez difficile, insista Nico, un vrai marasme. Ils n'ont jamais renoncé, ils ont cru en moi, je leur en suis très reconnaissant. Gagner, c'est toujours bon pour le moral. Je sais que rien n'est jamais acquis, il faut continuer à travailler dur…

Une réponse bateau, mais toujours d'actualité.

Il tenta de croiser le regard de la journaliste qui l'interrogeait, mais machinalement, il tourna la tête vers Ryan. Il enfilait un tee-shirt propre après son étirement post match. Il lui fit un clin d'œil.

Nico se racla la gorge et espéra que la journaliste attribuerait la rougeur de ses joues à des efforts physiques, pas à l'embarras.

— Euh, d'autres questions ? marmonna-t-il.

L'équipe devant jouer contre Anaheim [15] le lendemain, les joueurs ne sortirent pas célébrer leur victoire. L'année précédente, Nico partageait sa chambre avec Lucas. Cette année, il était seul. Trop épuisé pour regarder un film, il se coucha à peine déshabillé, sans penser à mettre son téléphone en charge.

Lucas n'étant pas là pour le réveiller, Nico n'entendit pas sonner son alarme – et pour cause, son téléphone était à court de batterie. Quand il se leva enfin, il sut qu'il allait être en retard pour le petit déjeuner pris en commun. Il s'habilla à toute vitesse, les plis de l'oreiller encore incrustés sur la joue, espérant contre toute attente arriver avant Vorhees.

Ce ne fut pas le cas. L'entraîneur était à sa place habituelle, en bout de table. En voyant arriver Nico, il consulta ostensiblement sa montre.

— Kirschbaum, tu es en retard.

Rouge d'embarras, Nico soupira intérieurement. Il se sentait coupable. Quelle idée de dormir autant !

— Je sais, marmonna-t-il. Désolé. J'ai oublié de brancher mon téléphone. L'alarme n'a pas sonné.

Il s'attendait à une punition… L'entraîneur pouvait très bien le mettre sur la touche pour le match à venir, mais après la façon dont Nico avait joué la veille, cela paraîtrait bizarre.

Vorhees hésitait toujours quand Misha intervint :

— Tu es en retard, Kolya, tu dois payer une amende : cent dollars !

L'entraîneur ouvrit la bouche, comme pour ajouter une semonce, mais il se ravisa et se contenta de hausser les épaules. En le voyant reporter

---

15 Ville de Californie, en périphérie de Los Angeles, où se trouve le parc de loisirs Disneyland.

son attention sur le contenu de son assiette, Nico jeta un regard plein de gratitude à Misha.

— D'accord, je te l'envoie via Venmo [16].

En vérité, Misha était un fin renard – et le meilleur médiateur non officiel de la NHL –, car il avait coupé l'herbe sous le pied de Vorhees. Nico ne comptait pas contester son amende, conscient de s'en tirer à bon compte.

Il remplit une assiette et s'assit à côté de Grange, la seule place libre qu'il restait. En général, Grange lui parlait peu, mais Nico avait dans l'idée que son aîné le voyait comme son remplaçant une fois l'âge de la retraite sonné, ce qu'il trouvait un peu… gênant, quand même.

Ce matin, Grange lui donna un coup de coude en disant :

— Joli match hier. Tu fais pareil ce soir ?

Nico rougit de plaisir et attaqua son omelette.

— J'aimerais bien, admit-il, tout vibrant de sincérité.

Grange le surprit en riant.

— Ça va marcher.

Nico était optimiste quand le palet tomba sur la glace, et même après. À la fin de la première période, il se trouva encore en mauvaise position. Sauf que cette fois, ce n'était pas de sa faute. Alors qu'il patinait là où il devait être, il fut « intercepté », en clair, un adversaire le retint par son bâton. Naturellement, aucun des arbitres ne le remarqua, et même prévenus par Yorkie, qui, en tant que capitaine, pouvait les interpeller, ils refusèrent de vérifier les vidéos. Le Fuel perdit une occasion de marquer, mais par chance, aucun but n'entra non plus contre eux.

Ça n'empêchait pas Nico d'être contrarié.

Il était retourné sur le banc de l'équipe quand le Gaucher attira son attention d'un coup de coude.

— Tu trouves normal qu'ils prennent des bigleux comme arbitres ?

Nico essaya de redresser la tête.

— Des bigleux arrogants et très obstinés en plus !

Le Gaucher gloussa et lui envoya une bourrade dans le dos. Tous deux glissèrent ensuite plus loin sur le banc pour faire de la place à la ligne de Ryan qui les rejoignait, leur temps sur la glace écoulé.

Tout aurait pu s'arrêter là. Nico en avait gros sur le cœur, mais le Gaucher avait raison. Les arbitres se trompaient souvent et, en général, ils refusaient de le reconnaître, c'était la loi du hockey. À un autre moment,

---

16 Service de paiement mobile détenu par Paypal.

Nico aurait laissé filer. Ce soir, ça tombait mal parce qu'il avait espéré réitérer ses exploits de la veille, mais la vie était une garce, c'était bien connu. Il devait rester cool.

Donc, il garda le moral.

Quand il retourna sur la glace, le même connard essaya à nouveau de bloquer son bâton. Nico, qui se méfiait cette fois, lui balança un coup de lame dans les côtes.

Là, les arbitres réagirent, ils l'envoyèrent deux minutes sur le banc de la honte ressasser ses griefs. Nico était furieux contre les arbitres, bien sûr, mais aussi contre lui. Quelle idée de perdre son sang-froid ! Ce joueur avait une triste réputation : il poussait délibérément ses adversaires à la faute par tous les moyens.

Comme le faisait Ryan, sous d'autres couleurs.

À la fin de son penalty, Nico était loin d'être calmé. Quand il revint sur son banc, toujours en ébullition, il vida une Gatorade et fixa la glace d'un œil féroce.

Il devait faire mieux, être meilleur. Comment avait-il pu…

— Hé, oh, on se détend !

Nico se retourna pour fusiller Ryan du regard.

— Quoi ?

— À voir ta mine, on te croirait constipé. Pète un coup, ça ira mieux.

Nico en resta baba. Merde quoi ! Le moment était important, Nico était au bord de la rupture et Ryan lui balançait… une vanne d'ado ? Un véritable ami ne serait-il pas plus circonspect – sans mauvais jeu de mots ? Nico ne devait-il pas réfléchir plus sérieusement à leur relation ?

Granger, qui était assis à côté de Ryan, se mit à ricaner. Nico tourna vers lui son regard noir.

Ryan reprit :

— Tu vois, c'est bien le problème, si tu t'obstines à tirer la gueule, tout le monde va se demander pourquoi.

Tout en parlant, il lui tapota la cuisse. Un bref moment, Nico regretta l'épaisseur de son équipement, il aurait voulu sentir la chaleur de la main de Ryan sur sa peau.

Les arbitres sifflèrent alors la fin du jeu.

L'entraîneur beugla :

— Kirschbaum, c'est ta ligne ! Vas-y !

Nico retourna sur la glace.

Quel enfoiré, ce Ryan! Comment réussissait-il à rester souriant et jovial du matin au soir? Franchement, ce n'était pas normal!

Rageant intérieurement, Nico arriva au centre de la patinoire et se pencha pour la mise au jeu. Il gagna le palet et fila sur la glace, suivi par le Gaucher. Nico fit une passe à Bourbeux, le regarda tirer, manquer, puis il intervint sur le rebond. Le mouvement n'avait rien eu d'exceptionnel, mais il s'avéra efficace. Un but, ça comptait toujours.

Bourbeux et le Gaucher lui rentrèrent dedans et le plaquèrent aux planches. Puis Nico retourna vers le banc tendre le poing à ses coéquipiers. Il frappa celui de Ryan plus fort que nécessaire.

En guise de réponse, Ryan lui offrit un grand sourire.

Plus tard, quand Nico revint s'asseoir, Ryan se pencha et souffla :

— Bravo, mon cochon!

— Qu'est-ce que tu peux être chiant quand tu t'y mets!

Pourquoi était-il comme ça?

— Oui! exulta Ryan.

Après un dernier clin d'œil, il retourna sur la glace.

PAS BESOIN d'être un génie pour constater que Nico jouait mal quand il était en colère contre lui-même. Du coup, Ryan avait cherché à rediriger cette colère sur lui. Et vu que Nico avait marqué un premier but, Ryan était curieux de renouveler l'expérience.

Après une passe manquée, il déclara de son ton le plus pédant :

— L'échec de communication mène à toutes les turpitudes!

Nico, qui montrait les dents à la glace, releva la tête pour lui jeter un regard furibond. Dix minutes plus tard, il piquait le palet sur la lame du capitaine adverse sur une échappée*, ce qui poussa toute l'équipe du Fuel à se pencher sur les planches. Le gardien d'Anaheim bloqua le tir, mais putain! Ce genre de hockey donnait très chaud à Ryan.

Alors, qu'en déduire? *Deux fois*, Ryan avait titillé Nico, *deux fois* Nico avait super bien joué. Ses professeurs de statistiques avaient beau affirmer que deux résultats positifs ne suffisaient pas à établir une règle – et Ryan lui-même savait qu'il serait idiot de sa part fois de tirer trop vite des conclusions –, mais au fond de lui, il n'en restait pas moins convaincu. Parce qu'il commençait à bien connaître Nico.

Ce gosse jouait mal quand il doutait de lui, mais très bien quand il focalisait sa colère sur Ryan. Bizarre.

Le Fuel perdit. Pourtant l'ambiance dans les vestiaires après le match n'était pas celle d'une veillée funèbre. Vorhees eut beau tout tenter pour saper le moral des joueurs, tous savaient que perdre trois à deux après avoir frôlé le match nul à la fin de la troisième période n'avait rien de déshonorant. En tout ça, c'était loin d'être la pire défaite de l'équipe.

Plusieurs heures plus tard, après que Ryan s'était pour la deuxième fois réveillé en sursaut, moite de terreur sans savoir pourquoi, il resta étendu sur le dos, le regard fixé au plafond de sa chambre d'hôtel. Il aurait dû savoir que même une bonne ambiance après le match ne lui garantirait pas un sommeil réparateur.

Pour tenter d'oublier sa frustration, il quitta son lit, enfila un survêtement et des chaussures de sport, et sortit dans le couloir. Il était à peine minuit. Peut-être que marcher un peu le calmerait et apaiserait son cerveau survolté.

Arrivé devant la porte des escaliers, il monta à l'étage supérieur, puis il avança sans but, notant machinalement l'affreux tapis aux dessins géométriques, les banales reproductions affichées aux parois, la teinte beigeasse des murs – *le « taupe » est une couleur très apaisante, dit-on*. Au bout du couloir, la porte de l'escalier ressemblait exactement à celle par laquelle il était entré, il jugea cette homogénéité écœurante.

De retour à son étage, il tourna à l'angle du couloir et faillit télescoper une très belle poitrine.

— *Scheiße* [17] !

Ryan connaissait cette voix, même s'il l'entendait rarement parler allemand hors de la glace.

— Salut, Nico.

— Euh, salut.

Nico piqua un fard. Il portait un tee-shirt au logo du Fuel qui datait de l'année inaugurale de l'équipe et un vieux pantalon tout râpé, qui moulait étroitement ses hanches et ses cuisses.

Et il était superbe là-dedans !

Ryan se racla la gorge.

— Qu'est-ce que tu fous à errer dans les couloirs à une heure pareille ?

Nico désigna le distributeur qui se trouvait derrière Ryan.

— J'ai eu un petit creux.

Ryan s'écarta pour lui laisser le passage.

---

17 *Merde* (allemand).

— Pourquoi ne pas avoir appelé le room-service ?

— J'ai essayé ! Il est minuit passé. Ils ne servent plus aussi tard. Ils m'ont conseillé d'aller au distributeur, il y en a un à tous les étages.

Il étudia le choix proposé, opta pour un sac de cacahuètes – ce que la nutritionniste de l'équipe aurait approuvé, les arachides étant excellentes pour un athlète professionnel. Puis Nico, avec un coup d'œil penaud par-dessus son épaule, sélectionna une barre de Mars.

Il était adorable ! Si jeune, si transparent.

Ryan cacha son sourire. Il s'éclaircit à nouveau la gorge et lui emboîta le pas dans le couloir.

— Tu veilles bien tard, dis-moi.

Nico détourna les yeux.

— Et alors ? Nous avons congé demain. J'ai appelé une amie en Allemagne. À cause du décalage horaire, nous n'avons trouvé que cette heure tardive pour parler tranquillement.

— Quelle heure est-il en Allemagne, très tôt le matin ?

Nico esquissa un sourire.

— Pas vraiment, il est neuf heures passé. Ella a cours à dix heures.

Ryan oubliait constamment que Nico n'était qu'un gamin, malgré son physique d'athlète. Ses amis étaient encore à l'université !

— Elle étudie quoi ?

— Le droit.

— Oh, quelle étrange idée !

Nico se mit à rire, ce son si doux, si chaud, si mélodieux auquel Ryan devenait accro, même en pleine nuit dans un couloir d'hôtel désert.

— Je lui répéterai ce que tu as dit ! promit Nico. Et toi, que fais-tu hors de ta chambre ? Encore une insomnie ? Pourquoi ne pas prendre un somnifère ?

Ryan s'y résignait en cas de nécessité, mais il se réveillait dans un état comateux et c'était presque pire que ne pas dormir.

— Je déteste les somnifères et j'ai… des problèmes de sommeil. Je me réveille souvent… pas à cause de cauchemars, non, c'est plutôt que mon cerveau fait une overdose.

Nico ouvrit la bouche. Ryan l'empêcha de parler en lui donnant un coup de coude.

— Le sujet n'a aucun intérêt, affirma-t-il. Laisse tomber. C'est pas gai-gay !

— C'est… Quoi ? *Franchement ?*

80

Les yeux écarquillés, il semblait presque horrifié.

Ryan éclata de rire. Apparemment, Nico n'était pas habitué aux vannes gays, fussent-elles éculées.

— C'est tellement facile que ce n'est même pas drôle, hoqueta Ryan. C'est comme marquer dans un filet sans gardien.

Nico secoua la tête.

— Un but est un but, contra-t-il. Et gagner est toujours *komisch*!

Il devait être fatigué s'il mélangeait l'anglais et l'allemand. Mais Ryan ne lui en fit pas la remarque, jugeant l'avoir suffisamment agacé pendant le match.

— D'accord, si tu le dis.

— D'accord? C'est rare de t'entendre dire ça, tu sembles prendre un malin plaisir à contrecarrer tout ce que je dis.

Outré de cette accusation – justifiée! –, Ryan étrécit les yeux, prêt à se défendre. Il changea d'avis en notant la lueur espiègle qui brillait dans les yeux très bleus.

— Tu n'es pas le premier à le dire, reconnut-il.

Ils approchaient de la porte de sa chambre, Ryan devait se remettre au lit. D'accord, il n'avait pas à se lever le lendemain, mais plus il détraquait ses horaires de sommeil, plus il lui serait difficile d'avoir une bonne nuit avant le prochain match. Il ouvrait la bouche pour dire «je m'arrête là» quand il remarqua que Nico grimaçait de douleur en se tenant l'épaule.

Sans même réfléchir, il demanda :

— Tu as mal? En as-tu parlé au kiné?

Nico venait d'ouvrir sa barre de Mars, il avala une bouchée de chocolat et de caramel avant de répondre :

— Oui, oui. C'est rien. Monica m'avait bandé après le match, mais là, ça s'est défait.

Franchement, Ryan était surpris qu'un bandage ait tenu si longtemps. Il désigna sa porte.

— C'est ma chambre, indiqua-t-il, j'ai des bandes dans mon sac. Si tu veux…

Entrer et te déshabiller. Ryan fut tenté de se mettre des claques. Gay ou pas, ce gosse lui était interdit.

Mais impossible dorénavant de récuser sa proposition. En plus, Nico affichait déjà un sourire ravi et reconnaissant, Ryan ne se sentit pas le courage de lui faire de la peine.

— Vraiment? Ça ne te dérange pas?

— Pas du tout, mentit Ryan.

— Alors, volontiers, merci.

Eh merde !

Ryan inséra sa carte-clé dans la serrure. Une fois entré dans sa chambre, Nico lui épargna de plus amples tourments en s'asseyant sur le siège de bureau, pas sur le lit. Ryan alla jusqu'à son sac dont il sortit une bande élastique KT, qui aidait à réduire l'inconfort et/ou la douleur sans (trop) restreindre la liberté de mouvement. Ayant souvent utilisé lui-même ce type de bande, Ryan savait comment la placer.

— Depuis quand as-tu ces douleurs, Nico ? demanda-t-il. Depuis ta fracture du bras ?

Quand il se retourna, Nico lui faisait face, torse nu, son tee-shirt sur les genoux. Pendant un moment, Ryan resta figé à l'admirer : les cheveux bouclaient sur la nuque, les bras étaient forts, la poitrine solide.

— Non, c'était de l'autre côté. Cette fois, je… Ne dis rien au Gaucher !

La stupeur arracha Ryan à sa transe. Il détacha la première attache.

— Pourquoi ?

Nico leva les yeux sur lui, les joues très roses.

— J'avais une petite déchirure musculaire. Je ne la sentais presque plus, du moins… jusqu'à notre celly sur la glace.

Ryan toussota pour couvrir un rire. Il comprenait la réticence de Nico à révéler cette histoire.

— Je garderai ton secret, promit-il.

Il décolla le dernier support et l'appliqua sur l'articulation, puis lissa soigneusement. Il sentait la chaleur de la peau à travers la bande, mais il veilla à ne pas toucher directement Nico.

— Plie le bras, tu connais le processus.

Nico acquiesça, il plia le coude et tendit la main vers son autre bras. Ryan tendit la bande sur le côté et derrière l'épaule, tout autour de l'articulation, puis l'attacha avec les agrafes.

Seigneur, que Nico était beau !

Ryan concentrait toute sa détermination sur la fixation du bandage. Soudain, ses doigts glissèrent sur la peau souple du dos. C'était presque une caresse ! Ryan tressaillit et retira sa main.

Par chance, Nico n'avait rien remarqué.

— Ça valait le coup, dit-il brusquement. Je parle de cet étirement musculaire. Célébrer un but avec l'équipe, c'est important. Tu as bien fait de me le rappeler. Merci.

La bouche sèche, Ryan força un sourire.

— De rien, croassa-t-il. Bon, tu peux baisser le bras, j'ai presque fini, juste quelques agrafes à mettre en place.

Il dut placer les deux suivants sur la poitrine de Nico. Il se lécha les lèvres en effleurant la courbe généreuse du pectoral, entre la clavicule et le mamelon. Son petit doigt glissa presque jusqu'à l'aréole.

Nico prit une brusque inspiration et sa peau se hérissa de chair de poule au niveau du cou et de l'épaule. Son mamelon s'était érigé.

— Excuse-moi, marmonna Ryan. Ça colle, cette cochonnerie. En plus, j'ai plus l'habitude de le faire sur moi.

Nico se racla la gorge.

— Ne t'en fais pas, c'est bon.

L'ensemble du processus prit peut-être cinq minutes, mais Ryan les trouva très, *très* longues alors qu'il tripotait un Nico torse nu dans sa chambre d'hôtel au milieu de la nuit. Il avait surestimé son self-control sur ses réactions physiques. Il bandait. Pire encore, il était très conscient que lui était penché et que Nico, assis, avait son érection devant les yeux.

Sa tâche terminée, Ryan put enfin s'écarter.

— Voilà. Comment te sens-tu?

Nico roula l'épaule, puis il releva la tête et sourit. Il s'était détendu, ce qui le rendait plus accessible, plus dangereux.

— Beaucoup mieux, merci.

Il remit son tee-shirt. Ryan soupira de soulagement – tout en étouffant un pincement de déception.

Nico se leva et ajouta :

— Je vais retourner dans ma chambre.

Oh, oui, s'il te plaît. Ryan était impatient de passer un moment avec la Veuve Poignet.

Mais quand Nico se détourna vers la porte, son regard fut attiré par ce que Ryan avait sorti de son sac en cherchant sa bande KT.

— Oh, tu joues aux échecs?

Effectivement, Ryan avait pris l'habitude d'emporter un petit échiquier magnétique en déplacement.

— Un peu, répondit-il. J'ai regardé avec ma sœur la série *Le Jeu de la Reine* et depuis, elle et moi jouons ensemble via Internet. Elle prend des cours, du coup, elle est nettement meilleure que moi.

Il nota alors le regard de Nico, avide, presque sexuel.

— Pourquoi? ajouta-t-il. Tu joues?

Nico eut un sourire de requin.

— Bien sûr! Ma mère est russe. Nous devrions faire une partie ensemble, un de ces jours.

Ryan eut alors l'image mentale de Nico, le regard concentré, penché sur un échiquier, torse nu… et son cerveau bugga.

— Bonne idée, répondit-il, aussi naturellement que possible. Quand tu veux.

RYAN PASSA sa journée de congé avec Chenner et Yorkie. Il fit aussi de gros efforts pour *ne pas* se demander ce que faisait Nico ou quand aurait lieu la partie d'échecs promise.

Le match de San Jose se déroula mieux que Ryan s'y attendait. Le Fuel ne brilla pas vraiment, mais au moins l'équipe locale ne l'écrasa-t-elle pas, et Greenie était au trop de sa forme. En le voyant jouer, Ryan se souvint que son aîné avait remporté la Coupe [18] dans sa jeunesse.

Donc, même si Nico avait des hauts et des bas, même si San Jose était le grand favori des sondages, les deux équipes étaient à égalité, un but partout, au moment des prolongations.

Ryan, appelé sur la glace au dernier moment après qu'un de ses coéquipiers avait reçu un penalty pour dégagement interdit, quitta l'arène le souffle court.

Heureusement, il n'aurait pas à jouer pour les prolongations, il ne faisait pas partie des meilleurs tireurs.

À l'autre bout du vestiaire, Nico avait l'air fatigué et tendu. En théorie, il était le meilleur choix pour l'équipe dans cette confrontation spécifique, il s'y entraînait même régulièrement. Pourtant, Vorhees le désignait rarement pour les prolongations, seulement quand il ne pouvait agir autrement. Ce fut le cas ce soir, l'entraîneur se décida à le renvoyer sur la glace au tout dernier moment. Ryan grinça des dents, certain que Nico aurait mieux joué trois minutes plus tôt.

Les prolongations n'ayant pas désigné de vainqueur, les arbitres annoncèrent les tirs au but*. Greenie revint vers le banc pour se désaltérer et railla ses coéquipiers pour ne pas avoir suivi son exemple en jouant pour gagner. Il se montrait volontiers sarcastique quand il était nerveux, c'était sa façon de libérer sa tension.

---

18 La Coupe Stanley*

Les trois premiers joueurs du Fuel sur la glace furent Yorkie, Granger et Bourbeux. Yorkie fit rentrer le palet sous le bras du gardien, Granger rata son tir et Bourbeux passa entre les jambes du goal. Malheureusement, San Jose marqua également deux buts sur trois.

Il ne restait donc qu'une option pour départager les équipes : la mort subite*. Ryan détestait cette épreuve plus encore que les tirs au but. Comme il avait échappé à ces derniers, il risquait d'être appelé sur la glace par défaut.

Vu ce qui se passait dans l'arène, cela semblait de plus en plus probable. Apparemment, le gardien adverse et Greenie, tous deux vexés des premiers buts encaissés, bloquaient tous les tirs.

Après avoir envoyé en vain ses meilleurs joueurs, attaquants et défenseurs, Vorhees commençait à s'énerver sérieusement.

Il finit par laisser Ryan tenter sa chance. Pendant une seconde, Ryan resta figé, tétanisé de stupeur : pourquoi lui, alors qu'il y avait Nico ! Même si la tension mentale influençait trop souvent le jeu de Nico, il tirait infiniment mieux que Ryan.

Vorhees ne comprenait-il pas que pour galvaniser un jeune joueur, mieux valait le complimenter de temps à autre que constamment le rabaisser. Quoi qu'il en soit, Ryan ne pouvait engueuler son entraîneur ou contester sa décision. Il se contenta donc de hocher la tête et retourna sur la glace. Il tira sans conviction et ne fut pas surpris que le gardien intercepte son palet.

Greenie bloqua le tir suivant de San Jose, puis il avala une longue gorgée de sa Gatorade. Il semblait détendu, mais il était doué pour cacher ses émotions.

Vorhees mâcha son chewing-gum et regarda ses joueurs. Tout le monde savait que le prochain tir pouvait être décisif.

Ryan s'attarda près de la porte ouverte, il avait enlevé son gant, il faisait jouer les doigts de sa main droite. Il avait pris un coup pendant la troisième période. Il examina son ecchymose. D'après lui, rien n'était cassé.

Il releva la tête quand Vorhees aboya :

— Kirschbaum !

Il retroussait les lèvres comme s'il venait de mordre dans un citron.

Sans un mot, Nico se leva, la tête basse. On aurait cru qu'il montait à la potence !

Ryan agit d'instinct. Quand Nico passa devant lui, il lui attrapa le menton.

Surpris, Nico le regarda dans les yeux.

— *Je te regarde, gamin*, déclara Ryan.

Il avait pris la voix de Bogart pour cette célèbre citation du film *Casablanca*. Il tapota Nico sur la joue et recula d'un pas.

Nico resta figé une demi-seconde, puis il s'écarta avec brusquerie, comme s'il prenait conscience d'avoir un public. Il pinça la bouche et fronça les sourcils.

— Connard ! grommela-t-il avant de filer sur la glace.

Il était toujours aussi renfrogné quand il récupéra un palet. Il simula un tir à gauche, puis envoya sa rondelle très haut au-dessus de l'épaule du gardien et jusqu'au fond du filet.

— Putain ! cria Grange.

Après deux secondes de silence stupéfait, tout le banc éclata en huées et acclamations.

Sur la glace, Nico, tétanisé, fixait le filet comme s'il n'en croyait pas ses yeux.

Allez, pensa Ryan. *N'oublie pas la celly.*

Nico poussa un cri victorieux et retourna vers le banc recevoir les félicitations qu'il méritait.

Rien n'était encore gagné parce que c'était à San Jose de tirer. Greenie bloqua le tir sans pitié et le banc hurla sa joie une deuxième fois. Yorkie et Grange écrasèrent Nico entre eux jusqu'à ce que Greenie les rejoigne et exige sa part de félicitations. Quand ce fut son tour, Ryan lui donna un coup de casque, mais c'était surtout Nico qu'il attendait.

Il aurait voulu frotter son épaule à la sienne, mais leur différence de taille compliqua la manœuvre. Bon, il put attendre le haut de son bras. C'était déjà ça.

— Bravo !

Ravi de l'accueil de ses coéquipiers, Nico eut un sourire enivré.

— Merci.

YORKIE ATTENDIT que l'avion atteigne son altitude de croisière pour se lever et affronter l'équipe.

— Votre attention, s'il vous plaît, jeunes gens !

Nico coupa son livre audio pour écouter son capitaine.

— Il y a bien trop longtemps, enchaîna Yorkie, que nous n'avons pas célébré une victoire tous ensemble. Nous revenons en ayant gagné quatre points sur six, je pense donc que nous méritons une celly. Alors, ce soir, nous sortons faire la fête !

La majeure partie de l'avion acclama joyeusement cette déclaration. Nico, lui, se recroquevilla dans son siège. Il avait fait des progrès, il se sentait mieux intégré dans l'équipe, mais sur la glace essentiellement. Ses coéquipiers tenaient-ils *vraiment* à sa présence en soirée ?

— Ce soir, insista Yorkie, nous fêterons tout particulièrement notre superstar en herbe, Nico the Grincheux, ses deux pommes, ses deux buts et sa victoire en mort subite. Et nous finirons tous… archi-bourrés !

Il avait ajouté ces derniers mots après une brève hésitation. Il esquissa un sourire penaud et conclut avant de se rasseoir :

— Je vous conseille donc de dormir un peu pendant ce vol. Moi, je vais prévenir Jenna.

Il y eut quelques rires accompagnés d'un « c'est elle qui porte la culotte ! » marmonné. Yorkie n'en prit pas ombrage, il adorait sa femme et ne s'en cachait pas, ce que Nico trouvait adorable. À ses yeux, un bon mari était plus noble qu'un macho réac. Un de leurs coéquipiers n'avait manifestement pas évolué depuis les années quatre-vingt.

Chenner, le voisin de siège de Nico, se pencha avec un sourire.

— Je parie que la NHL va te nommer la star de la semaine !

Sa voix semblait un peu tendue. Soudain, Nico se souvint que la recrue n'avait toujours pas marqué son premier but.

Bien que secrètement flatté de ce compliment implicite, Nico secoua la tête :

— Oh, je n'en suis pas sûr, certains joueurs savent mieux gérer leur image, mon but sera vite oublié.

Chenner haussa les épaules et reporta son attention sur son téléphone. Du coup, Nico sortit aussi le sien. Il avait manqué trois appels de son père cette semaine. Répéter éternellement les mêmes excuses devenait difficile. Il faudrait qu'il le rappelle. Demain…

Aujourd'hui, Nico avait d'autres priorités.

— Chen ?

La recrue leva les yeux.

— Oui ?

— Patience, ton heure viendra.

Chenner eut un petit sourire.

— Merci.

Nico avait cru avoir le temps de passer chez lui se changer, mais une fois l'avion atterri à l'aéroport d'Indianapolis, il constata qu'un autobus les attendait.

Perplexe, il laissa Misha le pousser à l'intérieur.

— C'est moi qui l'ai réservé, déclara Misha en russe. Je ne voulais pas te donner l'opportunité de te défiler. Nous tenons que tu assistes à la fête donnée en ton honneur.

Nico piqua un fard.

— Tu n'étais pas obligé de faire ça, Misha.

Le Russe se pencha vers lui.

— Il ne s'agit pas d'une obligation. Tu es très jeune, Kolya, alors, Yorkie et moi avons cherché les endroits branchés.

Oh, Seigneur !

— *Misha* !

— Nous tenions à une fête réussie. J'ai même demandé à Doc son avis, mais il a dit…

Il roula des yeux, passa à l'anglais et imita – plutôt pas mal – la voix pointue de Ryan

— … *les bars gays n'acceptent pas les touristes* ! Alors, j'ai trouvé un club à proximité de l'université de biologie. Tu y rencontreras des jeunes de ton âge.

Cette fois, Nico avait la réponse à une question qu'il se posait parfois : Misha se fichait qu'il soit gay. Malheureusement, il devinait déjà qu'une bonne partie de ses coéquipiers allaient chercher à lui coller dans les bras un étudiant de dernière année. C'était… plutôt attendrissant.

Nico était très soulagé que personne dans le bus ne parle russe.

— Hé, je ne suis plus puceau, contrairement à Chenner ! Je n'ai pas besoin qu'on me trouve un mec, je me débrouille très bien tout seul depuis des années !

— Tu es mignon, ricana Misha.

Il lui tapota la joue – comme Ryan l'avait pendant le match. Nico ne réagit pas à cette provocation.

— Je sais.

Misha éclata de rire.

— Entre amis, il faut s'entraider, je ferai peut-être appel à toi ce soir.

Un samedi, le bar était plein, mais Nico vit des tables réservées à leur nom – quelqu'un avait eu la prévoyance d'appeler à cet effet. Indianapolis s'intéressait peu au hockey, mais Nico comprit au regard de certains étudiants qu'ils étaient reconnus.

Ils étaient les seuls clients en costume.

— Une tournée de shots ! cria Misha.

Sa proposition fut bruyamment acclamée par l'équipe, mais aussi par les tables voisines.

Ah. La nuit allait être arrosée.

Nico suivit Yorkie jusqu'à une table pendant que Misha discutait avec le barman pour ouvrir une ardoise. Même si Nico avait peu l'habitude de prendre des cuites avec son équipe, après quelques verres, il n'y pensait même plus.

Assis entre Ryan et Grange, il but tout ce qu'ils lui présentaient, même quand c'était présenté avec un petit parasol rose.

Ryan se pencha vers lui, le bras posé sur le dossier de son siège, les doigts effleurant son épaule. Nico lutta pour ne pas frissonner. Depuis l'autre nuit, à l'hôtel, pendant le bandage, il était hanté par un étrange désir de sentir les mains de Ryan sur lui. De toute évidence, il était chaste depuis bien trop longtemps s'il fantasmait devant un contact amical !

Mais Ryan avait vraiment de belles mains !

— Je vais te dire un truc, annonça Ryan, je ne vois que deux avantages au fait d'être gay dans une équipe de hockey professionnel. Primo, je ne me sens pas du tout tenu de boire de la bière merdique !

Il avait raison, la bière ne valait rien, comme c'était souvent le cas dans les bars universitaires. Nico leva son verre en plastique et le heurta contre celui de Ryan, qui contenait un épais liquide verdâtre.

Assis de l'autre côté, Grange demanda :

— Le second avantage, c'est quoi ?

Ryan et Nico se dévisagèrent.

— Il est sérieux ? demanda Ryan.

Nico haussa les épaules. Lui aussi trouvait la question idiote.

— *Quoi* ? insista Grange. Qu'est-ce que j'ai dit ?

Pour l'amour de Dieu ! Comment pouvait-on être aussi bouché ?

— *Unglaublich* [19], marmonna Nico.

— Chenner ! cria Ryan. Tu es trop jeune pour écouter, bouche-toi les oreilles !

Chen joua le jeu et colla ses mains à ses oreilles.

Ryan se pencha en avant et affronta Grange. L'odeur de son savon, épicée et délicieusement masculine, flotta jusqu'au nez de Nico…

---

19 *Incroyable* (allemand).

— Ce que Nico cherche à dire, c'est qu'il est jeune et riche avec un cul à tomber raide. Donc, s'il y tenait, il n'aurait aucune difficulté à draguer.

Ainsi, Ryan avait remarqué son cul ? Nico sirota sa boisson et cacha sa satisfaction.

Grange s'étrangla avec sa bière et postillonna partout sur la table.

Misha, qui revenait du bar, trancha d'un ton sévère :

— Deux cents dollars d'amende ! Et tu laisseras un pourboire au personnel.

Il ne revenait pas seul.

Une grande blonde l'accompagnait, du genre que les joueurs de hockey semblaient collectionner pour les soirées « conjoint(e)s et partenaires ». Elle portait un jean serré et un débardeur vaporeux qui montrait à la fois tout et rien du tout. Nico sentit la séduction de cette fille, surtout quand elle aida à distribuer les boissons du plateau. Elle en garda une pour elle et répondit à l'un des jeunes qui la draguait :

— Mon travail mérite compensation, même de la mauvaise vodka !

Misha posa sur elle un regard adorateur et lui offrit son bras. C'était chou ! C'était la première fois que Nico voyait le Russe aussi intéressé par une femme. Pour avoir plus d'intimité, Misha conduisit sa conquête à une table voisine où il s'assit avec elle, avant d'entamer une discussion en russe. Nico était le seul à comprendre ce qui se disait : ils critiquaient la sélection d'alcools proposés aux étudiants. À en juger par son accent, la fille n'était pas Russe, mais elle le parlait couramment.

— Oh, mon Dieu ! chuchota Grange. Kitty *drague* ?

Ryan haussa les sourcils.

— Pourquoi ? Il ne le fait jamais ?

Greenie se pencha pour ajouter :

— Non. Pour être honnêtes, nous n'étions pas sûrs qu'il sache y faire.

— Oui, nous pensions qu'il faisait peut-être peur aux dames, mais chaque fois que nous avons tenté de discuter sa vie sexuelle, il prétendait ne pas parler anglais.

Nico évoqua la haute stature de Misha, mais aussi son humour et sa gentillesse. La chasteté du Russe ne venait pas d'un manque d'intérêt de la part des femmes, Nico en était persuadé. Il garda cependant son opinion pour lui.

Greenie ne cachait pas sa curiosité.

— Je veux savoir ce qu'ils se disent ! s'exclama-t-il. Grange, tu es plus près, écoute-les.

Grange recula son siège et tendit l'oreille vers la table de Misha. Au bout d'un moment, il secoua la tête.

— Ils parlent russe.

Ryan ricana.

— Bien entendu ! Et c'est bien pour ça qu'il n'a pas filé à l'autre bout de la salle, il savait très bien que vous seriez indiscrets, bande d'idiots !

— Ah, elle est Russe alors, ajouta Greenie. Je comprends mieux, mais quand même, j'aimerais bien savoir ce qu'il lui dit.

Autour de la table, tous les autres hochèrent la tête. Le silence retomba brièvement et Nico surprit quelques phrases de la conversation ayant lieu derrière lui.

— *Alors, tu as regardé le match ?*

— *Peut-être. Tu as mieux joué la semaine dernière – le but était chouette. Mais moins beau que celui de Yorkshire.*

Nico ricana quand Misha fit semblant d'être vexé.

De son bras libre, Ryan lui donna un petit coup de coude.

— Pourquoi tu ris ?

— Parce qu'elle a dit à Misha avoir préféré le but du capitaine au sien, répondit Nico sans réfléchir.

À peine les mots sortis de sa bouche, il regarda son verre avec suspicion : l'alcool lui avait délié la langue ? De toute évidence, cette boisson rose aux fruits était plus dangereuse que prévu.

Sensible au silence de la table, Nico releva les yeux : tous les regards étaient fixés sur lui.

— Quoi ?

— Tu as compris ce que disait Kitty ? s'étonna Grange. Tu parles russe ?

— Ben, oui.

— Depuis quand ? insista Grange

À sa voix, il s'estimait trahi.

Nico inclina la tête et plissa les yeux, il voyait flou.

— Euh… depuis toujours. Ma mère est russe. Je parle tout le temps russe avec Misha.

— Grincheux, déclara Grange, sentencieux, tu parles *à peine*, aussi bien à Kitty qu'à nous autres, sauf quand il s'agit de hockey. En plus, tu évites Kitty.

Quoi ? Non ! Ce n'était pas vrai ! Bon, d'accord, Nico avait *un peu* évité Misha pour des raisons qui, jusqu'à ce soir, lui avaient semblé sensées…

— Là n'est pas la question, intervint Greenie. Qu'est-ce qu'ils disent ?

Nico plissa les yeux.

— Tu me demandes d'espionner une conversation privée entre mon coéquipier et sa copine ?

— Euh… oui ! affirma Greenie, totalement éhonté.

— Il n'en est pas question !

— Pourquoi ?

Nico jeta un coup d'œil à Ryan – qui ricanait, le nez dans son verre.

— Parce que ! Un, c'est privé, ça ne regarde personne. Deux, je ne tiens pas à tout savoir. *Drei*, les hétéros sont trop bizarres quand ils draguent.

À côté de lui, Ryan riait tellement qu'il en tremblait. Il ébouriffa les cheveux de Nico. La peau hérissée de chair de poule, Nico dut faire en un effort pour ne pas quémander d'autres caresses. Si Ryan continuait de le toucher comme ça, Nico sortirait plus souvent avec l'équipe.

— *Bizarres*, répéta Grange. Pourquoi ?

Son air circonspect indiquait qu'il avait hésité à poser la question.

Nico réfléchit à la meilleure manière de s'expliquer, puis il renonça et haussa les épaules.

— Je sais pas, je trouve les relations hétéros bizarres.

Ryan gloussa plus fort.

— Nous devrions l'enivrer plus souvent !

Nico lança un regard noir.

— Je ne suis pas ivre !

— Oh, si.

— Je suis allemand. Ma mère est russe ! Il me faut plus que deux bières, et ce… truc rose pour être pompette.

— Le Rose Berry est bourré d'alcool et c'est le troisième que tu engloutis coup sur coup.

Atterré, Nico regarda son verre vide. Il avait cru à un jus de fruits ! Ça avait le goût d'un jus de fruits !

— *Böse*.

Pour le consoler, Ryan lui tapota l'épaule.

— T'inquiète. La prochaine fois, on te soulera à la vodka pure.

DÉBUT NOVEMBRE, Nico avait trouvé une routine, même s'il voyait fréquemment avec Barb et suivait ses conseils pour occuper ses loisirs. Parfois, il sortait épuisé de ces séances, parfois les «devoirs» étaient difficiles, mais il se sentait progresser.

Son jeu s'améliorait, devenait plus régulier. En revanche, ce n'était pas le cas du Fuel. L'équipe continuait à perdre plus souvent qu'elle gagnait et ses rares victoires n'avaient rien de spectaculaire, en général, un point de plus que ses adversaires. Le père de Nico ne manquait pas de s'en plaindre chaque fois qu'il téléphonait. Et comme il ne parlait *que* de hockey, Nico l'évitait autant que faire se pouvait – et il s'en sentait coupable.

Nico adorait le hockey, c'était toute sa vie. Pourtant, il avait conscience que c'était bon… que c'était *sain* parfois de faire un break. Il avait pris l'habitude de jouer aux échecs avec Ryan via une application téléphonique idiote. Il l'écrabouillait chaque fois. Ryan faisait quelques – lents – progrès, mais Nico continuait à gagner.

Peut-être devrait-il arrêter le hockey et devenir joueur d'échecs.

Ben voyons.

En tout cas, l'entraîneur ne s'en était pas pris à lui depuis un moment. Ce que Nico appréciait.

Malheureusement, les succès de Ryan suivaient plus la tendance générale du Fuel. Depuis son arrivée, en octobre, pour le début de la saison régulière, Ryan n'avait toujours pas marqué de but. Au dernier match, il avait écopé d'un penalty et passé dix minutes sur le banc de la honte.

Pendant l'entraînement, Nico le laissa tranquille. Une fois de retour aux vestiaires, cependant, il tenta sa chance et s'assit à côté de lui, alors que son casier était de l'autre côté.

— Tu en tires une tête !

Ryan ôta son tee-shirt Under Armour trempé de sueur et lui lança un regard mauvais. Il avait des cernes noirs sous les yeux.

— Tu sais vraiment remonter le moral d'un gars, Kersh !

Effectivement, Nico aurait pu aborder la question avec plus de diplomatie – Ryan lui avait rendu service, après tout.

Sans lui laisser le temps d'en dire plus, Ryan jeta :

— Mes voisins viennent d'avoir un bébé !

— Oh.

Nico hésita. Était-il censé offrir des félicitations ? Il comprit soudain pourquoi Ryan était aussi épuisé.

— Je vois, ajouta-t-il. Le bébé pleure et ça t'empêche de dormir ?

Ryan soupira.

— Oui. J'ai tout essayé, les écouteurs antibruit, les bruits blancs, la méditation. Il faudrait que je déménage, mais je n'ai pas le temps de chercher un autre appart.

Nico haussa les épaules.

— J'ai de la place, tu sais. Tu pourrais t'installer chez moi.

Il avait fait sa proposition sans réfléchir. Ce fut après coup seulement qu'il pensa aux implications. Oui, les joueurs de hockey vivaient souvent en colocation, Nico l'avait fait avec Lucas… mais était-ce sage avec Ryan ? Surtout que Nico avait du mal à cacher son envie que Ryan le touche ? Ou qu'il comptait déjà beaucoup sur Ryan pour lui remonter le moral quand il se sentait au quarante-sixième dessous ?

C'était sans importance. La proposition avait été faite, Nico ne comptait pas la reprendre. Il était adulte, merde, il était donc censé contrôler ses pulsions. Et il avait une grande maison, parce qu'il aimait avoir un jardin et un garage pour sa voiture. Il avait beaucoup trop d'espace pour lui tout seul.

Bouche bée de surprise, Ryan cligna des yeux.

— Quoi ?

Sous ce regard fixe, Nico se dandina d'un pied sur l'autre. Il espérait que Ryan n'avait pas senti ses réticences – et surtout les troubles pensées qui les provoquaient.

— Je n'aime pas vivre seul, se justifia-t-il. Avant, j'avais Lucas comme colocataire, mais comme tu le sais, il a été transféré à Montréal. J'ai deux chambres d'amis. Le quartier est calme. Il n'y a pas de néons.

Il devina tout de suite que Ryan était tenté. Malgré son épuisement manifeste, ses yeux pétillaient, une étincelle d'espoir brillait en eux.

Mais quelque chose le retenait.

— C'est… très généreux de ta part, merci, mais… Je ne suis pas sûr que je devrais accepter.

C'était très Nord-Américain, d'après Nico, cette façon de se réserver une porte de sortie au cas où l'offre ne serait qu'une formule de politesse. Lui était allemand, il appréciait la franchise, fut-elle trop directe.

Aurait-il mal décrypté les signaux de Ryan ? Il en doutait.

— Pourquoi ? Nous sommes amis, non ?

Pendant une seconde, Ryan le fixa comme s'il espérait que Nico lise dans ses pensées. Malheureusement, ce n'était pas possible – en tout cas, pas chez lui.

— Oui, bien sûr. Mais… tu ne vas pas souvent sur le Net, je présume ?

— Non !

Pourquoi voudrait-il aller sur Internet ? C'était débile.

Ryan ricana.

— D'accord, eh bien, laisse-moi te signaler un point délicat : à ton avis, que vont penser les gens si deux joueurs gays habitent ensemble ?

Nico afficha un air faussement naïf.

— Que nous nous entendons bien et qu'il serait dommage que tu cherches un autre bail jusqu'à la fin de la saison ? Écoute, je me fiche des ragots que colporte Internet, si les gens nous imaginent ensemble, grand bien leur fasse ! J'ai entendu bien pire sur mon compte.

De son père en particulier.

— Tu n'es pas si mauvais, ajouta Nico.

Ryan sourit.

— Ha ! Merci, quel compliment ! Bon, dans ce cas j'accepte... à une condition. Si tu regrettes, ou si ma présence te dérange, dis-le-moi franco, d'accord ? Je ne tiens pas à te voir jouer au martyr en silence.

— C'est une caractéristique britannique, déclara Nico. Je suis allemand.

Ryan l'énervait souvent, mais il s'y était habitué. Il l'appréciait même un peu, aussi absurde que cela paraisse.

— Va prendre ta douche, enchaîna-t-il. Ensuite, tu me suivras jusque chez moi.

Et la question fut réglée. Nico cessa de vivre seul et vingt-quatre heures à peine après avoir emménagé dans une maison calme et indépendante, Ryan perdit son air épuisé. C'était un bon deal, tous les deux en sortaient gagnants.

Dommage que leur équipe ne fasse pas la même chose au hockey.

Mais Nico commençait à accepter qu'il ne pouvait pas tout résoudre.

Si RYAN ne savait trop à quoi s'attendre en s'installant dans la chambre d'amis de Nico, il put rapidement faire un premier bilan. À plusieurs niveaux, c'était une très mauvaise idée.

Si Rees l'avait interrogé, Ryan aurait pu prétendre qu'il s'efforçait de remplir sa mission : se lier d'amitié avec Nico Kirschbaum. Aux autres, il pouvait toujours dire la vérité : le manque de sommeil lui avait troublé l'esprit.

Au début, sa fatigue était telle qu'il ne pensa qu'à une chose : le silence ! Nico vivait dans un chouette quartier bourgeois qui abritait essentiellement des retraités. De ce fait, les nuits étaient calmes, les journées aussi, ce qui permettait aux joueurs de faire de belles siestes d'avant-match.

Ryan avait choisi la chambre qui donnait au nord, à l'arrière de la maison. Il n'y avait même pas de lampadaire urbain à proximité. Les nuits sans nuages, la chambre était éclairée par la lune, sinon, Ryan bénéficiait d'une obscurité totale, même quand il laissait les rideaux ouverts.

L'euphorie d'une bonne nuit annihila ses appréhensions.

Bien entendu, le château de cartes s'effondra dès le deuxième jour. Ryan comptait passer dans son appartement récupérer ce qui restait de ses affaires. Ragaillardi par un sommeil réparateur, il entra innocemment dans le garage… et trouva Nico sous sa BMW, sur un chariot à roulettes, tout barbouillé d'huile.

Il avait une tache de cambouis sur la joue.

Ryan essaya de ne pas loucher sur les muscles qui tendaient le coton blanc du tee-shirt. Il faisait froid dans le garage. Les mamelons de Nico étaient durs et érigés.

— Euh, tu fais quoi, là ? demanda Ryan.

Nico repoussa une cuvette en métal remplie d'un liquide noir irisé.

— La vidange. Je change l'huile.

Idiot ! Bien sûr.

— Euh… tu connais la mécanique ? Je l'ignorais.

Et il aurait voulu tout savoir concernant Nico Kirschbaum !

Nico se releva et s'essuya les mains sur un chiffon. Il jeta à son véhicule un regard satisfait. Ryan tenta – en vain – de bloquer le fantasme qui lui venait : Nico le baisait sur le capot, ici, dans le garage.

Nico haussa les épaules comme si un joueur de hockey-mécano était tout à fait habituel.

— Mon grand-père et mon oncle avaient un garage à Berlin, expliqua-t-il, je les ai souvent regardés travailler étant enfant. J'aime entretenir moi-même mes voitures, je suis équipé pour tout ce qui est basique. Ça me permet de vérifier que tout va bien, tu vois ?

Non, Ryan ne voyait pas.

— Tu es unique en ton genre ! dit-il avec conviction.

Nico aimait la mécanique et les voitures, l'avantage était qu'il aimait aussi conduire. Ryan, lui, détestait. Il haïssait encore plus son horrible voiture de location.

Échauffé et frustré, Ryan s'en alla ensuite accomplir sa corvée. En retrouvant son appartement – qu'il détestait –, il ne put continuer à fantasmer en paix.

Quelques jours plus tard, pour aller à la patinoire, Ryan s'invita dans la voiture de Nico.

En chemin, il baissa ses lunettes de soleil sur son nez et suggéra :

— Nico, si tu tiens tellement à jouer les bons Samaritains, tu pourrais aussi m'éviter de prendre tous les jours ma voiture. Nous allons au même endroit, après tout.

Nico activa son clignotant et tourna à droite.

— Tu ne manques pas d'air ! Tu me prends pour ton chauffeur ? Comme dans *Taxi Driver* ?

Ryan ne put résister à la tentation de placer la réplique culte de Robert de Niro :

— *C'est à moi que tu parles* ? C'est à *moi* que *tu* parles ?

Nico leva les yeux au ciel, mais il souriait.

— Tu es un cas ! Un vrai clown !

Dans le parking de l'arène, ils tombèrent sur Yorkie, qui les regarda arriver ensemble sans cacher sa perplexité.

— Tu as perdu un pari, Kirschbaum ?

— Quoi ?

Comment Nico parvenait-il à ressembler à la fois au Chat Potté et à un ado boudeur et merveilleusement beau ? Ryan n'arrivait pas à le comprendre !

— Je constate que c'est toi qui conduis ce paresseux, expliqua Yorkie. Ryan déteste conduire, je sais, mais son appartement n'est pas du tout sur ta route.

Quand Ryan, en arrivant à Indianapolis, avait squatté un moment une chambre chez son capitaine, c'était Yorkie qui le véhiculait, aussi était-il au courant de ses goûts – et dégoûts – en la matière.

— Oh, il habite chez moi depuis deux jours, répondit Nico avec naturel. Je lui ai proposé une de mes chambres d'ami.

Yorkie ne cacha pas sa surprise, ses sourcils se relevèrent très haut.

— Oh ?

Chez un autre, Ryan aurait cherché une critique ou un sous-entendu. Chez Yorkie, c'était une simple curiosité.

— Oui. Boucles d'Or ne dormait plus depuis que ses voisins ont eu un bébé. Chez moi au moins, il est au calme.

Ryan ricana.

— Boucles d'Or ? N'importe quoi ! Dis-moi, Nico, lequel des trois ours es-tu ?

Nico ricana.

— Ça te va bien, Boucles d'Or, non ? Tu as pris ma chaise, mangé dans mon assiette et dormi dans un de mes lits !

Ryan éclata de rire. Il suivit Yorkie et Nico au vestiaire.

— Hé ! T'es gonflé ! Je n'ai pas forcé ta porte, tu m'as invité ! Maintenant, tant pis pour toi, j'y suis, j'y reste ! J'adore ma chambre, je compte m'y incruster !

Greenie posa le bras sur les épaules de Nico.

— Dites-moi, les gars, j'ai mal entendu ou Nico a annoncé que Ryan était dans son lit ?

Nico se dégagea et continua vers son casier.

— Mon bon cœur me perdra, déclara-t-il. Vu la tête de zombie que tirait Ryan, je l'ai effectivement pris comme colocataire. C'était vital, vous savez, il n'arrivait même plus à patiner droit !

— C'est vrai, confirma Ryan. Mon ancien logement n'incitait pas au sommeil paisible.

— Alors, vous habitez ensemble ? insista Greenie avec un sourire salace.

— Oui.

Ryan ne s'étonnait pas que leurs coéquipiers en fassent des gorges chaudes. À la réflexion, Nico et lui auraient sans doute dû éviter de baser leur amitié sur l'antagonisme.

— Doc, Doc, Doc ! s'exclama Grange d'une voix tonnante. Nous sommes tous morts de curiosité ! Raconte-nous tout ! C'est comment de vivre avec Grincheux ?

Facile, agréable. Reposant. Et ça me fait bander.

— Moi, je ne sais pas, répondit Ryan, pince-sans-rire. Demande à ta femme, elle vit avec toi.

Greenie s'assit à côté de Ryan sur le banc, il se pencha et chuchota bruyamment :

— Doc, parle franchement, ça restera entre nous. Comment est-il chez lui ?

Ryan se tapota le menton.

— Eh bien, je ne suis là-bas que depuis quarante-huit heures, mais j'ai déjà appris un scoop. Sais-tu comment Nico occupe ses jours de congé ?

Il marqua une pause significative, un silence total régnait au vestiaire, tout le monde tendait l'oreille :

— En changeant l'huile de sa voiture ! jeta Ryan, hilare.

La surprise fut générale.

— Quoi ?

Ryan hocha la tête.

— Je t'assure ! C'est bizarre, non ? Pourquoi gaspiller son précieux temps libre et se salir les mains au lieu de payer un mécano ?

Nico roula des yeux.

— Je te le répète, pourquoi gaspiller une fortune chez un concessionnaire BMW alors que je sais faire une vidange ? Mieux encore, que ça me plaît ?

— Ben voyons ! Tu dépenses soixante-dix mille dollars pour une voiture allemande et tu vas mesquiner pour une facture de deux cents dollars ? Vachement logique !

— Nico n'a pas tort, intervint Bourbeux. Les garages n'y vont pas de main morte pour les factures d'entretien des voitures étrangères !

Nico lança à Ryan un regard triomphant. Derrière lui, Yorkie secouait la tête. Quand il croisa le regard le Ryan, il haussa un sourcil. Ryan craignit soudain que son capitaine ait deviné les idées salaces que Nico en tenue de mécano lui avait inspirées.

Espérant se tromper, Ryan se contenta d'imiter la mimique de Yorkie. De toutes les façons, il ne s'était rien passé.

Apparemment, ses coéquipiers n'en étaient pas convaincus. Tout au long de l'entraînement, Ryan sentit des regards spéculatifs peser sur lui, sans trop savoir d'où ils venaient. Chenner s'efforçait d'échapper aux piques constantes de Vorhees ; Grange et Greenie semblaient avoir oublié la conversation du vestiaire ; Yorkie, après avoir signalé qu'il les gardait à l'œil, ne rajouterait sans doute rien tant que le statu quo durerait.

Ryan tenta d'ignorer cette sensation dérangeante d'être épié. Il se concentra sur son jeu et piqua le palet à Greenie dans une mêlée. Quand il patina jusqu'à ses coéquipiers pour célébrer sa victoire, il croisa le regard sévère d'un Russe immense.

Ah.

Dès son arrivée au Fuel, Kitty avait coincé Ryan pour un aparté : il n'avait aucun problème avec les homosexuels, avait-il déclaré, mais en public, il garderait ses distances parce qu'il était Russe et que son pays avait des vues très réactionnaires sur la question. Apparemment, même un athlète professionnel était surveillé de près et une attitude contraire à « l'éthique » pouvait entraîner des répercussions désagréables. En vérité, Kitty n'avait pas tenu sa promesse – ni gardé ses distances.

Aussi sa raideur devait-elle être due au récent emménagement de Ryan chez Nico. Très protecteur envers « Kolya », Kitty envisageait certainement un nouvel aparté avec Ryan.

Génial !

Il devrait attendre, cependant, car Vorhees les fit courir d'un bout à l'autre de la patinoire pendant tout l'entraînement. Ils avaient raté leurs trois derniers matchs et l'entraîneur n'était pas content, il tenait à le souligner. Apparemment, il semblait penser que tant ses joueurs étaient capables de tenir debout, ils ne s'exerçaient pas assez.

À la façon dont Chenner fixait au mur en face de lui, Ryan le devina au bord des larmes. Le pauvre gosse cherchait juste à ne pas craquer devant ses coéquipiers. Terrifié par leur entraîneur, Chenner pouvait à peine lui parler, il était au bord du burnout.

Une fois de plus, Ryan regretta l'ambiance détendue qu'il avait connue chez les Voyageurs.

Quand il vit Nico arriver, l'air hagard, il s'excusa et se dirigea vers la porte.

— Tu veux que je t'attende ? demanda Nico.

Après un coup d'œil à Chenner, Ryan secoua la tête.

— Non, merci. Je prendrai un Uber.

Il se préparait une migraine, c'était certain, mais laisser un coéquipier souffrir seul n'était pas dans sa nature.

En général, Nico évitait de lire les articles le concernant. Barb approuvait cette attitude, c'était même un des rares points sur lesquels il avait tout juste, aussi était-il déterminé à continuer.

Mais Ryan était d'humeur étrange le lendemain du jour où il s'était attardé avec Chenner après l'entraînement. Oh, il parlait – en vérité, Nico le croyait constitutionnellement incapable de garder le silence –, mais il ne plaisantait pas comme d'habitude, il ne dansait pas en faisant la cuisine tout en chantant faux d'horribles chansons pop américaines.

Alors, Nico alla vérifier sur Google, sachant très bien que Ryan, ce mal guidé, lisait ses articles. Effectivement, il tomba sur un post du matin même : un journaliste spéculait sur le fait que Ryan n'avait pas encore marqué au Fuel. Pour Nico, il était évident que Ryan jouait de son mieux – quand Vorhees lui en donnait l'opportunité. Mais l'article rappelait que le contrat de Ryan était d'un an seulement et que sa saison, loin d'être à quinze buts comme la précédente, risquait de ne pas en atteindre dix.

Nico reposa son téléphone sur le comptoir et s'adossa à son siège. Il regarda Ryan, qui, la tête dans le frigo, semblait y chercher des réponses existentielles. Pas mal d'ingrédients étaient posés sur le comptoir, mais aucun n'était encore haché ou cuit.

Nico cuisinait peu, aussi se chargeait-il plutôt de ranger et de nettoyer la cuisine. Et puis, il savait téléphoner, commander et faire livrer.

Il connaissait aussi la position de Ryan sur les aliments à éviter.

— Ryan !

Surpris, Ryan se retourna vers lui.

— Quoi ?

Nico n'aurait rien dû dire, il suivait un régime strict et tout allait plutôt bien pour lui en ce moment – enfin ! Mais Barb lui avait maintes fois souligné que la flexibilité, c'était important.

— Ça te dit qu'on commande une pizza ?

Ryan esquissa un large sourire.

— Nico Kirschbaum, tu passes du côté obscur ? D'accord, je veux un supplément de fromage sur la mienne.

Nico prétendit que la vague de chaleur qui le traversait venait de la simple satisfaction de remonter le moral d'un ami… et qu'elle n'avait rien à voir avec Ryan.

Il se mentait, il le savait, et d'après lui, ça allait vite devenir une habitude, mais pour le moment, cette perspective ne le gênait pas.

À la mi-novembre, les feuilles avaient commencé à tomber. Nico passa du temps à nettoyer la cour. Il parvint même à convaincre Ryan de l'aider, mais tous deux étaient fatigués, ils revenaient tout juste d'un déplacement, deux matchs à l'extérieur. Le travail fut un peu bâclé, chacun ratissant son secteur sans conviction. À peine rentré au chaud, Nico contacta une entreprise pour terminer le ramassage.

Il aurait continué à vivre dans une bienheureuse ignorance, ou du moins dans un déni plausible, si son père n'avait pas appelé pour tout gâcher.

— As-tu lu cet article ? Nicolaï, comment peux-tu faire ça ?

Nico n'étant pas au courant, il dut endurer la lecture que son père lui fit d'un ton mélodramatique : un paparazzi avait fini par remarquer que Ryan et Nico arrivaient ensemble aux matchs et aux entraînements, il avait donc interrogé Chenner et obtenu la confirmation qu'ils étaient bien « colocataires ».

— Ce *hack*, cracha son père, suggère que c'est grâce à l'influence stabilisatrice de ce Wright que tu joues mieux ces derniers temps. Il ne parle pas de ton éthique au travail ni du nombre d'heures que tu consacres à ta formation. Est-ce ce que tu veux que les gens pensent de toi ?

— Non, papa, je…

Comme si Nico pouvait contrôler ce journaliste ou ce qu'il écrivait ? Il ne le connaissait même pas ! Il se mit à arpenter le salon en s'arrachant les cheveux, une façon comme une autre d'exprimer son agitation et son irritation, car il préférait éviter d'énoncer des paroles… qu'il ne pourrait se pardonner.

— Je savais que ça arriverait ! coupa son père. Quelle idée as-tu eue de proposer à ce Wright de s'installer chez toi ? Comprends-tu au moins les insinuations de ce journaliste ?

Oui, c'était assez clair, le paparazzi suggérait que la meilleure façon pour un joueur de hockey professionnelle de « vraiment » se détendre était de baiser, ce qui manquait manifestement à Nico jusque-là.

Et peut-être avait-il raison au fond, c'était à vérifier.

Nico préféra cependant ne pas le déclarer à haute voix, il doutait que son père apprécie.

D'après lui, cette histoire ferait vite long feu.

— Je n'ai aucun contrôle sur ce que les gens disent de moi.

Il avait pensé apaiser son père, il se trompait.

— Si, bien entendu. Donne une interview et…

— Et quoi ? Tu veux que j'affirme devant une caméra ne pas avoir de liaison avec mon coéquipier et colocataire, qui lui aussi est gay ? Et tu imagines qu'on me croira ? Mieux vaut ne pas réagir, ne rien dire du tout.

Nico roula des yeux tout en faisant la grimace. Il savait que son père détestait être interrompu.

— Alors, dis-lui de trouver un autre endroit où vivre !

— Non, il n'en est pas question, déclara Nico avec fermeté. J'apprécie sa présence sous mon toit, la maison est trop grande pour moi tout seul. Et de toute façon, les gens diront simplement que nous avons rompu.

— Nicolaï, ça ne me plaît pas, insista son père. Tu devrais…

Arrivé au bout du salon, Nico fit demi-tour. Là, il croisa les yeux de Ryan, à l'embrasure de la porte de la cuisine, les sourcils levés dans une question muette. Nico secoua la tête. Il s'entretenait avec son père en allemand et la conversation, à son point de vue, avait assez duré.

— Désolé, papa, je dois y aller, mentit-il. J'ai une réunion d'équipe. À plus tard.

Il raccrocha et jeta son téléphone sur le canapé.

Ryan enfonça les mains dans la poche kangourou de son sweater.

— Même si je n'ai pas tout compris, marmonna-t-il, je t'ai entendu dire «papa». Excuse-moi, je ne voulais pas être indiscret,

Nico passa les mains dans ses cheveux ébouriffés et soupira.

— Pas de souci, si j'avais voulu être seul pour lui parler, je serais allé dans ma chambre.

Ryan hocha la tête, la mine circonspecte.

— C'est vrai. Il y a un problème? Tu veux en parler?

— Non. Oui.

Malheureusement, Nico avait appris avec Barb que «parler» était plus efficace que ressasser.

Ryan retourna dans la cuisine et s'assit au comptoir du petit déjeuner,

Nico le suivit et alluma la bouilloire. Conscient du regard de Ryan posé sur lui, il prépara du thé suivant le rituel que sa mère lui avait enseigné : il remplit une boule de thé, la mit à infuser dans de l'eau chaude et sortit des tasses et du lait. Il prenait de la confiture quand il avait besoin de réconfort, aujourd'hui, par exemple, la matinée avait été difficile.

Les yeux sur la théière, Nico déclara :

— Mon père n'est pas content.

— Ah.

Nico releva la tête.

— Il a lu un article annonçant que nous vivions ensemble. Pire encore, qui prétendait que ton influence me faisait mieux jouer. Il n'a pas aimé *du tout*.

Nico non plus, pour être franc. Et vu la tête que tirait Ryan, il était du même avis.

La minuterie sonna, Nico se détourna et versa le thé dans chaque tasse, avec une cuillerée de confiture et du lait. Il remua, puis fit passer une tasse à Ryan avant de siroter la sienne.

Au début, Ryan jeta un regard méfiant à son thé, puis il haussa les épaules et goûta prudemment.

— Ton père n'apprécie pas que tu vives avec *un homme*?

Sa voix était lourde de dérision.

Nico ricana, mais il se sentait déjà plus léger. Oui, c'était mieux de parler. Étrange.

103

— Il a encore moins apprécié de lire que je jouais si mal que la direction du Fuel avait dû t'engager pour me remettre sur les rails. Les théories à mon sujet varient, tu sais, parfois, on parle d'un problème mental, à d'autres, d'une frustration sexuelle. Le fait que tu emménages chez moi a fait pencher la balance vers la seconde explication. Que nous nous présentions officiellement comme des colocataires laisse les curieux sur leur faim.

— Waouh ! Ton père a une longue liste de griefs !

— C'est *toujours* le cas avec lui, grommela Nico.

— Aïe.

Nico se frotta le front et prit une longue gorgée de thé. Le breuvage chaud et sucré l'aidait aussi à se détendre.

— Merde, je suis vache avec lui, il m'aime, bien sûr, il veut ce qu'il y a de mieux pour moi. Il passe sa vie à s'inquiéter.

Que les gens le croient avec Ryan, Nico s'en fichait, mais il s'irritait qu'un journaliste affirme que cette liaison – fictive – l'avait rendu meilleur au hockey. C'était totalement inepte ! Il était le seul artisan de ses progrès ! Si son jeu s'améliorait, c'était parce qu'il travaillait dur – même si ces derniers temps, c'était surtout sur un plan mental et émotif, ce qu'il ne confierait jamais à son père.

Ryan se racla la gorge.

— Il s'inquiète de *quoi* ? demanda-t-il.

Nico soupira. Critiquer son père était plus aisé que lui donner raison.

— Du fait que ma carrière ne se déroule pas comme il le souhaite. Il craint les gens voient plus mon homosexualité que mes compétences au hockey. Même s'il est agaçant, il cherche à m'aider.

— Parfois, l'aide ne vient pas comme elle le devrait.

Nico hocha la tête.

— Oh, oui ! Je sais ! Bon, oublions ce sujet déprimant, je préfère ne plus penser à mon père, ça n'est jamais productif de toute façon. Et pourtant, il est mon agent !

Ryan tressaillit. Il ouvrit très grands ses yeux marron.

— Quoi ? Tu es sérieux ? Il est *officiellement* ton agent ? Euh… en fait, ça ne me regarde pas. Et tu viens de dire que tu voulais changer de sujet. D'accord, on fait quoi alors ? De quoi as-tu envie ?

Pendant quelques secondes, Nico le dévisagea, figé. Ce dont il avait envie ? Eh bien, il ne pouvait l'exprimer à haute voix. Un, ça rendrait la situation encore plus délicate. Deux, sa conversation avec son père ne l'avait pas exactement mis dans l'ambiance adéquate.

Il finit par proposer :

— Et si on jouait aux échecs ?

Ryan sourit.

— Ah là là ! Quelle abnégation il me faut ! Je présume que me battre à plate couture sera bon pour ton moral, hein ? Alors, c'est d'accord.

— FRANGIN, DÉCLARA Tara sur *FaceTime*, quand j'ai parlé de ton grave problème d'engagement, ce n'était pas pour te pousser à te maquer avec ton coéquipier. Même s'il est à croquer.

Ryan regretta de partager des gènes avec sa sœur. Et ce n'était pas la première fois !

— Je ne suis pas avec lui !

Tara ricana.

— Oh, je sais. Mais je ne résiste pas à te faire marcher.

Il roula des yeux et regarda le livre posé sur son bureau : *Les Échecs pour les Nuls*. Il ne l'avait pas encore ouvert !

La curiosité le poussa à demander :

— Attends un peu, *tu sais* ? Et comment ?

Qu'essayait-elle de lui dire ?

— Ryan, je t'adore, mais je te connais. Si tu baisais un mec aussi beau, tu serais incapable de ne pas m'en parler. Nico Kirschbaum n'est pas tout à fait à ta portée.

Il ne sut quoi répondre. S'il acquiesçait, il reconnaîtrait désirer Nico et le trouver trop bien pour lui, et sa sœur, bien entendu, tenterait une fois encore de le psychanalyser et de lui faire admettre ses sentiments. S'il niait, ce serait un mensonge éhonté.

À son grand soulagement, Tara enchaîna :

— De toute façon, ce n'est pas pour ça que tu me téléphones. Alors, raconte, que se passe-t-il ?

Il récupéra le livre et présenta la couverture devant la caméra.

— Felicia, la fille des relations publiques, a découvert que je jouais aux échecs avec Nico, elle veut tourner une vidéo. Je suis nul, il faut que tu m'aides, Tara. *Au secours, Obi Wan Kenobi, vous êtes mon seul espoir.*

Elle secoua la tête.

— Même moi, je ne peux t'apprendre les échecs en une heure.

105

— Je sais, admit Ryan. Je ne te demande pas de faire de moi un génie, juste de me montrer quelques mouvements pour ne pas me ridiculiser. Avec lui, je ne réussirai jamais à gagner.

L'autre soir, Nico était si fatigué que Ryan lui avait pris sa reine, il avait vraiment cru avoir sa chance, mais en six coups seulement, il s'était retrouvé échec et mat.

En général, il détestait perdre. Aux échecs, il l'acceptait, vu qu'il était encore en période d'apprentissage. Il voulait juste progresser. Surtout contre Nico. Bien malgré lui, Ryan adorait la compétence calme et déterminée avec laquelle Nico le battait à plate couture.

C'était un attrait de plus.

Comme si Nico en avait besoin !

Tara éclata de rire.

— D'accord. Connecte-toi sur notre site et je vais une fois encore t'expliquer les bases du jeu d'échecs.

L'équipe vidéo des relations publiques vint les filmer plus tard dans la semaine, juste après un entraînement qui pour une fois s'était plutôt bien déroulé – en clair, l'entraîneur n'avait étrillé personne et même Chenner ne semblait pas désespéré au point de se pendre dans la douche. Plus étonnant encore, Vorhees s'était fendu d'un compliment envers Nico. Ryan aurait trouvé la journée presque parfaite – du moins, pour le Fuel – s'il ne s'était pas déchiré un muscle du dos pendant une mêlée. Heureusement, il réagissait bien à l'Advil.

Il était donc de bonne humeur en entrant dans l'une des petites salles de conférence, il portait un tee-shirt du Fuel pour la *Pride de Nuit* [20] et un short de basket. Il était prêt à se faire étriller.

Nico était déjà assis devant une petite table, un échiquier installé devant lui. Ryan reconnut celui qu'ils utilisaient chez eux.

Ryan prit place en face de lui et tandis que Felicia brandissait son micro. Elle fit un bref essai avec le technicien du son, puis déclara :

— D'accord, voici comment nous allons procéder. Les fans de hockey ne sont pas tous des passionnés des échecs, bien entendu, aussi la vidéo sera-t-elle assez courte. Si vous pouvez trouver un lien entre les échecs et le hockey, n'hésitez pas. Sinon, jouez comme si nous n'étions pas là. Attention à ce que vous dites, cependant, je vous rappelle que le film sera tout public !

---

20 Mobilisation militante rassemblant les personnes LGBTQIA+, moins politisée les marches des fiertés.

— Bien entendu !

Elle roula des yeux.

— Je suis là en tant qu'observatrice, j'interviendrai si je juge que c'est trop plat. Nous ne voulons pas ennuyer le public, sans vouloir vous offenser.

Ryan ricana.

— Bien sûr. Nico est vite ennuyeux.

Nico lui lança un regard noir, mais Ryan ne s'en inquiéta pas. Désormais, il savait que son colocataire avait le sens de l'humour.

Le tournage commença.

Nico fit tourner l'échiquier et déclara avec magnanimité :

— Je te laisse les blancs.

Ryan hocha la tête. C'était un léger avantage puisqu'avec les blancs, il jouait le premier.

— Merci.

— Tu as bien besoin d'un coup de pouce ! jeta Nico.

— Hé, riposta Ryan, le joueur lambda n'a pas commencé à jouer aux échecs avant même de savoir marcher ! Je n'ai pas dix-huit ans d'expérience derrière moi !

— J'ai vingt et un ans.

Oui, Ryan le savait. Il n'était pas beaucoup plus âgé que Nico, mais souvent ses pensées salaces le perturbaient un peu, comme s'il était un vieillard libidineux devant un jeune prodige.

Il entama la partie en E4. Nico répondit par E5.

Ryan s'inquiéta aussitôt. Merde, qu'avait dit Tara ? Il devait contrôler le centre de l'échiquier. Il avança sa reine en H5, ce qui donnait une ligne ouverte au milieu du plateau et protégeait ce pion faible en F7.

Nico déplaça son cavalier pour attaquer la reine de Ryan.

— Pourquoi bouger ta reine si tôt ? enchaîna Nico d'un ton sévère. N'es-tu pas censé faire avancer tes pions ?

— C'est ce que je fais ! protesta Ryan. Je considère la reine comme le capitaine de l'équipe… enfin, de l'échiquier. Bon, tu vas me la coller sur le banc de touche, c'est ça ?

Il prit E5 et annonça :

— Échec.

Nico bloqua la manœuvre de son fou, puis il leva les yeux, ses lèvres frémissaient. Il tentait de retenir un sourire, Ryan le savait.

— Le capitaine de l'équipe? répéta-t-il. Pour toi, la reine, c'est Yorkie?

Ryan ne répondit pas tout de suite, il fixait l'échiquier. Merde! Il ne pouvait pas prendre le fou de Nico, sinon, il allait perdre sa reine. Il dut reculer en G3.

— Oui, et bien entendu, le roi est le gardien de but.

— Bien entendu, répéta Nico d'un ton lourd de sarcasme.

Il attaqua encore la reine de Ryan. C'était agressif... et follement sexy. Ryan commençait à avoir du mal à se concentrer.

— Oui, insista-t-il, parce que tous les autres pions essaient soit de l'atteindre, soit de le défendre. Et la reine est le capitaine parce qu'elle défend son roi, attaquant le roi de l'équipe adverse et protégeant toutes les autres pièces de l'échiquier.

Il vit une ouverture et s'y engouffra. Ah! Nico allait perdre sa tour!

Nico défendit sa tour avec le même fou, cet emmerdeur!

— Tu devrais bouger un pion et veiller sur ton capitaine.

Ryan recula encore, très excité par leur échange, aussi anodin puisse-t-il paraître. Il regrettait amèrement d'avoir consenti à tourner cette vidéo.

Felicia intervint :

— Si la reine est Yorkie, le capitaine, quelle pièce êtes-vous donc?

Conscient que côté technique, il ne faisait pas le poids contre Nico – qui avançait un pion –, Ryan décida de jouer les pros sur un autre plan :

— Bonne question! Ces pions sont les recrues.

Nico ricana.

Ryan déplaça un des siens, qu'il présenta aussi à la caméra.

— Vous voyez, ces petits gars avancent tout droit!

— Petits? persifla Nico. Toutes les recrues de l'équipe ont au moins dix centimètres de plus que toi.

Tout en parlant, il prit la reine blanche.

Ryan gémit et déplaça un pion pour se défendre contre le fou agressif.

— Peu importe.

— N'oublie pas qu'un pion peut devenir une reine. Tu te souviens qu'une fois, je t'ai mis à plat avec un des miens?

La bouche légèrement sèche, Ryan prit le fou.

— Il délire, jeta-t-il à Felicia. Ça n'est jamais arrivé.

Il mentait, Nico disait vrai.

Pour détourner la conversation, Ryan enchaîna :

— Pour en revenir à votre question, Felicia, je dirais que Nico est une tour. Une pièce grande, rapide, qui a une bonne vue sur le terrain… euh, l'échiquier. Moins que la reine, mais quand même.

— Je suis insensible à la flatterie, déclara Nico.

Il déplaça un cavalier et Ryan prit soudain conscience que son roi était terriblement exposé. Il déplaça donc le fou pour le protéger. Nico bougea son autre cavalier.

Ryan devenait nerveux. Il devrait roquer [21]. Il écarta son cavalier.

Nico le prit en D4.

Ryan roqua.

— Et vous, Ryan, quelle pièce êtes-vous ?

— Un cavalier, peut-être, celui qu'on met en avant, celui qui travaille le mieux au corps-à-corps, avec les autres de son espèce.

Nico prit son fou.

— Échec.

— Enc…

Ryan s'éclaircit la gorge et ravala son juron. Il écarta son roi.

Nico le regarda. Ses yeux étaient si bleus… cherchait-il à lui troubler l'esprit ? se demanda Ryan.

— Oui, tu es un cavalier, admit-il. Tu es le joueur qui se tient près du filet, prêt à tirer, prêt aussi à laisser la place à un coéquipier.

Comme pour ponctuer ses mots, il prit le cavalier blanc.

Enfoiré, va !

Pourtant, Ryan avait très chaud. Il s'empara de l'autre fou.

Quand Nico déplaça enfin sa reine, Ryan se mit à transpirer. Il déplaça un pion pour se couvrir.

Nico se moquait-il de lui parce qu'il n'avait fait que roquer ? Peut-être. Salaud !

Nico aurait pu en finir plus vite, Ryan en était sûr, mais il laissa le jeu traîner quelques minutes de plus avant de coincer Ryan sur la dernière rangée avec sa tour, sa reine l'empêchant de fuir.

— Je crois que j'ai encore perdu, admit Ryan, mi-figue, mi-raisin. Bravo !

Il avait très envie d'envoyer l'échiquier voler.

Il ne le fit pas, il se contenta de tendre la main à son vainqueur.

---

21 Déplacement spécial permettant de bouger deux pièces (le roi et une tour) en un seul coup afin de mettre le roi à l'abri tout en centralisant la tour.

Quand Nico l'accepta, Ryan referma les doigts sur les siens, l'attira vers lui et ébouriffa ses cheveux de sa main libre.

— Qu'est-ce que tu…

Ryan poussa un cri aigu quand Nico se baissa pour le prendre sur son épaule comme un pompier emportant un blessé.

L'échiquier se renversa, les pièces volèrent un peu partout.

Agrippé à la taille du tee-shirt de Nico, Ryan avait une vue directe sur son cul. Merde ! Il espéra que Nico n'allait pas remarquer qu'il bandait. Son short ne le protégeait pas beaucoup.

— C'est bon, coupez ! lança Felicia.

Quand la vidéo sortit, quelques jours plus tard, Ryan reconnut que les relations publiques avaient accompli un travail remarquable. Le film était charmant, l'ambiance amicale et détendue – deux coéquipiers qui s'amusaient, rien de plus. Nico était souriant, ouvert et d'une compétence impitoyable. La vidéo ayant été raccourcie au montage, sa victoire n'en devenait que plus rapide et incisive.

Tara appela Ryan pour lui rire au nez.

— Oh là là ! Tu es adorable sur cette vidéo, même moi, je le reconnais et ton petit copain… waouh !

Après cette conversation, Ryan se sentit prêt à endurer tous les commentaires du Net. Pour une fois, il eut une agréable surprise, parce que même si les *haters* habituels s'étaient manifestés, même si d'autres se plaignaient que regarder le Fuel sur la glace était loin d'être aussi divertissant (dur, mais vrai), même si certains affirmaient que Nico et Ryan étaient en couple, la majorité des fans avait apprécié la vidéo pour ce qu'elle était : un divertissement.

L'équipe en parla aussi au vestiaire. Greenie et Grange taquinèrent Ryan de la pile qu'il avait prise. Et bien entendu, il dut encore subir des vannes sur sa (petite) taille !

Kitty le fixait d'un œil noir, mais qu'attendait-il au juste de Ryan ? Une promesse solennelle de ne pas entacher la vertu de Nico ? Ryan n'étant pas suicidaire, il préféra éviter le Russe.

Par le plus grand des hasards, il se retrouvait à cohabiter avec le seul autre gay de l'équipe et, pour une raison inconnue, Nico et lui s'entendaient bien.

Seul point négatif dans la vie de Ryan : il ne marquait pas. Sur la glace, il ne faisait pas grand-chose, à dire vrai. Maintenant qu'il avait rempli son contrat tacite avec Rees concernant Nico, il ne servait plus à rien, aussi se sentait-il constamment sur la corde raide.

DEUX SEMAINES environ après la partie d'échecs filmée, l'équipe de hockey de Buffalo arriva à Indianapolis pour jouer contre Le Fuel. Les deux équipes étant tout en bas du classement, elles se battaient donc pour la dernière place. Le Fuel avait perdu cinq matchs d'affilée, Buffalo, sept. Ryan doutait fort que les fans s'intéressent à ce match de losers, sauf par curiosité morbide.

Fidèle à lui-même, Vorhees prit le soir du match la décision incompréhensible de refuser les remplaçants et de faire jouer Greenie deux fois. Au moins, il ne s'en prenait pas à Chenner. Dieu merci !

Et c'était grâce à Phil, l'entraîneur adjoint. Ryan avait mis du temps à le remarquer, parce qu'il cherchait toujours son rythme, Phil aussi sans doute, mais le jeune entraîneur était diablement compétent.

Pendant l'entraînement, Phil trouvait toujours le temps de s'entretenir avec tous les joueurs, de les encourager par des discours percutants. Il organisait aussi des exercices à lui hors du circuit de Vorhees. Après les matchs, Phil parlait fréquemment en tête-à-tête à certains joueurs pour discuter d'éventuels problèmes.

Deux jours avant le match de Buffalo, Ryan se fit incendier par Vorhees. Pendant sa pause, il avait tenté de remonter le moral de Chenner en le faisant rire et l'entraîneur l'accusait de laxisme. À l'en croire, la déplorable attitude de Ryan influençait toute l'équipe et expliquait ses piètres résultats. Sans chercher à se défendre, Ryan exécuta les tours de patinoire que Vorhees lui avait donné à faire.

Dès que l'entraîneur s'en alla, Ryan revint à son banc sans terminer sa «colle». Phil l'attendait. Il laissa Ryan se désaltérer avant de demander :

— Comment va ?

Ryan haussa les épaules.

— Crevé, mais je vais y arriver.

— Cette saison n'est pas facile pour toi, devoir s'intégrer un nouveau système pour un contrat d'une année, c'est duraille.

Ryan le regarda longuement.

— Je sais, oui.

— À mon avis, tu t'en sors plutôt bien.

Ryan fit la grimace.

111

— Je n'ai pas marqué un seul but !

C'était un simple constat, il n'était ni amer ni inquiet.

— C'est vrai, mais tu contribues grandement dans l'équipe, même si ce n'est pas sur la glace.

Était-ce censé être un compliment ? Ryan commença à douter des éloges qu'il avait attribués à l'entraîneur adjoint.

— Merci, grinça-t-il.

Phil secoua la tête.

— C'est sorti de façon étrange, admit-il. Je voulais juste dire que même si tu avais marqué trente buts cette saison, ce ne serait pas ta plus grande contribution.

Ryan était sceptique. Trente buts en plus auraient beaucoup apporté au Fuel !

— Vraiment ?

— J'ai remarqué l'attention que tu portes à la recrue. C'est grâce à toi que Chenner tient le coup, c'est aussi grâce à toi que Kirschbaum s'est détendu et qu'il s'est remis à bien jouer, ce n'est pas rien. Et tu sais garder ton calme quand tout le monde le perd.

Aux yeux de Ryan, ça restait moins gratifiant que marquer un but, mais il n'en apprécia pas moins que Phil ait remarqué ses efforts, même s'il ne servait pas à grand-chose sur la glace.

— Merci.

Phil affronta son regard avant d'ajouter :

— Je tiens cependant à te dire un truc, Ryan, quoi que les autres en disent, tu es au Fuel pour jouer au hockey. Ne le prends pas mal, je te remercie de ce que tu as fait pour l'équipe, mais c'est pas ton boulot et je ne voudrais pour rien au monde que ce genre de corvées impactent ton jeu.

Était-ce un avertissement pour que Ryan s'améliore ? Ou qu'il évite le burnout ? Ryan n'en savait rien et il préféra ne pas poser la question. Il craignait trop que la réponse, si elle lui déplaisait, le prive de sommeil cette nuit.

— D'accord, je comprends, mais si j'agis ainsi, ce n'est pas par « obligation ». C'est parce que j'en ai envie.

Au fond, même si Rees ne lui avait pas spécifiquement demandé de s'occuper de Nico, Ryan l'aurait fait de lui-même.

— Pourquoi ?

Ryan avait dix-huit ans quand son père lui avait expliqué que son besoin de « se sentir utile » était sa faiblesse. Très agacé, Ryan avait répondu à son père de réserver sa psychanalyse à ses patients, à ceux qui payaient ses conseils.

— D'après ma mère, c'est en partie par curiosité, en partie parce que j'aime aider les autres. D'après ma sœur, c'est parce que j'ai tendance à me mêler de tout. Bref, c'est instinctif, je ne peux pas m'en empêcher.

Phil sourit et lui tapa sur l'épaule.

— D'accord. Si ça te satisfait aussi, alors, c'est tout bon.

— Merci, coach.

— De rien. Maintenant, donne-moi un coup de main pour ranger ces pylônes.

Au moment de sa sieste d'avant-match, Ryan s'endormit si vite qu'il battit un record de vitesse. En fait, ce fut également une de ses plus longues siestes, car quand il ouvrit enfin les yeux, Nico le secouait par l'épaule.

— Tu n'as pas entendu sonner ton alarme ? Tu n'as plus que quinze minutes pour te préparer.

Ryan eut à peine le temps d'enregistrer la chaleur de la main posée sur lui, Nico s'écartait déjà.

Ryan s'assit dans son lit, les couvertures glissant jusqu'à la taille. Il avait *beaucoup* trop dormi, oui, mais à part une douleur lancinante dans le bas du dos qui revenait de temps en temps cette dernière semaine, il se sentait en pleine forme.

— Merde ! Tu aurais dû me réveiller plus tôt !

— J'ai essayé. J'ai frappé à la porte il y a dix minutes.

Quand Nico recula, Ryan lui jeta un coup d'œil et ne reconnut pas le costume qu'il portait. Il lui allait bien mieux que ceux que Nico arborait en début de saison, trop serrés, mal adaptés à sa nouvelle musculature. Celui-ci mettait en valeur ses larges épaules et sa taille étroite, et le bleu foncé du tissu faisait ressortir les yeux. Nico n'avait pas mis de cravate, en revanche, il avait ouvert les deux boutons de sa chemise… comme pour tenter Ryan de déboutonner ceux qui restaient.

C'était beaucoup à gérer au réveil !

Ryan secoua la tête pour tenter de se remettre les idées en place.

— Je n'ai rien entendu, déclara-t-il. Désolé. D'accord, je vais me dépêcher.

— Si tu veux, on s'arrêtera en chemin prendre un café.

Ryan faillit crier : «super ! Je t'adore !» Il se retint à temps et se contenta d'un sobre :

— Tu es parfait !

113

Nico lui fit un doigt d'honneur, arrachant enfin Ryan à sa transe mi-onirique, mi-fantasme. Dieu merci !

Énergisé par sa longue sieste et la caféine, Ryan entama avec entrain la routine d'échauffement. Les joueurs étaient occupés à revêtir leur équipement pour se rendre sur la glace quand Phil entra au vestiaire.

— Les gars, annonça-t-il, Vorhees sera absent aujourd'hui. Sa mère s'est cassé le col du fémur, il est avec elle à l'hôpital. C'est moi qui le remplace.

Si le vestiaire n'acclama pas la nouvelle, l'ambiance s'allégea cependant de façon notoire. Ryan se sentait euphorique, bien qu'il ait été désigné pour gérer les médias, une décision absurde, d'après lui. Il était loin d'être une vedette et il n'avait pas grand-chose à dire aux journalistes, surtout dans l'étroite case médiatique réservée à un joueur gay. Mais le public s'intéressait à lui depuis sa vidéo avec Nico, aussi n'avait-il pas (trop) protesté quand Felicia l'avait nommé. Les questions concernant son incapacité à marquer étaient pénibles, mais le vivre était pire qu'en parler.

— Ryan, le Fuel et Buffalo espèrent tous deux améliorer leur saison ce soir. Et vous, qu'espérez-vous obtenir de ce match ?

La question était idiote, mais Ryan se sentait bien reposé, prêt à jouer. Et Vorhees n'était pas là ce soir, c'était comme un poids en moins.

Ryan se gratta distraitement la joue, où il restait une goutte de sueur de ses échauffements.

— Outre une victoire, un but et satisfaire nos fans, je présume ?

— Oui.

Le journaliste gloussa et Ryan esquissa un sourire.

— Je ne sais pas, peut-être l'adresse du tailleur de Kersh. Vous avez remarqué le super costume qu'il porte ce soir ?

Il siffla son approbation et reçut pour sa peine un tube de déodorant sur la tête – qui venait de ses coéquipiers, cachés derrière les journalistes. Oh, les vilains jaloux ! Dès que Ryan aurait obtenu le numéro de ce tailleur, il comptait renouveler sa garde-robe et écraser ces ploucs de sa splendeur.

Le match ne se déroula pas comme Ryan l'avait prévu. En fin de première période, il intercepta une passe pendant un désavantage numérique et ne vit personne entre lui et le gardien de Buffalo.

Il avait les jambes brûlantes de son patinage matinal, mais merde ! Qui ne tentait rien… Il fonça vers le filet, le corps tendu en avant. Il simula un tir à droite, visa la gauche et…

Le palet entra.

Pas trop tôt, putain !

Les tribunes hurlaient de joie quand Chenner télescopa Ryan latéralement, bientôt suivi par Kitty et Jamie. Puis Ryan, enivré de triomphe, alla taper du poing avec les joueurs de son banc.

En troisième période, Grange et Nico s'arrangèrent pour sceller la victoire du Fuel en marquant le second but du match. Ryan planait littéralement.

Bien sûr, Felicia le renvoya affronter les médias. Et Ryan affronta le même journaliste qu'avant le match.

— Alors, Ryan, vos trois vœux sont exaucés, on dirait : une victoire, un but et satisfaire vos fans ?

Avant que Ryan ait le temps de répondre, Nico entra, fraîchement douché et déjà en survêtement. Il posa un papier sur la table d'un geste théâtral.

Ryan lui jeta un coup d'œil étonné.

— Qu'est-ce que c'est ?

Déjà presque à la porte, Nico cria par-dessus son épaule – sans même se retourner vraiment :

— Le numéro de mon tailleur !

Les journalistes éclatèrent de rire.

Ryan sourit.

— D'autres questions ?

Cette fois, une autre journaliste obtint le feu vert de Felicia.

— Ryan, c'est un peu hors sujet, mais je n'arrive pas à comprendre et ça me rend fou. Quand Kirschbaum a marqué ce soir, Granger lui a crié « bravo… mmm », je n'ai pas perçu la suite. Kerch aurait-il un nouveau surnom ?

Ryan fit la moue.

— Oh ! C'est de ma faute ! Plus tôt dans la saison, je l'ai une fois appelé Grincheux. Je ne suis pas sûr que Nico me l'ait pardonné. Parfois, les autres continuent à l'utiliser pour le taquiner !

La journaliste rit. Ryan se dit qu'il serait utile de faire un effort et de reconnaître ses interlocuteurs par leurs noms.

— Si Kirschbaum est Grincheux, qui êtes-vous, Ryan ? Joyeux, Prof ou Simplet ?

115

— Non, non, oublions les nains, plaisanta Ryan. Je nous vois davantage comme Ernest et Bart [22]. Nico est Bart, évidemment, à cause de ses sourcils.

Tout en parlant, il agitait la main devant son visage.

Avant même de quitter les journalistes, il sut qu'il allait payer cher sa plaisanterie, mais pour le moment, il ne s'en souciait pas, il était bien trop heureux. Que les gens pensent ce qu'ils voulaient !

À peine était-il entré au vestiaire que Chenner l'aspergea de crème à raser. Ryan se contenta de rire.

— Ce n'est pas la tradition, jeune andouille ! protesta-t-il. Tu es censé utiliser une vraie tarte à la crème !

Il traversa la pièce pour aller prendre une douche. Il se rhabillait quand il reçut un texto de Rees assorti d'un émoticône bouteille de champagne. *Je n'ai jamais douté de vous !*

Ryan sourit. La gestion du Fuel était une vraie catastrophe, mais c'était quand même la première fois que Ryan jouait dans une équipe dont le responsable s'intéressait personnellement à lui. Pour une fois, quelqu'un croyait en lui.

Il répondit d'un simple « Merci », puis il remit son téléphone dans sa poche et partit à la recherche de son chauffeur.

BRÛLANTE ALCHIMIE AU FUEL
Par Neil Watson
24 novembre

Pour les fans du Fuel qui souffrent depuis longtemps de voir leur équipe sombrer dans les bas-fonds du classement, le match d'hier soir a été une bouffée d'air frais ! Le Fuel a battu Buffalo deux à zéro dans un jeu plein de rebondissements qui a mis en vedette le surprenant transféré des Voyageurs de Montréal, Ryan Wright.

Donnant le ton au match, Wright a marqué un but pendant la première période au cours d'une échappée, profitant d'une infériorité numérique. Mieux encore, il avait volé la vedette lors d'une interview d'avant-match

---

22 Deux personnages tirés de la série de marionnettes *Les Muppets*.

en annonçant espérer « une victoire, un but et satisfaire ses fans », avant d'ajouter effrontément qu'il aimerait aussi l'adresse et le numéro du tailleur de son coéquipier, Nico Kirschbaum.

Après le match, Kirschbaum a mis un point d'honneur à intervenir pendant le compte-rendu avec les médias pour donner à Ryan Wright la récompense réclamée.

Le moment le plus attendrissant de la soirée a été d'entendre Wright reconnaître avoir surnommé Kirschbaum « Grincheux ». Il s'en est excusé tout en disant, penaud : *Je ne suis pas sûr que Nico me l'ait pardonné.*

Mais si Kirschbaum est Grincheux, qui est Wright ?

Récusant ce surnom, Wright a proposé une nouvelle combinaison que nous laisserons les fans méditer : *Je nous vois davantage comme Ernest et Bart. Nico est Bart, évidemment, à cause de ses sourcils.*

Commentaires :
— Oooh ! Et ils vivent ensemble !
— Voilà qui donne un nouveau sens au verbe « scorer »…
— Tout le monde sait qu'Ernest et Bart sont ensemble.
— Ah, la vérité sort enfin du puits et cet antagonisme affiché des premiers jours n'était qu'un écran de fumée…

NICO AURAIT préféré ignorer le tapage médiatique créé par les propos inconsidérés de Ryan.

Le lendemain de l'interview, Ella fit une copie d'écran des phrases les plus percutantes de l'article et des commentaires associés. Après avoir vérifié sur Google, au petit déjeuner, Nico fut tenté de se cogner la tête sur la table.

Ou de cogner sur Ryan.

Ella. *Je te signale que sur Twitter, c'est la folie. Tout le monde affirme que vous êtes ensemble, Ryan et toi. Une seule question suscite encore des divergences : Ryan a-t-il été transféré parce que tu étais dingue de lui ou vos querelles en septembre venaient-elles d'une terrible frustration sexuelle ?*

Nico vivait avec Ryan. Il pouvait évoquer en connaissance de cause sa frustration sexuelle : il la subissait tous les jours.

Nico. Une fois encore, je suis ravi de ne pas être sur Twitter.

Pour le punir, Ella lui envoya plusieurs captures d'écran. Et un GIF d'Ernest tout tremblant, clairement excité, alors que Bart semblait souffrir en silence.

Nico dut admettre que la comparaison de Ryan avait un certain sens. Mais quelle idée aussi de les comparer à un couple homosexuel ambigu de Muppets ? Était-ce un commentaire irréfléchi de sa part ou l'indication qu'il souhaitait plus qu'une colocation platonique ? Nico soupçonnait la première option, parce que Ryan était en général assez direct. S'il voulait davantage, il n'aurait pas hésité à l'exprimer.

Pourtant, Ryan le touchait assez fréquemment.

Après réflexion, Nico décida de ne pas aborder le sujet.

Malheureusement, ses coéquipiers se montrèrent moins avisés.

Quand Ryan et lui arrivèrent au vestiaire, Greenie les accueillit avec de grands gestes.

— Voici Ernest et Bart ! cria-t-il. Les « colocataires » dont tout le Net parle !

Il avait dessiné les guillemets avec ses doigts.

Sans lui accorder un regard, Nico marcha vers son banc et commença à se préparer. Il espérait que s'il ignorait les pitreries de Greenie, celui-ci passerait à autre chose.

Ce ne fut pas le cas…

Greenie monta sur son banc et lut sur son téléphone :

— Pour ceux d'entre vous qui n'ont pas encore la chance d'avoir lu cet article étonnant, déclara-t-il, je vous rappelle l'essentiel : Wright s'est exprimé à propos de son coéquipier et colocataire : *je nous vois davantage comme Ernest et Bart.* Il a refusé de donner plus de détails. Nous laisserons nos lecteurs décider ce qu'il voulait dire par là !

Greenie haussa les sourcils d'un air entendu.

— Rien de particulier ! se défendit Ryan. Nous vivons ensemble, c'est tout, et Nico passe son temps à critiquer tout ce que je fais.

— Comme maintenant ? riposta Nico, sarcastique.

L'ambiance devint alors chaotique. Phil dut intervenir et envoyer tout le monde sur la glace.

Pendant l'entraînement, Misha s'approcha de Nico.

— Ça va ? demanda-t-il.

— Oui, pourquoi ?

— Je pensais à cet article et aux conneries de Doc. Ça ne te gêne pas ?

Nico haussa les épaules.

— Il m'a comparé à un Muppet, j'ai entendu bien pire, même de nos fans.

Il ne tenait pas à aborder avec Misha cette rumeur affirmant qu'il couchait avec Ryan.

— Il ne faut pas que l'équipe pousse la plaisanterie trop loin.

Nico ravala l'amertume qui lui remontait dans la gorge.

— Laisse tomber. Ils plaisantaient, c'est tout.

Mais il en garda un malaise pendant tout l'entraînement et même ensuite, lorsqu'il rentra chez lui avec Ryan.

Il tenta en vain de le repousser.

En fait, il aurait dû se douter que c'était un pressentiment pour le préparer à un appel de son père. En voyant le nom apparaître sur son écran, Nico hésita à répondre, tout en sachant que tergiverser ne ferait qu'énerver davantage l'auteur de ses jours. Autant y passer.

Il décrocha.

— Salut, papa.

— Nicolaï. Comment as-tu pu faire ça ?

Los geht's [23].

— Je n'ai rien…

— Tu as flirté devant les médias ! Tu as laissé ton coéquipier – une parfaite nullité ! – se moquer de toi devant la presse ! Mais qu'est-ce qui t'a pris ?

Son père continua sur le même ton pendant de longues minutes. Quand il se tut enfin, Nico avait les oreilles bourdonnantes et la bouche sèche à force de se justifier. Quelle importance avaient de fausses rumeurs ? Nico et Ryan jouaient tous les deux très bien, même si la saison du Fuel était catastrophique, il fallait voir au-delà, et personne n'avait jamais réussi à faire taire les colporteurs de potins en leur tapant sur les doigts. Ils ne méritaient que le mépris.

— Je ne veux pas que le public s'interroge sur ta vie sexuelle ! tonna son père. Je veux qu'on ne voie en toi qu'un joueur de hockey, tu as une image à protéger.

Ah, oui. *L'image.*

---

23 *Nous y voilà* (allemand).

Son père enchaîna :

— Comment peux-tu supporter que les gens t'imaginent lié à un joueur d'un niveau aussi inférieur au tien ? Il ne peut que t'abaisser, tu finiras par jouer aussi mal que lui !

Bien sûr, il n'y avait que le hockey qui comptait pour Rudy Kirschbaum. Mais c'était inepte, car Ryan était centre de ligne, comme Nico, de ce fait, ils n'étaient presque jamais sur la glace en même temps.

Alors, Nico ne voyait pas en quoi leur amitié concernait le hockey.

Du moins, *le sien*.

— Nico, peux-tu… Oh, merde !

Nico se retourna. Ryan venait d'entrer dans la cuisine, torse nu, son short de basket bas sur les hanches. Il tenait un flacon à la main, une odeur puissante de camphre et de menthol flotta à travers la pièce : du baume du tigre [24]. Nico comprit alors pourquoi Ryan s'était tellement agité dans son siège durant le trajet en voiture.

— Tu es jeune, insista son père. Tu ne sais pas encore comment marche le monde. Ce comportement irresponsable ne sera pas oublié de sitôt, je te le garantis, ça va te suivre longtemps. Nicolaï ? Tu m'écoutes ?

Nico faillit éclater de rire. Non, il n'écoutait pas son père, il n'était même pas certain d'avoir envie de l'écouter un jour.

— Oui, oui, tu prétends que Ryan joue mal au hockey et que je vais l'attraper comme une maladie sexuellement transmissible. C'est une théorie intéressante. Je te remercie de m'en avoir fait part !

— Nicolaï…

Nico fit signe à Ryan d'approcher et désigna un pouf devant lui. Ryan obtempéra, une question dans les yeux, presque un doute. Quand il fut assis, Nico coupa court à sa conversation avec son père :

— Papa, je revendique le droit à me comporter en irresponsable. Au revoir.

Il raccrocha et, pour faire bonne mesure, il éteignit son téléphone.

Ryan leva les yeux sur lui.

— Ça va ?

— Non, pas vraiment.

Nico récupéra le baume du tigre.

— Tu as mal du côté droit, c'est ça ? demanda-t-il.

---

24 Onguent de la pharmacopée chinoise à usage externe, utilisé pour soulager les douleurs d'origine musculaires.

— Oui, comment le sais-tu…

Nico plongea les doigts dans le flacon et récupéra une boule huileuse. Le camphre lui mit les larmes aux yeux.

— Tes muscles sont tellement noués que ça se voit.

— Ah.

Ryan étouffa un cri quand Nico pressa l'endroit en question.

— Aïe ! gémit-il. Non, continue, c'est jouissif.

Il laissa pendre sa tête en avant. Et Nico continua à frotter le nœud pour faire pénétrer le baume apaisant. Étrangement, il sentait ses pensées se dénouer en même temps que les muscles de Ryan.

Ryan avait été là pour lui depuis le début de saison, ou presque. Il n'avait jamais baissé les bras, même quand Nico s'était mal comporté envers lui. Il avait été tour à tour gentil, patient, agaçant. Et son corps sous les mains de Nico était chaud et solide.

Nico pouvait continuer à prétendre ne pas remarquer que Ryan le touchait – même si c'était très souvent. Ou faire semblant de ne pas voir briller les yeux bruns posés sur lui, moitié spéculation, moitié luxure. Ou nier son désir constant de toucher Ryan, de le regarder aussi. Oui, il pouvait contrôler ses mains et ses sentiments, et ne penser qu'au hockey, comme son père y tenait tant.

Mais quoi qu'il fasse, son père continuerait à douter de lui et si cette saison devait continuer à être catastrophique, pourquoi ne pas au moins en tirer quelque plaisir ?

Sans réfléchir, presque sans le vouloir, il laissa ses mains glisser plus bas et insinua ses pouces dans les fossettes profondes des reins.

Le halètement de Ryan et le long frisson qui le parcourut tout entier arrachèrent Nico à sa transe. Il remarqua alors que les épaules de Ryan étaient toutes hérissées de chair de poule, que ses cheveux courts se dressaient sur sa nuque raidie.

Nico déglutit, conscient que son cœur tambourinait.

Ryan bougea presque au ralenti, il se redressa et se retourna. Il avait les joues rouges et la bouche entrouverte.

Et il bandait, ce que son short léger ne pouvait cacher.

Sans trop savoir comment, Nico avança jusqu'à lui, il leva la main et inclina son visage.

Ryan se lécha les lèvres.

— Je crois comprendre… commença Nico.

Sans le laisser compléter sa phrase, Ryan l'embrassa. Nico poussa un petit cri surpris et inspira brusquement. L'arôme entêtant du baume lui monta aux sinus. Merde, il devrait se laver les mains… mais il ne voulait pas arrêter. Alors, il ouvrit la bouche et laissa sa langue jouer avec celle de Ryan.

En réponse, Ryan le tira en arrière et les fit tous les deux tomber sur le canapé. Une fois Nico sur ses genoux, Ryan caressa avidement ses cuisses. Nico frissonna – en partie de ce contact, en partie parce que Ryan lui mordait la lèvre. D'instinct, Nico frotta son cul sur la queue de Ryan. Il bandait aussi et le glissement soyeux des shorts rendait évident qu'aucun d'eux ne portait de sous-vêtements.

Quand Ryan enfonça les doigts dans ses quadriceps, Nico haleta et s'écarta pour le regarder.

Le teint empourpré, Ryan était magnifique. Il glissa la main entre deux corps accolés et saisit l'érection de Nico.

— Je peux…

Nico se cambra pour mieux profiter de cette friction.

— Oui, moi, j'ai du baume plein les doigts. À cet endroit sensible, je préfère éviter le camphre !

Avec un rire étranglé, Ryan baissa le short de Nico, puis il se tortilla pour faire pareil avec le sien. Il se jeta ensuite sur Nico pour réclamer un autre baiser.

Il ne cherchait pas à séduire, il était avide, primal, presque brutal. Et Nico trouva cette violence délicieusement excitante.

Ryan lui mordit la lèvre, ses yeux bruns étaient devenus presque noirs, sa bouche enflée et humide. Il leva la main pour caresser le visage de Nico, sa bouche en particulier.

— Pourquoi maintenant ? marmonna-t-il. Qu'est-ce qui t'a pris ?

Nico ne comptait pas lui fournir d'explication, même s'il avait réussi à s'extirper de cette position compromettante pour s'éclaircir les idées.

De toute façon, Ryan n'attendit pas de réponse. Il déposa une pluie de baisers sur la mâchoire de Nico, glissant à son oreille. Il en mordilla le cartilage, tira sur le lobe, puis chercha la gorge et la jugulaire.

Nico sentit son sang s'échauffer, particulièrement au niveau du bas-ventre. Si Ryan lui laissait un suçon, tout le monde le verrait.

Il en perdit le souffle.

— Ryan…

Il ne reconnut pas sa voix.

— Oui, haleta Ryan. Tu es bandant. Bouge avec moi.

Il insinua une cuisse entre celles de Nico et ondula ses hanches d'avant en arrière, créant une friction parfaite. Il caressait aussi la poitrine de Nico, son ventre, sa taille. Il s'y accrocha et...

Nico frissonna et souleva les reins, frottant sa queue à celle de Ryan. *C'était bon, si bon.* Il étouffa un halètement et ferma les yeux. L'orgasme était proche, son sexe était trempé, celui de Ryan aussi.

— Oui ! Continue ! Montre-moi ce que tu veux !

La voix de Ryan s'éraille. Ses doigts remontèrent le long du dos de Nico jusqu'à ses cheveux, puis s'y accrochèrent. Ryan attira la tête de Nico vers lui et dévora sa bouche.

Nico frissonna, le feu monta en lui.

— C'est si bon, souffla Ryan à même ses lèvres. Tu es magnifique !

Nico se cabra de plaisir. Il était si près de jouir qu'il ne pouvait plus rien faire, sauf écouter Ryan et suivre la cadence qu'il lui imposait.

Quand une main effleura ses lèvres, Nico ouvrit la bouche et aspira les doigts. Une vague de chaleur faillit le consumer quand Ryan gémit.

— Nico ! Si tu savais tout ce que je veux... te faire...

— Ryan, bégaya Nico, à moitié fou de désir. Je vais...

Ryan se cambra contre lui

— Oui, souffla-t-il. Vas-y, jouis pour moi !

Nico s'exécuta en poussant un long cri inarticulé. Sous lui, Ryan se raidit et gémit en trouvant à son tour l'orgasme.

Les bras douloureux, Nico s'effondra en avant, sa poitrine haletante se colla à celle de Nico.

Il devrait sans doute jeter son tee-shirt, pensa Nico. Avec un peu de chance, il n'aurait pas à faire pareil avec son canapé.

Quand il reprit son souffle, il vit Ryan passer distraitement les mains dans ses cheveux. Mais il réalisa aussi qu'il devait l'écraser.

Il se souleva et s'écarta. Ryan resta étalé, sans forces. Il avait une empreinte de pouce rouge vif sur la pommette – à cause du baume du tigre – et la poitrine, le ventre et le short maculé de foutre. *Oups.*

Tant pis. Nico ne regrettait rien. Il s'apprêtait à se rajuster quand l'odeur du baume lui rappela de ne pas toucher sa queue.

En le voyant sursauter et retirer sa main, Ryan ricana, la tête en arrière, les yeux au plafond.

— Nous aurions dû discuter « avant », déclara-t-il. On a l'air très con couverts de sperme et la queue au vent.

— C'est exact, convint Nico. Mais c'est toujours facile à dire « après ».
Je vais me laver les mains.

RYAN HÉSITA à paniquer en suivant Nico dans la salle de bain la plus
proche. Sa chambre était bien trop loin, il ne tenait pas à saligoter toute la
maison.

Il n'avait pas prévu cet intermède, mais il n'allait pas se plaindre
d'un orgasme inattendu. Il se sentait bien, son cerveau était inondé
d'endorphines.

Son short étant trempé, il le jeta illico dans la machine à laver. Nico fit
pareil avec le sien pendant que Ryan retournait dans sa chambre chercher un
pantalon propre. Pas question de discuter avant d'être décemment habillé,
pas vrai ? Sauf pour proposer un second round…

Ryan n'était pas contre, mais plus tard.

Lorsqu'il retourna dans la cuisine, Nico était occupé à préparer
son étrange thé à la confiture. Ryan en déduisit donc que son hôte était
troublé, même s'il ne savait pas tout ce qui se passait dans sa tête. En
toute objectivité, coucher avec son coéquipier-colocataire n'était pas très
intelligent – et c'était valable pour chacun d'eux. Donc, Ryan n'en voulait
pas à Nico d'être tendu.

Il prit un tabouret du comptoir. Il avait l'estomac noué. Ah.

Lui aussi était stressé, rien d'étonnant. Quel déplorable timing !

Nico lui tendit une tasse fumante.

— Je ne regrette rien, déclara-t-il, presque avec défi.

Ryan se détendit un peu.

— Moi non plus.

Il le regretterait plus tard, probablement, il en était conscient, tout en
sachant aussi que cela ne l'empêcherait pas de recommencer.

Nico esquissa un petit sourire.

— Si j'ai eu envie de thé, se justifia-t-il, c'est à cause de mon père,
pas parce que nous avons fricoté sur le canapé.

Ragaillardi, Ryan retint un ricanement. Puis il fit la grimace.

— Je présume qu'il a appris mon lapsus concernant Ernest et Bart,
hein ? Il n'est pas content…

Nico prit place à côté de lui.

— Bien deviné.

— Je devrais sans doute m'excuser.

124

Il en avait eu l'intention en rejoignant Nico avec son baume du tigre, ensuite, il avait été distrait.

Nico soupira.

— De quoi? Quand je t'ai offert une chambre, tu m'as prévenu qu'il y aurait des rumeurs, je t'ai répondu que je m'en fichais.

— Oui, mais quand même, c'est moi qui nous ai comparés à deux Muppets gays devant les journalistes. Donc, je m'en excuse.

Nico fit rouler le bord de sa tasse contre le comptoir.

— Je ne t'en veux pas… trop. Mais mes sourcils ne ressemblent pas à ceux de Bart!

Ryan éclata de rire.

— C'est vrai, désolé.

Saisi par de nouveaux doutes, il retrouva son sérieux et baissa les yeux sur son thé. Ils avaient évoqué ce qui troublait Nico, mais pas encore leur relation…

De colocataires qui venaient de baiser.

— Quand même, insista Ryan, c'est à cause de moi si nous en sommes là. Je peux tenter d'arranger les choses, déménager si tu y tiens, ou demander à Felicia de m'aider à rédiger une déclaration pour les médias.

Il sentit les yeux de Nico sur lui et se tourna vers lui.

— Que vas-tu dire au juste? persifla Nico. «*Salut, je suis Ryan Wright. D'après ce que j'ai lu, le public a mal interprété mon commentaire lors d'une récente interview. Je vais donc être parfaitement clair : même si je suis gay, comme mon colocataire, nous ne sommes pas en couple et nous n'avons jamais eu de relations sexuelles?*»

Pris d'un fou rire nerveux, Ryan cacha son visage dans ses mains.

— Tu as raison, c'est une idée idiote.

Personne ne le croirait (à juste titre) et ses dénégations ne feraient qu'attirer l'attention.

Quand Ryan releva la tête, il constata que Nico souriait, les joues légèrement empourprées.

— En plus, je… j'aime bien t'avoir ici, avec moi. Je préfère te garder et ne rien dire.

Un jour ou l'autre, tout finirait par lui lui exploser au visage, décida Ryan, mais il y penserait plus tard.

— D'accord, dans ce cas, je suis partant.

Il espérait avoir l'air confiant et assuré, malgré la peur qui le rongeait.

Deuxième période

Malheureusement, nico et Ryan n'eurent pas beaucoup de temps pour mettre au point les détails de leur relation. Le lendemain de l'incident canapé, le Fuel prenait la route pour des matchs à Québec et sur la côte Nord-Atlantique. Les deux amants n'eurent plus aucune intimité et le soir à l'hôtel, ils furent installés dans des chambres séparées. Ils atterrirent à Québec la veille du match et Nico alla directement au lit.

Une bonne nuit de sommeil ne suffit pas à le remettre en forme. Une fois sur la glace, il ne craqua pas, mais il eut du mal à tirer. Et même Ryan ne put empêcher l'équipe, terriblement frustrée, de faire des erreurs. Yorkie marqua un but et son discours d'encouragement fut plutôt bien reçu, mais le Fuel n'en perdit pas moins à cause d'une défense lamentable et d'un entraîneur incompétent. Juste avant la fin du match, lorsque Dante Baltierra [25], le capitaine des Dekes, marqua un but improbable – un coup du chapeau* –, Vorhees devint ponceau.

Nico aurait voulu se cacher dans sa chambre d'hôtel, commander un dîner au room-service et inviter Ryan à le rejoindre pour se remonter mutuellement le moral… mais Yorkie et Misha avaient d'autres idées.

— Nous sortons tous ensemble, insista Misha.

Il arracha Nico au vestiaire presque par la peau du cou. Yorkie avait empoigné Ryan de la même manière.

— Hé, Nico, qu'en penses-tu? demanda Ryan. Si nous tentions de changer d'équipe?

— À ton avis, Québec nous accepterait?

Nico savait que Yorkie et Misha avaient tous les deux commencé leur carrière professionnelle dans l'équipe des Dekes, les Nordiques de Québec.

Misha et Yorkie les entraînèrent dans un restaurant dont ils se souvenaient. En tout cas, le patron les reconnut et les dirigea aussitôt vers une petite salle VIP.

Deux hommes s'y trouvaient déjà, l'un avait un bébé dans les bras.

---

25 L'histoire de Dante est racontée dans le premier tome de la série, *Au grand jour*, même auteur, même éditeur.

Dante Baltierra ! Nico se figea, il n'avait pas oublié le capitaine des Dekes qui venait de marquer un but décisif contre le Fuel. Il comprit aussitôt que l'autre beau gosse était le mari, Gabe Martin, un joueur de hockey à la retraite.

Oh, Seigneur ! Un couple gay !

S'agissait-il d'un coup monté pour voir leur réaction, à Ryan et à lui ? D'un commun accord, ils avaient décidé de garder leur relation secrète. S'étaient-ils trahis sans le savoir ?

Le grand sourire de Baltierra exhiba ses dents très blanches.

— Kitty ! Tu es venu ! En compagnie d'un jeunot gay !

Nico aurait aimé répondre en dosant subtilement maturité et humour. À sa grande consternation, un couinement horrifié émana de sa bouche :

— J'ai vingt et un ans !

Ryan tenta – sans succès – de cacher son rire derrière une petite toux.

— Et de son copain ado ! ajouta Baltierra.

Cette fois, Ryan ne riait plus du tout.

— Quoi ? croassa-t-il.

Ce fut au tour de Nico de ricaner. En voyant Martin, Yorkie et Misha ignorer ostensiblement les commentaires provocateurs de Baltierra, Nico devina que ça devait leur arriver souvent.

— Je ne suis pas certain de te pardonner ce tour du chapeau, Baller, grogna Misha, je te le ferai payer.

— C'est un « coup » du chapeau ! protesta Baltierra.

— Pas au Canada, rétorqua Misha. En attendant, donne-moi ma filleule.

Il avança, les mains tendues.

— Reyna est à nous ! protesta Baltierra. Si tu veux un bébé, débrouille-toi pour en faire un.

Il ne pensait pas ses paroles, car il tendait déjà le bébé à son parrain. Conscient d'avoir mal jugé Misha, Nico lui fit mentalement ses excuses.

Donc, Nico et Ryan dînèrent avec Yorkie, Misha, Dante Baltierra et Gabriel Martin. Bien des années plus tôt, Gabe avait été le premier joueur officiellement gay de la NHL.

Au cours du repas, Nico le regarda parfois, des étoiles dans les yeux. Gabe Martin avait été son idole ! Le coming-out de Martin avait été forcé – suite à une fuite dans la presse – mais c'était sans importance, car grâce à lui, Nico, à quinze ans, avait pu dire à son père : *regarde, il y a désormais* *un homosexuel dans la ligue. Il a joué au match des Étoiles*. Je vais aussi faire un coming-out officiel.*

Donc, oui, Nico savait qui était Gabriel Martin, un grand champion, même s'il était désormais à la retraite et père au foyer.

Une fois servis les premiers verres et les amuse-gueule, Misha offrit à sa filleule un body rose avec le logo du Fuel et *принцесса* (princesse) brodé sur le dos.

Loin d'être le guet-apens auquel il s'attendait, avec des questions pièges qui l'auraient forcé à éviter le regard de Ryan, le dîner fut agréable, détendu et convivial. Chacun cherchait à donner des nouvelles de ce qui se passait dans sa vie. Misha, qui voyait toujours Katja, montra à ses amis Nordiques des photos d'une excursion au musée NASCAR [26] ; Yorkie donna à Gabe des conseils pour éduquer un bébé.

Nico se laissa entraîner par Ryan, cinéphile autoproclamé, dans une discussion sur le cinéma allemand… jusqu'à ce que Baltierra se tourne vers eux, le regard attentif, le sourire sincère.

— J'espère que ces deux idiots s'occupent bien de vous, les gosses. Et si vous avez besoin du soutien d'un oncle homo pro de hockey, appelez-moi. Ou téléphonez à Gabe, il a plus de temps libre.

Interloqué, Nico le regarda fixement. De quoi Baltierra parlait-il au juste ? De l'amour, du sexe ou du hockey ? En vérité, c'était sans importance, car la seule perspective d'évoquer un éventuel problème devant Gabriel Martin donnait à Nico des frissons d'horreur.

Martin secoua la tête.

— Dante, tu es très mal placé pour conseiller ces gosses ! Puis-je te rappeler que tu as découvert ta bisexualité à vingt-deux ans après avoir mené une vie de patachon ?

La mine outrée qu'afficha Baltierra était digne d'une drag-queen. Et sa voix fut tout aussi théâtrale :

— Gabriel Martin, *tu es très mal placé* pour me jeter la pierre après tout le temps que tu as passé dans le placard !

Martin roula des yeux.

— Je disais juste…

---

26 Situé à Charlotte, en Caroline du Nord, il honore les pilotes du NASCAR, les chefs d'équipe et propriétaires, les diffuseurs et autres contributeurs majeurs à la compétition au sein de l'organisme.

— Si tu continues à me brouter, le menaça son mari, je vais révéler à ces gosses les pires anecdotes te concernant ! En particulier la façon dont nous nous sommes rencontrés !

Mais Martin n'avait pas l'air inquiet.

Baltierra changea d'angle d'attaque.

— Rends-moi Reyna, c'est à moi de la tenir !

Il récupéra doucement la petite endormie et se pencha pour lui roucouler des mots doux. Nico regarda l'enfant avec terreur, infiniment reconnaissant que ni ses pères ni son parrain n'aient offert de la *lui* mettre dans les bras.

Ryan se pencha vers lui pour chuchoter :

— Je préfère éviter les gosses de cet âge, chaque fois que j'en approche un, il me vomit dessus.

Nico ricana.

Malgré ces bizarreries, la nourriture était bonne et Nico était heureux de rencontrer en personne l'un des premiers héros, même s'il n'eut pas beaucoup l'opportunité de lui parler.

Ryan et lui s'excusèrent assez tôt, l'amertume de la défaite du matin en partie adoucie par ce moment relaxant.

Ils s'apprêtaient à retourner dans la salle à manger principale quand Ryan s'arrêta net, le bras tendu. Nico le télescopa.

— Qu'est-ce qui te prend ?

Ryan chuchota :

— Regarde, mais discrètement. Vorhees est au fond de la salle, dans une stalle à côté des cuisines. On dirait qu'il se cache.

Nico se pencha. Effectivement, c'était bien leur maudit entraîneur. Et il s'entretenait avec un gars qui ressemblait à un méchant de dessin animé.

Nico fronça les sourcils. Il lui semblait l'avoir déjà vu, mais où ?

Yorkie, qui lui aussi voulait s'en aller, le poussa par-derrière.

— Vous voulez que je vous raccompagne, les gars ? On y va ?

— Oui, acquiesça Nico. On y va.

D'UN CÔTÉ, Ryan aurait aimé profiter davantage de Nico avant que leur relation naissante soit interrompue par une série de matchs à l'extérieur. De l'autre, il appréciait aussi cet interlude qui lui donnait le temps de réfléchir.

Jusqu'où pensait-il aller avec Nico ?

Malheureusement, la réponse semblait évidente. Même si Ryan avait la « chance » – sur le plan relationnel – de jouer au Fuel jusqu'en avril, il avait une liaison avec son coéquipier-colocataire-propriétaire. Vu ses antécédents, cette histoire allait mal finir. Pas besoin d'être voyant pour le deviner.

Mais il était trop tard, cependant, et ce, depuis un bail. Dès sa rencontre avec Nico, Ryan avait été attiré par sa solitude, sa détermination et la tristesse des grands yeux bleus. Ensuite, il avait été séduit par sa douceur et son humour caché. Alors, autant profiter de cette aventure tant qu'elle durerait.

Déterminé à cacher ses turpitudes, Ryan retourna dans sa chambre quand le quatuor rentra à l'hôtel.

Une fois débarrassé de Yorkie et Kitty, Ryan fut tenté d'envoyer un texto à Nico pour lui donner son numéro de chambre, mais il se souvint alors de sa réflexion : *je préfère te garder et ne rien dire.*

D'accord, mieux valait ne pas prendre le risque de se faire surprendre. Ryan réfléchit un moment à son prochain coup dans leur partie d'échecs et se coucha tôt, les yeux lourds du vin ingurgité à table.

Bien que l'hôtel soit étonnamment calme, Ryan eut un sommeil agité, avec des visions déformées du visage de Josh, un rictus de pitié aux lèvres. *Tu partiras à la fin de l'année, Ryan. Et tu sais très bien ce qui se passera ensuite.* Ryan se réveilla en nage, avec un sentiment d'insécurité aggravé. Et il maudit son subconscient !

Le lendemain matin, dans l'autobus pour Montréal, Nico s'inquiéta :

— On dirait que tu as passé une mauvaise nuit ?

Apparemment, Ryan était un livre ouvert.

— Tu ne me dis pas que j'ai une sale tête, cette fois ?

Sans répondre, Nico lui proposa son iPhone et son dernier livre audio, *The Game*[27] de Ken Dryden. Ryan somnola pendant tout le trajet, pas vraiment endormi, mais néanmoins au calme.

Retrouver Montréal, son ancienne patinoire et son ancienne équipe s'avéra plus amer que prévu. À Indianapolis, Ryan avait regretté tous les jours l'enthousiasme des Montréalais envers les Voyageurs et l'atmosphère frénétique des gradins. Jamais la Casse n'était aussi bruyante pour encourager le Fuel. Bien sûr, l'équipe de Montréal était de haut niveau alors que le Fuel avait du mal à atteindre la trentième place, mais quand même.

---

27 *Le jeu*, livre sur le hockey.

Au moins, Vorhees ne l'avait pas mis sur la touche. Jusqu'à la toute dernière minute, Ryan avait été convaincu que ce serait le cas.

Debout au centre de la glace, il écouta l'hymne national et constata que les fans ne l'avaient pas oublié. Mieux encore, ils semblaient l'aimer, car les acclamations étaient plus fortes que les huées.

Tout changea à la fin de la première période, quand Ryan eut une prise de bec avec quelques Voyageurs. Il se montra délibérément odieux envers ses anciens coéquipiers – qui le connaissaient mieux que sa propre famille.

Son ancien binôme avait lancé la première salve :

— Putain, tu as changé de lessive, Doc ? Reste à l'écart du juge de ligne*. Sinon, il va te coller au trou pour lui avoir agressé le nez…

Le provocateur fut interrompu par un tir de Chenner qui rebondit devant lui. La crosse de Ryan bloqua le palet et l'envoya dans le filet, entre les jambes du gardien de but.

Les fans de Montréal le huèrent. Cette fois, Ryan ne fit que sourire.

Il était loin de s'attendre à marquer un second but grâce à un désavantage numérique en troisième période. Il avait coincé un Voyageur dans la zone défensive, le gars se fit piquer le palet en tentant de se dégager, Ryan l'intercepta à mi-trajectoire. Il leva les yeux, il avait un bon angle de tir, personne devant lui et un gardien qui n'était pas en position. Il tira… et marqua.

Kitty se rua sur lui et frappa son casque si fort que Ryan en eut les oreilles qui sonnaient

— Putain de bon but ! cria le Russe. Mais maintenant, ils sont vraiment fâchés contre toi.

Quand Ryan retourna vers le banc du Fuel taper son poing contre ceux de ses coéquipiers, il nota la chaleur des yeux de Nico. Il en fut très heureux.

La suite du match fut une vraie gabegie, parce qu'en prolongations, l'entraîneur insista pour renvoyer sur la glace la ligne de Grange, alors que les trois joueurs n'en pouvaient plus. Pire encore, Vorhees ne prêta aucune attention à ce qui se passa. Il avait le nez sur son téléphone, occupé à des opérations bancaires en ligne.

Les Voyageurs remportèrent le match.

Ce soir-là, Ryan sortit avec ses anciens coéquipiers. Nico était parti de son côté, il avait rendez-vous avec son ami Lucas. Ryan pensait ne pas le revoir avant le lendemain, au moment de monter dans l'avion, mais il se trompait.

Quand Ryan revint à l'hôtel, par la porte sud, Nico entrait à l'autre bout du hall. Leurs yeux se croisèrent et Ryan ressentit la même étincelle que pendant le match, quand leurs gants s'étaient heurtés.

Sauf que maintenant, il n'y avait plus d'obstacle entre eux.

— Salut.

— Salut, répéta Nico.

Ils entrèrent ensemble dans l'ascenseur et Ryan appuya sur le bouton de leur étage.

— Tu as passé une bonne soirée ? demanda Nico.

Ryan serra les mains derrière le dos pour ne pas tenter de les poser sur Nico.

— Pas mal. Et toi ?

Nico mouilla ses lèvres.

— Moyen.

Une boule de chaleur pesant sur les tripes, Ryan dansa d'un pied sur pied en espérant que l'ascenseur aille plus vite.

— Arrête me regarder comme ça, Nico, marmonna-t-il. Sinon, je ne réponds plus de moi !

Les portes s'ouvrirent enfin, Ryan bouscula presque Nico pour sortir. Par chance, le couloir était désert.

— Tu veux, euh… commença Ryan, sans trop savoir comment finir sa phrase.

— Je pense à ce deuxième but depuis des heures, grinça Nico d'une voix rauque. Ta chambre est où ?

Il fallut trois essais pour que Ryan réussisse à faire marcher sa carte-clé, mais il finit par ouvrir et poussa Nico à l'intérieur. Sans même attendre que la porte se referme sur eux, ils commencèrent à s'embrasser et à arracher mutuellement leurs vêtements tout en avançant vers le lit.

Nico glissa la main dans le boxer de Ryan.

— Cette fois, ce sera mieux, souffla-t-il. Je n'ai pas du baume du tigre plein les mains.

— Je jugerai sur acte, haleta Ryan, c'était super la dernière fois !

Il poussa un juron quand Nico serra son sexe à pleine main.

— Tu as raison, corrigea-t-il, c'est nettement mieux sans camphre.

Passant à son tour les mains sous le sous-vêtement de Nico, il empoigna son cul, du moins, autant que ses paumes pouvaient en contenir. Sentir les muscles fermes se crisper à son contact lui mit le cerveau en ébullition. En plus, Nico remua les hanches. Ryan bandait déjà comme

132

un malade. Il sentit l'érection de Nico, si délicieusement dure et épaisse, mouiller son ventre.

Le lubrifiant! Avant d'aller plus loin, Ryan devait récupérer sa trousse de toilette. Par chance, en gros paresseux qu'il était, il l'avait laissée dans son sac, juste à côté du lit.

— Une seconde, babe.

Il avait chuchoté ce mot doux sans réfléchir et Nico frissonna un peu. Ryan lui claqua le cul, tout excité de voir sa queue sursauter, puis il se pencha et sortit le lubrifiant de sa trousse.

Quand il se redressa, Nico avait fini de se déshabiller. Il roula un patin à Ryan, récupéra le lubrifiant d'une main et lui arracha son boxer de l'autre. Une fois nu, Ryan tomba à la renverse sur le lit, entraînant Nico avec lui. Il se remit à dévorer sa bouche avec des petits cris de plaisir.

Ryan se demanda s'il devait trouver gênant d'être aussi excité aussi vite, mais Nico restait axé sur ses objectifs. Il ouvrit le bouchon du flacon. Ryan s'appuya contre les oreillers, les cuisses ouvertes pour lui laisser de la place.

Nico versa du lubrifiant dans sa main, il resserra les doigts sur Ryan et fit coulisser sa queue dans son poing.

— Putain, tu me fais bander! souffla Ryan.

Nico piqua un fard.

— Je…

Ryan lui jeta un coup d'œil enflammé. Était-ce de l'entendre parler qui mettait Nico dans cet état? Tant mieux, parce que, quel que soit le contexte, Ryan avait du mal à se taire.

— Fais-moi jouir, Nicky, insista-t-il. Tu n'es quand même pas un allumeur, dis-moi?

— Non, grogna-t-il.

Frissonnant de plus belle, Nico accéléra sa cadence, prêtant une attention particulière au gland humide.

Il est timide, pensa Ryan, en paroles du moins, parce que physiquement, il n'a pas de complexe. Peut-être refusait-il aussi d'admettre le désir que lui inspirait Ryan…

Ce que Ryan trouvait très excitant. Et il comptait bien utiliser cet atout, ne serait-ce que pour donner encore plus de plaisir à Nico.

Il releva les genoux et empoigna le sexe de Nico. Il ne fit pas un geste vers le lubrifiant, il n'en aimait pas le goût et il tenait à tailler une pipe à Nico.

Nico avait des mains fortes, savantes, géniales. Bien entendu.

— Oui, oui, c'est si bon ! gémit Ryan.

Nico le regarda avec une attention soutenue, les yeux sombres, la bouche légèrement ouverte, comme s'il voulait tout absorber.

— Comme ça ?

Ryan se dit qu'il allait mourir.

— Oui. Tu peux serrer plus fort. Parfait, c'est parfait !

Il plaça sa main libre sur celle de Nico pour accentuer la friction.

— Oh, putain !

Nico ne quittait plus des yeux la queue de Ryan.

C'était jouissif – la main de Nico, sa queue dans la main de Ryan, mais plus encore, la chaleur dans ses yeux et sa voix… Ryan poussa un cri rauque et son sperme jaillit sur leurs deux mains et sur les draps du lit.

Encore agité de spasmes, Ryan attira vers lui Nico pour un baiser affamé et possessif. Nico s'affala contre lui.

Ryan voulait lui faire perdre la tête. La dernière fois, tout avait été trop vite.

— Je veux te sucer.

Nico inspira brusquement.

— D'accord. Comment…

Ryan le poussa sur le dos et glissa jusqu'au sexe, si long et épais. Putain ! Cette queue était encore plus belle que ses mains !

— Tu es bien comme ça ? demanda Ryan.

Nico émit un bruit étranglé et hocha la tête. Sans plus attendre, Ryan lui plaqua les hanches au lit et engloutit sa queue. Nico poussa un cri surpris, adorable, incontrôlé, mais il ne se débattit pas quand Ryan l'aspira jusqu'au fond de sa gorge.

Rester immobile ne lui était pas si facile, car Ryan sentit les muscles des cuisses tressauter sous ses paumes. Oh, Nico avait une parfaite maîtrise de soi. Ryan comptait bien la lui faire perdre.

Il fredonna pour que la vibration se répercute sur le sexe dans sa bouche et fit bouger sa tête, sa langue jouant avec le gland sensible. Nico n'était pas circoncis, Ryan trouva son prépuce.

— J'y suis presque, haleta Nico. Je… je…

Il serra les poings sur les draps pour retenir son orgasme.

Ryan frotta ses pouces sur les os iliaques. Il releva la tête le temps de dire :

— Vas-y, jouis.

Nico avait tressailli.

— Tu veux que je… dans ta…

Ryan croisa son regard et aspira plus fort. Nico se raidit et son orgasme fusa.

La bouche pleine de sperme, Ryan déglutit, puis il se retira lentement et s'essuya les lèvres. Nico était trop beau pour être vrai ! Si doux, si sensuel, si désireux de plaire. Ryan aurait voulu le garder toujours.

Mais il restait réaliste, il ne vivait pas chez les Bisounours, alors…

Il remonta dans le lit, se laissa tomber à côté de Nico, qui se lova contre lui comme une fleur attirée par le soleil, la main sur sa poitrine.

Ils restèrent ainsi un long moment.

Puis Nico frissonna et Ryan s'écarta.

— Tu as froid ? Tu devrais te cacher sous les couvertures. Je vais me nettoyer. J'en ai pour une minute, ensuite…

Merde, que comptait faire Nico au juste ? Dormir avec lui ou retourner dans sa chambre ? Ryan allait-il se risquer à poser la question ? Il n'en eut pas le temps.

Nico se glissa sous la couette en ricanant.

— Tu es une vraie mère poule ! Le compagnon idéal !

Nico avait beau plaisanter, leur liaison s'officialisait. Ils vivaient ensemble. Ils couchaient ensemble. Pire encore, Ryan souhaitait être « le compagnon » de Nico. Si c'était ainsi que Nico le voyait, Ryan ne s'en plaindrait certainement pas. Oh, mon Dieu ! Il était dans une merde noire.

Il se jugea inconscient et stupide.

Repoussant ce sombre constat, il passa dans la salle de bain et fit un brin de toilette avant de retourner au lit.

Nico se blottit contre lui comme si c'était une habitude, le bras sur la poitrine de Ryan, le genou contre la cuisse de Ryan.

— Je retournerai tout à l'heure dans ma chambre, marmonna-t-il à même sa peau. Tu as besoin de sommeil, je sais, mais pour le moment…

Je veux être près de toi. Même si Nico ne compléta pas sa phrase, Ryan entendit ces mots informulés.

Et là il sut, de façon certaine et inéluctable, qu'il était baisé.

La fête de réveillon du Fuel eut lieu à mi-décembre, pendant une accalmie de leur programme. Bénéficiant d'un week-end libre – samedi et dimanche, une rareté – l'équipe réserva dans un restau pour le soir. Quelques semaines plus tôt, Nico aurait cherché une excuse pour ne pas y aller, ce qui lui paraissait absurde. Ce soir, il s'inquiétait juste d'être en retard.

Ryan tournait en rond, se parlant à lui-même :

— J'ai mis ce jean au lavage, j'en suis certain, marmonna-t-il. Mais il n'est ni dans la buanderie ni dans mon placard.

Avec un léger sentiment de culpabilité, Nico le regarda fouiller dans le panier à linge pour la énième fois. Ryan et lui s'étaient partagé les tâches ménagères, Ryan cuisinait et Nico faisait la lessive. Il avait déjà vérifié la corbeille avec le linge plié, mais pas encore rangé. Aucun signe du jean.

— Où peut-il bien être ? s'exclama Ryan, frustré. Oh ! Et si…

En même temps, tous deux relevèrent la tête et leurs regards se croisèrent.

Ryan fonça dans la chambre de Nico, il ouvrit le tiroir d'une commode et en sortit son jean.

— Babe, ricana-t-il, si tu voulais que je reste cul nu, il te suffisait de me le demander, tu n'avais pas à cacher mon pantalon.

Nico roula des yeux.

— Ton cul n'est pas si génial qu'il faille l'exposer aux yeux de tous !

En vérité, il n'avait pas encore eu l'opportunité de regarder de près cette portion de l'anatomie de Ryan. Pour le moment, ils en étaient encore à apprendre à se connaître, ils s'étaient contentés de branlettes ou de fellations.

Nico posa un baiser rapide sur les lèvres de Ryan.

— Habille-toi vite, ajouta-t-il, on va être en retard.

La soirée réunissait le personnel du Fuel, les joueurs et leurs partenaires. Ryan et Nico arrivant ensemble, ils allaient sans doute se faire charrier, certains pensant même que leur arrivée tardive était due à une baise de dernière minute. Parfois, Ryan grinçait des dents à ce genre de vannes, Nico l'avait remarqué. Sans doute restait-il sensible au motif implicite de son transfert : « réparer » le mental de Nico. Bien que pas du genre à donner des détails sur sa vie privée, Nico essayait de détourner la conversation quand il voyait Ryan se crisper.

Ce soir-là, il constata vite s'être inquiété pour rien. Quand ils arrivèrent, la fête battait son plein et personne ne leur prêta attention, sauf Katja. Elle se précipita vers eux en disant :

— Venez, venez, Misha et moi vous avons réservé des places.

Nico se laissa entraîner. Ryan, resté en arrière, demanda :

— Je te prends à boire, Nico ?

Il sourit en répondant par-dessus son épaule.

— Oui, s'il te plaît !

Une fois à sa table, il prit le siège à côté de Katja, laissant libre celui en face de lui, le plus près du bar. Il vérifia aussi ce que faisait Ryan : il était au comptoir et attendait sa commande tout en parlant à une élégante blonde aux cheveux coupés courts.

Katja se racla la gorge.

— Il va revenir, déclara-t-elle en russe. Pas de souci.

Nico détourna la tête.

— Je sais, je vérifiais juste s'il avait besoin d'un coup de main pour rapporter la commande.

Misha lui jeta un regard fort peu convaincu. Il était voûté dans son siège, la mine maussade, comme une énorme montagne de suspicion. Soudain, Nico remit en question la place qu'il avait prise : Ryan allait passer toute la soirée coincé à côté du Russe. Était-ce bien sage ? Nico ne devrait-il pas changer de place avant le retour de Ryan ?

Misha ouvrit la bouche, mais il n'eut pas le temps de parler, car Ryan revint avec deux bières et deux vodkas. Excellente initiative ! Misha se rassérénait déjà.

Ryan posait ses verres sur la table quand Granger intervint :

— Doc, tu es une vraie fée du logis ! Je comprends pourquoi Grincheux te garde.

Nico leva sa bière et ricana :

— Il a d'autres qualités !

La moitié de la table poussa des cris et des hululements. Sans s'en soucier, Nico sirota sa bière, aussi le chahut finit-il par se calmer et chacun retourna à sa conversation.

Nico sourit intérieurement, c'était ce qu'il avait prévu.

Ryan désigna la blonde au comptoir.

— Vous savez qui c'est ? Elle s'appelle Joanne…

Misha se retourna pour vérifier.

— Oui, c'est la femme de Vorhees.

Ryan sifflota entre ses dents.

— La pauvre ! Je comprends qu'elle se soit commandé *deux* gin-tonics.

Yorkie, assis de l'autre côté de Nico, cria :

— À la vôtre, les gars !

Plusieurs verres se levèrent.

— Santé.

Un peu plus tard, Jenna Yorkshire demanda à Ryan :

— Dis-moi, comment ça se passe avec les relations publiques ? Je m'étonne un peu que Felicia ne vous ait pas pris en photo, Nico et toi, en jersey rayé, pour vendre des posters Ernest et Bart.

Ryan en frissonna d'horreur.

— Pitié, ne lui donne pas cette terrible idée ! Les rayures ne me vont pas du tout. Nico et moi sommes convoqués dans le bureau de Felicia lundi après l'entraînement. Ça m'étonnerait que ce soir pour une revanche aux échecs.

— Tu perdrais encore, déclara Nico. Tu n'as pas du tout progressé.

En toute justice, Ryan n'en avait pas eu l'opportunité, car chaque fois qu'ils commençaient une partie, ils l'interrompaient très vite pour des ébats d'ordre sexuel.

— Cette fois, Grincheux va peut-être vidanger sa voiture, proposa Chenner. Et apprendre à Ryan à le faire.

— Je préfère prendre rendez-vous chez mon garagiste, merci, déclara Ryan sévèrement. Si tu parles de cette suggestion grotesque à Felicia, tu peux oublier ce dîner de celly que je t'ai promis pour ton premier but.

Chenner ricana, puis il tenta de piquer la bière de Ryan. Il n'y parvint pas.

Sorti vainqueur de l'échauffourée, Ryan se tourna vers Katja.

— Désolé, ce sont de vrais gamins. Ils ne changeront jamais, j'en ai peur. En tout cas, les soirées d'équipe se passent toujours comme ça. Ça ne te gêne pas ?

Elle haussa les épaules et sourit.

— Je fais partie d'une famille nombreuse, j'ai cinq frères, six oncles et tantes, aussi bien côté maternel que paternel, et d'innombrables cousins. Alors, non, le chahut et les bêtises, ça ne me gêne pas.

— Bien. En tout cas, n'hésite pas à les remettre à leur place s'ils dérapent. Surtout les recrues.

Le Gaucher, qui revenait du bar et longeait la table, surprit cette réflexion.

— Oui, Ryan sait très bien remettre les gars à leur place. Pas vrai, Grincheux ?

Nico regretta de ne pas avoir demandé à Yorkie de prévenir l'équipe de foutre la paix à Ryan.

Les joues empourprées, il déclara un peu sèchement :

138

— Continue comme ça et tu vas aussi te faire envoyer dans les cordes !

En vérité, il n'en voulait pas à ses coéquipiers, même s'ils étaient parfois lourds. Ces vannes, après tout, signifiaient qu'il était l'un d'eux.

— Ne t'en fais pas, le Gaucher, ajouta-t-il, je suis sûr que tu finiras par trouver l'âme sœur malgré ton déplorable caractère !

Jenna éclata de rire et leva le poing en l'air.

Bref, Nico passait un très bon moment… avant de retourner au bar chercher une autre tournée. Pendant qu'il attendait sa commande, il consulta son téléphone et constata qu'il avait reçu un mail de sa mère plus tôt dans la journée.

L'ambiance entre son père et lui restait tendue depuis que Nico lui avait raccroché au nez l'autre jour. Il n'y avait pas si longtemps, Nico parlait à cœur ouvert de ses problèmes à sa mère. Elle le comprenait.

Mais pas cette fois.

Non, il ne pouvait lui raconter ce qui se passait. Il était devenu une célébrité dans le monde du hockey et la Russie… Eh bien, avoir un fils gay risquait de causer à sa mère des difficultés si elle souhaitait se rendre dans son pays natal. Elle avait beau prétendre avoir renoncé à la Russie bien avant le coming-out de Nico, elle y retournait parfois, par nostalgie. Tout risquait de changer désormais et Nico s'en sentait responsable. Sa mère n'avait que lui et son père au monde, s'ils se déchiraient, elle en souffrirait. Aussi tenait-il à l'épargner.

Son père le faisait aussi, d'ailleurs, c'était même un des rares points sur lequel ils étaient toujours d'accord. Quoi qu'il se passe entre eux, ils n'en parlaient pas à Irina.

Malheureusement, cette ignorance avait poussé la mère de Nico à lui faire une surprise : elle avait réservé des billets d'avion pour que Rudolph et elle passent Noël avec leur fils.

En éteignant son téléphone, Nico décida avoir *vraiment* besoin d'un verre. Sa commande arriva au même moment, assez importante pour que Katja vienne l'aider à tout rapporter jusqu'à leur table.

Nico aurait aimé avoir du temps pour digérer la nouvelle de l'arrivée prochaine de ses parents, mais quand il reprit sa place à table, il constata que la conversation tournait autour des projets de vacances à Noël.

Yorkie et Jenna recevaient leurs parents respectifs cette année.

— Et toi, Ryan ? demanda Yorkie. Tu retournes au Canada ?

Ryan secoua la tête.

— Non, Vancouver est bien trop loin et nous n'aurons que deux jours. En plus, mes parents et ma sœur travaillent tous les trois dans le médical, médecin, thérapeute, conseillère en génétique. Ils ne se posent quasiment jamais.

— Oui, je comprends, acquiesça Jenna. Mais quand même, ils doivent te manquer, non ?

Il haussa les épaules.

— Je les verrai à la pause de la mi-saison. En général, nous nous réunissons tous dans le chalet de mes parents. Mon petit frère sera là aussi !

Jenna tourna son attention vers Nico.

— Et toi, que comptes-tu faire ?

Nico cacha sa grimace, il ne tenait pas du tout à prévenir Ryan de l'arrivée inattendue de ses parents en public, sans préparation. S'il prétendait ne pas avoir compris…

— Mon amie Ella et moi avons prévu de passer une semaine à la Barbade pendant les vacances.

Il voyait peu son amie d'enfance durant la saison, aussi s'arrangeait-il pour maintenir cette tradition, pour la remercier de le supporter.

Jenna inclina la tête, mais Ryan intervint.

— Non, elle parlait les vacances de Noël.

Merde. Cette fois, il était coincé.

— Mes parents seront là, annonça-t-il, ils tiennent beaucoup au Noël allemand traditionnel. Ils resteront jusqu'au Nouvel An.

Ryan pâlit.

— Waouh ! Attends, tes parents arrivent ? Depuis quand le sais-tu ?

Nico fit une grimace.

— Ma mère m'a envoyé un mail ce matin, ou hier, puisqu'il est plus de minuit, mais je viens juste de l'ouvrir.

— Oh oh, il va te présenter ses parents, Ryan, déclara Chenner. Ça devient sérieux.

— Ne sois pas con, rétorqua sèchement Ryan.

Il paraissait troublé, ce que Nico comprenait tout à fait. D'abord, Ryan savait parfaitement ce que Rudy Kirschbaum pensait de lui. En plus, tous les yeux étaient maintenant braqués sur eux.

— Je peux prendre une chambre à l'hôtel, déclara Ryan. Tu seras plus tranquille pour recevoir ta famille.

Cette fois, ce fut Nico qui blêmit.

— Quoi ? Non ! Ne me laisse pas tout seul avec eux.

Oh, il comprenait très bien que Ryan ait envie de fuir. Nico aurait volontiers fait pareil.

— Si tu vas à l'hôtel, marmonna-t-il, moi aussi.

— Ah, une escapade romantique ! roucoula Katja.

Nico évita délibérément le regard de Misha. Répondre à cette provocation ne ferait qu'encourager les petits plaisantins à continuer.

Malgré cette mauvaise surprise, Nico avait apprécié sa soirée.

Ils étaient dans un taxi pour rentrer chez eux, quand Ryan demanda :

— Tu tiens *vraiment* que je reste chez toi pendant les fêtes ?

— C'est aussi chez toi, déclara Nico.

Virer son colocataire serait très impoli.

Ryan s'agita nerveusement dans son siège.

— Oui, mais je ne tiens pas à ce que ma présence complique la situation. Si j'ai bien compris, satisfaire ton père n'est pas simple.

— Oh, que non !

— Et aussi, euh… il a clairement exprimé son opinion me concernant moi. Je veux juste… ce qu'il y a de mieux pour toi.

Nico se mordit la lèvre. Ce qu'il allait demander, c'était égoïste… mais Ryan pouvait refuser, rationalisa-t-il.

— Je préfère que tu sois là, déclara-t-il. Crois-moi, ce sera plus facile pour moi, parce que papa ne fait jamais de scène devant un tiers.

Le taxi s'arrêta devant la maison. Ils payèrent le chauffeur et entrèrent chez eux.

Peu après, Ryan était étendu sur le canapé, la tête sur les genoux de Nico. Il réfléchit un moment en silence, puis finit par demander :

— Tu crois que ton père va gober notre histoire ? Allons-nous réussir une semaine durant à être de simples colocs ?

Nico lui passa les doigts dans les cheveux.

— Le ventre plein, oui, peut-être. Après ce que j'ai boulotté ce soir, je ne pense même pas à baiser.

— Moi, si, affirma Ryan.

Mais il avait les yeux fermés et il ne bougeait pas. Nico ricana, sans cacher son scepticisme.

— Comment dit le dicton ? *Les paroles sont toujours plus audacieuses que les actes…*

Ryan ouvrit les yeux et sourit paresseusement.

— Et si on regardait un film ?

— C'est de l'addiction ! protesta Nico.

Mais il glissa la main entre les coussins du canapé et récupéra la télécommande. Il aurait préféré aller se coucher et partager son lit avec Ryan, mais ça ne leur était encore jamais arrivé. La nuit, Ryan avait besoin de silence et d'une obscurité totale, alors que Nico aimait écouter un livre audio ou s'endormir devant la télévision.

Passer un moment avec son amant sur le canapé était un compromis acceptable.

— Que veux-tu regarder ce soir ? demanda-t-il.

Ryan avait un problème.

Techniquement, il en avait même plusieurs : en particulier, Vorhees, le mal qu'avait le Fuel à gagner un match et les suspicions grandissantes de Yorkie et de Kitty à son égard.

Nico n'était pas un problème. Nico était parfait.

En revanche, les réactions physiques mal contrôlées de Ryan envers lui s'avéraient… une complication. Peut-être réussirait-il à se calmer avant l'arrivée des parents de Nico.

C'était aussi probable que Satan achetant des patins pour se mettre au hockey.

Mais si le diable était sur la glace avec Nico ce soir, tous deux s'accorderaient parfaitement. En milieu de deuxième période, Nico tira quatre fois et, bien que le gardien ait intercepté les tirs, l'équipe de Nashville[28] paraissait effondrée. Derrière le banc, Vorhees mâchonnait hargneusement son chewing-gum, il faisait les cent pas et aboyait des ordres dont personne ne tenait compte. L'entraîneur avait perdu la confiance de l'équipe en novembre, sinon avant. Les gars suivaient ses directives, bien entendu, mais aucun n'éprouvait de loyauté envers lui.

À la seconde mi-temps, les deux équipes étaient à égalité, deux buts partout. Vorhees vint invectiver ses joueurs de façon ordurière.

Dès qu'il sortit, Ryan roula des yeux, puis il se leva et shoota dans la poubelle.

Un éclat de rire général dissipa la tension du vestiaire.

Une fois le calme revenu, Yorkie apostropha l'équipe :

— Continuez, les gars, gardez la tête froide. Et pour l'amour de Dieu, envoyez vos palets à Kersh. Il est déterminé à scorer ce soir.

---

28 Capitale du Tennessee, États-Unis.

Un silence pesant tomba soudain dans le vestiaire. D'instinct, Ryan se tourna vers Nico, qui lui rendit son regard avec le plus grand calme.

Ce fut Chenner qui brisa la tension. Il se pencha vers Ryan et agita les sourcils d'un air entendu :

— Doc, c'est à toi de voir !

Des hurlements et caquètements éclatèrent dans le vestiaire. Ryan cacha son visage dans ses mains, mais il était heureux que l'équipe ait si vite oublié le discours venimeux de Vorhees.

Les joueurs étaient gonflés à bloc en retournant sur la glace. Ils restèrent agressifs pendant toute la troisième période, même quand ils se trouvèrent en désavantage numérique contre Nashville. Greenie, bombardé de tous les côtés, sut bloquer les tirs. Apparemment, le match allait encore finir en prolongations.

Non ! À la dernière seconde, Nico récupéra une passe de Kitty et tira un but à faire pleurer Wayne Gretzky[29]. Quand il vint frapper du poing celui de Ryan, son regard était beaucoup plus insistant que nécessaire. Et Ryan fut à peu près sûr que tout le monde le remarquait.

L'entraîneur le fusilla des yeux, mais que pouvait-il faire ? Insister pour que Ryan et Nico ne se regardent pas ?

Ils attendirent d'être enfermés dans la voiture pour parler de leurs projets immédiats.

— Tu veux sortir ce soir ? demanda Nico.

Ryan lui prit la main et la posa sur son bas-ventre. Il bandait. Il était dans un état d'excitation latente depuis que Nico l'avait regardé après avoir marqué ce but déterminant pour la victoire du Fuel.

— À ton avis ? haleta-t-il.

Nico serra doucement la bosse de son érection, puis retira sa main. Son souffle s'était accéléré. Il tourna la clé de contact et mit le moteur en route.

— Je suis très impatient de rentrer à la maison, croassa-t-il. J'espère ne pas croiser un radar.

La chance fut de leur côté et la circulation resta fluide. Une fois garés, Nico et Ryan se ruèrent hors de la voiture et coururent jusqu'à la porte d'entrée. À peine dans la maison, Ryan plaqua Nico à la porte qu'il venait de claquer et lui mordilla la mâchoire.

---

29 Canado-américain considéré comme le meilleur joueur professionnel de l'histoire du hockey sur glace.

Pour lui donner meilleur accès, Nico renversa la tête en arrière. Il haleta en sentant la main de Ryan glisser sur sa poitrine jusqu'à sa hanche.

Ryan sourit.

— Tu es toujours déterminé à scorer ce soir ?

— Oui.

Nico le prit par la taille et colla son corps au sien.

Ryan frémit tout entier, il était au septième ciel, il adorait le contact de Nico. Et ce soir, enfin, il s'apprêtait à assouvir sa faim.

— On fait ça comment ? souffla-t-il. Je suis ouvert à tout.

Nico déglutit et ses hanches tressautèrent.

— Euh…

— Je peux te baiser, insista Ryan, qui n'avait jamais peur des mots. Je peux aussi t'offrir mon cul.

En même temps qu'il parlait, le fantasme se déroulait sur son écran mental. Il en salivait presque. Il s'attaqua à la boucle de la ceinture de Nico, baissa la braguette et glissa la main à l'intérieur, refermant les doigts sur la belle queue érigée.

— Je te vois déjà étalé sur le dos dans ton grand lit, déclara-t-il, la voix enrouée. Moi, je m'empalerai sur ta queue. Qu'en dis-tu ?

Les jambes coupées, Nico s'affala contre la porte, la sueur perlait à ses tempes.

— Oui, allons-y. Putain ! La chambre…

Il se redressa et entraîna Ryan dans le couloir. En même temps, il l'embrassait, il lui arrachait ses vêtements. Très vite, Ryan se trouva dans le lit de Nico, nu, à califourchon sur Nico, avec deux gros doigts dans le cul pour le préparer. C'était utile, mais loin d'être satisfaisant. Son impatience ne fit que croître sous ces attouchements.

Il chercha à s'empaler davantage.

— Tu veux que…

Nico semblait un peu incertain. Ryan lui attrapa le poignet et l'activa plus frénétiquement.

— Oui, plus fort, gémit-il, plus vite, plus… Aaah ! Oui, comme ça !

Il tremblait de plaisir, appréciant la pénétration, l'écartèlement implacable de ses muscles internes. Les grandes mains trouvèrent sans difficulté sa prostate. Quand Nico pressa, un long frisson traversa Ryan, ses genoux faillirent lâcher sous lui.

Nico avait les yeux braqués sur le sexe de Ryan qui pleurait déjà.

— Enculé !

Oui, *excellente* idée.

Il se redressa pour permettre à Nico de retirer ses doigts. Puis il se retourna, empoigna le sexe trempé et le branla. Tout à coup, une idée horrible lui vint : Nico avait-il des préservatifs dans sa table de chevet ? Ryan n'était pas certain d'avoir la force d'aller chercher les siens dans sa chambre…

— Des capotes ? hoqueta Ryan. Tu en as, j'espère ?

Nico leva les yeux au ciel, l'air courroucé – ce qui était gonflé dans sa position, avec les mains de Ryan sur lui.

— Je ne suis pas vierge, merde ! protesta-t-il. Pourquoi me faut-il sans arrêt le répéter et me justifier ? Oui, bien sûr, j'ai des préservatifs.

Il ouvrit le tiroir de sa table de nuit, sortit un paquet de préservatifs et en tendit un à Ryan.

D'une main qui tremblait, Ryan déchira l'emballage et déroula le latex sur le sexe énorme de Nico. Putain, sacré mandrin !

Heureusement, Ryan aimait les défis.

En ce domaine, en tout cas.

Il serra les doigts et Nico fit un bond.

En réfléchissant à la logistique de leurs ébats à venir, Ryan décida qu'il ferait aussi bien de s'accrocher à deux mains à la tête de lit.

Nico décrypta sans difficulté son intention, il se positionna à l'endroit voulu, le visage empourpré, les yeux brillants.

Ryan descendit, doucement, tout doucement. Nico gémit et ferma les yeux. Ryan fit pareil. Accepter cette queue énorme ne fut pas facile, la brûlure était presque excessive et pourtant… c'était bon, si bon !

Quand son cul heurta enfin les cuisses de Nico, Ryan était en nage.

— Aaah, putain ! souffla-t-il.

Nico était en lui jusqu'à la garde. Ryan s'accorda une minute pour savourer la sensation. C'était encore plus jouissif qu'il en avait rêvé.

Il se pencha et posa ses lèvres sur celles de Nico.

Nico l'embrassa voracement, une main sur sa joue, l'autre agrippé à sa taille, les doigts enfoncés dans sa chair. La position étant un peu difficile, Ryan se redressa, puis se mit à onduler d'avant en arrière. Il gémit de plaisir en sentant Nico suivre son rythme.

Enfoui en lui, le sexe pilonnait sa prostate, Ryan frissonnait, des étincelles crépitaient déjà le long de ses terminaisons nerveuses. Il se cambra et se mordit la lèvre pour ne pas rugir, crier, pleurer.

Quand il baissa les yeux, il croisa le regard de Nico, les yeux écarquillés, pleins de désir.

Dieu, qu'il était beau !

— Je n'étais pas vierge, tu sais, répéta Nico, d'une voix essoufflée.

Ryan ralentit et pesa sur lui de tout son poids.

— Je sais, mon cœur.

Il se remit à le chevaucher et Nico jeta la tête en arrière, creusant l'oreiller.

Malgré son excellente condition physique, Ryan avait déjà des crampes dans les cuisses, ses muscles étaient agités de spasmes. Le plaisir était trop écrasant, il ne pouvait plus se concentrer sur ce qu'il faisait. Il caressa la poitrine de Nico pour attirer son attention.

— Nous allons changer de position, marmonna-t-il. Je ne vois pas pourquoi je ferais tout le travail pendant que tu te prélasses comme un pacha !

— D'accord.

— Tu as de très beaux muscles, déclara Ryan, les yeux sur les pectoraux hyper dimensionnés. J'ai vu tes films sur Instagram, ça m'a fait fantasmer. C'était bien meilleur que le porno !

Nico devint ponceau, il releva les genoux et réagit avec une célérité effrayante. En une demi-seconde, Ryan se retrouva à plat sur le dos, les jambes écartées et Nico pesant sur lui. *Ouiii !*

— Oui, babe, baise-moi !

Il noua ses chevilles au creux des reins de Nico et referma les doigts sur sa queue.

Il était tout près de l'orgasme déjà et Nico avait trouvé son rythme, une vraie machine ! Ryan le fixa éperdument, admirant la bouche légèrement ouverte, les yeux vitreux. Perdu dans son plaisir, Nico était magnifique. Puis il prit Ryan aux hanches et s'enfonça en lui plus profondément encore, il se cambra et jouit dans un grondement de fauve.

Son orgasme déclencha celui de Ryan, son sperme jaillit, poissant ses doigts. Il ferma les yeux avec un cri rauque et trembla, agité de spasmes.

Quand il retomba sur terre, Nico le libéra et s'écroula à côté de lui.

Ryan mit un moment à retrouver la parole.

— Nicky ?

— Mmm ?

Ryan lança sa main à l'aveuglette et tapota au hasard la poitrine de Nico.

— Tu as bien scoré, tu sais.

Douze secondes plus tard, Nico le frappait avec un oreiller.

AVEC QUATRE matchs consécutifs à jouer au cours des dix jours précédant Noël, Nico n'eut pas le temps de paniquer en pensant à la visite de ses parents. Pris par les entraînements, les matchs et Ryan, il consacrait son temps libre à manger, dormir et éventuellement faire quelques lessives.

Cet emploi du temps surchargé était à la fois un bien et un mal. D'après Nico, ne pas stresser ne pouvait qu'améliorer son jeu, mais il n'avait ni décoré la maison ni acheté ses cadeaux.

Merde, devrait-il en offrir à Ryan ?

Il retournait la question dans sa tête lundi matin, avant l'entraînement, quand il reçut une boule de papier au visage.

— La Terre appelle Kersh ! cria Grange, qui ravalait un sourire. Dis-moi, tu comptes t'habiller ou continuer à cogiter comme si c'était la fin du monde ?

D'accord, Nico n'était pas concentré à cent pour cent, ce matin, et alors ? Il était humain, voilà tout.

Dix minutes plus tard, en plein entraînement, Vorhees sortit son téléphone de sa poche.

— Phil ? Je peux te passer le relais ?

— Oui, bien sûr.

Une fois Vorhees disparu, Phil siffla et cria :

— Les gars, on va passer aux équipes spéciales*, d'accord ? Essayons de modifier les lignes habituelles.

Effectivement, il déplaça Nico en première ligne et écarta Misha pour mettre à sa place un des défenseurs les moins expérimentés. Nico se sentait gêné de remplacer Yorkie, mais l'équipe ne marquait jamais en avantage numérique*, aussi était-il logique d'essayer de nouvelles formations.

Pourtant, Nico s'inquiétait que Yorkie lui en veuille. Son capitaine dut le deviner, car il vint lui taper sur l'épaule.

— Vas-y, gamin, donne-toi à fond.

Outragé, Nico gonfla les narines.

— Je ne suis plus un enfant, protesta-t-il.

À quelques mètres de là, Ryan cacha son rire en se raclant la gorge.

Nico lui lança un regard noir et décida de leur clouer le bec *à tous*.

Il remporta la mise au jeu et fit une passe au Gaucher, qui partit avec le palet. Ryan couvrit l'écart entre Nico et Grange, tout en restant au large, prêt à intervenir si l'un d'eux tentait de tirer.

Le Gaucher fit une passe à Grange et Nico repéra une faille dans la couverture de Ryan. Il s'y engouffra, ce qui fit jurer Ryan. Avec le dos de Nico empêchant Ryan de voir ce qui se passait devant, Grange put lui faire passer le palet avant l'arrivée de Chenner.

Une seconde plus tard, Nico envoyait le palet dans le filet. Grange cogna son casque contre le sien. Les gars sur le banc firent claquer leurs crosses sur la glace.

— Utiliser ton cul pour me distraire, c'est de la triche ! grinça Ryan.

Phil siffla.

— Équipe PP*, beau travail ! Équipe PK*, ne vous laissez pas faire deux fois. Allez, on recommence.

Le lendemain, l'échauffement d'avant-match se déroula de la même manière. Bien que Vorhees soit revenu insulter ses joueurs, il ne modifia pas la composition des équipes. Soit parce que les équipes spéciales dépendaient de Phil, soit parce que les résultats s'étaient améliorés.

Au début, Nico n'en était pas convaincu…

Une nuit, alors que Le Fuel jouait à Saint-Louis[30], Nico prit un coup de crosse au visage qui lui fendit la lèvre du bas.

La coupure était bénigne, elle ne ferait que rendre les fellations intéressantes, mais le sang avait coulé, aussi le Fuel se retrouva-t-il en avantage numérique. Nico s'arrêta à son banc le temps qu'un aide-soignant lui colle un strip, puis il retourna sur la glace pour la mise au jeu.

Son adversaire était gigantesque, quinze centimètres et quinze kilos de plus Ryan. Nico le contourna sans problème. Il ne tourna même pas la tête, sachant d'où viendrait la passe de Grange. Un deke* à gauche, un deke à droite, pas d'ouverture, mais Grange attendait à côté du filet. Nico lui fit passer le palet et cria de joie quand le but fut marqué.

Il télescopa son coéquipier avec un grand sourire démoniaque.

— Joli coup !

Grange éclata de rire.

— C'est vrai, gamin ! Nous aurions dû y penser plus tôt !

Oui, mais ils ne l'avaient pas fait. En partie, parce que Vorhees était nul, en partie, parce que Nico s'était mis dans la tête que Grange le détestait.

---

30 Ville située au bord du Mississippi, au Missouri.

Tant pis. On ne pouvait réécrire le passé. Ce qui comptait dorénavant, c'était le présent. Le Fuel menait un à zéro et tous les espoirs étaient permis.

Nico avait raison d'être optimiste. Il marqua un but dans la deuxième période, d'un revers habile sur une passe fulgurante de Misha. Saint-Louis mena un beau combat pour rattraper son retard, ils étaient à égalité deux partout au moment de la troisième période. Pendant un désavantage numérique tendu à se ronger les ongles, Ryan arracha le palet à la lame d'un adversaire et l'envoya tout droit sur celle de Chenner. Nico vit la recrue changer de couleur, le visage figé dans un masque de panique, mais ça ne dura qu'une fraction de seconde. Quand Chenner fila sur la glace, il n'y avait personne entre lui et le gardien de but.

Le gosse tira d'instinct, tous les exercices d'échappée finissant par porter leurs fruits. Un coup de gong marqua le but et, malgré le boucan ambiant, les cris des gradins et les hurlements des joueurs, Nico perçut le cri euphorique de Ryan.

Saint-Louis devint plus agressif encore. Malgré la pression, Le Fuel conserva l'avantage jusqu'à la fin de la troisième période, lorsqu'un jeune défenseur inexpérimenté du Fuel envoya son palet dans le filet… du Fuel.

Bien que frustré et déçu, Nico n'en voulut pas au gosse, ce n'était pas sa faute s'il avait été appelé dans la NHL avant d'être prêt. La défense du Fuel était une catastrophe, seul Misha tenait la route, les autres étant de vrais fantoches.

Nico se sentit un peu coupable d'être aussi dur. Les jeunes faisaient de leur mieux, mais entre un entraîneur d'une nullité abyssale et un manque de préparation, « leur mieux » ne volait pas très haut.

Très irrité, Nico mâchonnait son protège-dents quand il entendit Vorhees accuser le gardien d'ingérence.

Nico faillit s'étrangler.

— Quoi?

Assis à côté de lui sur le banc, le Gaucher était tout aussi choqué et incrédule. Bien sûr, que le but soit annulé profiterait au Fuel, mais il n'y avait pas eu d'interférence. De ce fait, l'équipe allait écoper d'un penalty.

— Il est con ou bien? Cherche-t-il à nous couler?

Les officiels acceptèrent de regarder la vidéo du but. Bien entendu, ils rejetèrent ensuite la contestation de Vorhees et Le Fuel reçut deux minutes de banc de touche. Pire encore, ce fut Ryan, un bon atout du fuel en cas de désavantage numérique, qui fut exilé de la glace.

De l'autre côté de la glace, Nico lut le meurtre dans les yeux de son amant. Par miracle, l'équipe PK et Greenie réussirent pendant deux minutes à empêcher Saint-Louis de marquer.

Bien décidé à ne prendre aucun risque pendant les prolongations, Nico fonça sur la glace dès que ce fut son tour. Il arracha de haute lutte le palet au capitaine de Saint-Louis. S'il ingurgitait six mille calories par jour, c'était bien pour des moments pareils, pas vrai ? À trois contre trois, la glace était quasiment déserte, c'était un avantage à exploiter. Nico s'écarta vigoureusement des défenseurs.

Le gardien adverse bloqua de la jambe son premier tir, ce qui ne fit que l'agacer. Nico récupéra le palet au rebond et marqua par-dessus son épaule. *Voilà.*

Seigneur, il était fatigué ! Il piquerait volontiers un petit roupillon.

Malgré cette victoire, l'entraîneur traita ses joueurs comme de la merde dans le vestiaire, il leur reprocha… ce n'était pas très clair, au fond. De ne pas avoir manipulé la vidéo officielle du match pour prouver une interférence – qui n'existait que dans sa tête ? Peut-être.

Nico ne l'écoutait pas, las de ces sempiternelles jérémiades sans fondement. Vorhees était un mécontent chronique, espérer le voir changer était totalement inutile.

Felicia l'envoya parler à la presse. Nico fit de son mieux pour exprimer la vérité de façon politiquement correcte : j'avais très envie que le match prenne fin !

Ceci était fait, il put enfin rentrer chez lui avec Ryan.

DÉCEMBRE S'ÉCOULA trop vite.

Ryan voyait avec horreur approcher le 23, la date d'arrivée des Kirschbaum. Malheureusement, le vieil adage « *Le temps passe plus vite quand les jours sont comptés* » se prouva une fois de plus.

À part cette terrible échéance, la vie était belle. Ryan vivait une liaison torride et Le Fuel gagnait tous ses matchs. Nico était d'une énergie folle et son dynamisme entraînait toute l'équipe. Juste avant la pause de trois jours pour Noël, le moral des troupes était au beau fixe.

Ryan s'étonna de constater que même ses statistiques personnelles s'étaient notablement améliorées.

Après le match du vingt et un décembre, Yorkie déclara dans le vestiaire :

— Vous avez vu ? Nous avons gagné trois fois de suite pour la première fois cette année.

Il fut interrompu par des hurlements de joie.

Il attendit que le calme se fasse pour enchaîner :

— Vous avez bien travaillé, les gars. Profitez bien de votre week-end, reposez-vous et revenez en pleine forme lundi, histoire de remettre ça !

Il reçut une chaleureuse ovation. Ryan se dirigea vers la douche en réfléchissant. Encore une victoire et les vacances commenceraient sous les meilleurs auspices.

Avant ce match, cependant, il y avait un hic pas si anodin : l'arrivée des Kirschbaum.

Ryan y pensait en garant la BMW de Nico devant le terminal des arrivées internationales, dans le parking dépose-minute. Comment avait-il réussi à se mettre dans une situation pareille ? Il aurait nettement préféré que Nico se charge lui-même d'aller chercher ses parents.

Le matin même, en voyant les entraîneurs coincer Nico après l'exercice, Ryan avait spontanément proposé d'aller à l'aéroport à sa place. C'était le genre de service qu'on rendait à un ami, non ? À un coloc, à un compagnon… Merde, Ryan l'aurait fait pour chacun de ses coéquipiers.

Il n'avait pas réfléchi au fait que, dans le contexte, ce serait plus délicat.

Quand Ryan avait demandé ses clés, Nico les lui avait tendues sans un mot, les yeux vides, la bouche crispée. Ryan repoussa cette image. Y penser ne ferait rien pour le rassurer, loin de là.

Ryan se frotta le cou. Leur liaison était censée rester secrète. Par chance, le hockey était un sport physique, sinon brutal. Même un suçon pouvait passer pour une ecchymose suite à un coup reçu pendant un match.

Ryan n'était pas rassuré. Rudolph Kirschbaum le détestait d'avoir « osé » éveiller l'intérêt de Nico, il ne le trouvait pas digne de son précieux rejeton.

Peut-être s'entendrait-il avec Irina, la mère de Nico ? Peut-être sa présence allégerait-elle l'ambiance dans l'habitacle durant le trajet de retour chez Nico ?

Merde, quoi ! Ryan se savait *charmant*. Tout irait très bien.

Un couple d'âge moyen sortait du terminal, Ryan reconnut immédiatement les parents de Nico : Rudolph avait la même démarche que son fils… et la même façon de serrer les dents.

Ryan sortit de la voiture, il vit Irina tourner la tête vers lui, aussi agita-t-il la main. En principe, Nico avait prévenu ses parents qu'il était retenu et que Ryan les attendrait.

Irina sourit, elle répondit à son salut et avança vers lui, d'un pas déterminé, mais détendu. Ryan la regarda approcher, Nico avait hérité de ses cheveux noirs, de ses yeux très bleus et de son long nez, de sa bouche aussi, même si celle d'Irina semblait plus encline à sourire en public.

— Bonjour, Ryan, dit-elle dans un anglais à l'accent étranger.

— Bonjour, madame. Irina, c'est bien cela ?

Ryan essaya de prononcer le prénom russe comme Nico le faisait.

Elle sourit et hocha la tête.

— Oui, mais vous êtes l'ami de Kolyasha, alors, vous devez m'appeler Ira.

Kolyacha ? Waouh ! C'était vachement long !

— Ira ?

Elle dut apprécier ses efforts avec l'accent tonique, car elle lui offrit un chaleureux sourire et lui tapota la main.

Elle désigna enfin l'homme qui la suivait avec les bagages.

— Oui. Et voici mon mari, Rudolf.

Rudy Kirschbaum, ex-défenseur de la NHL, toisa Ryan de la tête aux pieds. Ryan s'efforça de ne pas baisser les yeux, car un air coupable ne ferait que confirmer les soupçons du père de Nico.

Il afficha un sourire et tendit la main.

— Je suis enchanté de faire votre connaissance, monsieur.

Après une infime hésitation, Rudy lui serra la main.

— Où est Nicolaï ?

Surpris, Ryan cligna des yeux.

— Il ne vous a pas envoyé de texto ?

— Si, il a dit qu'il ne pouvait pas venir, mais sans expliquer pourquoi.

— Oh. Eh bien, les entraîneurs lui sont tombés dessus. Je n'en sais pas plus. Peut-être que Phil, notre entraîneur adjoint, voulait revoir avec lui une technique de jeu…

Tout en parlant, Ryan ouvrait le coffre de la voiture.

— Nico a dû finir à présent, ajouta-t-il. Il nous attend sans doute. Je vais vous conduire à lui.

Il sourit à Ira.

— Oui, dit-elle en anglais. Je veux voir Kolyasha.

152

Elle se tourna et parla en allemand à son mari. Ryan ne comprit pas ce qu'elle disait.

Une fois les bagages dans le coffre, Ryan ouvrit la porte-passager pour Ira pendant que Rudy s'installait sur la banquette arrière. Ryan était soulagé que son petit plan ait marché, il préférait avoir Ira à ses côtés plutôt que Rudy – et tant pis si un homme aussi grand était à l'étroit derrière. Il le méritait bien pour tant stresser son fils.

Ryan démarra et se mit en route. Le silence ne dura pas longtemps.

— Alors, Nicolaï vous confie *aussi* sa voiture?

Était-ce une façon détournée de demander si Ryan couchait avec Nico? Ryan répondit d'un ton léger :

— En général, non. La plupart du temps, nous allons ensemble à la patinoire et c'est toujours Nico qui conduit. J'ai une voiture de location, mais elle n'est pas très fiable. Nico ne tenait pas à ce que vous ayez à prendre un taxi, c'est pourquoi il m'a laissé ses clés.

C'était la vérité. Nico était un fils attentionné.

— Vous êtes un ami de Kolyasha, dit Ira avec chaleur. Un très bon ami. Vous lui faites du bien!

Ryan espéra que sa rougeur ne se voyait pas trop. « Faire du bien » à Nico? Oh, que oui! Mais peut-être pas de la façon asexuée et amicale à laquelle Ira pensait.

Il lui jeta un bref coup d'œil.

— Merci, Ira.

Sur une impulsion, il ajouta à l'intention de son passager arrière :

— Auriez-vous soif, monsieur? Préférez-vous attendre que nous arrivions ou voulez-vous que je m'arrête pour un café… ou un thé?

Dans son rétroviseur, il constata que Rudy se dégelait quelque peu. Ainsi, il aimait sa femme? C'était bon à savoir.

— Merci, répondit Rudy, ça va aller. Et toi, Irochka?

Il passa à l'allemand. Ryan cacha un soupir. Il n'avait suivi qu'un semestre d'allemand à l'Université, il ne lui restait quasiment rien, pas assez en tout cas pour suivre une conversation.

C'était très frustrant!

Ira secoua la tête.

— Non, merci.

Ryan espérait les Kirschbaum fatigués par leur long vol ou le décalage horaire. Avec un peu de bol, il n'aurait pas à soutenir une conversation jusque chez Nico. Il se trompait. Rudy passa le reste du trajet à le harceler de questions auxquelles il ne sut répondre : le plafond salarial [31] du Fuel, le différentiel +/– * de tous les joueurs, les choix – d'après lui – qu'aurait Nico à l'expiration de son contrat actuel...

Quand Ryan entra enfin dans le garage de Nico, Rudy lui énumérait les raisons pour lesquelles Le Fuel ne renouvellerait pas son contrat à la fin de la saison – ce que Ryan savait déjà.

— Même si vous tenez à rester, vous n'avez aucune chance ! insista Rudy.

Peuh ! Personne ne tenait à rester au Fuel. Indianapolis était un trou noir qui aspirait les joueurs et les vidait de leur substance. Ryan n'avait trouvé qu'un seul bonus à son engagement : Nico.

Il soupira. Il avait accompli sa BA. Mais en échange, Nico lui devrait bien une pipe une fois ses parents repartis.

Il coupa le moteur et profita du fait que Rudy reprenait son souffle pour en placer une, d'une voix à la cordialité forcée :

— Bien, nous voici arrivés. Je vais vous aider à sortir vos valises.

Malheureusement, Nico n'était pas encore rentré, aussi Ryan dut-il se charger de montrer leur chambre à Rudy et Ira. Au moins, il connaissait les aîtres.

— Nico a mis des serviettes sur votre lit ce matin, déclara-t-il, et je présume que vous êtes impatients de vous rafraîchir après ce long vol. Je vais vous laisser.

Il espérait surtout avoir un instant de répit.

Il fut très soulagé de voir Rudy acquiescer. Nico l'avait prévenu, son père détestait prendre l'avion, ça le faisait transpirer.

Quant à Ira, Ryan avait pensé qu'elle aimerait peut-être s'allonger un moment, mais elle le suivit dans la cuisine. Ryan s'affaira à préparer le déjeuner. Nico était toujours affamé quand il rentrait de l'entraînement. En fait, il avait toujours faim, point final.

De plus, il aurait aussi envie de thé – pour se détendre de l'arrivée de ses parents. Ryan alluma la bouilloire et sortit deux tasses quand il prit conscience d'agir comme... un homme au foyer.

Par chance, il n'y avait qu'Ira avec lui.

Il s'éclaircit la gorge et désigna la seconde tasse.

— Puis-je vous proposer du... *tee* ?

---

31 Masse salariale maximale à ne pas dépasser. L'objectif est de limiter l'accumulation de gros salaires dans une équipe de la NHL – et donc de garantir une certaine équité, tout en évitant un risque de déficit.

C'était un des seuls mots allemands dont il se souvenait. Et il n'était même pas sûr de bien le prononcer.

Un éclat brilla dans les yeux bleus d'Ira.

— *Danke*, répondit-elle.

D'accord, ça faisait deux mots au répertoire de Ryan. Il ajouta de l'eau dans la bouilloire, puis sortit du frigo la confiture préférée de Nico.

— *Du sprichst Deutsch* [32] ? demanda Ira.

Ryan préféra répondre en anglais.

— Non, pas couramment. J'ai appris les bases à l'université, je comprends vaguement, et encore… pas toujours.

Elle pencha la tête, l'expression attentive.

Alors, il se lança :

— *Verstehen, ein Bisschen. Sprachen, nicht so viel* [33].

Non, pas *Sprachen* – langue –, mais *Sprechen* – parler. Merde ! Il était vraiment rouillé.

Ira hocha la tête, bien que Ryan ne puisse dire si elle le comprenait ou l'approuvait.

D'ailleurs, elle venait de remarquer l'échiquier posé sur la table de la cuisine. Son visage s'illumina. Nico avait battu Ryan la veille et cette défaite restait étalée.

— Une partie ? proposa Ira.

Ryan accepta, en espérant que ça empêcherait Rudy de reprendre son inquisition en sortant de la douche.

Ira et lui étaient au milieu d'une leçon à la fois intense, et linguistiquement compliquée concernant la meilleure ouverture aux échecs quand Nico revint enfin.

Outre une énorme *frittata* [34] qui cuisait au four, Ryan avait préparé des sandwichs, parce qu'avec trois joueurs de hockey, il n'y aurait jamais assez à manger. Le thé de Nico était à côté de la bouilloire, encore fumant.

Ryan sourit en voyant Nico entrer, saluer sa mère en russe et l'enlacer avec affection. Il passa ensuite devant Ryan pour récupérer sa tasse, ses doigts effleurant le dossier de son siège.

---

32 *Vous parlez allemand ?*

33 *Comprendre un peu. Parler, pas beaucoup.*

34 Plat traditionnel italien qui ressemble à une grosse omelette garnie de viande, de légumes et de fromage.

Ryan retint de justesse son geste instinctif de relever la tête pour tendre les lèvres. Il piqua un fard, les oreilles brûlantes.

Après avoir discuté encore et encore sur la nécessité de cacher leur relation aux parents de Nico, allaient-ils se trahir en moins de trente secondes côte à côte ? C'était… trop.

Peut-être Ryan aurait-il dû insister pour s'installer à l'hôtel après tout.

Soudain très nerveux, il bougea sans réfléchir un de ses fous.

Ira secoua la tête.

— Non, non, tu n'écoutes pas mes conseils ! *Tu dois en priorité protéger le centre de ton jeu !*

— Je n'arrête pas de le lui dire, intervint Nico.

Sa tasse à la main, il s'attabla devant le plat des sandwichs. Il en tendit un à sa mère et lui parla en russe.

Ryan se secoua mentalement. Ce n'était pas le moment de paniquer. Pas alors que la mère de Nico était assise en face de lui.

Nico sirota son thé.

— Parfait, murmura-t-il.

Il lança à Ryan un regard bien trop affectueux pour une cuisine, surtout sous le chaperonnage de sa mère.

— Merci.

Avec un petit rire, Ira marmonna quelques mots en russe. Les joues rosies, Nico sourit et répondit sur le même ton.

Ira se tourna vers Ryan et lui tapota la main.

— Bon ami.

— Merci.

Ryan jeta à Nico un coup d'œil troublé. *Dis-moi ce qu'elle t'a dit de moi, s'il te plaît.*

Nico se racla la gorge. Il avait la nuque très rouge à présent.

— Elle a noté le soin que tu avais pris pour préparer mon thé, elle te trouve très attentionné et gentil. Si tu arrêtes le hockey, tu pourras te reconvertir comme serveur ou barman.

La traduction ne devait pas être très fidèle, car Ira frappa son fils sur le bras et le réprimanda.

— N'écoute pas Kolyasha, dit-elle ensuite à Ryan. Tu es un très bon ami.

— Merci, madame. Nico raconte n'importe quoi, je sais, persifla Ryan.

— Enfoiré ! lança Nico, presque affectueusement. Je me demande pourquoi je te supporte.

À la fête du réveillon, tu as affirmé que j'avais des tas de qualités !

156

— Parce que je te paye un loyer et que je fais la cuisine, croassa Ryan.

Soucieux d'écarter la conversation de ce sujet brûlant, il déplaça sa reine. Sa manœuvre de distraction fut très efficace, la mère et le fils s'empressèrent de lui signaler qu'il jouait comme un pied.

Puis une sonnerie annonça que la *frittata* était prête.

Ryan se leva et sortit son plat du four. Il était soucieux. Comment cacher pendant dix jours ses sentiments pour Nico ? Il n'était pas si bon acteur ! De toute évidence, il ferait mieux de filer et de laisser les Kirschbaum passer les fêtes en famille, c'était sa seule option.

QUELQUES JOURS plus tôt, après l'entraînement, Misha avait annoncé à Nico que si Irina venait à Indianapolis, il tenait absolument à dîner avec elle dans un restaurant russe. Nico avait accepté, anxieux de préserver ses nouveaux liens avec Misha.

Quand il en parla à sa mère, elle battit des mains, ravie de parler à un compatriote retourné à Moscou l'année précédente. Elle appréciait également la perspective de manger russe.

Question timing, ce n'était pas terrible, le dîner ne pouvait avoir lieu que le soir même, car Misha et Katja passaient trois jours ensemble loin d'Indianapolis.

— Tu es sûre que ça va aller, maman ? demanda Nico pour la centième fois. Tu n'es pas trop fatiguée ?

Elle roula des yeux et lui passa à essuyer le plat qu'elle venait de laver.

— Pas du tout. De plus, ton père et moi en parlions justement dans l'avion en arrivant. Pour lutter contre le décalage horaire, le mieux est d'adapter le plus vite possible notre horloge interne. Nous dînerons tôt, voilà tout. Et j'ai très envie de faire la connaissance de Mikhail Fedorovich Kipriyanov. Tu parles souvent de lui ces derniers temps.

C'était la vérité. Sans Lucas, Nico passait plus de temps avec Misha et évoquer le Russe lui avait semblé moins risqué que Ryan. Il aurait adoré se confier à sa mère, mais c'était impossible, car elle le dirait à son père, il le savait. En revanche, elle était ravie qu'un compatriote appelle son fils Kolya et lui parle russe.

— D'accord, céda Nico.

Elle rit et l'aspergea d'eau savonneuse.

157

— Merci, chéri. Maintenant, finissons cette vaisselle et allons nous préparer. Au fait, Ryan vient-il dîner avec nous ?

Nico se crispa. Merde ! Il aurait dû se douter que sa mère n'oublierait pas Ryan.

— Euh, non.

Sur le ton de la plaisanterie, Misha avait évoqué une soirée « sans yankee » et Nico avait compris l'allusion. Et puis, ses parents seraient ensemble, Misha viendrait avec Katja, s'il arrivait avec Ryan, ça ferait vraiment… couple, non ?

— Pourquoi ?

Nico se gratta un sourcil et évita le regard de sa mère.

— Nous allons parler russe, il se sentirait exclu.

— Oui, bien sûr, je comprends.

Il poussa un soupir de soulagement – et espéra aussitôt qu'elle n'avait rien remarqué.

LE RESTAURANT était un stéréotype d'ambiance russe « authentique », petit, intime, avec un personnel qui parlait à peine anglais et une clientèle essentiellement composée d'étrangers. Aux yeux des Américains, l'ambiance était exotique et dépaysante.

Nico et Misha appréciaient la cuisine : *solianka* [35] aux riches aromes, *pirojkis* [36] tout frais sortis du four, *blinis* encore chauds accompagnés de caviar ou *smetana* [37]. Nico salivait rien qu'en y pensant.

Quand il arriva avec ses parents, Misha et Katja étaient déjà là. Misha se leva pour les saluer, un grand sourire aux lèvres. Intérieurement, Nico hocha la tête : tout allait bien se passer.

Pourtant, il avait le cœur serré. Ryan lui manquait. Il aurait dû insister pour l'avoir à ses côtés.

NICO RENTRA chez lui tôt. Ses parents allèrent se coucher sans attendre. Dès que la porte de la chambre se referma derrière eux, Nico se détendit enfin.

---

35 Soupe russe épaisse et épicée à base de chou, d'orge, de blé, de pommes de terre, de rognons…

36 Petits chaussons fourrés de viandes ou de légumes, servis en entrée ou en accompagnement.

37 Crème russe au citron.

Ryan retira ses baguettes de sa bouche et haussa les sourcils.

— Tu parais épuisé.

Nico haussa les épaules et s'assit en face de lui, sur le canapé.

— Mes parents le sont bien davantage à cause du décalage horaire.

Il hésita. Ryan ne passerait pas Noël en famille. Il avait beau affirmer que c'était sans importance, Nico se sentait privilégié. Du coup, il n'osait pas se plaindre.

Sous la table, Ryan lui donna un petit coup de pied.

— Pourquoi tu tires cette tête?

Parce qu'il était fatigué, tendu, anxieux. Il aurait voulu se coucher avec Ryan et tout oublier pendant quelques heures, mais c'était impossible. D'un commun accord, ils avaient décidé de rester chastes pendant le séjour de ses parents chez lui.

Parfois, Nico était tenté de leur dire la vérité… mais son père ferait une scène, bien sûr. Et Nico ne supportait pas d'y penser. L'ambiance deviendrait insoutenable pour tout le monde.

— Katja était éteinte, ce soir, déclara-t-il. Du coup, Misha a passé la majeure partie de la soirée à parler russe à maman.

Oh, il n'en était pas fâché, au contraire, car sa mère adorait évoquer sa patrie. Misha était manifestement remonté. Rien d'étonnant, compte tenu de la situation actuelle en Russie. Tous les Russes expatriés s'en inquiétaient, Nico le savait. Ce soir, il n'avait pas pu prendre part à la conversation, car son père ne l'avait pas lâché de tout le repas.

Ryan pointa ses baguettes et récupéra un morceau de poulet.

— Oh, je vois, déclara-t-il. As-tu au moins pris le temps de manger?

Penaud, Nico détourna la tête. Il avait un peu mangé, oui. Certainement pas assez pour un athlète professionnel.

Ryan poussa vers lui son plat chinois.

— D'accord, finis ça. Ici. Je vais me trouver autre chose – de préférence des fruits, ce que nos nutritionnistes approuveraient. Sauras-tu te débrouiller avec ces baguettes ou veux-tu une fourchette?

Ainsi, il avait remarqué l'hésitation de Nico, qui portait davantage sur le fait d'utiliser les couverts d'un autre. C'était instinctif, chez lui, il se méfiait de l'hygiène des joueurs de la NHL, mais vu qu'il avait régulièrement la queue de Ryan dans la bouche…

Nico engloutit ce qui restait dans la boîte pendant que Ryan se faisait un smoothie.

En revenant, il demanda :

— On regarde un film ?

— Bonne idée, oui.

Nico n'était pas en état de se concentrer sur une partie d'échecs, il ne pouvait pas baiser et s'il essayait de dormir, il allait ressasser le monologue assommant de son père critiquant ses entraîneurs, son entraînement, le temps qu'il passait sur la glace, ses compagnons de ligne et la couverture que lui accordaient les relations publiques du Fuel. Bien entendu, il ferait une insomnie, les yeux glués au plafond avec la migraine.

Ryan le chassa de la cuisine.

— Va t'installer, j'arrive. Nous serons mieux au sous-sol, je pense. À cause du bruit !

Il y avait un écran plat et un canapé dans la salle de gym. Nico étudiait le catalogue de Netflix lorsque Ryan le rejoignit avec un saladier de pop-corn et une tasse de thé.

Il la lui tendit en disant :

— C'est du déca, je l'ai sucré.

Nico prit le thé et le fixa un instant, appréciant sa chaleur au creux de ses paumes. Ryan était vraiment un chouette compagnon.

Il sourit.

— Merci.

Ryan le regarda et, soudain, le temps sembla passer au ralenti…

Puis Ryan s'éclaircit la gorge et posa le pop-corn sur la table basse.

— Alors ? s'enquit-il. Tu as trouvé un film qui te tente ?

Connaissant la passion de Ryan pour le cinéma et ses goûts éclectiques, Nico lui tendit la télécommande.

— Je te laisse choisir.

Après avoir réfléchi deux minutes, Ryan s'arrêta sur *Certains l'aiment chaud*.

— C'est un grand classique ! Tu connais ?

Un *classique* ? C'était surtout un film en noir et blanc sorti avant la naissance de son grand-père ! Nico esquissa un sourire sarcastique.

— Non, admit-il.

Ryan sourit et lui tendit le saladier de pop-corn.

— Parfait, tu vas adorer !

Et ça aurait pu être vrai… si Nico avait réussi à se concentrer sur l'écran. À première vue, le film lui parut délicieusement bizarre – surtout pour l'époque à laquelle il avait été tourné. En d'autres circonstances, il serait prêt à le revoir.

Mais ce soir, un corps chaud était lové contre lui, Ryan ne portait qu'un tee-shirt qui mettait en valeur sa large poitrine et un pantalon de survêtement sans rien en dessous – il ne mettait jamais de sous-vêtements sous ses survêtements – et chaque fois qu'il mettait la main dans le saladier de pop-corn posé sur les genoux de Nico, la distraction de Nico s'aggravait. Au début, il crut que Ryan ne le faisait pas exprès, mais il finit par constater que le saladier était vide et qu'il s'y accrochait encore, le plaquant contre son entrejambe parce que les doigts de Ryan plongés dedans le mettaient dans tous ses états.

— Ryan… murmura-t-il. Mes parents…

Était-ce une protestation pour demander à Ryan de cesser ou une supplication pour qu'il continue ? Nico n'en était pas sûr.

Ryan le débarrassa du saladier vide.

— Ils sont au lit, rappela-t-il, assommés par le décalage horaire et ce qu'ils ont bu à table… ils ont pris du vin, je présume ?

Eh bien, oui, effectivement, mais…

Ryan avait la main sur les genoux de Nico, il caressait son érection à travers son pantalon.

— Si tu veux mon avis, insista-t-il, ces dix jours vont être sacrément longs. Nous devrions donc profiter des rares moments d'intimité que le destin nous accorde.

Nico étouffa un gémissement.

— Je… je…

Ryan se figea. Nico réalisa alors son erreur.

Avec un sourire narquois, Ryan s'écarta. L'enfoiré !

— Tu as raison, ce n'est pas très sensé.

Nico allait le tuer. Le baiser jusqu'à la mort.

— Tu n'as quand même pas l'intention de me laisser dans cet état ?

Si Ryan n'intervenait pas très vite, Nico abandonnerait le film pour aller se branler dans sa chambre – voisine de celle de ses parents. Alors qu'ici, au sous-sol, ils étaient tranquilles, ce serait donc plus logique d'y trouver l'orgasme ensemble.

À condition de ne pas faire de bruit. C'était jouable, non ?

— Tu crois ? persifla Ryan. Tu as envie de moi, alors ?

Il se retourna et frotta du pouce le mamelon de Nico, à travers sa chemise. Le salaud, il savait à quel point Nico aimait ça !

Nico se lécha les lèvres. Ryan suivit le mouvement, les pupilles si dilatées que ses yeux semblaient noirs.

L'esprit embrouillé par le désir, Nico oublia sa gêne, prêt à tout pour que Ryan continue à le caresser. Son sexe trempé collait à son boxer.

— Oui.

Ryan marmonna une obscénité, puis il jeta un coussin par terre entre ses pieds.

— D'accord. À genoux, alors.

Nico se hâta d'obtempérer, la peau perlée de sueur.

Ryan ne le fit pas attendre. Il passa la main gauche dans les cheveux de Nico ; de l'autre, il baissa son pantalon, exhibant un sexe érigé dressé contre son ventre.

— Je ne sais pas comment je vais tenir dix jours entiers, gémit-il. Se faire surprendre serait atroce, mais j'ai tellement envie de toi !

Tout en parlant, il rapprochait la tête de Nico de son bas-ventre.

— Nous ne nous ferons pas prendre, affirma Nico avec plus de confiance qu'il n'en ressentait.

Il ouvrit la bouche et prit la queue de Ryan entre ses lèvres avides.

Nico aimait la fellation… pour la même raison qu'il aimait le hockey : parce qu'il n'avait pas à réfléchir ou à prendre des décisions, il se contentait de suivre son instinct. Agenouillé aux pieds de Ryan, il poussa un gémissement. Dieu que c'était bon ! Il aimait le poids de la queue dans sa bouche, il aimait savoir que c'était à cause de lui que Ryan haletait, tremblait et serrait les doigts dans ses cheveux noirs.

Puis Ryan s'écarta un peu pour tracer le contour de la bouche de Nico de son gland humide, étalant sur ses lèvres un liquide salé. Il replongea ensuite jusqu'au fond de sa gorge.

— Putain, Nico, vas-y, suce-moi.

Nico suça. Et un long frisson le parcourut tout entier, son érection chercha à émerger de son pantalon. Ryan ne forçait pas son entrée dans sa bouche, mais son sexe était si rigide que Nico avait mal aux mâchoires. Et il adorait ça !

Le film tournait toujours, le son n'était pas très fort, mais assez pour assourdir un peu la voix de Ryan, que le désir éraillait.

— Tu es tellement sexy comme ça. Ah, putain, crois-tu que je puisse aller plus profond ? J'aimerais…

Oui, tu peux. Vas-y. Incapable de répondre – il avait la bouche pleine –, Nico baissa les paupières plusieurs fois, puis il détendit sa mâchoire autant qu'il le pouvait. Il bandait si fort que ça en devenait douloureux.

162

Du liquide coula sur sa langue, Nico l'avala goulûment. Ryan resserra les doigts dans ses cheveux.

— Arrête-moi si je vais trop loin, souffla-t-il.

Très vite, Nico s'étouffa, les yeux mouillés de larmes, mais étrangement, il se sentait plus excité encore, parce que l'acte devenait plus sexuel. Il ne demanda pas à Ryan d'arrêter.

— Nicky, babe, c'est tellement bon ! hoqueta Ryan. C'est jouissif ! Et toi… tu aimes ?

Nico émit un petit son étranglé. Oui, il aimait, il envisageait même de se branler, trop impatient pour attendre que Ryan s'occupe de lui.

Les hanches de Ryan étaient agitées de mouvements spasmodiques, Nico sentit la salive couler sur son menton. Il avait du mal à respirer, mais il n'en était pas moins au septième ciel.

— Je vais jouir, annonça Ryan. Tu es génial, babe.

Oui. Le goût de son sexe devenait plus musqué, Nico sentait que Ryan était proche, il accentua donc la pression de ses lèvres, s'attardant sur le gland sensible.

L'orgasme explosa, un sperme chaud et épais inonda la bouche de Nico. Il déglutit ce qu'il pouvait.

Puis Ryan le fit se relever en le tirant par les cheveux et l'embrassa goulûment tout en lui arrachant son pantalon. Il referma les doigts sur sa queue et le branla avec science.

Nico finit par manquer d'oxygène, il rompit le baiser, son souffle rauque caressant la bouche de Ryan. Il crispa les doigts sur le canapé pendant que Ryan le masturbait de plus en plus vite.

— Tu es magnifique ! croassa Ryan. Je ne me lasserai jamais de toi !

Nico jouit dans un gémissement rauque, la gorge serrée, et il sentit l'euphorie inonder ses veines. Les jambes coupées, il s'effondra comme un pont mal conçu. Un coussin se renversa et heurta le saladier vide sur la table basse, il tomba sur le sol avec fracas.

Nico se figea, tétanisé d'horreur.

Une voix résonna en haut des marches :

— Nico ? appela sa mère. Tout va bien ? J'ai entendu du bruit…

Oh, mon Dieu ! Nico releva la tête.

— C'est rien, maman ! J'ai fait tomber le saladier de pop-corn. Retourne te coucher.

— D'accord. Bonne nuit.

Nico attendit d'entendre la porte de la chambre se refermer, puis il nicha son visage dans cou de Ryan et étouffa un rire nerveux.

Ryan tremblait aussi, il riait en silence.

— Merde ! On est vraiment nuls ! On ne s'en sortira jamais !

En GÉNÉRAL, Ryan ne célébrait pas Noël. Tous ses grands-parents étaient des athées convaincus, bien que ceux du côté de sa mère soient nés juifs.

Pourtant, ce fut sur lui que retomba la préparation du dîner de réveillon. Pour être franc, il s'était porté volontaire. D'abord parce que Nico ne savait pas cuisiner, ensuite, parce que Ryan ne tenait pas à coller tout le travail à Irina.

Il voyait mal l'intérêt de la dinde – une viande bien trop sèche à son goût. D'ailleurs, le réveillon traditionnel allemand comportait plutôt de l'oie ou du canard, mais Ryan était peu tenté par ces nouvelles expériences culinaires. Il n'était même pas sûr qu'on vende des oies aux États-Unis… sauf peut-être pendant la période de chasse.

Il réfléchissait encore à son problème quand Yorkie lui indiqua un traiteur susceptible de le dépanner. Ryan pesa le pour et le contre. Côté négatif : s'il ne cuisinait pas, il perdait une bonne excuse de se cacher toute la journée dans la cuisine. Côté positif, il n'aurait pas à cuire une dinde pour une fête religieuse qui ne signifiait rien pour lui.

Il passa donc commande chez le traiteur et se chargea d'aller la chercher, ce qui lui donna quarante minutes de répit hors de la maison.

Il revint vers seize heures trente et, dès qu'il ouvrit la porte, il reçut un choc. La maison embaumait la cannelle, les clous de girofle et… l'alcool. Une odeur enivrante !

Il trouva Nico et son père assis l'un en face de l'autre à la table de la cuisine, pris dans une partie d'échecs, tandis qu'Irina était aux fourneaux devant une mixture qui ressemblait à… du vin rouge chaud ?

Ryan n'aurait peut-être pas dû les laisser seuls !

Il se demanda où il devait poser ses sacs archipleins.

Soudain, Rudy secoua la tête avec un sourire résigné et coucha son roi. Il échangea ensuite une poignée de main avec son fils. C'était franchement *bizarre* !

Ils portèrent ensuite un toast en heurtant leurs mugs, avant de les siroter. Ils ne buvaient pas du thé, Ryan en était certain.

Il se sentait complètement dépaysé, hors de son élément. Pourtant, il avait très envie de goûter à cette boisson qui semblait accomplir des miracles.

— Croyez-vous qu'il soit trop tôt pour dîner? demanda-t-il.

Aux États-Unis, on mangeait vers dix-huit heures, sinon avant. Les Européens avaient des coutumes bien plus tardives.

Nico posa sa tasse et s'essuya la bouche du dos de la main. Ses lèvres étaient teintées par le vin chaud.

— Non, non, au contraire.

— Tant mieux, déclara Ryan, rassuré. Je préfère ne pas boire le ventre vide.

Irina eut un rire argentin et s'exprima en russe. Puis elle versa du rhum dans sa casserole bouillante et… *elle y mit le feu.*

Serait-elle pyromane? se demanda Ryan.

Il s'adressa à Nico.

— Pour un repas de fête, on devrait mettre la table dans la salle à manger, non? Tu ne t'en sers jamais, je vais vérifier qu'il n'y a pas trop de poussière.

Il n'y en avait pas, Nico et Ryan le savaient très bien. La pièce n'en était pas moins un mausolée peu fréquenté, aussi Ryan trouva-t-il étrange de sortir une nappe et la jolie vaisselle rarement utilisée. Nico l'aida à mettre le couvert, tous deux se croisaient constamment dans une sorte de ballet chorégraphié. Il y avait une porte entre la salle à manger et la cuisine, aussi officiaient-ils loin du regard soupçonneux de Rudy. Dieu merci!

Ryan savait que Rudy continuait à se méfier de lui, sans doute trouverait-il à redire à cette parfaite entente domestique, mais c'était injuste, car Nico et lui avaient été colocataires bien avant de devenir amants.

D'ailleurs, ils avaient baisé dans presque toutes les pièces de la maison, mais pas dans cette salle à manger, pas sur cette table… *Elle a pourtant l'air solide*, pensa Ryan, qui la fixait d'un œil spéculatif, et sa hauteur ouvrait des possibilités. Il pourrait s'y étendre et Nico le baiserait debout…

Ryan se secoua. Ce n'était pas le moment d'y penser. Bon sang, n'était-il pas capable de tenir douze heures sans frustration sexuelle? Était-il sage de sa part de s'être habitué à des orgasmes quotidiens? Il commençait à en douter!

Nico haussa les sourcils.

— Hé? Ça va?

— Oui, pourquoi ?

— Parce que je t'ai parlé et tu n'as pas répondu. À quoi pensais-tu ?

— À rien, mentit Ryan.

Nico ne cacha pas son scepticisme.

— Alors, cesse de tripoter ces couverts, tu vas tout déranger. Tout est prêt, nous pouvons apporter les plats.

— Oui, oui, bien sûr.

Ryan essaya d'injecter de la conviction dans ses paroles. Déstabilisé par l'attitude de Nico et de son père à la fin de leur partie d'échecs, il ne savait plus à quoi s'attendre. Il avait cru s'être préparé au pire pour ce réveillon – tension, malaise, etc. –, maintenant, il en doutait. Étrangement, ça lui paraissait encore pire.

Après une activité un tantinet chaotique pour apporter les plats dans la salle à manger, tous s'attablèrent et Ira tendit à Ryan une tasse aux arômes délicieusement parfumés.

— *Glühwein* [38].

Le silence retomba pendant que chacun se servait. Une fois les assiettes pleines, tout le monde se mit à manger.

Au bout d'un moment, Ira sourit

— C'est *gut,* déclara-t-elle. *Danke schön*, Ryan.

— Oh, je n'ai rien fait, vous savez, j'ai juste été cherché la commande.

Nico lui donna un coup de pied sous la table.

— Et tu as trouvé le traiteur ! Donc, c'est essentiellement grâce à toi que nous dînons ce coir !

— D'accord, si tu le dis. Je suis heureux que ça vous plaise.

Ira lui sourit, puis elle se tourna vers son mari et l'exhorta à goûter à un plat qu'il n'avait pas encore testé. Ryan surveilla Nico du coin de l'œil : il souriait à son assiette tout en maniant sa fourchette avec diligence. Bizarre de chez bizarre. Ryan, évoqua une nouvelle de Stevenson : *Le Voleur de cadavres* [39].

Le reste du dîner se passa de la même manière, la conversation était calme, presque murmurée, entrecoupée de longs silences. Pour une fois, personne ne parla de hockey.

---

38 *Vin chaud* (allemand).

39 Nouvelle de l'écrivain écossais Robert Louis Stevenson qui s'inspire d'un fait divers authentique.

Une fois le dessert avalé, Nico envoya ses parents au salon et se chargea avec Ryan de débarrasser et de ranger, malgré les protestations d'Ira.

— Je peux m'éclipser, maintenant ? demanda Ryan à voix basse.

Il envisageait de finir la soirée bien tranquillement devant Netflix.

Nico le regarda, sidéré.

— Bien sûr que non, c'est le moment d'ouvrir les cadeaux !

Déçu, Ryan mit un moment à décrypter ces paroles.

— Quoi ?

Il connaissait la tradition des échanges de cadeaux à Noël, il avait même déposé sa contribution au pied de l'arbre plus tôt dans la journée, décidé à jouer le jeu jusqu'au bout, mais pourquoi *maintenant* ?

Nico inclina la tête.

— Il n'y a pas de Noël sans cadeaux, voyons !

— Oui, mais Noël, c'est le vingt-cinq décembre, pas le vingt-quatre !

— Oh, je vois, eh bien, en Allemagne, on ouvre traditionnellement les cadeaux la veille de Noël, après le dîner de réveillon.

Ryan était coincé, il n'avait plus d'échappatoire. Pour se consoler, il pensa à la grasse matinée dont il pourrait profiter le lendemain, sans avoir à se lever pour venir au pied du sapin.

— D'accord.

Tout à coup, il se demanda avec frénésie s'il avait fait les bons choix dans ses achats. De toute façon, même s'il s'était trompé, il était trop tard pour y remédier.

Il suivit Nico et s'installa au salon, autour de l'arbre. Nico se chargea de la distribution. Quand il trouva une enveloppe qui portait l'écriture de Ryan adressée à ses parents, il lui lança un regard surpris.

Nico tendit deux paquets à un Ryan très nerveux. Le premier venait de Nico – il l'avait reçu d'Amazon en début de semaine et formellement interdit à Ryan de regarder. Le second, cependant, portait la signature d'Ira et de Rudy.

À la demande d'Ira, ce fut le cadeau que Ryan ouvrit en premier. À l'intérieur, il trouva une petite boîte venant d'Allemagne avec une collection d'objets décoratifs en bois, plats et légers, qui représentaient en découpe des paysages urbains. Ryan apprécia tout particulièrement une étoile avec les immeubles de Berlin. Même s'il ne fêtait pas Noël, il était sensible à la beauté de ces œuvres.

— Merci beaucoup, Ira, Rudy. C'est magnifique !

— Je suis heureuse que ça te plaise, Ryan, répondit Ira avec un sourire affectueux.

Rudy ne fit que grogner, mais il ne semblait pas vraiment en colère.

Nico s'était approché de Ryan pour regarder.

— C'est très allemand, déclara-t-il

— Donc, c'est très approprié.

Ryan était très angoissé en regardant Nico ouvrir son cadeau. Sans doute allait-il aimer – il adorait sa voiture –, mais Rudy ne risquait-il pas de trouver cela trop… personnel ? Il semblait un peu détendu ce soir, aussi Ryan s'en voudrait-il terriblement de gâcher l'ambiance festive par maladresse.

Une fois son paquet ouvert, Nico fronça légèrement les sourcils, mais son visage exprimait plus la confusion que la déception. Évidemment, il se demandait ce qu'était cette lourde toile bleue soigneusement pliée. Ryan retint son souffle quand Nico déplia une combinaison de mécano, avec un nom brodé sur la poitrine et un numéro de hockey dans le dos.

Il y avait aussi une petite image de Bart à l'intérieur du col, mais Ryan espérait que les Kirschbaum seniors ne le remarqueraient pas. Il avait commandé cette combinaison bien avant de savoir que les parents de Nico passeraient les vacances avec eux.

Un sourire ravi aux lèvres, Nico caressa le tissu.

— Oh, génial ! Grand-père avait exactement la même, tu te souviens, papa ?

N'en fais pas trop ! aurait voulu crier Ryan.

Mais il était déjà trop tard.

Rudy regardait la combinaison avec attention.

— Oui, je me souviens, déclara-t-il. C'est un cadeau très attentionné.

Merde, Ryan s'était complètement grillé.

— Merci, Ryan, déclara Nico.

Sa voix était chaleureuse et intime. Ryan retint un autre gémissement. Vraiment ? Les parents de Nico étaient-ils aveugles, sourds et insensibles ?

Il s'éclaircit la gorge et parvint à sourire.

— Joyeux Noël.

NICO TROUVAIT sa mère vraiment géniale.

Son interdiction temporaire de discuter hockey améliorait nettement le temps que Nico passait avec son père. Pour la première fois depuis des années, il avait pu se détendre et profiter de ce réveillon. Peut-être le vin chaud avait-il contribué à sa relaxation, peut-être Ryan avait-il agi comme un tampon, peu importait, Nico appréciait de rester en compagnie de son père sans être constamment sur ses gardes.

Et il s'était régalé de le battre aux échecs.

La situation se tendit un tantinet à l'ouverture des présents. Nico sentit le poids du regard de sa mère sur lui lorsqu'il ouvrit le cadeau de Ryan. Mais ce fut la réaction de son père qui l'inquiéta franchement. Les yeux sur la combinaison, Rudy paraissait nostalgique, sans doute évoquait-il son père et son enfance. Mais, se demandait Nico, que pensait son père du fait que Ryan soit au courant de ce passé si personnel?

Ryan avait offert aux parents de Nico un dîner en tête-à-tête le soir du premier match de reprise du Fuel; il avait même une voiture pour les conduire au restaurant, puis au match. Rudy détestait conduire aux États-Unis; il se plaignait constamment de l'état des routes et du manque de civilité des autres automobilistes.

Ça, Ryan ne le savait pas, pourtant, son cadeau était ciblé.

Nico évita le regard de son père. Le hockey était un sujet interdit, d'accord, mais pas sa vie sexuelle et il préférait ne pas tenter le sort.

En ouvrant son cadeau, son père offrit à Ryan un sourire sincère, il le remercia et jeta un regard spéculatif à son fils. Nico se resservit généreusement de *Glühwein*.

Il ouvrit ensuite le cadeau de ses parents : des billets pour un concert de son groupe préféré à Berlin, cet été. Ensuite, il insista pour que sa mère ouvre le sien, un bel œuf impérial bleu, rouge et or qui s'ouvrait pour révéler des boucles d'oreilles en diamant.

Ravie, sa mère le remercia, les larmes aux yeux. Nico, un peu gêné, reçut une profusion de baisers. Pendant ce temps, Ryan put ouvrir discrètement les cadeaux que Nico avait préparés pour lui, une machine à bruits blancs portable, un tee-shirt avec des pièces d'échecs blanches, sauf la reine, qui était arc-en-ciel, et un an abonnement à Chess.com pour que Ryan puisse s'entraîner et battre enfin sa sœur.

Ou tout autre adversaire.

Une fois les cadeaux déballés, la conversation devint plus poussive, ses parents bâillaient de plus en plus. Quant à Nico, le vin chaud le rendait foutrement tactile! Après une fébrile bataille de boules en papier cadeau avec Ryan, il riait comme un enfant, assis par terre, les jambes croisées, les genoux touchant ceux de son amant. Très conscient de la chaleur qu'irradiait le corps de Ryan, Nico aurait voulu…

Eh bien, baiser, bien sûr.

Ses parents finirent par s'excuser pour aller se coucher, laissant à Ryan et à Nico la tâche de ranger la maison. À peine le lave-vaisselle rempli, Nico poussa Ryan contre le comptoir pour l'embrasser.

Sa bouche, chaude et humide, avait un goût de vin et de cannelle.

Ryan lui rendit son baiser avec un gémissement rauque qui enflamma toutes les terminaisons nerveuses de Nico. Il glissa les mains sous la chemise de Nico et serra les doigts autour de sa taille.

Quand Nico s'écarta, Ryan marmonna une protestation. Nico lui mordilla sa mâchoire. Rassuré, Ryan frotta son érection à la sienne, arrachant à Nico un grognement de plaisir.

Quand Ryan le prit aux cheveux, cependant, il retrouva ses esprits.

Et Ryan le sentit.

— On ne peut pas, c'est ça?

Nico hésita. Oui, ils pouvaient baiser, ils l'avaient déjà fait la veille.

À contrecœur, il recula d'un pas et écouta. Une porte claqua dans le couloir, il y eut un bruit de l'eau.

— Mes parents…

— Oui, je sais, admit Ryan. Tu ne veux pas qu'ils nous entendent.

Bien entendu, quelle question! Aucun parent n'avait à « entendre » un fils baiser. Mais Nico était adulte, quand même, il aurait dû pouvoir agir comme bon lui semblait, surtout chez lui!

Adulte ou pas, il ne se sentait pas le courage de répondre à d'éventuelles questions de son père.

Il se lécha les lèvres.

— Peut-être en ne faisant aucun bruit…

Avec un petit rire, Ryan appuya la tête contre son épaule.

— Toi, tu sais te taire, déclara-t-il. Pas moi.

C'était la vérité.

— Et si nous retournions dans la cave?

Ryan gémit.

— Je crois qu'il vaut mieux de pas pousser notre chance. Tu as vu comment ton père m'a regardé quand tu as sorti ta combinaison?

Il avait raison. Nico soupira.

— Oui. Alors, une prochaine fois, d'accord? Bientôt.

Ryan gloussa.

— Oh, je ne risque pas d'oublier, crois-moi !

UNE FOIS dans sa chambre, Ryan alluma sa machine à bruits blancs et s'étendit sur son lit. Il fixa le plafond.

Il aurait aimé avoir Nico avec lui, ses bras autour de lui.

Ce qu'il vivait avec Nico n'était pas un plan cul, ni même une simple aventure sans portée entre deux adultes consentants. Il ne baisait pas Nico par opportunité, pour faire baisser la pression. Il ne se considérait même pas « en couple ».

Alors qu'éprouvait-il au juste pour Nico ?

Il mit un moment à se décider… De la *tendresse,* une tendresse profonde, envahissante, presque invasive. Un sentiment durable.

Ryan avait essayé de rester vigilant, de se montrer prudent, mais Nico avait brisé tous ses remparts pour atteindre son cœur. Il ne cessait d'être… surprenant. À son arrivée au Fuel, Ryan s'attendait à trouver un jeune joueur surdoué, immature, boudeur, incapable de faire face à la pression de la NHL, ou encore un sale gosse pourri gâté qui, né sous une bonne étoile, n'avait jamais eu à faire un vrai effort pour atteindre ses objectifs. Il s'était trompé dans les grandes largeurs.

Nico Kirschbaum était un athlète engagé, plus mûr que son âge, mais piégé dans sa tête, incapable d'échapper au joug que lui imposaient des joueurs de hockey qui dataient d'une ancienne génération.

Ryan s'attendait aussi à ce que Nico, sorti de la patinoire, soit hautain, prétentieux, arrogant, comme tous ceux à qui on avait seriné depuis le berceau qu'ils étaient meilleurs que les autres. Une fois encore, il s'était planté. D'accord, Nico était un peu distant, mais uniquement parce qu'il doutait de lui, ou parce qu'il croyait ne mériter son intégration dans l'équipe qu'en jouant un hockey parfait.

En le connaissant mieux, Ryan avait découvert le côté caché de Nico, sa douceur, son sens de l'humour. Et il avait largement surestimé sa capacité à résister à tant de qualités. Il avait craqué si vite, si fort… comment aurait-il pu le prévoir ?

Maintenant, il allait finir le cœur brisé, c'était évident.

Quant à Rudy Kirschbaum, Ryan, avant de le rencontrer, le prenait pour un tyran : pendant des mois, il avait vu Nico effondré après ses conversations téléphoniques avec son père. Mais la cohabitation redoutée se passait mieux que prévu. Ce soir, Ryan avait vu Nico s'illuminer de bonheur à la joie de sa mère devant son cadeau, il s'était alors imaginé à la place d'Ira… avec un Nico qui l'aimait.

Son désir le plus cher !

Ryan trouvait particulièrement cruel de le réaliser au moment où il prenait conscience que perdre Nico, après l'avoir connu aussi intimement, allait le détruire.

Or, Ryan se savait déjà condamné à perdre Nico.

Son contrat avec le Fuel n'était signé que pour une saison, celui de Nico aussi. Mais Nico était une future vedette du hockey sur glace et la direction lui proposerait certainement un nouveau contrat – et une énorme augmentation. Ryan n'était qu'un joueur de seconde zone. Quand en avril, à la fin de la saison régulière, la direction du Fuel étudierait les contrats arrivés à terme, son budget, son plafond salarial, il n'y aurait rien pour Ryan, même s'il avait voulu rester à Indianapolis, ce qui n'était pas le cas.

Seul dans son lit, à quelques dizaines de mètres à peine de la chambre de Nico, Ryan supportait très mal la distance qui existait entre eux. Dans ce cas, comment envisager une relation longue distance, surtout si chacun d'eux était l'an prochain dans une équipe différente ? C'était impossible, il y aurait trop d'obstacles, fuseaux horaires différents, emplois du temps conflictuels, déplacements chronophages…

Le mieux serait une franche rupture, le plus tôt possible, avant de s'enferrer davantage. Oui, ce serait une bonne décision à prendre, une décision responsable.

À part sa lamentable naïveté avec Josh à l'université, Ryan s'était toujours montré responsable. Et Rudy disait vrai : Nico était trop bien pour lui, tout le monde le savait.

Si par hasard Nico n'avait pas remarqué leur différence de statut, Ryan n'envisageait pas de lui ouvrir les yeux. Il n'était pas fou. Et il avait l'expérience nécessaire pour gérer les catastrophes. Depuis le début de sa carrière de joueur de hockey professionnel dans la NHL, il s'attendait tous les jours à être dénoncé comme un imposteur.

Donc, il allait attendre et voir venir, tout en se tenant prêt au pire.

Sa résolution prise, il roula sur le côté, donna un coup de poing dans son oreiller et ferma les yeux, certain de ne pas réussir à s'endormir.

Il se trompait. Malgré une ou deux alertes qui lui firent ouvrir les yeux avec un tressaillement, les bruits blancs eurent un effet apaisant, presque hypnotique, et Ryan dormit paisiblement.

S'il rêva, il ne s'en souvint pas.

LE FUEL perdit le premier match qu'il joua après Noël. Ce ne fut pas une surprise et, à ce stade de la saison, Ryan s'en fichait presque. Oh, perdre n'était jamais « marrant », mais il ne déprimait pas pour autant.

En revanche, Nico en fut effondré.

Émotionnellement, il semblait avoir rétrogradé au mois d'octobre. Piégé dans sa tête, il commit des erreurs stupides. Ryan avait bien tenté d'intervenir, mais Rudy Kirschbaum ne le lui permit pas.

Après le match, Ryan regarda Nico qui, les épaules voûtées, se déshabillait devant son casier. Il aurait aimé aller lui parler, le réconforter, lui rappeler qu'un match perdu ne décidait pas de toute la saison… et qu'il ne devait pas écouter son père, cet idiot réac !

Il aurait aussi voulu kidnapper Nico et l'emmener très loin d'ici, sur l'autoroute… jusqu'au Canada. Oui, d'après Ryan, c'était la bonne distance à mettre entre Nico et son père. Quelles que soient les « bonnes » intentions de Rudy, ne voyait-il pas que ses discours brisaient son fils, le laissant épuisé, vulnérable, convaincu qu'il aurait dû faire mieux, travailler plus ?

Kitty se pencha vers Nico pour lui parler. Nico répondit d'un haussement d'épaules, mais il se redressa notablement. Et Ryan le remarqua. Kitty se méfiait de lui, d'accord, mais s'il était bénéfique au moral de Nico, Ryan lui pardonnait volontiers ses regards de travers.

Peu après, Nico et Ryan se retrouvèrent ensemble dans la voiture. Le silence dans l'habitacle était si pesant que Ryan finit par mettre de la musique : des ballets russes. Il tenta aussi d'entamer une conversation, mais Nico lui répondit à peine. Il serrait si fort le volant qu'il en vibrait presque. Ryan préféra laisser tomber.

Quand Nico entra dans le garage et coupa le moteur, Ryan n'en pouvait plus. Il prit Nico par le bras de bras et l'empêcha de quitter son siège.

— Qu'est-ce qui te prend, enfin ? Tu n'es pas capable de comprendre qu'aucun joueur ne joue à cent dix pour cent de son potentiel tous les soirs ?

Nico grogna.

173

Ryan hésita à continuer. Critiquer Rudy était un peu délicat, mais Ryan tenait vraiment à aider Nico, d'apaiser ses doutes, et puisqu'il n'avait plus l'option de lui caresser les cheveux, il fallait bien qu'il trouve un autre moyen.

— Ton père t'aime beaucoup, je sais, et il a été un excellent joueur en son temps, mais ça ne veut pas dire qu'il a toujours raison, Nicky, même en ce qui te concerne ! Même en ce qui *nous* concerne.

Cette fois, Nico le regarda.

Ryan ne sut déchiffrer son expression.

— Réfléchis-y, d'accord ? insista-t-il. Ce soir, tu as bien joué…

Nico ricana.

Ryan roula des yeux. Au moins, il avait obtenu une réaction.

— D'accord, tu as joué moyen. Il t'est déjà arrivé de jouer mieux, mais il t'est aussi déjà arrivé de jouer pire. Dis-toi seulement que le prochain match sera meilleur. Et n'écoute pas ceux qui te prédisent le contraire, d'accord ?

Nico le fixa pendant un long moment. Puis il se pencha et posa un doux baiser sur ses lèvres.

— Merci.

Il souriait presque en sortant de la voiture.

Ryan, lui, était resté tétanisé. Il luttait même contre son envie de porter la main à sa bouche. Pourquoi était-il aussi troublé d'un baiser affectueux, intime – presque conjugal – et d'un simple mot ? Il n'aurait su le dire.

Ou plutôt, si, mais la seule conclusion qui s'imposait le terrorisait : il était amoureux – et plus encore qu'il l'avait cru !

LES JOURS entre Noël et le départ de ses parents furent tendus, du moins, quand Nico et son père étaient ensemble.

Fin décembre, Le Fuel partit pour des matchs à l'extérieur, Chicago [40] le vingt-huit, Détroit [41] le trente-et-un, ce qui contribua à apaiser la tension. Loin de son père, Nico constata qu'il jouait nettement mieux.

Il devrait probablement y réfléchir, mais il n'y tenait pas.

Le Fuel gagna ces deux matchs, même si, à Detroit, ils durent *encore* aller en prolongations, aussi Nico revint-il plutôt satisfait de lui-même et

40 Ville située sur le lac Michigan, Illinois.
41 Ville du Michigan, dans le Midwest.

des quatre points qui s'ajoutaient à ses statistiques. À son grand regret, il ne put célébrer ces victoires au lit avec Ryan, ils ne réussissaient pas toujours à éviter les sorties avec toute l'équipe.

Il ne trouva pas génial non plus de passer le Nouvel An dans un avion pour rentrer à Indianapolis. Il aurait préféré baiser avec Ryan. Pour se consoler, il avait un bon livre audio pour occuper le vol, une histoire de meurtre complexe à élucider.

À son grand désespoir, Nico, à peine assis dans l'avion, se fit coincer par Misha et mitrailler de questions concernant la décoration intérieure. Il ne connaissait *strictement rien* en ce domaine, il avait acheté sa maison en l'état et s'était contenté d'y emménager. Bon, il entretenait un peu son jardin, mais il doutait que ça fasse de lui un pro.

Mais le cas était grave, sinon désespéré, Misha avait décidé de peindre toute sa maison en tons pastel, il devait donc en être dissuadé et l'équipe avait élu Nico pour cette tâche.

À cause du décalage horaire, ils atterrirent à Indianapolis peu avant minuit. Une partie de l'équipe avait prévu de sortir, mais Nico, par politesse, se sentait tenu de rejoindre ses parents, qui avaient réveillonné seuls. Sans doute regardaient-ils *Dîner pour un* [42] après avoir mangé de la carpe [43].

Pendant que leurs coéquipiers se dispersaient, Nico et Ryan se dirigèrent vers la voiture. Nico avait surpris quelques mots d'une conversation entre Ryan et Chenner, peut-être s'étaient-ils donné rendez-vous plus tard dans un bar…

Nico tenta de rester impassible quand Ryan se tourna vers lui, une fois sa valise dans le coffre. Lui devait rentrer retrouver ses parents, mais Ryan n'avait aucune obligation et Nico ne tenait pas à se monter égoïste ou possessif.

— Doc ? cria Chenner. Tu es sûr que tu ne veux pas venir avec nous ?

— Certain, répondit Ryan sur le même ton. Bonne Année, les gars ! Buvez à ma santé !

Une fois dans la voiture, Nico déclara :

— Tu aurais pu aller avec eux.

L'horloge du tableau de bord indiquait 23 h 59.

---

42 Court métrage en noir et blanc que les Germanophones ont la réputation de regarder le soir du Nouvel An.

43 Tradition allemande, le poisson d'eau douce symbolisant un retour à une cuisine plus légère.

Ryan haussa les épaules.

— Je sais, mais je préfère rentrer avec toi.

Il était minuit.

— Bonne année, alors.

Nico se pencha pour réclamer un baiser. Ce fut le meilleur moment de sa soirée.

LES KIRSCHBAUM s'en allèrent le trois janvier. Au moment des adieux, Ira étreignit Ryan et le remercia d'être un si bon ami pour son fils. Rudy lui serra la main avec une poigne écrasante, le regard méfiant. Ce fut Nico qui les conduisit à l'aéroport. Une fois rentré, il ne perdit pas une seconde pour sauter sur Ryan.

Ryan ne s'en plaignit pas. Dix jours de chasteté – disons, neuf –, c'était beaucoup trop. Après une belle série d'orgasmes, Ryan put rattraper son manque affectif en se lovant contre son amant. Il gardait ses doutes et ses angoisses cependant, certain que, tôt ou tard, cette toile délicate et secrète allait lui exploser au visage.

Malheureusement, quelques succès ne suffisaient pas à faire du Fuel une véritable équipe de hockey professionnelle. Il restait un énorme problème ingérable : l'entraîneur.

Vorhees semblait déterminé à faire pleurer ses joueurs. Un soir, après un entraînement exténuant que même Phil n'avait pas réussi à calmer, Ryan, assis devant son casier, regardait dans le vide. Le vestiaire était presque désert. La plupart des joueurs avaient filé sans demander leur reste, ceux qui restaient n'étaient pas d'humeur à parler.

Ryan ne leur en voulait pas. Nico et lui n'étaient pas les seuls dont les contrats arrivaient à échéance en avril, à la fin de la saison régulière. Leurs coéquipiers aussi se demandaient les répercussions que leur passage au Fuel aurait sur la suite de leur carrière. C'était sur l'équipe et les joueurs que retombait le blâme de mauvais résultats, pas sur un entraîneur aux décisions ineptes. Plusieurs matchs avaient été perdus à cause de Vorhees. Pourquoi mettre une recrue dans les buts contre une bonne équipe alors que Greenie était disponible ? Pourquoi avoir renvoyé Grange, à trente-sept ans, avec une déchirure musculaire, sur la glace dans les dernières minutes d'un match serré ? Ryan avait envie de hurler.

176

Mais s'il exprimait ce qu'il pensait, Vorhees le mettrait sur la touche jusqu'à la fin de la saison. Et à ce rythme, en octobre prochain, Ryan risquait de retourner chez les juniors.

Peut-être devrait-il raccrocher, retourner à l'université et obtenir sa maîtrise, voire un doctorat. Ses parents seraient ravis qu'il devienne psychologue sportif.

En ne tentant rien, tu ne risques pas d'être déçu ou d'échouer.

L'écho des mots de Tara dans sa tête le mit mal à l'aise. Ryan en eut l'estomac noué. D'accord. Il n'aimait pas le tour que prenaient ses pensées, aussi était-il temps d'agir au lieu de rêvasser. L'attitude de Vorhees devenait franchement suspecte, Ryan était même persuadé que leur entraîneur faisait tout pour saboter l'équipe et faire perdre le Fuel.

Il était temps de le signaler en haut lieu.

Il récupéra son téléphone dans son casier et envoya un texto à Rees.

Ryan. Bonjour, monsieur. J'aimerais vous parler.

Quoi qu'il arrive ensuite, la situation ne pouvait empirer.

Ryan sursauta quand Yorkie lui tapota le front.

— Quoi ?

— Viens déjeuner à la maison, ça fera plaisir à Gaby.

Ryan n'était pas sûr d'être d'humeur à jouer avec une enfant de sept ans, fan de licornes, mais il aimait bien la fille aînée de Yorkie, aussi le suivit-il chez lui avec la sensation déprimante d'être un chien errant à qui l'on tendait la main.

Il passa un excellent moment. Gaby était gaie, détendue, heureuse, un vrai baume pour une âme en peine. Et Jenna cuisinait très bien. Le ventre plein de hot-dogs et de macaronis au fromage, Ryan se sentait beaucoup mieux. La tension de ses épaules s'était apaisée.

Quand Yorkie le raccompagna à la porte, Ryan marmonna :

— Merci, vraiment.

Yorkie lui tapa dans le dos.

— Hé, c'est bien joli de tenter de réconforter tout le monde, mais pense aussi à toi, d'accord ?

Pensif, Ryan hocha la tête. Quelques mois plus tôt, il n'aurait pas eu besoin qu'on lui rappelle cette règle. Après sa rupture avec Josh, Ryan avait appris à protéger son cœur, il veillait à ne pas s'attacher.

Et puis, il avait rencontré Nico, il avait tenté de l'aider, il s'était perdu dans ces grands yeux bleus si tristes, il avait oublié son instinct d'auto-préservation.

177

Oups.

Pourquoi ne pas en parler à un psy ? S'occuper de sa santé mentale, c'était important, pas vrai ? Nico voyait toujours Barb. Ryan pouvait très bien suivre cet exemple.

Sa belle humeur dura jusqu'à son arrivée chez lui. Son taxi Uber avait un autocollant du Fuel sur le pare-chocs.

Une fois dans la maison, Ryan se rendit dans la cuisine pour grignoter. Aussi délicieux que le déjeuner ait été, Jenna n'avait pas prévu assez pour deux appétits de la NHL.

Il avalait des légumes et du houmous quand Nico le rejoignit, en combinaison de mécano, plus sexy qu'un acteur de film porno.

Cette combinaison était le meilleur achat qu'il ait fait cette année !

Ryan fut profondément soulagé que Rudy ne le soit pas le témoin d'un fantasme dépravé qui se matérialisait.

Nico l'allumait-il délibérément ?

Avec sa chemise blanche tachée de graisse, sa combinaison roulée autour de sa taille et une tache d'huile sur la joue, il était à croquer. Ryan voulait le consommer sans attendre.

Nico sortit une cannette de Gatorade du frigo et en vida la moitié d'une longue gorgée.

— Salut, lança-t-il ensuite. Je viens de changer l'huile de ta voiture.

Interloqué, Ryan déglutit.

— Quoi ?

Nico fronça les sourcils.

— Je disais avoir fait ta vidange. Tu devrais le faire rouler, tu sais, ce n'est pas bon pour un moteur de ne jamais tourner.

— C'est parce qu'elle ne roule pas assez que tu as changé l'huile ?

Nico secoua la tête.

— Non, je l'ai fait parce qu'il faut le faire une fois par an. Tu étais en retard et je sais que gérer les voitures, ça n'est pas ton truc.

Cette voiture n'appartenait pas à Ryan, il l'avait louée quelques mois seulement, parce qu'il ne savait pas où il serait la saison prochaine. Et Nico avait changé l'huile ? Sans même que Ryan le lui demande ?

Je l'ai fait parce qu'il faut le faire.

Nico était génial, un homme génial, un joueur de hockey génial, un compagnon génial.

Un jour, il se montrerait tout aussi génial pour un autre.

178

Ryan en eut le cœur serré, la poitrine si contractée qu'il avait du mal à respirer. Avant qu'il puisse répondre, un « bip » de son téléphone annonça un texto.

Rees lui donnait rendez-vous à seize heures.

Ryan consulta sa montre. Il avait un peu plus d'une heure devant lui. Il confirma le rendez-vous et rangea son téléphone dans sa poche.

Il fit un pas en avant, empoigna Nico par l'avant de sa chemise et l'attira pour un baiser profond.

Quand ils se séparèrent, Nico avait les yeux vitreux.

— J'aurais adoré rester et continuer ce que nous avons commencé, souffla Ryan, tu es bandant, mais je dois aller voir Rees. Il m'attend à seize heures dans son bureau.

Nico inclina la tête.

— Un problème ?

Aucune idée, c'est ce que je vais tenter de découvrir.

— J'espère que non. Je reviens aussi vite que je peux. Et je tiens à t'enlever moi-même cette combinaison !

Nico roula des yeux, aussi Ryan l'embrassa-t-il une fois de plus avant de filer.

Connaissant désormais les aîtres, il monta tout droit jusqu'au bureau de Rees. Il en trouva la porte entrouverte, comme si Rees l'attendait. Il frappa néanmoins au panneau.

En le voyant, Rees s'éloigna de son écran.

— Ryan ! Entrez, entrez. Je vous attendais.

Comme pour prouver ses dires, il désigna une Gatorade jaune posée sur son bureau. Ryan entra et referma la porte derrière lui.

— Merci, monsieur.

— Appelez-moi John, voyons, nous sommes désormais de vieilles connaissances.

Ryan ne tenait pas particulièrement à ces familiarités, mais il n'ergota pas, il avait d'autres priorités.

— Merci.

Il prit la cannette et la décapsula.

— Vous avez demandé à me parler, déclara Rees. S'agit-il de Kirschbaum ? Ou devrais-je dire Bart ? Comment va-t-il ?

Pour se donner le temps de peser sa réponse, Ryan sirota une gorgée de sa Gatorade.

— Bien, bien, il joue mieux aussi, mais je… euh, ce n'est pas pour vous parler de Nico que je suis là.

Quel con ! Il aurait dû dire Kersh, ou Grognon, pas Nico ! Une chance encore qu'il n'ait pas laissé échapper Nicky !

Rees se rembrunit et s'adossa dans son siège.

— Vraiment ? Que se passe-t-il, Ryan ? Vous semblez préoccupé.

Bon, on y va.

— Vous m'avez dit une fois que vous ne vous impliquiez pas dans les décisions des entraîneurs, commença Ryan, d'un ton prudent. Et je le comprends. Mais avec tout le respect que je vous dois, monsieur, l'entraîneur Vorhees prend des décisions vraiment très étranges qui… euh, affectent l'équipe, en particulier ses résultats et son mental.

Rees fronça les sourcils et secoua la tête.

— Écoutez, Ryan, la saison est difficile, j'en suis conscient, mais…

Non, le problème n'était *pas* que l'équipe perde souvent, mais *celui* qui provoquait ces défaites !

— Effectivement, nous perdons, coupa Ryan, agacé, mais là n'est pas la question. Je n'essaie pas de faire porter le chapeau à notre entraîneur ou à quelqu'un d'autre, mais je comprends mal que Vorhees n'envoie pas nos meilleurs éléments jouer les matchs les plus importants – comme il l'a fait récemment avec Gange, Greenie ou Ni… euh, Kersh. Il prend d'étranges décisions sans jamais donner d'explications. Je n'en vois d'ailleurs aucune valide, au point de vue du hockey.

Conscient que Rees n'était pas convaincu, Ryan hésita. Il passa la main dans ses cheveux et décida d'aller plus loin :

— Je… je vais peut-être vous paraître parano, monsieur, mais j'ai vu Vorhees en conversation avec le même inconnu dans trois villes différentes. C'est louche, non ? Cet individu nous suivrait-il ? Dans quel but ? Je me trompe peut-être…

Rees avait le visage durci, les yeux sérieux.

— Certainement ! C'est sans doute un éclaireur.

Ryan hocha la tête, mais il était sûr que le balafré ne travaillait pas dans le hockey professionnel.

— Oui, mais…

— Laissez-moi finir ! grinça Rees avec un rictus. Pourriez-vous reconnaître cet homme si vous le revoyiez ?

— Bien entendu !

Rees hocha la tête.

— Très bien, dans ce cas, je vais me renseigner.

Ryan se détendit.

— Parfait, merci, monsieur.

Rees se pencha pour annoter son agenda, puis le referma et le poussa dans un coin de son bureau.

— Ryan ?

— Oui ?

— Cette petite enquête va me demander du temps. Je ne veux pas alerter les médias, surtout s'il s'avère que ce n'est rien. En attendant, puis-je compter sur vous pour ne répéter vos soupçons à personne ?

C'était une demande sensée, jugea Ryan. Il avait accompli son devoir et parlé à une personne en position d'autorité. Son rôle s'arrêtait là. Il pouvait désormais se détendre.

Il hocha la tête.

— Oui, bien sûr. Merci de m'avoir écouté, monsieur.

Rees sourit.

— C'est bien normal ! Je suis content que vous vous soyez confié à moi. Je ne vous retiens pas davantage, j'ai beaucoup à faire, la paperasserie n'arrête jamais ! Vous retournez auprès de Nico, j'imagine, saluez-le pour moi, voulez-vous ?

Oh, mon Dieu. Ryan ne comptait pas ouvrir la boîte de Pandore !

— Bien sûr. Merci, monsieur… euh, John.

Rees gloussa.

— De rien.

Si l'équipe était en grande forme après les vacances de Noël, le mois de janvier se traîna dans une triste morosité. Pour le sixième match, Vorhees mit Grange sur la touche sous prétexte qu'il ne marquait plus. Nico voyait mal en quoi priver Le Fuel de son troisième meilleur buteur était censé améliorer ses scores. Bien entendu, ce ne fut pas le cas. Ils ne gagnèrent qu'un match sur trois et ce fut Nico qui dut affronter les médias.

— Nico, en fin d'année, Le Fuel semblait remonter la pente, les équipes spéciales étaient efficaces, vous avez accumulé les victoires. Et en janvier, plus rien. Que s'est-il passé qui explique ce changement ?

La mine sombre, Nico évoqua le film [44] que Ryan lui avait fait voir la veille au soir – *Si tu participes au Kentucky Derby* [45], *tu ne laisses pas ton meilleur étalon à l'écurie…* –, mais les citations de films étaient le domaine de Ryan, pas le sien.

— Quand on se donne à fond pour un objectif et qu'on vous refuse les moyens nécessaires pour l'atteindre, c'est très dur, répondit-il. Cela entraîne beaucoup de frustration. Alors, on prend des penaltys et c'est un cercle vicieux.

De toute évidence, Vorhees n'apprécia pas la critique implicite, car il mit Nico sur la touche au match suivant. Nico était tellement fatigué qu'il le regretta à peine. Leur emploi du temps était surchargé, ils jouaient un soir sur deux. Ce repos forcé ressemblait plus à des vacances qu'à une punition.

Dans le bus qui les ramenait à leur hôtel, à Calgary [46], Ryan demanda :
— Ça va ?

Nico avait regardé le match depuis la tribune de presse, les dents serrées en voyant le Fuel perdre quatre à zéro. Pire encore, ses coéquipiers avaient laissé passer trois opportunités de buts en avantage numérique.

— Non, ça ne va pas, rien ne va dans cette putain d'équipe !

Ryan ricana :
— Vachement profond !

Trop abattu pour lutter contre son besoin de réconfort humain, Nico appuya la tête sur l'épaule de Ryan, même s'il dut pour ça se plier en deux.

Quand Ryan passa les doigts dans ses cheveux, Nico se détendit.

Bien qu'il soit soumis aux décisions lunatiques de son entraîneur, aussi terrible que soit la situation au Fuel, il avait Ryan.

Et il lui restait un match à jouer à Indianapolis.

Durant l'entraînement, il garda un profil bas et évita Vorhees autant que faire se pouvait. En revanche, il accepta volontiers quand Phil lui proposa une révision vidéo. Phil lui donnait toujours de bons conseils en analysant ses forces et ses faiblesses. Lui au moins l'aidait à progresser, pas comme Vorhees. Quelle que soit la technique de leur entraîneur, le moindre qu'on puisse dire, était qu'elle n'était pas efficace.

---

44 *Star Trek* (2009).
45 Course hippique se déroulant au mois de mai à Louisville, Kentucky.
46 Ville de la province de l'Alberta, Canada.

Alors, un jeudi matin de la mi-janvier, Nico entra dans l'arène, il ôta les flocons de neige de son chapeau et essuya soigneusement ses bottes sur le paillasson.

— Bonjour, dit-il au gardien.

Ses AirPods aux oreilles, l'employé répondit à son salut en levant la main. À cette heure matinale et un jour férié, le personnel de la Casse était minimaliste, juste quelques techniciens qui en profitaient pour des actes de maintenance. Nico en fut heureux. Il aimait le calme, les lumières tamisées, l'odeur de la glace. Tout ça, pour lui avait… du potentiel. Même s'il avait du mal à décrire son ressenti.

Ryan, lui, détestait les patinoires vides, il les jugeait effrayantes. Drôle d'idée !

Pour rejoindre la salle vidéo, Nico prit le chemin le plus long. Ça faisait partie du rituel : arriver à la patinoire, saluer le personnel, se rendre au vestiaire. En vérité, il n'avait pas à se changer aujourd'hui pour discuter avec Phil de ses derniers enregistrements vidéo, pourtant, il alla quand même au vestiaire, il en avait besoin. Il tenait à se mettre dans le bon état d'esprit avant d'écouter critiquer son jeu, ou voir ses erreurs soulignées. Barb n'aimait pas ces formulations. Elle lui conseillait de voir le côté positif, de penser à une amélioration dans le futur. Mais sa psy ne recevait pas des textos incendiaires d'un père passif-agressif qui supportait très mal que Nico ait été mis sur la touche cette dernière semaine pour avoir souligné devant un journaliste que leur entraîneur était nul – bref, pour avoir exprimé la vérité.

Soudain, sa marche méditative fut interrompue par une voix féminine :

— Excusez-moi ?

Surpris, Nico fit un bond. Ryan n'avait pas totalement tort quant à l'effet nocif des patinoires vides !

— Oh, je vous ai fait peur, je suis désolée, s'excusa l'inconnue.

Elle avait des cheveux très courts et portait un long manteau noir avec une écharpe en soie colorée autour du cou.

Encore secoué par sa décharge d'adrénaline, Nico espéra que son cœur allait rester dans sa poitrine.

— Je pensais être seul, admit-il, d'un ton contraint. Vous cherchez quelque chose ?

Cette femme avait-elle le droit de se trouver là ? Elle ne faisait pas partie du personnel, Nico en était presque certain, il en connaissait la plupart de ses membres.

— J'ai rendez-vous avec l'entraîneur Vorhees, répondit-elle. Le gardien m'a indiqué la direction à prendre, mais je me suis perdue en route.

Perdue. Oui, effectivement, car elle était à l'opposé du bâtiment.

— Je dois également me rendre là-bas, déclara Nico. Je vais vous accompagner. Je préfère, car c'est un peu long à expliquer.

Elle sourit et hocha la tête, sans paraître s'inquiéter d'un éventuel retard.

— Quelle chance d'être tombée sur vous !

— Suivez-moi, dit Nico.

Quelques minutes plus tard, il lui indiqua la porte du bureau de Vorhees et continua dans le même couloir vers la salle audio.

Phil avait de nombreuses qualités, certes, mais il n'était pas très geek. Il eut un peu de mal à manipuler l'équipement audiovisuel. Cependant, une fois le film lancé, il exprima avec aisance son opinion sur les opportunités que Nico avait manquées sur la glace. Mieux encore, ses paroles étaient plus constructives que critiques, aussi Nico, au lieu de ressasser ses erreurs, se concentra-t-il sur l'objectif de faire mieux la prochaine fois. Il était très excité à cette perspective.

Il agita la main et désigna l'écran :

— Je peux revoir cette séquence, s'il vous plaît ? Sous un autre angle, peut-être ?

En ayant mal interprété la stratégie de défense de l'équipe adverse, il avait tiré avec une faible chance de marquer. Il aurait dû faire une passe. La semaine prochaine, Le Fuel retournait jouer au Colorado et Nico tenait à ne pas répéter son erreur.

Phil hocha la tête.

— Oui, bien sûr, une minute… euh…

Il fronça les sourcils en étudiant l'ordinateur. Était-il à ce point dépassé par la technologie moderne ? Même Nico savait que le grand écran se contrôlait via une tablette.

— Je m'en occupe, si vous voulez, Phil, proposa-t-il.

— Volontiers !

De fil en aiguille, à force de décortiquer la moindre séquence, Nico s'attarda bien plus longtemps que prévu. Il en prit conscience en recevant un texto de Ryan lui demandant s'il rentrait déjeuner.

Il était treize heures passé.

Au même moment, Nico entendit son estomac gronder.

Phil se mit à rire.

— Bien, dit-il, je pense que ça suffit pour aujourd'hui. Merci d'être venu un jour de congé.

— Non, non, merci à vous. C'était…

Nico chercha ses mots. C'était la première fois depuis des années qu'il rencontrait un entraîneur compétent soucieux de le faire progresser.

— C'était génial !

Phil sourit et le renvoya avec une tape dans le dos.

— Tant mieux. Tu fais du bon travail, petit.

Et Nico le sentit sincère.

En quittant le bâtiment, il se sentait nettement mieux et plus confiant qu'à son arrivée.

Le lendemain matin, après l'entraînement, il reçut un coup de fil de Felicia, des relations publiques.

Sans même un bonjour, Nico s'empressa de dire :

— Je n'ai pas oublié !

Comment l'aurait-il pu, même s'il l'avait voulu ? La semaine précédente, Felicia était venue les voir, Ryan et lui, avec une idée « superbe » : filmer Ernest et Bart chez eux. Aurait-elle discuté avec Jenna Yorkshire ? Nico n'en savait trop rien, mais en son for intérieur, il maudissait la femme de son capitaine. La courte vidéo présenterait les coéquipiers-colocataires, mais aussi cette amitié improbable entre deux hommes qui, sur le papier, avaient peu en commun.

— Tant mieux, dit Felicia, mais j'ai un petit problème et je vous appelle pour annuler le rendez-vous. J'espère le reprogrammer, je vous tiens au courant.

Nico ne cacha pas sa surprise. Il était rare que les relations publiques renoncent à un projet susceptible de faire le buzz sur Internet.

— Un *problème* ?

— Oh, rien de grave, ce n'est qu'un couac de la bureaucratie.

Il devina à sa voix qu'elle haussait les épaules.

— Je vous charge de prévenir Wright, d'accord ? reprit-elle.

— D'accord, répondit Nico.

Après avoir raccroché, il envoya un texto à Ryan, puis il enleva son short et alla prendre une douche. Il éprouvait des sentiments mitigés en réfléchissant à cette annulation. Oh, il détestait être filmé, du moins en dehors de la glace, sans son équipement de hockey, surtout quand on lui demandait d'être « naturel », mais il comprenait la nécessité de faire de la pub. Et puis, une journée chez lui devant les caméras, ça aurait presque été des vacances.

La vidéo de Felicia aurait horrifié son père, c'était un atout de plus, même si Nico se sentait coupable de l'admettre.

En revenant dans la cuisine, il ouvrit le frigo et en sortit un reste de poulet de la veille. Il le mit au micro-ondes et vérifia son téléphone en attendant qu'il réchauffe. Il y trouva deux appels manqués.

Il composa le numéro de sa messagerie vocale.

Bonjour, M. Kirschbaum. Ici Cassandra McTavish de l'Athletic. J'aimerais vous poser quelques questions. Pourriez-vous rappeler? Voici mon numéro...

Nico fronça les sourcils. Pourquoi cet appel personnel? Pourquoi la journaliste n'avait-elle pas posé ses questions à la patinoire?

Sans doute ferait-il mieux de la rappeler. Sinon, la curiosité allait le ronger. Et s'il y avait un problème, mieux valait être au courant le plus tôt possible.

Il sauvegarda le message pour avoir sous la main le numéro de McTavish. Puis il vérifia ses textos et en trouva plusieurs de son père.

Il serra les dents avant de les lire. Quel dommage que leur relation soit aussi conflictuelle! pensa-t-il tristement.

Papa. Tu as intérêt à jouer au prochain match, sinon, je vais devoir intervenir. J'ai encore une certaine influence dans le milieu du hockey.

Papa. Ce qui compte, c'est que tu joues, alors, ne provoque pas ton entraîneur – ni personne.

Papa. Ne sois pas idiot, garde la tête froide, ne te laisse pas influencer par Wright!

Nico pinça les lèvres. Ah, bien sûr, son père faisait porter le chapeau à Ryan, Nico aurait dû s'attendre. Et il n'avait pas «provoqué» Vorhees, il avait juste exprimé une opinion – en y mettant même les formes – concernant des décisions contestables. Quoi que fasse Nico, son père trouvait toujours à le critiquer – ou à faire retomber la faute sur quelqu'un d'autre. Et si Nico se laissait influencer, c'était loin d'être négatif, au contraire, il réfléchissait par lui-même, désormais. De ce fait, il commençait à admettre qu'il ne pouvait contrôler les autres ou ce qui lui arrivait. Pour la première fois depuis des années, il admettait avoir une valeur hors de la glace. Et ses réactions aux évènements ne dépendaient que de lui. C'était un sentiment naturel, agréable, même.

D'accord, c'était l'influence *de Ryan* qui lui avait permis d'arriver là.

186

Et son père le trouvait «idiot»?

Nico fulmina un long moment devant son téléphone, bien que son écran soit éteint. Rappelé à l'ordre par le «*bip-bip*» insistant du micro-ondes, il sortit son poulet et mangea machinalement, plongé dans ses pensées.

Il était toujours en colère quand Ryan le rejoignit après sa sieste en mode zombie.

— Waouh! Tu en tires une tronche, Nicky! Qu'est-ce qui ne va pas?

Nico haussa les sourcils.

— Une *tronche*? Quelle tronche?

Ryan imita son expression, visage crispé, air renfrogné, mimique exagérée, puis il grimaça et se frotta la tempe comme pour chasser une migraine. Il alla jusqu'au frigo et en sortit une bouteille d'eau.

— Qu'est-ce qui ne va pas? répéta-t-il après avoir bu. Ella a posté de nouvelles photos sur Insta?

Nico se sentait déjà moins tendu.

— Non, je ne crois pas.

Ryan reposa sa bouteille presque vide. Nico prit un moment pour apprécier sa bouche humide, son visage endormi, avec les plis de l'oreiller incrustés sur la joue. Ryan était adorable au saut du lit! Jamais Nico n'avait l'air aussi… froissé et accessible. En y réfléchissant, il pouvait occuper son temps de façon bien plus agréable que râler contre son père.

Comme s'il lisait dans ses pensées, Ryan proposa :

— Je peux te proposer une distraction…

Nico jeta son téléphone sur la table.

— Les grands esprits se rencontrent, on dirait!

QUAND ARRIVA enfin la pause de la mi-saison, Ryan ne sut déterminer s'il était triste d'être séparé de Nico ou soulagé de prendre un peu de recul. En revanche, Vorhees ne lui manquerait pas.

Il laissa tomber son sac devant la porte du chalet de ses parents, à Whistler [47], et écarta les bras.

— Me voilà! Les festivités peuvent commencer!

— Peuh! répondit Tara.

---

47 Ville de Colombie-Britannique (Canada), avec l'une des plus grandes stations de ski d'Amérique du Nord.

Elle sortit en courant de la maison pour se jeter dans ses bras, vêtue d'un tee-shirt long, de leggings et de chaussettes de ski. Ses cheveux tressés étaient encore humides aux extrémités. De toute évidence, elle revenait du ski.

Elle regarda son frère et lança :

— Je croyais que les athlètes n'étaient pas censés faire la fête ?

— Si, si, contra Ryan, mon contrat stipule juste que je ne dois pas skier.

Évidemment, il pouvait le faire, à condition de ne pas se faire prendre, mais à ses yeux, le risque n'en valait pas la chandelle.

— Je me contenterai de l'après-ski, reprit-il, en particulier le bain à remous. Je t'ai manqué ?

Il avait remarqué que Tara restait accroché à lui.

Elle secoua la tête et le lâcha, puis recula d'un pas.

— Absolument pas ! Viens, Rob est en train de battre maman au Scrabble, elle est furieuse. C'est hilarant.

— Parfait, je vois que j'arrive à temps.

Tara roula des yeux, puis elle serra encore Ryan dans ses bras et l'entraîna dans la maison et jusque dans la cuisine.

Au fil des années, Ryan avait appris à oublier le hockey dès qu'il se retrouvait en famille. Chaque saison comportait son lot de déceptions, cette fois-ci, quitter Indianapolis lui avait été plus difficile que Montréal les années précédentes, mais Ryan était déterminé à passer une bonne semaine à Whistler.

Tout commença bien, il railla Rob, le fiancé de Tara, d'avoir perdu au Scrabble malgré une belle avance, sur une remontée spectaculaire de Elaine, la mère de Ryan, se régala d'un délicieux plat de lasagnes – qui aurait fait tiquer sa nutritionniste – et faillit battre sa sœur aux échecs. D'accord, elle avait trop bu, mais quand même. Elle le félicita – du bout des dents – de ses progrès. C'était agréable.

Ryan tentait de ne pas penser au hockey, sa famille ne lui posait pas de question concernant le Fuel – pour des raisons évidentes. En revanche, tous les Wright évoquaient constamment leur travail. Elaine était chirurgien cardiaque, Peter, psychothérapeute, Tara avait une maîtrise en conseil génétique, William, le petit dernier, venait de terminer son internat en médecine générale. Au cours des conversations, les noms des patients n'étaient jamais cités, bien entendu, à cause des clauses de confidentialité, mais les débats n'en restaient pas moins animés.

Et Ryan se sentait exclu. Seul Rob Patterson avait un travail « normal », il était comptable, mais Ryan s'intéressait encore moins aux chiffres et aux bilans financiers qu'à la médecine sous toutes ses formes. Et puis, à les voir, tous si excités par leurs professions respectives, à noter les interactions des uns avec les autres, il ne pouvait s'empêcher de faire des comparaisons.

Ce qui n'était jamais recommandé.

Un soir, Ryan et Tara restèrent tard au salon devant la série *Esprits Criminels*, couchés côte à côte sur un canapé – les Wright étaient plutôt tactiles. Leurs parents et William étaient montés se coucher de bonne heure et Rob, allongé sur le canapé d'en face, ronflait légèrement. Connaissant déjà ces épisodes, Ryan, allongé sur le dos, les pieds sur les genoux de Tara, ne suivait pas vraiment, aussi sortit-il son téléphone en le sentant vibrer dans sa poche. Encore une de ces ennuyeuses notifications !

Instagram lui signalait de nouveaux posts ? D'accord, pourquoi ne pas regarder. Il n'avait rien de mieux à faire pour le moment.

Il se figea devant une photo de Nico jouant au volley-ball dans une piscine, les gouttes d'eau perlaient sur son corps musclé et son maillot était baissé à la limite de la décence. Ryan tressaillit, lâcha son téléphone et le reçut sur le nez, puis l'appareil tomba sur le plancher avec fracas.

Rob s'agita dans son sommeil et tourna la tête vers le dossier du canapé, mais Tara, elle, fut alertée. Avant que Ryan n'ait le temps de réagir, elle se pencha et récupéra le téléphone.

— Tu es écarlate, frangin. Tu regardais du porno ou quoi ?

Les joues brûlantes, Ryan hésita à se cacher derrière un coussin.

— Non, bien sûr que non, croassa-t-il. C'était un faux mouvement.

Trop tard, Tara regardait Nico sur l'écran de son téléphone.

— Waouh ! Super abdos ! Super épaules ! Je comprends que cette photo t'ait mis dans tous tes états, surtout que…

Ryan se crispa. Si Tara commentait la queue de Nico…

Elle ne le fit pas. Elle lui jeta un long regard spéculateur et enchaîna d'un tout autre ton :

— Hé, ne fais pas cette fête ! Quand j'ai dit que Nico Kirschbaum était hors de ta portée, je plaisantais ! Tu le sais, non ?

L'estomac noué, Ryan hésita. Voulait-il que Tara se taise ou au contraire… *Quoi ?*

Il pinça les lèvres.

— Non, je ne crois pas.

Il ne se vexait pas qu'elle lui dise ses quatre vérités, c'était courant entre frère et sœur. Et Tara n'avait jamais eu la langue dans sa poche.

— Et merde !

Elle se débattit pour se rapprocher sans déranger les pieds posés sur ses genoux. Le téléphone de Ryan glissa et disparut entre les coussins du canapé.

— Ryan, reprit Tara. Serais-tu… Si j'en crois Internet, tu as une liaison avec lui, tout le monde parle d'Ernest et de Bart, mais je croyais…

Il laissa échapper un long soupir. Nico lui avait recommandé de garder le secret, mais il n'avait rien dit, pas vrai ? Tara avait deviné toute seule. Et elle n'était pas du genre à se répandre dans les médias ou les réseaux sociaux.

De plus, Ryan avait vraiment besoin de se confier… ou de trouver une épaule sur laquelle pleurer. Il esquissa un sourire.

— N'était-ce pas toi qui prétendais que si je couchais avec un gars aussi beau, je ne résisterais pas à l'envie de m'en vanter ? Tu m'as sous-estimé, on dirait.

— Oh, mon Dieu ! cria-t-elle. Ça dure depuis quand ? Pourquoi ne m'as-tu rien dit ?

Elle plissait les yeux, la mine menaçante.

Il leva les mains.

— C'est récent, Nico et moi n'étions pas ensemble la dernière fois que je t'ai eue au téléphone.

Sa sœur ne s'adoucit pas.

— C'était il y a des mois ! Je comprends mieux pourquoi tu m'évites depuis lors ! Réponds, maintenant, ça dure depuis quand ?

Il se redressa et tira un coussin sur ses genoux.

— Environ deux mois ?

— Deux… Donc, vous avez passé Noël ensemble !

Ryan grimaça.

— Oui, et ses parents sont venus lui rendre une visite surprise, je ne te raconte pas l'ambiance, garder notre liaison secrète n'a pas été facile !

Il esquissa le sourire ironique qui avait tendance à agacer ses adversaires sur la glace. Tara, elle, garda son calme.

— Je reviendrai plus tard sur cette visite, promit-elle, j'ai des tas de questions à te poser, mais avant, je voudrais savoir : pourquoi tenez-vous tant au secret ?

Merde.

190

— C'est évident, non?

— Non, même si je comprends bien que vous ne passiez pas une annonce sur SportsNet, pourquoi ne pas le dire à vos familles respectives? Tu n'es pas dans le placard, Ryan, lui non plus.

Comment expliquer la situation sans que Nico passe pour un con? Ryan soupira et croisa les bras.

— Rudy Kirschbaum, le père de Nico, est aussi son agent, il est très exigeant, il contrôle la carrière de son fils, mais également sa… vie privée. Même quand Nico joue comme un dieu, son père n'est jamais satisfait.

Tara pinça les lèvres. À son expression, elle se doutait qu'il ne lui disait pas tout. Elle ne tarda pas à exprimer ses conclusions :

— Je vois, il veut pour son fils un chirurgien de renom international, un prix Nobel ou l'héritier de Gretzky, c'est ça?

Ryan se résigna à dire la vérité.

— Non, il trouverait à redire à un candidat ayant ces trois qualifications. Personne, aux yeux de Rudy, ne sera jamais assez bien pour son fils. En fait, il déteste surtout que la vie privée de Nico s'étale dans la presse, il voudrait que son fils soit exclusivement un joueur, le meilleur des joueurs, et pour atteindre son but, il tente de lui interdire une relation personnelle.

— Tu parles! persifla Tara. C'est un sale con d'homophobe, voilà tout, il refuse d'accepter que son petit prodige soit gay! Merde, tu as dû en baver!

— Ce n'a pas été le plus *joyeux Noël* [48], je te l'accorde.

Et considérant il ne fêtait pas Noël, ça en disait long.

— D'accord, acquiesça Tara. C'est quoi ton plan?

Surpris, Ryan cligna des yeux.

— Hein? De quoi tu parles?

— De tes projets, idiot. Tu l'aimes, c'est évident. Il est magnifique, avec un corps de rêve et à cul à tomber raide. N'as-tu pas dit aussi qu'il s'occupait de vidanger ta voiture, qu'il te prêtait ses livres audio et qu'il t'apprenait à jouer aux échecs? Si tu veux mon avis, il est amoureux. D'ailleurs, tu parles de « relation » désormais, il y a encore quelques mois, tu grimpais au plafond en t'affirmant incapable d'un engagement émotionnel. Tu t'en souviens?

Ryan fit un gros effort pour cacher sa panique.

— Et alors?

Sa sœur le regarda avec impatience.

---

48 En français dans le texte original

191

— Et alors, je voudrais savoir comment tu comptes le garder ! Le secret, c'est bien gentil, mais ça ne dure pas toute une vie, quand même ! Avez-vous peur à ce point de ce que dira son père ? Qu'allez-vous faire une fois à la fin de ton contrat ?

Ryan s'agita et tripota le coussin sur ses genoux. Il ouvrit la bouche, mais les mots ne venaient pas.

— Je…

— Tu n'as rien prévu du tout ! cria sa sœur.

Elle lui claqua la cuisse.

— Aïe ! protesta-t-il. Ça fait mal !

Il se frotta en la fusillant des yeux. Elle attendait des explications, les bras croisés. Il finit par céder :

— Entre nous, ça ne peut pas durer, Tara, avoua-t-il. Pour le moment, c'est super, nous nous entendons bien, dans tous les domaines, mais comme tu disais, je vais bientôt quitter Indianapolis. Il n'y a donc aucun avenir possible pour nous deux. Je ne crois pas aux relations longues distances !

Pendant quelques secondes, Tara laissa ces paroles flotter entre eux. Elle paraissait… déçue.

— Alors, tu l'aimes et tu ne comptes pas te battre pour le garder ? Tu préfères avoir le cœur brisé ?

C'était aussi douloureux qu'un coup de crosse en travers des côtes. Une fois de plus, Ryan regretta d'avoir des psys dans la famille.

Il regarda sa sœur en silence, incapable de nier l'accusation, mais tout aussi incapable de la confirmer.

Tara secoua la tête avec une moue.

— C'est ta vie, après tout ! Je ne dirai plus rien.

Elle glissa la main entre les coussins du canapé, récupéra le téléphone de Ryan et le laissa tomber sur ses genoux.

— Merci, Tara.

Ryan se détendit enfin. Il regarda son écran. L'image de Nico s'y affichait toujours.

Puis il remarqua un détail et écarquilla les yeux : un émoticône cœur !

Sa sœur ou lui l'avait envoyé par inadvertance. Non de Dieu !

Internet allait s'en donner à cœur joie !

NICO EUT l'impression de perdre cinq kilos dès que ses pieds touchèrent le sable.

Il ne mit pas longtemps à retrouver Ella. Comme d'habitude, elle avait réquisitionné le meilleur emplacement sur la plage, à proximité du bar, à proximité de l'eau et à distance de la piscine pour être tranquille.

Et la meute de jeunes mâles avides qui encerclaient son transat révélait aussi sa position. En maillot de bain, le torse avantageux, ils se pavanaient devant la beauté étalée devant eux.

Ella était une femme superbe !

De sa position, Nico ne voyait pas son visage, caché par l'ombre du parasol, mais il décrypta le message du livre ouvert posé sur la cuisse hâlée : Ella ne s'intéressait pas à ses admirateurs, même si elle ne le leur avait pas encore exprimé en termes clairs.

Du coup, Nico entra dans le rôle qu'Ella lui avait confié. Il ôta son tee-shirt et la salua en allemand. Elle abandonna son transat, ce qui projeta son livre par terre et poussa les dragueurs à s'écarter, puis elle se jeta dans ses bras en riant. Nico la fit tournoyer gaiement.

Elle lui sourit.

— Ton timing est parfait, comme d'habitude ! Et torse nu, tu es encore plus impressionnant !

— Je suis ton chevalier servant, ma belle.

Il posa un baiser sur le haut de sa tête, notant les cheveux parfaitement coiffés, malgré la brise marine.

Les conquérants déçus s'égayaient déjà vers d'autres proies.

Au premier regard posé sur la stature imposante de Nico, ils avaient abandonné la lutte. Ils n'étaient pas idiots.

Une fois le terrain dégagé, Nico retourna au bar. Un cocktail mettrait Ella de bonne humeur et Nico comptait la faire travailler pendant ses vacances.

Il lui apporta un *piña colada* servi dans un ananas évidé et s'installa auprès d'elle.

— J'ai une question hypothétique à te poser, Ella.

Elle releva sur son front ses lunettes de soleil et le toisa avec scepticisme.

— *Hypothétique*, hein ? Ça ne te ressemble pas, mais admettons.

Nico baissa les yeux sur la margarita qu'il tenait entre ses genoux.

Il hésitait. Une fois son aveu énoncé à haute voix, il ne pourrait le reprendre. Ella éviterait sans doute de dire «tu vois, j'avais raison», mais elle le penserait.

De sa plus vieille amie, il pouvait l'accepter.

— J'ai un petit problème concernant un point de loi, déclara-t-il.

Les yeux écarquillés, elle posa l'ananas sur la table.

— Tu as toute mon attention.

Los geht's.

Il inspira un grand coup.

— Je voudrais savoir s'il est possible de rompre un contrat. Et aussi comment faut-il s'y prendre.

Surprise, elle cligna des yeux, puis se leva et récupéra ses affaires, sa boisson, son livre et ses sandales. Elle fit signe à Nico de la suivre et passa son bras sous le sien.

— Nous serons mieux dans ma chambre pour en discuter, déclara-t-elle. Il est l'heure de dîner, nous nous installerons sur mon balcon et tu vas passer commande au room-service. La facture sera pour toi, bien entendu.

Nico ne protesta pas. Une fois dans la chambre, cependant, il était très anxieux et commençait à avoir des doutes. Ella ne le pressa pas.

Elle attendit l'arrivée que les plats soient sur la table pour demander :

— Parle-moi de ce contrat…

Nico gémit et enfouit son visage dans ses mains.

— Je ne sais pas quoi faire. Je… je suis un peu perdu. Pourrais-tu y jeter un coup d'œil ?

— Nico.

Elle lui toucha le poignet, il releva les yeux.

— Quoi ?

— Tu ne demandes jamais rien d'ordinaire, alors, pour que tu le fasses aujourd'hui, je comprends que c'est important pour toi. Donne-moi le contrat que tu as signé avec ton agent.

Merde.

— Comment sais-tu que je parlais de celui-là ?

Elle roula des yeux.

— Hé, je te connais, si tu hésites autant à rompre un contrat, ça ne peut être que celui que tu as avec ton père. Je vais regarder. Mieux encore, je ne te demanderai même pas pourquoi tu ne t'adresses pas directement à ton père. En échange…

Nico ramassa sa fourchette et jeta à Ella un regard méfiant.

— En échange… quoi ? Que vas-tu me demander, Ella ?

— De me parler de ton amoureux.

— Ah ! Dans tous les cas, tu m'aurais soumis à l'inquisition ! Moi aussi, je te connais.

Elle sirota son cocktail avec un sourire.

— Oh, et tu es prêt à parler comme ça, sans te faire prier ? C'est intéressant. Donc, tu tenais à te confier.

Effectivement.

— Je ne te donnerai pas tous les détails, précisa-t-il.

Ella gloussa.

— Je sais. Dis-moi un truc important : est-il gentil avec toi ?

Cette fois, Nico ne put s'empêcher de rougir, mais aussi de sourire.

— Oh, oui !

— Bien. Maintenant, raconte-moi tout, tu as été très vague au téléphone.

— Moi ? Pas du tout !

— Si. Mais je ne t'en veux pas, je préfère l'entendre de ta bouche.

Elle prit ses couverts et attaqua son plat avec appétit. Apparemment, Nico serait le divertissement qui accompagnerait le repas.

Il fit comme elle et se mit à manger.

— Que veux-tu savoir ?

— Tout !

En général, il détestait parler à Ella de sa vie amoureuse – autant qu'aller chez le dentiste. Aujourd'hui, les mots se bousculaient sur ses lèvres. Il évoqua comment Ryan l'avait aidé à mieux jouer au hockey, le calme qu'il avait su garder pendant la visite inattendue de ses parents, son attitude au vestiaire, affable, toujours prêt à aider les recrues ou ceux qui avaient le moral en berne…

Ella l'écouta avec attention. Elle sirota son vin et fit remarquer :

— Son contrat au Fuel se termine en avril, non ? Que vas-tu faire s'il signe dans une autre équipe ?

Oui, c'était… un problème.

Nico se racla la gorge.

— Je ne sais pas. Nous n'en avons pas parlé.

Ella secoua la tête, la mine sévère.

— Mettre la tête dans le sable ne résout jamais rien. Veux-tu en parler ?

Veux-tu en parler ? Combien de gens cette année lui avaient posé cette même question ? Misha, Ryan, sa psy, sa mère…

L'appétit coupé, Nico joua avec les morceaux de poulet qui restaient dans son assiette. Il soupira.

— Que veux-tu que je te dise ? Nous sommes tous les deux dans le hockey professionnel, nous sommes jeunes, nous avons des carrières à bâtir et… ça complique sacrément les choses !

Il lui détailla divers scénarios possibles pour la prochaine saison.

La mine pensive, Ella fit tourner son vin dans son verre.

— Je vois, la logistique serait effectivement complexe. Mais la vraie question, Nico, est de savoir si c'est important.

— Bien sûr que c'est important !

Elle agita la main.

— *Ja, jawohl*. Je vais reformuler ma question : est-ce assez important pour que tu te donnes à fond ?

Ah.

— La logistique sera une horreur, insista Ella, les relations longue durée, ça foire plus souvent que l'inverse, même quand le couple a commencé amoureux fou, alors, il faut que tu réfléchisses sérieusement : l'aimes-tu assez – et je ne parle pas seulement du sexe, hein ? – pour supporter plusieurs années difficiles ? Tu ne joueras pas au hockey toute ta vie, tu le sais comme moi.

Effectivement. Dans le hockey, les joueurs se retiraient tôt, avant leur quarantième anniversaire. De plus, aucun athlète de haut niveau n'était à l'abri d'une maladie ou d'un accident. Au mieux, Nico avait encore quinze ou vingt ans de hockey professionnel devant lui, mais peut-être devrait-il raccrocher ses pains la semaine prochaine. Dans cette optique, renoncer à Ryan pour le hockey semblait aberrant.

Mais il ne voulait pas nommer ses sentiments. Pas encore. Il n'était pas prêt.

— Tu parles de renoncer à tout pour lui ? lança-t-il d'un ton lourdement sardonique.

Ella roula des yeux.

— Hé, ne la joue pas drama-queen, s'il te plaît ! Je disais juste qu'il n'y a pas que le hockey dans ta vie, le cœur compte aussi.

— Si mon père t'entendait !

— Il ne serait pas content, j'imagine, admit-elle.

— Il risque surtout d'envoyer un tueur lui régler son compte et que Ryan disparaisse dans le programme de protection du FBI ne m'arrangerait pas !

Ella fit la grimace.

— Oh, c'est à ce point ?

— Oui, papa est furieux de la récente attention des médias et des rumeurs qui se propagent depuis que Ryan est arrivé dans l'équipe. Les relations publiques, en revanche, sont aux anges. Felicia fait tout pour alimenter les spéculations et chaque fois qu'elle atteint son but, je me fais incendier au téléphone.

— Ton père est tellement réac ! Il refuse d'admettre que le hockey a évolué, que nous sommes au vingt et unième siècle et qu'un athlète a droit à une vie personnelle ! Je sais très bien qu'il déteste Insta et les vidéos que je poste de toi ! Il ne pense qu'au hockey et il cherche à te forcer à faire pareil !

Nico visa une partie de son vin.

— Il prétend aussi que ça nuit à mon image d'avoir un colocataire qui n'est pas « de mon niveau », ou que jamais je n'améliorerai mon jeu en traînant avec un « troisième ligne ». Même si je lui démontrais, résultats à l'appui, que grâce à Ryan, mes scores sont bien meilleurs cette année, papa s'entêterait dans ses idées préconçues. C'est sans espoir !

Ella se concentra un instant sur le contenu de son assiette. Nico reconnut que ces crevettes au beurre d'ail avaient un arôme irrésistible.

Ella se tamponna la bouche de sa serviette, puis elle déclara d'un ton prudent :

— Nico, pourquoi ne pas lui demander de te ficher la paix, en particulier en ce qui concerne ta vie privée ?

Il fit la grimace. Bien sûr, c'était ce qu'il devrait faire, mais…

— C'est mon père.

Elle haussa les épaules.

— Oui, je savais que tu dirais ça.

Ils terminèrent leur dîner en silence, puis passèrent un moment à regarder le soleil se coucher sur la mer et illuminer le ciel d'une belle palette rouge, orange et or. On aurait dit un incendie !

Une fois le soleil passé derrière l'horizon, Ella partagea ce qui restait de la bouteille de vin entre leurs deux verres, puis elle s'étendit dans son siège, les pieds sur la balustrade.

Elle esquissa un sourire espiègle.

— J'ai une question *hypothétique* à te poser.

Nico agita son verre vers elle.

— Tu es hilarante. Quelle question ?

— Ton histoire avec Ryan, on dirait un scénario de comédie romantique : deux colocataires qui tombent amoureux.

— Et alors ?

Ella visa son verre.

— Je veux connaître la fin. Vont-ils être heureux ensemble ?

Nico sentit une nausée lui retourner l'estomac. Au début, il crut avoir trop bu – il supportait moins bien le vin que l'alcool, la vodka en particulier. Mais non, son malaise ne venait pas de là.

Mais du fait qu'il ne pouvait répondre à Ella.

Il n'en savait rien.

RYAN ÉTAIT dans le spa, après sa séance d'entraînement matinale, quand il reçut un appel. Tous les autres étaient partis skier. Ils ne tarderaient pas à rentrer, d'ailleurs, pour profiter de sa présence.

Il récupéra son téléphone et vérifia le nom de l'appelant.

Diane ? La surprise le fit tressaillir. Que se passait-il encore ? Les transferts inter-équipes étaient en plein rush. Au cours des deux prochaines semaines, les joueurs vedettes recevraient plusieurs offres de dernière minute provenant d'équipes qui espéraient passer les séries éliminatoires*.

La curiosité poussa Ryan à décrocher sans même prendre le temps de se sécher.

— Salut, Diane.

— Ryan ! Comme vous ne répondiez pas, j'ai cru que j'allais devoir vous laisser un message.

— Je réponds toujours à mon agent, mentit Ryan, c'est une question d'éthique professionnelle.

Elle eut un petit rire sceptique.

— Ben voyons ! Auriez-vous un moment à me consacrer ? Je voudrais vérifier quelques points avec vous.

— Bien sûr. À quel propos ?

Il coupa les jets du spa. Il n'avait pas été transféré, c'était déjà ça.

— Mon souci concerne votre contrat. Si Le Fuel ne propose pas de le reconduire, vous serez libre fin avril. Pour négocier votre prochain contrat, je voudrais vérifier avec vous vos attentes salariales, le type de mandat qui vous intéresse et éventuellement les équipes dont vous ne voulez pas.

Franchement ? Comme si des joueurs de son niveau avaient l'option de jouer la fine bouche ? Il leva les yeux au ciel et attendit.

Au bout d'un moment, elle reprit :

— Je vois… Vous n'en avez aucune idée.

Oups, grillé.

— Diane! J'ai été le premier surpris de me retrouver par hasard – ou par miracle – à la NHL! Je n'ai jamais été repêché! Après l'université, je suis devenu un agent libre après avoir croisé un éclaireur – et il m'a vu jouer sur un coup de chance, car il était venu pour un autre. J'ai conscience d'être un joueur sans envergure. Inutile de prendre des gants avec moi, comme vous le voyez, je suis réaliste, mes attentes sont très modestes.

Diane était trop professionnelle pour jurer ouvertement, mais son silence n'en fut pas moins éloquent. Ryan se sentit dûment réprimandé.

Au bout d'un moment, Diane reprit :

— Je n'ai pas la même vue que vous sur votre carrière, Ryan. Ce que je vois, moi, c'est le salaire que vous touchez. Je vous rappelle que j'ai un pourcentage sur les contrats que je négocie pour vous. Je ne crache pas sur l'argent. J'en ai besoin pour vivre!

Ryan se frotta la tempe. Au cours de sa première année complète dans la NHL, il avait eu le statut d'une simple recrue, mais son contrat avait été prolongé deux ans de suite, avec un salaire doublé. S'il était resté à Montréal, il aurait escompté une petite augmentation, mais c'était avant… Eh bien, avant Le Fuel. Obtenir un bon contrat d'une équipe qui ne le connaissait pas serait bien plus difficile désormais.

— C'est pareil pour moi, admit-il, mais l'argent n'est pas la seule donnée qui entre en compte dans la signature d'un contrat.

Il entendait le tapotement du stylo à bille de Diane sur son bloc – elle prenait encore des notes à la main, elle était un peu *old school* sous certains rapports.

— Je sais, c'est la raison de mon appel. Je voudrais connaître vos priorités. Accepteriez-vous un contrat moins bien payé dans une bonne équipe qui a des chances de gagner la Coupe? Par exemple, à Vancouver? Ou voulez-vous retourner à Montréal? Donnez-moi quelques pistes que je pourrais exploiter!

Comme Ryan se fichait de son salaire, il trouvait ces deux options tout à fait valides.

— Oui, très bien. Enfin, l'un ou l'autre.

— Très bien, nous avançons. Et si je ne trouve que des équipes américaines, y en a-t-il dont vous ne voulez pas?

— Chicago!

Elle fit claquer sa langue.

— C'est noté. Bien entendu, il nous faudra en rediscuter si la seule offre que je reçois provient d'eux.

Logique.

— D'accord.

Elle insista un peu pour mieux cerner ses desiderata, mais Ryan avait du mal à coordonner ses pensées. En ce moment, il n'avait qu'une envie : rester avec Nico. Et il ne supportait pas d'y penser, plus que conscient que son désir ne serait jamais exaucé.

Quel bordel !

Après avoir raccroché, il resta un moment à méditer dans le spa, tandis que son haleine fumait dans l'air hivernal.

Même s'il ne pouvait rester au Fuel avec Nico, sa carrière de hockey n'était pas terminée, il avait d'autres options. Même sans contrat de la NHL, il pourrait trouver du travail chez les juniors, ou jouer ailleurs, ou… passer à autre chose.

Il n'aurait jamais dû tomber amoureux ! Le désir, c'était gérable, mais les sentiments… De toute façon, il était trop tard pour les regrets.

Il faudrait qu'il apprenne à vivre avec.

Ou plutôt sans.

QUE VA-T-IL SE PASSER AU FUEL ?
Par Neil Watson
Le 27 janvier

Les fans d'Indianapolis s'interrogent : quels joueurs leur équipe va-t-elle acquérir ou transférer ? Quels contrats vont être prolongés ?

La mi-saison est désormais dépassée et la plupart des équipes de la ligue visent les séries éliminatoires. Bien sûr, d'autres sont d'ores et déjà hors course, Le Fuel en particulier, mais son directeur général, John Rees, se projette déjà sans doute sur la saison prochaine, aussi doit-il inévitablement penser à la date limite des transferts.

Que sera la saison prochaine ? Avec quelques bons joueurs de plus, l'avenir du Fuel pourrait être brillant, mais Rees va devoir jongler pour atteindre cet objectif.

Voyons les acquis du Fuel :

Simon «Grange» Granger : il a beaucoup apporté au Fuel en devenant la pierre angulaire de l'équipe.

200

Oui, il vieillit, mais il reste le meilleur buteur et son contrat est verrouillé au top niveau. Tant qu'il garde la santé, il vaut le salaire qu'il touche.

Brian «Greenie» Green : même si le gardien du Fuel n'a jamais gagné de Vézina*, il n'en a pas moins obtenu cette année un ratio de blocage de tirs de 0,89 dans une équipe dont le corps défensif est plus troué que le gruyère suisse [49], aussi est-il un élément précieux.

Mikhail «Kitty» Kipriyanov : depuis le transfert de Lucas Lundström, c'est Kipriyanov qui maintient la cohésion de la ligne bleue. La plupart du temps, c'est grâce à lui et à son éthique de travail que le Fuel n'encaisse pas dix buts de plus par match.

Passons maintenant aux joueurs potentiellement pleins d'avenir :

Nico «Kersh» Kirschbaum : après un début de saison difficile, Kirschbaum a commencé à s'épanouir. Voir l'article de McTavish sur la remontée spectaculaire de ses statistiques au cours du deuxième quart de la saison. Si la tendance se poursuit, Kirschbaum tiendra bientôt sa promesse de premier choix au repêchage.

Le contrat de Kirschbaum avec le Fuel prend fin cet été, mais il est probable qu'il sera reconduit. Ses scores actuels justifient un salaire de six millions de dollars minimum, ce que ses saisons précédentes ne justifiaient pas. Peut-être recevra-t-il un contrat à court terme le temps de faire ses preuves, ce qui ferait faire au Fuel de substantielles économies.

Tyler «Le Gaucher» Sawyer : voilà un joueur dont personne n'attendait grand-chose, il est entré au Fuel noyé dans la masse, mais il a prouvé cette année bien fonctionner avec Kirschbaum. Leur ligne mériterait cependant un ailier droit plus rapide.

---

49 Le gruyère (pour un Suisse, ajouter « suisse » est un pléonasme) **N'A PAS** de trous, aucun auteur américain ne le sait, apparemment ! (NdT)

Ryan «Doc» Wright : oh, je sais ce que vous pensez, Wright est un attaquant de dernier échelon pour lequel le Fuel a payé bien trop cher. C'est vrai. Mais cette équipe avait autant besoin de stabilité au vestiaire que d'attaquants agressifs. Et Wright a rempli son rôle, sans compter que ses stats ne sont pas si mauvaises. Il terminera son contrat en juin, peut-être recevra-t-il du Fuel une proposition qui satisfera les deux parties.

Ce qu'il faut améliorer :

La ligne bleue : Le Fuel doit avoir une meilleure défense. Cette année l'a prouvé, Kipriyanov ne peut à lui tout seul tenir tout le corps défensif, du moins pas assez pour gagner.

Gardien de but : Green est un excellent gardien, mais il vieillit et il a joué cette année soixante matchs, ce qui est beaucoup à son âge. Le Fuel doit trouver un remplaçant solide et soulager sa charge de travail.

Mauvais contrats : Les problèmes que rencontre le Fuel ne datent pas d'hier. La direction doit faire un sacré ménage et apporter du sang neuf à l'équipe, ce qui ne sera pas facile.

Les transferts : pour avoir de nouveaux joueurs, il faut en perdre d'autres et une équipe tout en bas du classement n'a guère de chances d'attirer de grandes pointures. Donc, le Fuel devra envisager des échanges. Son meilleur atout ? Le capitaine Tom «Yorkie» Yorkshire.

Personne n'aime perdre son capitaine, mais Yorkshire est le genre d'attaquant solide que toutes les équipes sont avides d'acquérir. Et vu qu'approche la date limite des transferts, une équipe avec des défenseurs valides et trop d'attaquants blessés pourrait vouloir acquérir Yorkshire. Je vous rappelle qu'il a déjà gagné la Coupe une fois.

C'est d'ailleurs la deuxième raison pour laquelle le Fuel pourrait envisager d'échanger Yorkshire : un problème budgétaire. Le Fuel gérerait plus facilement les contrats de la saison prochaine sans avoir huit millions de dollars à payer sur quatre ans. Mieux encore, si Kirschbaum continue sur sa lancée, il pourrait remplacer Tom Yorkshire à moindre coût.

En conclusion :

Le Fuel a beaucoup de décisions à prendre. Rees, s'il joue bien ses cartes, devrait être en mesure de miser sur l'avenir. Et cet été, il sera temps de choisir parmi les agents libres disponibles.

En clair, nous continuerons à nous intéresser au Fuel pendant l'intersaison.

DANS L'AVION, Nico fourra sa tablette dans son sac, soulagé que la descente annoncée lui donne une bonne excuse pour échapper à ce qu'il lisait. En général, il évitait les articles le concernant, mais celui-ci était apparu dans son fil et il avait cliqué, sur une impulsion. Il se méfiait des idées de Rees et de ses transferts. Un remaniement n'annonçait jamais rien de bon pour une équipe tout en bas du classement.

Nico avait été surpris que l'auteur conseille de garder Ryan au Fuel, s'attendant plutôt à une demande de transfert avant la fin de la saison. En revanche, il avait souffert de lire un éventuel départ de Yorkie, d'autant plus que l'article le mettait en cause.

Aux yeux de Nico, son capitaine était l'âme de l'équipe, il trouvait ignoble la perspective de prendre sa place parce qu'il était plus jeune, moins cher.

Renfrogné, il fourra les mains dans ses poches sans toucher à son téléphone. Relire l'article sur un autre appareil ne changerait pas son contenu.

Si Nico ne manquait pas de moyens, il ne voyait pas l'intérêt de gaspiller de l'argent pour des luxes «inutiles». En revanche, il voyageait toujours en première. D'abord, il avait plus de place pour ses longues jambes, ensuite, il sortait de l'avion à peine les portes ouvertes.

Il attendait ses bagages sans le terminal de l'aéroport quand il entendit dans son dos un sifflement familier.

Il ne devrait pas se retourner, s'admonesta-t-il, ni encourager ce comportement, mais… il avait été conditionné.

Il avait à peine esquissé un mouvement que Ryan se jetait sur lui de tout son poids.

— Aaah !

D'instinct, Nico lâcha sa valise et saisit Ryan sous les cuisses.

— Bravo ! C'est discret ! râla-t-il.

Mais il ne lâcha pas Ryan et il ne cacha pas sa joie de le revoir.

Ryan pressa sa joue contre celle de Nico et resserra sa prise sur ses épaules.

— Autant faire vibrer Internet ! lança-t-il en riant. Souris, tu es filmé.

Nico soupira et regarda autour de lui. Effectivement, un ou deux passagers pointaient leur téléphone dans sa direction – leur attention ayant sans doute été attirée par le sifflement de Ryan. Bien que contrarié, Nico ne se libéra pas. Par sentimentalité.

— Tu es une vraie plaie ! Je te signale que tu es en train de me casser le dos. Si l'entraîneur me remet sur la touche, je dirai aux médias que tout est de ta faute !

Ryan le libéra.

— Oui, j'ai déjà entendu ça. Tu as lu la presse cette dernière semaine ?

— Absolument pas ! s'exclama Nico

Et il en était ravi. D'un autre côté, il comprenait mieux le ton hargneux des textos de son père.

— Que fais-tu là, Ryan ? enchaîna-t-il, étonné. Ton vol était censé arriver des heures avant le mien, non ?

— Pfut, ne m'en parle pas ! Il a eu du retard à cause d'une tempête de neige. J'ai atterri il y a à peine dix minutes.

— D'accord, chouette timing !

Nico récupéra son sac, le jeta sur son épaule et se dirigea vers la sortie, Ryan à ses côtés.

— Comment était la Barbade ? demanda Ryan. Je t'ai vu sur Insta !

Nico faillit rougir en se rappelant le rire d'Ella devant le cœur que Ryan avait envoyé sur sa photo.

— Soleil et sable chaud. Comment était Whistler ?

Ryan sourit.

— Neige et froidure. Je compte sur toi pour me réchauffer, mmm ?

— Si tu es sage.

Dieu, il était incorrigible ! Nico ne put retenir un sourire.

En arrivant au parking, il ne pensait plus à l'article ni au possible transfert de Yorkie.

Pour Ryan, le premier match après une longue pause ressemblait à une rentrée scolaire : il était heureux de revoir tout le monde sans trop avoir l'esprit au travail.

À sa grande honte, il se sentait coupable, parce qu'il était resté trente-six heures collé à Nico après leurs retrouvailles. Oh, ils avaient échangé des textos pendant leur séparation, mais c'était insuffisant.

Et Ryan avait eu un aperçu de ce que serait sa vie sans Nico.

Il était déjà foutu, alors, autant profiter de l'eau avant de se noyer.

Bien entendu, le premier entraînement fut un cauchemar. Vorhees s'obstina à tout gérer, en particulier les équipes spéciales, alors que Phil était censé s'en occuper.

Assis sur le banc près de Ryan, Chenner regardait l'équipe PP de Nico affronter la PK de Kitty.

— Qu'est-ce qui lui prend ? marmonna-t-il. Il est encore plus chiant que d'ordinaire.

Ryan lui donna discrètement un coup de coude.

— Ta gueule, gamin.

Seigneur ! Chenner cherchait-il les emmerdes ?

L'entraîneur siffla, le visage rouge de fureur.

— Assez, assez, assez ! Kirschbaum, t'es pas en position. Granger, change de place avec lui. Je veux une reprise instantanée*, pas un *mou du poignet*.

La moitié des gars se figea, les autres ne connaissant sans doute pas la vraie signification de cette locution dans certains milieux : « un homme manquant de virilité » – par extension, un homo.

Ryan sentit son sang commencer à bouillir, lentement, mais inexorablement.

L'entraîneur siffla encore.

— Au boulot !

— Que s'est-il passé ? demanda Chenner.

— Non, pas maintenant, grinça Ryan, les dents serrées.

Ayant besoin d'espace, il se leva et s'éloigna à grands pas. Il vit Phil appuyé contre les planches.

Dans la mêlée, Grange envoya le palet à Nico, mais la défense l'empêcha d'approcher du filet, comme *c'était son rôle*. Nico fit une passe et le Gaucher tira.

Un coup de sifflet retentit. L'entraîneur était devenu ponceau, presque violet.

— T'as les oreilles bouchées, Kirschbaum ?

Il passa devant Ryan et lui jeta un regard venimeux.

— Dis-lui de sortir la tête de ton cul, sinon, je veillerai à le faire définitivement expulser de la glace !

Presque avant d'avoir enregistré le sens de ces paroles, Ryan entendit sa crosse et ses gants claquer sur la glace.

— Connard ! Mais pour qui tu te prends ?

Un sourire railleur aux lèvres, Vorhees se mit à patiner à reculons, les yeux fixés sur Ryan comme pour le défier de le suivre. Ryan n'hésita même pas. Il avait cogné pour bien moins des cons plus imposants et là, il voyait rouge.

Ras-le-bol de ce connard, de cette putain d'équipe et même de sa carrière dans le hockey ! Quel intérêt d'en supporter davantage alors qu'il finirait par perdre Nico et être atrocement malheureux ?

Ce fut Phil qui l'intercepta, d'une main sur sa poitrine.

— Ryan ! Hé. Ryan, du calme ! Il n'en vaut pas la peine, oublie-le.

Il avait raison, Vorhees n'était qu'une merde. Ryan cracha sur la glace avec une grimace de mépris.

Avec une grimace déçue, Vorhees siffla et renvoya les joueurs à leur entraînement.

Ryan serra les dents. Qui avait entendu les paroles de Vorhees ? Phil, peut-être, mais pas les autres, ils étaient bien trop loin. Sans doute se demandaient-ils ce qui se passait.

En tout cas, lui, Ryan, se posait la question. Vorhees était un sale con aussi arrogant qu'incompétent, mais là, quand même, il venait d'atteindre un nouveau niveau. Pourquoi ?

Ryan fantasmait en imaginant un palet s'envoler et heurter *accidentellement* Vorhees en plein pif quand Nico leva haut sa crosse pour un lancer frappé* que Vorhees avait exigé.

Le son arriva avant le visuel : un terrible impact suivi d'un juron sonore, du bruit à peine perceptible d'un gant qui tombait sur la glace, des appels, des cris.

Atterré, Ryan constata que Kitty avait reçu le palet dans la main, il avait ôté son gant et serrait contre sa poitrine ses doigts dégoulinants de sang.

Les aides-soignants et Phil se précipitèrent vers le blessé, tandis que les autres joueurs restaient à distance et regardaient la scène avec horreur. Nico n'avait pas bougé. Il était blanc comme un linge, les bras pendants à ses côtés.

Quand Monica, le médecin de l'équipe, arriva devant lui, Kitty poussa une bordée d'imprécations russes. Nico sortit alors de sa stupeur, il rejoignit Kitty et bredouilla quelques mots. Monica le repoussa et se mit à interroger Kitty.

Il répondit à toute vitesse. En anglais ? se demanda Ryan.

Il eut la réponse à sa question quand Nico se chargea de traduire :

— Il dit que ça fait mal, très mal.

Monica entraîna Kitty hors de la patinoire, Nico les suivit, continuant à traduire les réponses de Kitty – qui, sous l'effet de la douleur, ne parlait plus anglais.

Ryan regarda autour de lui. Phil surveillait le départ de Kitty, avant de reporter son attention sur ceux qui restaient sur la glace. Quant à Vorhees, il semblait… *satisfait ?* Ryan ne comprenait plus rien. Pourquoi l'entraîneur du Fuel se réjouirait-il de perdre son meilleur défenseur ? Il avait dû se tromper.

Pourtant, il restait troublé.

Déjà, Vorhees s'était repris, il affichait une mine sombre et déterminée. Il siffla la fin à l'entraînement et quitta la glace.

Phil avança alors vers les joueurs. Il parla en priorité aux plus âgés, à ceux qui avaient probablement vu pire. Ensuite, il demanda au défenseur adjoint de veiller à récupérer les gants et la crosse de Kitty. Ryan devina que c'était essentiellement pour le faire penser à autre chose.

Ryan se secoua et vérifia ce que devenait Chenner : il semblait avoir besoin de réconfort.

Ryan le rejoignit.

— Ça va ?

— Il y avait tellement de sang !

— Oui, effectivement, acquiesça Ryan d'un ton neutre.

Chenner le regarda, les yeux écarquillés.

— Pourquoi tout ce sang ?

— Je ne sais pas. Tu as déjà vu du sang sur la glace, je présume ?

Ryan espérait calmer la recrue en lui rappelant que le hockey était un sport brutal, les blessures étaient fréquentes.

— Oui, oui, des lèvres fendues, un nez cassé, une entaille au sourcil. Mais là… quand il est passé devant moi… j'ai vu… je crois… que c'était… ses os?

Il était vert, comme s'il allait vomir. Ryan le poussa jusqu'au banc – sur des patins, c'était facile. Il lui enleva son casque et déclara :

— Assieds-toi, mets ta tête entre tes genoux. Et respire, respire fort.

Il lui tapota le dos.

— Ryan, ça va? cria Phil depuis la glace.

Il semblait sincèrement concerné. Ryan chercha comment lui expliquer la situation sans ajouter à l'affolement de Chenner.

— Oui, oui. Le gamin a de bons yeux, malheureusement.

Sous sa main, Chenner frissonna, Ryan se remit à lui tapoter le dos.

Phil hocha la tête, plein d'empathie.

— Ça va aller, recrue?

Au début, Chenner parla à ses patins :

— J'ai vu… j'ai vu…

Puis il releva la tête, le jeune idiot, et cria d'une voix blanche :

— J'ai vu ses os!

Il eut un hoquet et Ryan s'empressa de repousser sa tête vers le bas.

Phil les rejoignit.

— Merde, marmonna-t-il. Respire, gamin, vomir n'aidera personne. Je regrette ce que tu as vu, mais Kitty est désormais aux mains des médecins, laissons-les gérer le problème, d'accord? Prends ton temps, respire, et quand ton vertige sera passé, tu pourras te redresser.

Il fallut encore trois minutes à Chenner pour retrouver ses couleurs et réussir à quitter la glace. Ryan et Phil le suivirent.

Quand ils arrivèrent au vestiaire, plusieurs joueurs s'étaient douchés et changés, mais tous étaient encore là. Ils attendaient des nouvelles.

Phil secoua la tête et s'en alla les réclamer.

Ryan fouilla du regard la masse de ses coéquipiers, Nico n'y était pas.

Quand Phil revint, les lèvres serrées, tous les joueurs étaient rhabillés, Nico manquait toujours.

— C'est une fracture, annonça Phil. Il est à l'hôpital, il va être opéré.

Il passa les mains dans ses cheveux avant de lancer la mauvaise nouvelle que tous redoutaient.

— Kitty sera absent jusqu'à la fin de la saison.

Greenie poussa une bordée de jurons dans toutes les langues qu'il connaissait.

— Oui, je sais, acquiesça Phil avec un soupir. Rentrez chez vous, détendez-vous. À demain. Nous aurons certainement plus de nouvelles.

Les gars se levèrent et s'éloignèrent en silence. Yorkie, la mine sinistre, resta un peu plus longtemps pour parler à Phil, puis lui aussi s'en alla après un signe à Ryan.

En le regardant quitter le vestiaire, Ryan se souvint que Yorkie connaissait Kitty depuis longtemps, depuis qu'il était arrivé à la NHL, en tant que recrue.

Phil se laissa tomber sur le banc à la droite de Ryan et soupira.

— Quelle journée !

— Oui.

— Merci quand même. Tu es précieux en cas de crise.

— Je fais de mon mieux.

Il attendit encore un moment avant de demander :

— Tu sais où est mon colocataire ? Il est censé me raccompagner.

— Dans une des salles d'entraînement. Il est resté avec Kitty pendant les premiers soins, mais nous n'avons pas jugé utile qu'il le suive à l'hôpital. Il y tenait pourtant, il voulait monter dans l'ambulance avec ses patins et tout son équipement !

Phil se frotta le visage, puis il fit claquer ses paumes sur ses cuisses et se leva.

— Va le rejoindre, Ryan, dit-il encore. Je suis certain qu'il a bien besoin d'un ami.

Il quitta le vestiaire avec un pauvre sourire.

Ryan trouva Nico affalé sur une chaise, encore équipé, la tête basse, les mains entre les genoux.

— Hé, murmura Ryan.

Nico releva les yeux.

— *Je lui ai cassé la main !*

Ryan fut tenté de le serrer dans ses bras, même ici, dans l'arène. Il s'en abstint.

— Ce n'est pas…

— Si, c'est de ma faute ! *Je lui ai cassé la main !*

D'accord. Ryan entra et referma la porte. Il avança jusqu'à Nico, le prit par les épaules et le laissa coller le visage à son pull. Ils restèrent ainsi

209

enlacés une longue minute, jusqu'à ce que Ryan sente la tension quitter Nico et passer en lui.

Il devait se calmer, sinon, Nico le remarquerait et ça finirait en désastre. Pas question que Ryan cogne le prochain connard homophobe qui les regarderait de travers, Nico et lui, et plus il s'attardait dans cette position compromettante, plus il prenait le risque que ça arrive.

Je veillerai à le faire définitivement expulser de la glace !

Ryan inspira un grand coup et recula. Puis il étira son cou. Déjà immense de nature, Nico l'était plus encore quand il portait des patins.

— Viens au vestiaire, tu dois te changer.

— Oui.

Nico se secoua et attrapa son casque posé en haut d'un classeur. Il l'agita comme un poing géant.

— Au fait, dit-il en se retournant, qu'est-ce que Vorhees t'a dit tout à l'heure ? En général, il ne s'en prend pas à toi !

Il ne l'a pas fait, ce n'était pas moi qu'il visait.

— Laisse tomber.

Nico lui lança un regard enflammé.

— Je vois, c'était donc sur moi !

L'inconvénient de vivre si proche d'un autre, c'était qu'il vous connaissait trop bien.

— Crois-moi, ça ne vaut pas la peine d'être répété !

D'après Ryan, la vérité n'apporterait rien à Nico, au contraire, ça ne ferait qu'ajouter à son stress. Et la culpabilité qu'il ressentait pour l'accident de Kitty n'en serait pas atténuée.

Nico s'arrêta net et le prit par le coude.

— Ryan, je veux savoir ce qu'il t'a dit, je veux savoir pourquoi tu étais prêt à lui tomber dessus, pourquoi Phil a dû intervenir et te retenir. Pourquoi as-tu failli frapper notre entraîneur devant toute l'équipe ? Que t'a-t-il dit sur moi ?

Ryan se figea, il regarda la main de Nico qui venait de glisser jusqu'à son poignet et…

Putain ! *Ici, maintenant ?* Pourquoi Nico lui prenait-il le poignet en public, dans l'arène ? Tenait-il tellement à démontrer que le Fuel avait bel et bien engagé Ryan comme une distraction lui étant destinée ?

— Lâche-moi !

D'instinct, Nico commença à desserrer les doigts, puis il se ravisa.

— Non, pas avant que tu aies parlé.

Ryan aurait pu se libérer. Nico ne le tenait pas si fort, après tout. Mais il répugnait à un rejet physique.

De toute façon, il n'aurait jamais pu garder éternellement le secret, pas vrai ? Alors, autant en finir !

Une semi-vérité suffirait sans doute à apaiser Nico.

— Bien, grinça-t-il, il voulait que *tu sortes la tête de mon cul*. Tu es content ? C'était de la provocation ! Il a délibérément cherché à me mettre en colère, il voulait que je le frappe. Et comme un con, j'ai failli le faire !

Un fracas le fit tressaillir. Nico venait de lâcher son casque. En revanche, il tenait toujours Ryan par le poignet ;

— *Il a dit ça ?*

Ryan sentit ses tripes se retourner.

— Oui. Lâche-moi.

Cette fois, Nico obtempéra.

Et Ryan se frotta la peau, par réflexe.

— Tu dois le dire à quelqu'un ! déclara Nico.

Ryan eut un rire incrédule.

— C'est une plaisanterie ?

— Ce n'est pas… il n'aurait pas dû… c'est un…

Il prononça un mot allemand que Ryan ne connaissait pas.

— Hé, railla-t-il avec amertume, les entraîneurs ne donnent pas toujours dans la distinction, surtout dans le feu de l'action. *Sors-toi la tête du cul*, on l'entend constamment ! Et personne n'y trouve à redire !

— Mais ce n'est pas ce qu'il a dit !

Il était bouché ou quoi ?

— Et alors, qu'est-ce que ça change ? Tu crois vraiment qu'à la NHL, un joueur bas de gamme peut accuser son entraîneur de manquer de délicatesse envers lui, hein ?

Des joueurs comme Ryan, il y en avait treize à la douzaine. Il aurait beau lister, preuves à l'appui, les décisions ineptes – sinon franchement suspectes – de Vorhees et parler de ses entretiens louches avec le balafré, personne ne l'écouterait. Rees ne l'avait pas fait.

Il *ne pouvait pas* placer son conflit sur un plan personnel.

— Ryan…

Ryan recula en secouant la tête.

— Non ! Au cas où tu l'aurais oublié, mon contrat s'arrête à la fin de la saison. Je ne peux pas me griller dans la NHL ! Personne n'engagera une balance !

211

Les joues écarlates, Nico protesta :

— Alors, cette ordure va s'en tirer… encore une fois ?

— Oui ! hurla Ryan

Il était d'autant plus en colère qu'il en souffrait aussi. Il avait essayé de prévenir le directeur général du Fuel, en vain. Désormais, Ryan n'espérait plus changer la situation. Soit Rees avait d'autres chats à fouetter, soit il prenait Ryan pour un mytho.

Et si Vorhees l'apprenait, il mettrait sa menace à exécution et Nico en subirait les conséquences.

— Ce n'est pas juste, grommela Nico.

— Et alors, ça t'étonne ? explosa Ryan. Le monde n'a *jamais* été juste, merde ! Ce n'est pas nouveau. Qu'est-ce qui t'arrive aujourd'hui ?

Nico prit la mouche.

— Ce n'est pas juste, répéta-t-il avec colère. J'ai le droit de le penser ! Et arrête, s'il te plaît !

Sidéré, Ryan se contenta de le fixer. Il lui fallut plusieurs secondes pour retrouver la parole.

— Que j'arrête *quoi* ?

— De prétendre que si le monde ne tourne pas rond, c'est normal et qu'on doit fermer les yeux ! Moi, j'attends davantage des gens !

Il avait les yeux brillants, les joues enflammées, et il parlait avec une certaine hésitation, comme s'il avait oublié son anglais – ce qui lui arrivait rarement.

— Que veux-tu que je fasse de plus ? grogna Ryan. Rees s'en fiche. Alors, à quoi bon ?

— On ne peut tolérer l'injustice, l'oppression, insista Nico. En fait, Vorhees ressemble à mon père. Tu sais ce qu'il m'a dit quand j'ai fait mon coming-out ? *C'est une erreur, fils, les gens se comporteront différemment maintenant qu'ils te savent gay, tu n'auras pas les mêmes opportunités, tu seras constamment critiqué !* Et toi, tu me conseilles de baisser les bras, de laisser faire ? Je me suis trompé sur toi, je pensais que tu n'étais pas aussi soumis à l'opinion des connards !

En le voyant reculer, la lippe hautaine, Ryan sentit un poids glacé tomber dans ses tripes. Il ne pouvait plus respirer.

— Vraiment ? demanda-t-il d'une voix sans timbre.

Dans sa tête, les pièces se mettaient enfin en place. Il s'était souvent demandé ce que Nico voyait en lui, mais il avait préféré ne pas trop creuser la question, devinant sans doute que la réponse ne lui plairait pas. Maintenant, il savait. Il n'était qu'un pion que Nico avait utilisé contre son père.

Ryan se sentit trahi. Il aurait dû être habitué à la sensation, non ? Pourtant, c'était aussi douloureux que la première fois, avec Josh.

— Tu couches avec moi pour faire chier ton père, c'est ça ?

— Quoi ? N'importe quoi ! Papa ne sait même pas que nous sommes ensemble !

Oh, merde ! Ryan voyait très bien comment cette dispute allait finir. Il en avait la nausée. Mais la rupture ne pouvait avoir lieu ici, maintenant. Pas alors que la fin de la saison approchait.

Pas à l'endroit où tous deux travaillaient.

Et pourtant, ça arrivait. Il n'avait plus aucun contrôle sur la situation.

Il enchaîna d'une voix qu'il reconnaissait à peine, sans pouvoir retenir les mots qui sortaient de sa bouche :

— Mais toi, tu le sais, Nico. Tu n'as jamais eu le courage d'affronter ton père en face, alors, je te fournis un exutoire pour une petite crise de rébellion adolescente à retardement.

Nico était furieux.

— Tu as triste opinion de moi ! Tu me prends pour un lâche ? Un détraqué qui joue avec les sentiments des gens ?

Non, pas du tout. Nico était bien trop gentil pour faire mal délibérément. Au fond de lui, Ryan le savait. C'était même cette douceur innée qui l'avait attiré en premier lieu.

Mais quelle était l'alternative ?

— Quels sentiments ? persifla-t-il. Ne me dis pas que tu as cru au grand amour ?

Le visage de Nico changea du tout au tout. Colère, doute et fureur s'effacèrent, laissant place à une douceur presque déchirante.

— Peut-être.

Non, non ! *Non !* Ryan avait toujours su que cette belle histoire prendrait fin, mais… pas comme ça. Lui pouvait souffrir, il en avait l'habitude, pas Nico !

— Je t'en prie, non…

Il détestait supplier, mais là, il n'avait plus le choix.

— Non *quoi* ?

Quand Nico fit un pas en avant et posa la main sur son bras, Ryan sentit son cœur rater un battement.

213

— Tu ne veux m'entendre dire que je t'aime ? insista Nico, d'une voix à peine audible. Que notre histoire a le potentiel de durer ?

Voilà, Ryan avait le cœur brisé. Bien fait pour lui !

— Non, mentit Ryan. Nous savons tous les deux que d'ici quelques mois, nous serons dans des équipes différentes, nous n'aurons plus l'occasion de nous croiser.

Et Vorhees ne pourrait plus l'utiliser contre Nico.

— Ryan…

Ryan hésita. Une franche rupture mieux aurait été plus sage, mais il ne put s'y décider, pas alors que Nico semblait si triste.

— Ne fais pas cette tête, Nicky, souffla-t-il. Tu mérites tellement mieux…

Nico le regarda un long moment. Son visage était marbré de rouge, ses lèvres blêmes, ses yeux vides et hantés – comme au début de la saison, quand il portait sur ses épaules les piètres résultats du Fuel.

— Va te faire foutre, Ryan, déclara-t-il calmement. Et tu rentreras par tes propres moyens.

ASSIS DANS sa vieille voiture, le moteur tournant au ralenti, Ryan fixait la jolie maison dans la lueur jaune des lampadaires urbains.

Il ne tenait pas à entrer, mais il redoutait encore plus ses autres options. Retourner chez son ex après une grosse dispute devenait un problème, surtout quand on ne tenait pas à le revoir.

Laissant Nico à la Casse, Ryan avait appelé un taxi et, étant déjà douché et changé, il était arrivé là la maison largement le premier. Il avait enfoui ses affaires dans son sac, puis il s'était sauvé. Une fois dans sa voiture, il avait conduit droit devant lui.

La seule idée d'attendre le retour de Nico lui donnait le vertige. Alors, il avait choisi la voie de la facilité. C'était peut-être lâche, mais Ryan n'était pas prêt à affronter la colère de Nico ou pire encore, son mépris, sa déception.

Maintenant, il était tard, il devait trouver un endroit où dormir.

Il pouvait aller à l'hôtel, bien entendu, mais il risquait d'être reconnu et les médias en feraient leurs choux gras. Les rumeurs d'une rupture entre Ernest et Bart se répandraient comme un feu de forêt et si Nico se remettait à mal jouer, Ryan en serait tenu responsable.

S'il jouait mieux, Ryan le supporterait-il ?

Il avait donc fini par opter pour une troisième solution : demander asile à un ami.

Il ne tenait pas particulièrement à exposer sa situation ridicule – il n'aurait *jamais* dû s'impliquer avec un coéquipier, se disputer avec lui et se retrouver à la rue… Il en était conscient, bon et après ? Il devait quand même trouver un toit cette nuit et à Indianapolis, ses seuls amis étaient ses coéquipiers. Et encore… seulement trois d'entre eux : Yorkie, Kitty et Chenner.

Alors, soit il retournait la queue basse chez Nico, soit il avouait une partie de la vérité à son hôte.

Ryan ne se voyait pas *du tout* raconter ses problèmes de cul à un adolescent de dix-neuf ans, probablement puceau… Kitty était à l'hôpital. De toute façon, si Ryan lui disait ce qui s'était passé avec Nico, le Russe risquait de le massacrer, même d'une seule main.

Bref, il ne restait que Yorkie.

Ryan soupira, il coupa son moteur, attrapa son sac et sortit de sa voiture pour se diriger vers la maison.

Son capitaine vint ouvrir la porte. Il remarqua vite le sac.

— Ryan ?

Ryan essaya de ne pas tiquer.

— Salut, Yorkie. J'ai un petit problème de logement, tu peux m'accueillir cette nuit ?

Il avait tenté la décontraction. Ce fut un échec retentissant.

Les sourcils levés, Yorkie s'écarta et lui fit signe d'entrer. Il garda le silence pendant que Ryan enlevait ses bottes et son manteau, puis il le conduisit à la cuisine. En passant devant le salon, il referma la porte, coupant le bruit d'un faible murmure.

Ryan grimaça.

— Je suis désolé d'interrompre ta soirée.

Yorkie agita la main.

— Ne t'inquiète pas pour ça. Tu as mangé ?

— Non.

Il n'avait pas faim du tout, mais il évita de le dire quand son capitaine sortit de la viande froide du frigo et posa devant lui une assiette. Il prit aussi deux bières.

Yorkie attendit que Ryan entame son repas pour déclarer :

— Écoute, ta vie privée ne me regarde pas, mais je suis capitaine, alors, je vais devoir te demander ce qui s'est passé. Pour le bien de l'équipe.

Ryan ne s'en étonna pas. Il n'avait nullement envie de revenir sur sa dispute avec Nico, mais Yorkie avait raison, il méritait des réponses.

Ryan vida une grande goulée de bière avant de déclarer d'une voix éraillée :

— Nous nous sommes disputés ce soir. Oui, oui, je sais, question timing, c'est nul. J'ai pensé que le mieux était… que je prenne le large.

Yorkie le regarda un moment. Ryan se remit à manger. La viande avait un goût de cendres.

— Dis-moi juste un truc, commença Yorkie, manifestement hésitant, cette dispute était entre coéquipiers, colocataires ou… entre amants ?

Ryan tressaillit.

— Quoi ?

— Dans le dernier cas, insista Yorkie calmement, ça ne me regarde pas, sauf si tu tiens à en parler.

Non, merci.

Yorkie soupira avant d'ajouter :

— Ou si ça doit affecter l'équipe, ou l'ambiance au vestiaire.

Ryan serra les dents pour rester impassible. Il ne voulait pas qu'une réaction, aussi minime fut-elle, confirme les soupçons de Yorkie.

— Hé, Ryan ? s'impatienta son capitaine. Réponds ! Allez-vous vous réconcilier dans deux jours et recommencer à vous faire des petits sourires et à vous lancer des regards en coin ?

Le cœur au bord des lèvres, Ryan repoussa son assiette et le fixa, la mine consternée. Il *ne pouvait pas* parler.

Yorkie fit la grimace.

— Je vois. C'est à ce point ?

— Oui, souffla Ryan.

— Merde !

Yorkie sirota sa bière et le silence retomba pendant un moment.

— Pour être franc, reprit enfin Yorkie, je ne m'y attendais pas. Vous étiez si bien ensemble, je n'aurais jamais imaginé que ça finisse comme ça !

Ryan eut un recul de tout son être.

Yorkie leva la main.

— Hé, du calme, s'empressa-t-il de dire, je ne cherchais pas à t'arracher des confidences, je crois que… je réfléchissais à haute voix. Je vais te laisser tranquille ce soir. Juste une dernière chose : Nico sait-il que tu dors ici ?

Ryan haussa les épaules sans croiser les yeux de Yorkie.

— Il faut le prévenir, insista Yorkie. Tu veux que je m'en charge ?

Toujours muet, Ryan hocha la tête.

— D'accord, toi, mange ! C'est un ordre ! Tu as besoin de calories !

Aussi envoya-t-il un texto à Nico pendant que Ryan finissait son repas.

Yorkie attendit qu'il ait terminé pour annoncer :

— Katja est au salon avec Jenna. Elle est très secouée. Elle est restée avec Kitty à l'hôpital jusqu'à la fin des visites, il est dopé à mort aux antalgiques. Il n'a pas l'habitude, c'est la première fois qu'il est aussi grièvement blessé. Je suis passé le voir, il délirait complètement. C'était même marrant, mais Katja, la pauvre, a pris peur.

Il se leva et traîna Ryan au salon.

— Les filles, annonça-t-il, nous avons un autre participant à notre soirée pyjama : Ryan.

Bien qu'étonnée, Jenna ne posa pas de question. Sans doute attendrait-elle d'être seule avec son mari pour lui arracher toute l'histoire.

Katja eut un sourire tremblant.

— Bonsoir, Ryan.

— Bonsoir, Katja.

Il s'assit sur le canapé et pria avec ferveur qu'elle ne lui demande pas comment allait Nico. Elle l'aimait beaucoup, Ryan le savait, sans doute parce que Nico parlait russe.

Pour détourner la conversation, il désigna la télévision :

— Vous avez déjà choisi un film ?

NICO PRIT son temps sous la douche de la patinoire. Après tout, personne ne l'attendait.

La journée s'était déroulée de mal en pis. Une spirale qu'il avait été incapable de contrôler – comme ça arrivait parfois pendant un match.

Sauf que cette fois, ce n'était pas sa faute.

Ryan le lisait si bien, il avait toujours exprimé à profusion son affection. Oui, mais voilà, l'affection ne suffisait pas. Nico avait cru que Ryan l'aimait. Il s'était trompé ! Soit Ryan n'avait pas compris que Nico était dingue de lui, soit il avait délibérément joué avec ses sentiments.

Merde quoi ! Ryan l'avait embrassé, caressé, baisé ; il lui avait donné de tendres surnoms, ils avaient tout partagé pendant quelques semaines, voiture, entraînement, massages, discussions… Ryan avait appris à faire le thé comme Nico l'aimait, il avait cuisiné pour lui, il l'avait initié à ses films préférés, il avait envahi sa vie.

Et ça ne signifiait rien pour lui ?

Chaque fois qu'il retombait sur cette évidence, Nico était en colère. Non, *furieux*. Mais pas seulement. Il était aussi triste. Blessé.

Il finit par quitter la douche et retourna au vestiaire se rhabiller. Il avait donné largement assez de temps à Ryan. Sans doute serait-il déjà reparti quand Nico rentrerait chez lui.

Tant mieux. Nico ne tenait pas à le voir.

Il jeta son sac sur son épaule, quitta le vestiaire, tête baissée, et se dirigea vers la sortie qui donnait sur le parking. Alors qu'il traversait le grand hall, si calme d'ordinaire, il entendit des voix au niveau supérieur.

Soudain, il prit conscience que sa discussion animée avec Ryan n'avait pas exactement eu lieu à l'endroit le plus discret – ce que Ryan avait redouté. Maintenant que Nico était un peu calmé, il fut mortifié de son manque de jugeote. Il espérait que personne ne les avait entendus.

Il leva les yeux vers les bureaux du premier, dont il apercevait les portes sur la mezzanine. Il y avait une femme…

N'était-ce pas celle qui s'était perdue l'autre jour en cherchant le bureau de Vorhees ? Oui, et elle parlait à Genell O'Leary, l'assistante de Mitch Warren, le propriétaire de l'équipe. On le voyait rarement à Indianapolis, car il vivait à Fort Wayne, au nord-est de l'État.

Nico repéra aussi Lindsay Warren, sa fille.

— … la nouvelle va se répandre à toute vitesse, je vous assure ! Nous allons devoir organiser une conférence de presse.

Merde ! pensa Nico. S'il entendait des bribes d'une conversation qui se tenait à l'étage au-dessus, l'acoustique fonctionnait également en sens inverse. Dans ce cas, leur dispute avait certainement été surprise.

L'inconnue qui avait eu rendez-vous avec Vorhees secoua la tête, mais elle s'était détournée, aussi Nico n'entendit-il pas distinctement sa réponse. Il lui sembla cependant qu'elle demandait plus de temps…

La conversation portait-elle sur sa rupture avec Ryan ? Les Warren s'inquiétaient-ils des retombées médiatiques ? Non, sans doute pas. Il y avait eu des rumeurs, d'accord, mais rien de confirmé officiellement.

Dans ce cas, de quoi s'agissait-il ?

La journée était atroce pour tout le monde, apparemment : Nico, Ryan, les joueurs du Fuel… Misha en particulier.

Sous l'effet de la colère et du chagrin, Nico avait presque oublié sa culpabilité.

Quand il sortit du bâtiment, il neigeait. Nico utilisa ce prétexte pour rouler moins vite que d'ordinaire, refusant de reconnaître qu'il donnait ainsi plus de temps à Ryan pour s'enfuir.

En arrivant dans son garage, il eut le cœur serré : la voiture de Ryan avait disparu.

— RYAN ! RYAN !

Ryan roula sur lui-même en gémissant. Il avait la bouche pâteuse et une migraine phénoménale.

— Ne me dis pas que c'est déjà le matin ?

Il enfouit son visage dans un oreiller qu'il ne reconnut pas. Merde, maintenant, il se souvenait… il avait pris un somnifère. Pourquoi n'avait-il pas pensé à emporter sa foutue machine à bruits blancs ?

— Si, si, croassa Yorkie d'une voix étrange. Debout, habille-toi, c'est important !

Toujours vaseux, Ryan s'assit dans le lit. Dès qu'il croisa le regard vide de son capitaine, un terrible pressentiment lui serra le cœur.

— Qu'est-ce qui se passe ?

Yorkie passa la main dans ses cheveux.

— Ils ont échangé Nico.

Troisième période

QUE S'EST-IL PASSÉ ?
Post-mortem sur le transfert de Kirschbaum
Trois journalistes sportifs de l'Athletic cherchent un sens à l'insensé
(À 1 heure du matin)

Cassie : Pour ceux d'entre vous qui viennent à peine de se connecter, Le Fuel vient de transférer Nico Kirschbaum à Vancouver. À une heure du matin. Est-ce vraiment normal ?

Eric : QUOI ?

Neil : Mais pourquoi ? Attendez, je regarde ce qui est au-dessus, je viens juste d'arriver. POURQUOI ont-ils fait ça ? Sans Kirschbaum, jamais Le Fuel ne peut espérer arriver un jour en séries éliminatoires. Et pourquoi à une heure du matin ? Rees espérait-il que personne ne le remarquerait et amortir ainsi les retombées de ce transfert incompréhensible ?

Eric : Et si Kirschbaum s'était introduit de nuit dans le bureau de Rees pour organiser son transfert ?

Neil : Pour être franc, Eric, ton explication serait moins surprenante que les autres décisions prises par Le Fuel cette année.

Cassie : Je les déteste ! Pourquoi me font-ils autant de mal ? J'ai le cœur BRISÉ.

Neil : Je vais tenter de jouer l'avocat du diable : Le Fuel manque cruellement de défenseurs. Le problème c'est qu'il ne pouvait se passer de Kirschbaum.

Cassie : Exactement ! Qui va leur marquer des buts désormais ? Je vous donnerais bien les chiffres exacts, mais il est minuit passé et je rêve de rentrer chez moi et de me goinfrer de glace brownie chocolat. Je ne suis pas en état de supporter d'autres nouvelles déprimantes, l'analyse des statistiques du Fuel attendra jusqu'à demain matin.

Neil : Je ne veux pas sembler parano…

Eric : Mais si, tu adores ce rôle !

Neil : Eh bien, je commence à suspecter un motif plausible derrière cette décision apparemment inexplicable. Suis-je le seul ? Je vous rappelle le contexte, deux joueurs gays qui vivent ensemble, ils parlent même d'eux sous le sobriquet Ernest et Bart et…

Cassie : Non, non, non ! Je vous l'ai déjà dit, je ne tiens pas à déprimer davantage !

Eric : Un transfert faisant suite à une rupture ? Oui, c'est une théorie qui tient la route.

Neil : Mais ça n'explique pas pourquoi c'est sa superstar en herbe que Le Fuel a choisi de virer.

Cassie : Ce ne sont que des conjectures, personne ne sait ce qui se passe dans la tête du directeur général du Fuel. A-t-il pesé ses décisions ou pas ? Revenez demain pour que je vous donne quelques chiffres lourds de signification, en particulier en ce qui concerne la situation financière du Fuel et les nouvelles règles du jeu.

Eric : Et comment Cassie a survécu au départ de Nico Kirschbaum.

AU RÉVEIL, Nico avait le cou endolori et un goût de viande avariée dans la bouche. La maison semblait toujours aussi vide. Une légère couche de neige saupoudrait le rebord des fenêtres du salon. D'un coup d'œil à l'extérieur, Nico vérifia qu'il n'y avait pas d'autres traces que les siennes dans l'allée.

Ryan n'était pas rentré.

Nico se frotta les yeux et chercha son téléphone pour vérifier l'heure. Il le trouva éteint. Ah, oui, il l'avait coupé la nuit dernière, pour ne pas se demander pourquoi Ryan ne lui avait pas envoyé un texto.

Il ralluma son téléphone et tomba sur des messages de Yorkie, de son père et d'autres provenant d'un numéro inconnu – dont il ne reconnut même pas l'indicatif. En revanche, rien de Ryan.

Nico comprit tout de suite ce qui se passait. C'était assez évident. Il ouvrit sa messagerie et écouta en priorité le message vocal du numéro

221

inconnu. Le directeur adjoint des Orques de Vancouver lui souhaitait la bienvenue dans l'équipe et lui demandait de prendre le prochain vol.

En novembre dernier, alors que Nico découpait des légumes pour aider Ryan à préparer le dîner, il s'était entaillé le pouce. Ryan avait des couteaux de professionnel, très onéreux, très coupants. Sur le coup, Nico n'avait rien senti. Il avait pris conscience de l'incident en voyant son sang se répandre sur ses bâtonnets de carottes.

Ce matin, c'était pareil, pensa-t-il. Il était éventré, mais il ne le sentait pas encore.

Après une saison difficile, après avoir lutté contre ses blocages mentaux, après être parvenu à améliorer son jeu, après l'humiliation de découvrir que Rees avait engagé pour lui un baby-sitter, après que son aversion pour Ryan Wright s'eut transformée peu à peu en amitié, en gratitude, en… affection, après avoir fait la paix avec cette équipe maudite du Fuel – dont individuellement, il appréciait la plupart des membres –, après avoir passé des années à craindre ce qu'allait dire son père, après que naisse en lui une nouvelle détermination à vivre comme il l'entendait… voilà sa récompense ? Une rupture et un transfert ?

Et Nico n'avait qu'une seule et unique option : serrer ses tripes à deux mains et les maintenir en place jusqu'à ce que la plaie cicatrise.

Mais s'il devait prendre le prochain vol pour Vancouver, la guérison aurait lieu au Canada.

Dans un état second, il fit ses valises, le téléphone collé à l'oreille, en attendant que la compagnie aérienne confirme sa réservation et son numéro de vol. Il contacta ensuite l'agent de Ryan et laissa un message concernant la maison d'Indianapolis. Il n'aurait pas le temps de la vendre avant l'intersaison. De plus, il ne tenait pas à mettre Ryan à la porte, malgré ce qui s'était passé entre eux.

Malheureusement, après avoir appelé un taxi pour le conduire à l'aéroport, Nico se retrouva sans rien à faire. Donc, plus de distraction pour l'empêcher de ressasser sa situation.

Quelques mois plus tôt, il craignait de rester des années coincé à Indianapolis. Aujourd'hui, il était transféré dans une bonne équipe, bien positionnée pour participer aux séries éliminatoires, et il n'arrivait même pas à l'apprécier.

Il ne voulait pas partir. Il aurait préféré rester à Indianapolis avec un meilleur entraîneur que Vorhees et un meilleur gestionnaire que Rees. Le Fuel jouait dans des conditions déplorables, ce n'était pas normal. Aucun joueur ne méritait ça ! Mais Nico n'avait pas le choix et il allait probablement passer plusieurs années à Vancouver.

Les minutes s'écoulaient, Nico attendait son taxi en surveillant anxieusement l'heure. Il avait fini par lire les messages de Yorkie. Bon, Ryan avait passé la nuit là-bas, mais s'il apprenait son transfert, n'allait-il pas venir ? Peut-être auraient-ils quelques minutes pour revenir sur ce qui s'était passé entre eux la veille au soir.

Parce qu'à la lumière froide de jour, la dispute n'avait aucun sens.

Pourquoi s'être emporté ainsi ? Ryan avait refusé de signaler le comportement inadmissible de Vorhees aux autorités compétentes, Nico réprouvait cette attitude, même si la position de Ryan dans la ligue était moins stable que la sienne. Quoi qu'il en soit, il ne pensait pas que se taire était le bon choix, mais c'était à Ryan d'en décider, Nico ne serait pas intervenu.

À partir de là, la discussion avait dégénéré. Pourquoi Ryan l'avait-il accusé de l'utiliser pour se rebeller contre son père ? C'était d'autant plus absurde que, comme l'avait souligné Nico, son père n'était pas au courant de leur relation. Justement…

N'était-ce pas le problème ? Ryan lui en voulait-il d'avoir caché la vérité à son père ? Se sentait-il humilié par ce secret, comme si Nico avait honte de lui, de leur relation ? Mais si c'était le cas, pourquoi ne pas l'avoir dit franchement au lieu de lancer des accusations si fausses ? Et si douloureuses…

Ah, oui, chacune de ses paroles avait trouvé sa cible, on aurait même cru qu'il avait délibérément cherché à faire mal, à mettre Nico en colère, à le faire sortir de ses gonds. Ce qui avait fini par arriver.

Donnant à Ryan l'excuse parfaite pour rompre.

Si Ryan lui avait demandé de tout révéler à son père, Nico l'aurait fait et cette scène pénible aurait pu être évitée.

Ryan avait-il eu d'autres idées ?

Plus Nico y pensait, plus il paraissait évident que Ryan l'avait manipulé. Dire qu'il avait cru que Ryan tenait à lui ! Quel naïf !

Ryan n'avait vu en lui qu'une chambre (calme) disponible et un plan cul. Ensuite, il s'était lassé et, pour se donner le beau rôle – ou par lâcheté –, il s'était arrangé pour que ce soit Nico qui rompe.

D'accord, ni Ryan ni lui n'avait jamais parlé de ce qu'ils ressentaient l'un pour l'autre. Nico ne pensait pas que c'était nécessaire : Ryan le décryptait si aisément! Et puis, les joueurs de hockey n'avaient pas la réputation d'être de grands sentimentaux.

Les hommes détestent parler de leurs émotions, disait souvent Ryan. *Moi, j'y suis même allergique.* Était-ce un avertissement? Avait-il cherché à prévenir Nico?

Que Ryan ait deviné ou pas les sentiments de Nico à son égard n'avait plus d'importance désormais.

Pourtant, Nico continuait à guetter les voitures qui approchaient de son allée avec des papillons dans le ventre. Si Ryan rentrait ce matin, s'il avait appris le transfert, si cela comptait pour lui, peut-être réaliserait-il qu'il tenait plus à Nico qu'il l'avait cru...

Peut-être pourraient-ils se réconcilier avant Nico s'en aille.

Aussi chiant qu'il soit parfois, Ryan n'était pas cruel.

Nico aurait vraiment voulu comprendre ce qui s'était passé la veille à la Casse. Parce que Ryan n'avait pas été dans son état normal, même avant cette dispute.

Va-t-il venir? se répétait Nico. Le Fuel avait un entraînement ce matin, mais...

Soudain, une voiture s'engagea dans l'allée.

Mais la porte du garage resta fermée. Ce n'était pas Ryan.

Le cœur en miettes, Nico ouvrit la porte arrière et monta dans le taxi.

Le chauffeur se retourna pour demander :

— Je vous conduis à l'aéroport International d'Indianapolis, c'est bien ça?

Nico ferma les yeux.

— Oui.

Il n'aurait pas dû espérer l'impossible.

TOUT COMPTE fait, décida Ryan, il gérait plutôt bien le transfert de Nico.

En revanche, il avait d'autres problèmes : un trou béant dans la poitrine là où Nico aurait dû être, une culpabilité qui le suffoquait quand il évoquait la brutalité avec laquelle il avait raillé les sentiments de Nico, une rage nauséeuse devant la trahison de Rees.

Le directeur du Fuel avait-il eu tout du long ce projet de transférer Nico une fois son vrai potentiel prouvé – et sa valeur commerciale augmentée? Tout ce cinéma n'était-il au fond qu'une question d'argent? Ce n'était quand même pas très logique, car Lundstrom avait été un bon défenseur, comme l'était le joueur que Vancouver envoyait contre Nico. Alors, pourquoi ce double transfert?

Rien ne collait… à moins que Rees n'ait menti Ryan depuis le tout premier jour.

Pour le moment, Ryan n'avait pas le temps de peser la question, car il avait à endurer un autre terrible entraînement avec Vorhees.

Ryan avait assisté à des veillées funèbres moins sinistres. L'équipe était encore sous le choc d'avoir perdu Kitty, son meilleur défenseur, et maintenant, on lui prenait Nico, un de ses meilleurs buteurs. Chenner était plus paumé encore qu'en début d'année. Le Gaucher et Bourbeux, bien que joueurs aguerris, n'en paraissaient pas moins hagards.

Ryan avait sérieusement envisagé de se faire porter pâle ce matin, mais Yorkie, avant de quitter sa maison, lui avait jeté un coup d'œil sévère. Il avait raison, bien entendu, Ryan le reconnut à contrecœur. Se faire mettre sur la touche pour absence injustifiée ne lui apporterait rien.

Il suivit donc Yorkie et se rendit directement à la Casse.

Vorhees semblait plus frappadingue encore que d'ordinaire, il jeta sur la glace les lignes les plus hétéroclites sans se soucier de cohérence ou de résultats. Et il regardait le désastre les sourcils froncés, la trogne menaçante en faisant claquer son chewing-gum. Il n'avait jamais apprécié Nico, mais devoir se passer de lui ne le rendait pas heureux pour autant.

— Wright!

Arraché à ses pensées, Ryan fit un bond.

— Quoi?

— Viens ici! Tu vas jouer avec le Gaucher et Bourbeux.

— Comme vous voudrez, coach, répondit Ryan, plein de sarcasme.

Il n'en patina pas moins jusqu'à la ligne bleue et se plaça entre les deux ailiers. Les premiers exercices ne furent pas brillants. Le Gaucher semblait s'étonner que Ryan le lise moins bien que Nico, mais l'un dans l'autre, le jeu ne fut pas pire que d'habitude. La ligne nouvellement constituée parvint à contourner la défense et même à marquer quelques buts.

L'échec le plus spectaculaire fut quand le Gaucher fit une passe aveugle et Ryan, en se lançant derrière le palet, entra en collision avec un coéquipier. En attendant l'arrivée du remplaçant de Nico, la défense du Fuel restait aussi catastrophique qu'elle avait toujours été, avec Kitty en moins.

Quand Vorhees finit par les renvoyer, il aboya que Ryan resterait en deuxième ligne avec le Gaucher et Bourbeux. Personne n'en sauta de joie, ni Ryan, ni ses ailiers, nouveaux et anciens.

En entrant au vestiaire, cependant le Gaucher frappa Ryan dans le dos en disant :

— Je suis content que ce soit toi !

Ah.

Le vestiaire était étrangement silencieux, personne ne savait que dire.

Yorkie se décida à prendre la parole, il annonça à ses coéquipiers que Kitty allait bien, son opération s'était bien déroulée, il se remettrait sans séquelles. Les gars marmonnèrent leur appréciation. Mais tous pensaient à Nico, à son départ, aussi, malgré les louables efforts de Yorkie, personne n'eut le cœur à se réjouir. Depuis le début de la saison, Nico avait marqué plus du tiers des points de l'équipe. Il était irremplaçable sur la glace.

Ryan enleva son équipement, impatient de rentrer chez lui.

— … Ernest sans Bart… entendit-il à l'autre bout de la pièce.

Il fit comme s'il n'avait pas entendu, tout comme il faisait semblant de ne pas remarquer les regards prudents qui se posaient sur lui depuis ce matin. Ses coéquipiers ne savaient que dire, ou si même ils devaient aborder le sujet. Sans doute se demandaient-ils si Ryan avait besoin ou pas d'être consolé…

Il prit la douche la plus rapide qu'il ait jamais prise après un entraînement, puis il s'habilla et rentra chez lui.

Ou plutôt chez Nico.

Aussi bête et sentimental que ce soit, Ryan s'y sentait encore chez lui. C'était sa maison, leur maison.

Une fois dans sa voiture, à l'abri des regards, il vérifia son téléphone. Il découvrit une flopée de textos et d'appels manqués, dont un de Diane.

Rien de Nico.

Écœuré, Ryan jeta son téléphone dans la console et démarra. Avec un peu de bol, se dit-il, il trouverait Nico à la maison, ils pourraient parler. Ryan ne savait pas encore ce qu'il dirait, mais l'idée que Nico s'en aille en emportant avec lui la scène de la veille lui brisait le cœur.

Quand il entra dans le garage, il rangea sa voiture à côté de la BMW et resta figé un long moment, incapable d'ouvrir sa portière, à écouter les bruits du moteur qui refroidissait, les yeux fixés sur la porte du garage.

Se décidant enfin à bouger, il serra les dents, sortit de la voiture et entra dans la maison.

Le silence était assourdissant.

Pris d'un sinistre ressentiment, Ryan cria :

— Nico ?

Pas de réponse.

D'instinct, Ryan sut que la maison était vide. Il avança de pièce en pièce et découvrit un peu partout les signes du départ de Nico : il n'y avait plus ses bottes, ni ses pantoufles, si son manteau dans la penderie de l'entrée ; dans la chambre principale, les placards étaient ouverts, le sac de voyage avait disparu.

Ryan parvint au salon et se laissa tomber dans le canapé, assommé de réaliser que Nico était parti sans lui dire au revoir.

Ne la jouait-il pas un peu trop mélo ? Il avait un portable, après tout, Nico aussi. Il n'avait qu'à contacter Nico, lui parler, essayer d'arranger les choses.

Mais Nico allait-il décrocher ?

N'était-ce pas un message très explicite de partir sans attendre Ryan, ou sans lui envoyer un texto pour le prévenir ? Si, bien sûr.

Nico avait agi délibérément, il ne tenait pas à revoir Ryan. Était-il en colère ? Blessé ? Pensait-il que Ryan se fichait de son départ ?

Bien sûr qu'il le pensait !

N'était-ce pas plus ou moins ce que Ryan lui avait dit ?

Avec un gémissement, Ryan enfouit son visage dans ses mains et essaya d'oublier sa douleur d'avoir été abandonné. Et il avait cru prendre plutôt bien le transfert de Nico ? Tu parles !

Il avait toujours su qu'il finirait par souffrir, il en était certain depuis le premier jour, mais… il n'avait pas prévu que ça se passerait comme ça.

Il n'avait pas prévu non plus de souffrir *autant*.

Il se releva péniblement et passa dans la cuisine. Il était censé manger.

En ouvrant le frigo, il vit une nouvelle ligne sur le tableau des commissions.

N'oublie pas que demain, c'est le jour des poubelles.

Il avait trouvé le message que Nico avait laissé son intention.

Nico et lui s'étaient réparti les tâches ménagères, c'était Nico qui sortait les grosses poubelles à roulettes sur le trottoir. Ryan, lui, vidait dedans les diverses corbeilles de la maison, mais il n'avait pas à traîner les containeurs tout le long de l'allée. Un heureux compromis. Nico détestait les transferts quotidiens, il avait presque vomi en voyant Ryan récupérer un kleenex sale au fond de la corbeille de la salle de bain.

Nico s'inquiétait que Ryan oublie cette corvée. Ryan devait sortir les poubelles parce que Nico n'était plus là pour le faire.

Nico était à Vancouver. Il y resterait très *très* longtemps, des années sans doute.

Ryan tressaillit quand son téléphone bipa. Il fouilla frénétiquement dans sa poche. Si c'était Nico, il ne voulait pas manquer son appel, même s'il ne savait toujours pas ce qu'il lui dirait.

Il lut le nom sur son écran : Jordan Legace.

Oh. C'était l'un des meilleurs joueurs des Orques. Jordan et lui s'entraînaient parfois ensemble pendant l'intersaison.

Jordan. *C'est quoi le problème du jeune Kirschbaum ?*

Connaissant Jordan, la question était à la fois légitime et délibérément vague. Il voulait savoir si Nico avait des problèmes au vestiaire, ou avec son entraîneur ou avec l'autorité en général. En fait, il demandait pourquoi Le Fuel se privait d'un joueur talentueux susceptible de devenir une vraie vedette de la ligue.

Sans doute se posait-il également des questions d'ordre personnel, sachant très bien que Ryan avait cohabité avec Nico et suscité pas mal de rumeurs. Ryan ne comptait pas tout déballer. D'abord, le sujet était trop sensible, ensuite, il s'était mal comporté avec Nico.

Et ça ne regardait personne.

Il répondit donc en restant sur le plan professionnel.

Ryan. *Nico est un bon joueur de hockey et un excellent colocataire. Ses points forts : mise au jeu, coup de poignet*, lancer frappé, il gère super bien le linge et l'entretien des voitures. Ses points faibles : il se prend un peu la tête de temps à autre, il est nul en cuisine.*

Jordan. *Bien reçu, merci. Prends soin de nos défenseurs, je m'occupe de ton petit jeune.*

Nico n'était plus à lui, mais Ryan se voyait mal répondre à Jordan : *non, nous avons rompu, je me suis comporté en gros saligaud.*

Il se contenta donc d'écrire :

Ryan. *D'accord. Merci*

Après, pour se changer les idées, il tria les mails qu'il avait ignorés ces derniers jours. Il avait un autre message d'une journaliste de l'*Athletic* qui écrivait souvent sur Le Fuel, Nina Machin : elle voulait l'interviewer, s'il avait le temps. Ryan supprima le message.

228

Un premier message de Diane évoquait une opportunité qu'elle jugeait intéressante : un marchand d'Indianapolis envisageait une publicité avec Nico et Ryan en pulls rayés, pour rappeler Ernest et Bart. Un deuxième message, envoyé deux heures après le premier, indiquait que l'agent de Nico refusait formellement le projet. Ryan supprima également ces messages.

Il pensa au père de Nico et à ses inquiétudes. Rudy allait-il le blâmer pour le transfert de Nico ? Ryan espérait que non.

Tara lui avait envoyé un émoticône aux yeux pleins de larmes. Elle indiquait également que si Ryan avait besoin de parler, qu'il n'hésite pas à l'appeler. Il n'y tenait pas.

Il s'apprêtait à ouvrir son dernier mail, venant d'un expéditeur dont le nom lui était vaguement familier, même s'il ne parvenait pas à le replacer, quand il reçut un appel de Felicia.

— Ryan ! s'exclama-t-elle d'une voix trop forte. Je suis si soulagée de vous avoir !

Agacé, Ryan se renfrogna, ce faux enthousiasme – qui donnait aux relations publiques une si mauvaise réputation – lui hérissait le poil.

Avec un temps de retard, il s'étonna des termes utilisés. *Soulagée* ? Pourquoi ? Qu'y avait-il de si urgent ?

— Bonjour, Felicia.

— Je voulais vous prévenir que vous affronterez les médias demain après le match.

Bien sûr ! Pas besoin d'être un génie pour comprendre pourquoi il avait été choisi. Et il n'avait même pas l'option de refuser !

Dommage ! Il aurait bien aimé !

— D'accord, marmonna-t-il, sans enthousiasme.

— Super ! s'écria Felicia.

Cette voix… Ryan s'accrocha à ce qui lui restait de patience.

— Au fait, enchaîna-t-elle, M. Rees m'a demandé de vous préciser qu'en cas de question d'ordre personnel, il faut *absolument* que vous dissipiez ces rumeurs d'une relation entre Kirschbaum et vous.

Non, sans blague ? Quand Nico était la vedette du Fuel, les relations publiques le filmaient sous toutes les coutures avec son « coloc », maintenant qu'il avait été transféré, le ton changeait. Rees craignait-il de passer pour un sale con ?

Le silence s'éternisant, Felicia s'éclaircit la gorge :

— Ryan ?

229

Sa voix était sensiblement moins guillerette.

Ryan serra les dents.

— Oui, je suis là, dit-il sèchement. Je vous ai entendue. Au revoir, Felicia.

Dire qu'il avait cru que ce merdier ne pouvait empirer !

VANCOUVER ÉTAIT une ville humide.

Ce fut la première impression de Nico quand un de ses nouveaux coéquipiers, un défenseur nommé Jordan, vint le chercher à l'aéroport. Il pleuvait quand son avion avait atterri, il pleuvait quand Nico monta dans la voiture, il pleuvait toujours alors qu'ils roulaient.

Il avait plu aussi dans le livre audio qu'il avait téléchargé sur le chemin de l'aéroport.

C'était plutôt approprié. Une dose supplémentaire de *Sturm und Drang,* [50] histoire de bien lui faire comprendre ce qu'était devenue sa vie.

Même si Nico ne répondait que par monosyllabes, Jordan parlait depuis qu'il était monté dans la voiture. Il mit son clignotant et enchaîna :

— Le temps que tu t'installes, tu as le choix. Il y a un hôtel plutôt sympa, sinon, j'ai une chambre libre.

Nico faillit sourire de l'ironie du destin. Quelques mois plus tôt, il avait fait la même proposition au nouvel arrivant de l'équipe. Et voilà qu'il se retrouvait dans la situation opposée.

Au moins, il avait un bon karma.

Plus étrange encore, c'était grâce à l'intervention de Ryan – un ami de Jordan – que Nico recevait cette proposition d'un quasi-étranger. Après tout, il était à Vancouver, il allait jouer avec les Orques, autant s'intégrer le plus vite possible. Mieux il serait dans sa tête, mieux il jouerait.

La première étape pour bâtir une relation était d'accepter une main tendue.

— C'est vraiment sympa de ta part, merci.

Jordan ne vivait pas en maison, mais dans un appartement moderne et élégant avec une vue imprenable. Nico aurait préféré un jardin, mais il se rasséréna quand Jordan, lui montra un large balcon garni de hautes plantes

---

50 *Tempête et passion*, mouvement politique et littéraire allemand de la seconde moitié du XVIIIe siècle, qui correspond à une phase de radicalisation dans la longue période des Lumières.

en pot qui entouraient un barbecue et créait une salle à manger extérieure à l'ambiance forêt tropicale. Derrière un écran se trouvait un petit bain à remous.

— C'est très chouette ! déclara Nico.

Jordan rit.

— Oui, je trouve aussi, et c'est la moindre des choses, vu le loyer que je paye ! L'immobilier est hors de prix à Vancouver, penses-y au moment de négocier ton contrat chez les Orques.

Oui, les règles du transfert interdisaient à Nico de chercher une autre équipe avant que Vancouver renonce à lui.

— Merci, je m'en souviendrai.

Jordan sourit.

— Bien, je dois passer un ou deux appels. Je te laisse t'installer.

Il montra à Nico sa chambre et le laissa vider ses valises, faites dans la précipitation. Nico espérait avoir emporté assez de vêtements pour tenir jusqu'à la fin de la saison. Il essaya de ne pas penser à tout ce qu'il aurait à faire cet été : vendre sa maison d'Indianapolis, emballer les meubles qu'il tenait à garder, les expédier à Vancouver et se débarrasser du reste. Pour sa voiture, peut-être la ramènerait-il lui-même…

Il ouvrit sa première valise et se mit à ranger ses costumes dans le placard et ses sous-vêtements dans la commode. Il n'avait pas terminé quand son téléphone sonna. En voyant le nom de son père s'afficher sur l'écran, il ferma les yeux et respira un grand coup.

Il accepta l'appel. Inutile de retarder l'inévitable.

— Bonjour, papa.

— Nicolaï, es-tu bien arrivé à Vancouver ?

Nico contrôla sa respiration, résolu à ce que la conversation ne dévie pas de sa nouvelle situation.

— Oui. Jordan Legace est venu me chercher à l'aéroport. Il va me loger jusqu'à la fin de la saison.

— Hmm.

Au silence qui suivit, Nico devina que son père cherchait à se rappeler ce qu'il savait de Legace.

— Bien. C'est un défenseur solide. Il aura une meilleure influence sur toi que Wright.

Nico serra les dents et son poing libre. *Garde ton calme*. À la Barbade, il avait beaucoup parlé avec Ella et finit par admettre qu'il ne devait pas se disputer avec son père, ça ne lui apportait que du stress.

Et ça finirait par gâcher leur relation.

— Ryan avait une très bonne influence !

Avant qu'il me brise le cœur.

Son père eut un rire méprisant.

— Il n'est pas digne d'être dans la ligue et il te tirait vers le bas. L'attention des médias se focalisait sur ta vie personnelle, ce n'est pas bon pour ton image. Tu ne dois penser qu'au hockey en ce moment…

— Assez !

Un silence interloqué résonna à l'autre bout du fil. Nico respira plusieurs fois, puis il se mit à faire les cent pas dans sa chambre, trop agité pour rester immobile.

— Je ne comprends pas pourquoi tu le détestes autant !

Lui ne le pouvait pas, pas vraiment, même s'il le voulait.

— Mais tu sais quoi, papa ? enchaîna-t-il. Je m'en fiche. Je suis à Vancouver désormais, dans une autre équipe, je n'aurais sans doute pas à le revoir. Le problème est réglé.

Le silence perdurait. Rien n'avait changé, pourtant, Nico devina que son père n'était plus en colère.

— Nicolaï, déclara-t-il, tu courais un risque… Je n'ai voulu que…

Oh, *putain*, non ! Nico ne supportait plus d'entendre son père prétendre agir « pour son bien » !

— Assez ! répéta-t-il, enragé. Tu te contrefoutais de ce que je faisais avant ces rumeurs sur lui et moi. Tu ne penses qu'à une chose, à ce que les gens vont dire, à ce que les gens vont penser ! Ce que je deviens, moi, tu t'en fous !

— Non ! Je veux que tu réussisses dans ta carrière ! Ce garçon n'était qu'une distraction…

Nico était de plus en plus furieux. Son père ne savait-il pas quand il devait la boucler ? Pourquoi obligeait-il Nico à prendre la défense de Ryan, de Ryan qui l'avait blessé, de Ryan qui l'avait abandonné, de Ryan qui… qui ne l'aimait pas.

Dieu que cet aveu était douloureux !

— Et maman, a-t-elle été pour toi une distraction ?

Finalement, il eut l'impression que son père réalisait être entré dans un terrain miné.

— Nico… c'était différent…

— Tu crois ? Moi, je crois surtout que tu es homophobe, déclara Nico, froidement, aies au moins le courage de le reconnaître !

— Non! Il ne s'agit pas d'homophobie! C'est une question de perception! Veux-tu que les gens spéculent constamment sur le fait que toi ou ton compagnon méritez d'être dans l'équipe? Ou qu'ils remettent en cause toute ta carrière?

— Bien sûr, les gens vont spéculer, mais je ne veux pas vivre en me basant sur l'opinion d'autrui! Et que je sois avec un coéquipier ou un autre n'a aucune influence sur mon jeu!

À ces mots, son père s'énerva pour de bon. Sous l'effet de la colère et de la déception, sa voix monta dans les volumes :

— Tout ce que tu fais, tout ce que tu vis influence ton jeu. Et par ricochet, impacte ta valeur marchande…

Ah, la vérité finissait par sortir du puits.

— L'argent, bien sûr! cria Nico. Est-ce tout ce que tu vois en moi, papa, une machine à fric? Je me fiche de tes contrats publicitaires et de tes royalties, je me sens tout à fait capable de vivre avec ce que je gagne au hockey!

— Tu ne connais rien aux réalités de la vie! s'égosilla son père. De nos jours, les jeunes sont trop gâtés! C'était différent avant… avant…

Quoi? Nico ne comprenait plus rien. Pourquoi son père semblait-il… terrorisé?

— Papa? Avant… *quoi*?

— Avant la réunification des deux Allemagne [51], déclara son père d'une voix sans timbre, quand la Stasi [52] nous espionnait… quand nous ne pouvions pas quitter le pays… quand il fallait de l'argent, beaucoup d'argent, pour payer sa liberté.

Nico en resta coi. Son père était encore jeune quand la RFA avait absorbé la RDA. Personne ne parlait *jamais* politique chez les Kirschbaum, aussi Nico n'avait pas réalisé qu'à quelques années près, son père aurait pu rater sa chance de faire une brillante carrière professionnelle en Amérique du Nord, dans la NHL.

— Tu as raison, dit-il finalement. Je n'ai pas connu cette époque, je n'ai pas besoin d'argent pour acheter ma liberté. Mais ça ne t'autorise pas à me demander de la vendre!

---

51 À la chute du mur de Berlin, le 3 octobre 1990.

52 Abréviation de *Staatssicherheit*, service de police politique, de renseignements, d'espionnage et de contre-espionnage de l'ancienne République démocratique allemande (RDA)

Son père s'étrangla. Bien fait pour lui. Il devait entendre ses quatre vérités.

— Nicolaï...

— Non, enchaîna Nico, cette situation ne peut pas continuer, notre relation en pâtit trop. Je me demande constamment si je parle à mon père ou à mon agent. Tu détestes Ryan, mais est-ce parce que tu as peur qu'il gâche ma carrière ou parce que tu le juges indigne de ton rejeton ?

Son père se racla la gorge.

— Tu es mon fils. Je veux ce qu'il y a de mieux pour toi. Et je suis la personne au monde qui prend tes intérêts le plus à cœur !

— Peut-être, admit Nico, mais les autres joueurs ont des agents qui ne sont pas de leur parentèle et ils le vivent très bien. Je ne peux plus de toi comme agent.

— Quoi ? C'est ridicule. Nous nous sommes un peu accrochés ces derniers temps, mais...

— Non, papa. J'ai pris ma décision. Je veux rompre le contrat qui nous lie, ça peut se passer à l'amiable... ou pas. C'est à toi de voir.

Il avait dix-sept ans quand il avait signé ce contrat et à l'époque, son père était son tuteur légal. D'après Ella, il y avait conflit d'intérêts, n'importe quel tribunal donnerait raison à Nico. Mais il répugnait à ce que les journaux impriment que son père avait abusé de sa crédulité.

— C'est une plaisanterie ?

— Absolument pas. J'espère juste retrouver mon père une fois que tu ne seras plus mon agent. Il faut que les choses soient claires entre nous, je veux pouvoir te parler à cœur ouvert, pas te cacher ce que je vis...

Comme à Noël dernier.

Il ferma les yeux.

— Nicolaï ! s'exclama son père, abasourdi. Ce Ryan... tu y tiens donc tant ?

— Non, plus maintenant, nous avons rompu.

C'était trop douloureux d'en parler, même à son père – tant qu'il était son agent.

Son père allait-il saisir cette chance de se rapprocher de lui ? Ou allait-il se braquer et laisser sa fierté les séparer à jamais ? Aimait-il assez son fils pour accepter de ne plus contrôler sa vie ?

Nico n'avait même pas réalisé qu'il retenait son souffle avant d'entendre son père dire :

— D'accord, si c'est ce que tu veux. Je… je t'enverrai dès que possible tous les documents nécessaires dûment signés.

Merde. C'est fait ! Enfin !

Pour la première fois depuis deux très longs jours, Nico sentit ses yeux se mouiller. Il battit des paupières pour ne pas laisser ses larmes couler.

— Merci, papa.

Il devait se trouver un nouvel agent. Ça ne devrait pas être trop difficile, mais il se renseignerait quand même avant de signer.

Il se racla la gorge.

— Maman est par là ? Je peux lui parler ?

Il préférait ne pas contacter Ella, pas encore, elle s'inquiétait déjà assez avec le transfert et elle avait des examens prochainement. Quant à Misha, Nico lui avait brisé la main la veille. En plus, le Russe se méfiait de Ryan depuis des lustres – il le regardait bizarrement. Nico ne tenait pas à compliquer la vie de Ryan au Fuel… même si c'était mérité.

Il n'en avait pas moins envie de vider son sac. En ce moment, il voulait sa mère.

— Je vais la chercher, déclara calmement son père.

Nico en vacilla de soulagement.

— Merci, papa.

LE LENDEMAIN du premier match du Fuel sans Nico, Ryan reçut un texto.

Yorkie. *Dîner chez Kitty ; c'est toi qui fais la cuisine.*

Mal réveillé, Ryan se frotta les yeux. Il n'aurait pas dû s'endormir sur le canapé ni boire autant pour tenter d'oublier la défaite de la veille au soir. Un regret de plus à ajouter à une longue liste, ses choix de vie ne brillaient pas ces derniers temps.

Son odorat, que la gueule de bois rendait hyper sensible, informa Ryan qu'il avait oublié de sortir les poubelles, une odeur pestilentielle avait envahi dans la maison, son estomac se contracta douloureusement.

Autant dîner chez Kitty, décida Ryan. Il sortirait les poubelles avant de partir faire les courses. Avec un peu de chance, l'air serait un peu plus sain ce soir quand il rentrerait et respirer ne lui donnerait plus autant envie de vomir.

Il répondit à Yorkie :

Ryan. *Nous serons combien ?*

Yorkie. *Juste nous trois. Je passe chercher Kitty à l'hôpital à 16 h. Je t'enverrai le code de sa porte.*

Ryan se leva péniblement. Qu'il soit en colère contre le monde en général et Nico en particulier ne lui donnait pas le droit de transformer sa maison en bauge. Un peu de ménage s'avérait nécessaire.

Il arriva chez Kitty vers seize heures. Aplatir au pilon les escalopes de poulet lui parut une bonne thérapie, les paner lui donna le temps de méditer. Il cherchait un plat à four quand la porte d'entrée s'ouvrit.

Quelques mots inaudibles résonnèrent, suivis par une traduction sonore de Yorkie, notoirement sarcastique :

— *Chéri, nous sommes là !*

Ryan ricana de cette formule éculée – le bonheur domestique, peuh !

— Parfait, juste à temps pour mettre la table !

Quand il vit entrer ses deux coéquipiers dans la cuisine, Ryan comprit tout de suite que seul Yorkie mettrait la table, car Kitty avait un énorme plâtre à la main droite. Et vu ses pupilles dilatées, il était shooté aux analgésiques.

— D'accord, Kitty, tu ferais mieux de t'asseoir, dit Ryan. Alors, comment va ta main ?

Kitty s'assit si lourdement qu'il faillit renverser son siège. Il se stabilisa, marmonna en russe, puis secoua la tête.

— J'ai mal, grogna-t-il de sa voix profonde. Et je me sens très con. C'est à cause de moi qu'ils ont transféré Kolya, parce que j'ai voulu bloquer un tir pendant l'entraînement.

Ryan se mordit la langue pour retenir son accusation : tout était de la faute de Vorhees ! Il fallait être inconscient ou très con pour encourager des lancers frappés à l'entraînement, en pleine mêlée, alors que tous les joueurs étaient sur la glace ! Avec ces tirs puissants, le palet pouvait atteindre une vitesse de 175 km/h, ces exercices étaient donc à réserver quand le tireur ne risquait pas un accident !

Devinant sa tension, Yorkie lui tapota l'épaule et sortit le plat dont Ryan avait besoin. Une fois son poulet au four, Ryan annonça :

— On pourra manger dans une demi-heure.

Le nez en l'air, Yorkie huma l'air avec appréciation.

— Ça sent drôlement bon. Du poulet *parmigiana* [53] ?

---

53 Recette italienne, blancs de poulet panés et recouverts de sauce tomate, de mozzarella ou de parmesan.

Ryan hocha la tête. D'après lui, ce plat roboratif et réconfortant était tout à fait ce qu'il fallait pour l'occasion.

— Oui. J'en fais rarement, Nico n'aime pas, alors…

Kitty le scruta d'un œil sévère, mais comme il ne cessait de vaciller dans son siège, la menace perdait un peu de sa portée.

— Oh, tu tiens compte des goûts de Kolya? Tu es peut-être un meilleur compagnon pour lui que je le pensais.

Ryan grimaça.

— Non, je ne crois pas.

Kitty jura – en anglais cette fois. Il tenta de frotter son visage à deux mains, se donna un coup de plâtre et jura – en russe et beaucoup plus fort. Il avait dû se faire mal.

Kitty se tourna vers Yorkie.

— Yorkie, j'ai quelques mots à dire à Doc en tête-à-tête. Tu peux nous accorder un moment?

Oh, mon Dieu!

Ryan jeta à son capitaine un regard affolé. Yorkie s'apprêtait déjà à sortir de la cuisine. Il se retourna néanmoins pour dire :

— Désolé, Ryan, tu vas devoir gérer ça tout seul. Je vais allumer la télé. Avec le son à fond.

Sympa!

Une fois Yorkie sorti, Kitty posa les coudes sur la table et dévisagea Ryan avec froideur.

— Pourquoi tu es jamais venu?

Ryan en resta bouche bée.

— Pardon?

Kitty agita sa main valide.

— Il y a des mois, je t'ai dit : *si tu as besoin de parler, appelle-moi*, mais tu l'as jamais fait. Maintenant, Yorkie me dit qu'entre Kolya et toi, c'est la merde.

Il marmonna en russe pour accentuer son propos et Ryan reçut le message cinq sur cinq, même sans comprendre un seul mot.

Kitty fronça les sourcils et conclut sévèrement.

— C'est idiot de ta part!

— Mais je pensais que tu voulais juste me faire peur! protesta Ryan.

Kitty soupira avec désapprobation.

— Moi? Pourquoi? Kolya est un grand garçon, il fait ce qu'il veut. Mais toi, tu es idiot, c'est pour ça que je t'avais dit de venir me parler.

Ryan ne pouvait le nier, il se sentait très con.

— Oh.

Kitty roula des yeux.

— Kolya est moins idiot, mais il est jeune, très jeune. Il croit tout savoir parce qu'il a beaucoup baisé, mais il est pas si… merde, c'est quoi ce mot ? Ah, oui, *expérimenté* ! Il croit tout savoir, il se trompe !

Il voulut secouer la tête, manqua basculer et dut se retenir à la table.

Ryan se demanda si lui aussi n'avait pas commis l'erreur de trop se fier à une expérience somme toute limitée. Il n'avait que vingt-six ans.

Kitty enchaîna :

— Mais je regarde et je sais, Kolya n'a pas de compagnon. Alors, je pense, d'accord, ça va peut-être marcher et Doc sera bon pour Kolya.

D'après son expression, Ryan n'avait pas répondu à ses attentes.

— Et s'il sait pas, insista le Russe, il vient me parler et je lui dis.

Ryan s'en voulait, il aurait dû écouter Kitty. Mais à la réflexion, il s'était trompé sur bien des points, il avait tout gâché et il ne savait pas du tout comment réparer ses torts. Et ça, comment le dire à Kitty ?

Avant qu'il trouve la réponse à sa question, le minuteur bipa. Il était temps de faire cuire les spaghettis.

Yorkie frappa à la porte.

— Je peux revenir sans risque ?

— Je suis toujours en vie, jeta Ryan morose.

Kitty ricana quand Yorkie s'assit à côté de lui.

— C'est fini maintenant, je peux pas le frapper. Et pourtant, il le mérite. Il a de la chance que j'ai la main cassée.

Sans cette fracture, Nico serait toujours au Fuel. Et Ryan se retrouverait à cohabiter avec son ex.

Pourquoi Nico avait-il rompu deux minutes après avoir plus ou moins annoncé à Ryan qu'il aimait ? Ce n'était pas logique !

Kitty continuait à monologuer, les yeux sur la table :

— Je peux plus frapper ceux qui le méritent. Je dois donner le bon exemple.

Kitty avait une voix étrange. Les antalgiques lui donneraient-ils la nausée ? Il était plus que temps de le faire manger ! décida Ryan.

Il jeta à Yorkie un coup d'œil interrogateur. Savait-il ce qui mettait Kitty dans un état pareil ? Yorkie secoua la tête, indiquant ainsi que lui non plus ne comprenait pas.

Il tenta d'un ton prudent :

— Le bon exemple à qui ? Aux recrues ?

Kitty se redressa et regarda Yorkie comme s'il le jugeait aussi idiot que Ryan.

— Non ! Au bébé !

— Quel bébé ? crièrent en même temps Ryan et Yorkie.

— Le mien, répondit Kitty. Ou plutôt, celui de Katja, nous avons été… surpris, bien sûr. Très heureux aussi, mais c'est compliqué !

Yorkie le fixait, les yeux écarquillés. Ryan se demanda s'il avait bien entendu. Kitty délirait-il ?

— Tu veux dire que… Katja est enceinte ?

Kitty hocha la tête avec un peu trop d'enthousiasme, il faillit s'écrouler sur la table.

— Oui ! C'est quoi ton problème ? Tu comprends pas ? Tu écoutes pas ? Je comprends que Kolya en ait eu assez de toi !

Choqué de cette accusation injuste, Ryan ne répondit pas.

Quant à Yorkie, il n'était toujours pas sorti de sa transe psychotique.

— C'est compliqué, répéta tristement Kitty, moi, je suis Russe et Katja, elle est née en Pologne, mais ses parents sont ukrainiens. La situation entre ces pays est un petit peu tendue.

Un petit peu tendue ? hoqueta mentalement Ryan.

— Je peux pas amener Katja en Russie, ce serait dangereux pour elle, je peux pas aller en Pologne, je risquerais de lui causer du tort. Les Russes sont mal accueillis actuellement. Katja est en Amérique avec un visa étudiant, elle aura son diplôme en avril et le bébé va naître fin juillet, début août. Katja aura plus de visa cet été.

Ryan commençait à comprendre pourquoi Kitty avait été assez distrait pour tenter de bloquer un lancer frappé à l'entraînement.

— Moi, je peux rester en Amérique, ajouta Kitty, alors, je vais épouser Katja. Je l'aime.

Et il la connaissait depuis quelques mois à peine. C'était très rapide, même pour un joueur de hockey !

Yorkie dut penser la même chose. Il enfouit son visage dans ses mains.

— Oh, mon Dieu !

— Oui, s'étrangla Ryan. Où sont les bouteilles ?

Le matin même, il avait fait vœu d'abstinence, mais là, il avait *vraiment* besoin d'un verre. Il serait sobre… plus tard.

— J'ai de la vodka au congélateur ! s'exclama Kitty avec ferveur. J'en ai bien besoin !

— Non, pas toi ! crièrent ensemble Ryan et Yorkie.

Yorkie ajouta :

— Tu ne peux pas mélanger l'alcool et les analgésiques ! Nom de Dieu ! Ryan, prends deux verres !

Ryan se leva, il sortit la bouteille de vodka du congélateur et deux verres à shots du placard, il les remplit et en passa un à son capitaine sous le regard torve de Kitty.

Ryan vida le sien cul sec. Yorkie aussi.

Ensuite, Ryan se tourna vers Kitty.

— Nous allons réfléchir à la meilleure façon de résoudre le problème !

Kitty ne répondit pas, il fixait la bouteille.

Ryan écarta la vodka et secoua la tête.

— Ce n'est pas le moment de bouder !

Kitty fronça les sourcils.

— Tu es avocat ?

— Non.

— Alors, laisse-moi tranquille !

Yorkie tapa son verre sur la table. Ryan y versa une seconde dose.

— Même sans rien connaître au droit, annonça-t-il après avoir vidé son shot, Ryan et moi savons à qui nous adresser. Tu vas avoir besoin de conseils, Kitty, mon ami. Il te faut un avocat spécialisé dans les lois de l'immigration, surtout en ce qui concerne l'Europe de l'Est et la Russie.

Ryan s'était resservi de vodka. Il leva son verre.

— Je bois à ça !

LE SECOND match de Nico chez les Orques fut le premier d'une tournée de l'équipe aux États-Unis. Nico évita de penser à Indianapolis – il ne tenait pas à se retrouver dans la même ville que Ryan, surtout après l'interview qu'il venait d'écouter. Il regrettait amèrement d'avoir rompu avec son habitude d'éviter les médias, mais Ryan lui manquait trop, Nico n'avait pu résister à son désir d'entendre sa voix, de voir son visage – fut-ce sur un écran.

Avec Internet, c'était tellement facile.

— *Écoutez,* disait Ryan devant un micro, *je ne vois pas ce que vous voulez dire, le vrai problème, c'est Le Fuel qui le vit, nous avons perdu deux éléments clé. C'est très dur pour nous.*

Il tripota un peu sa bouteille d'eau, puis il la posa sur la table et se gratta la nuque.

La question d'origine avait sans doute été personnelle, pensa Nico en admirant la façon dont Ryan l'avait esquivée… tout en disant la vérité.

Ryan avait des cernes sous les yeux. Était-ce de devoir jouer sans Kitty et Nico ? Ou parce qu'il avait du mal à dormir ?

— *Vous, Ryan, avez perdu un colocataire en plus d'un coéquipier !*

— *Oui, c'est vrai, Nicky me manque quand je rentre le soir. Ce n'est pas drôle de manger seul. Au moins, je ne perds plus aux échecs.*

Sa voix était un peu fêlée. Et il avait dit « Nicky » au lieu de « Nico ».

Refusant de s'y attarder, Nico coupa son téléphone et se concentra sur son livre audio pendant le reste du vol. De temps à autre, il tressaillait en prenant conscience que c'était Noah, un nouveau coéquipier, qui occupait le siège voisin, pas Ryan. Par chance, son livre, une suggestion de l'algorithme de sa tablette, était historique et le fait qu'il ait un peu de mal à suivre l'histoire empêcha Nico de ressasser ses griefs.

À Nashville, il sortit prendre un verre avec ses coéquipiers, profitant de ce jour libre pour commencer à tisser des liens avec eux. Il se sentait encore étranger à Vancouver, aux Orques, mais il avait bon espoir de s'y accoutumer assez vite. En colocataire dévoué, Jordan l'aidait à s'intégrer. La plupart des gars semblaient sympas et faciles à vivre.

Nico envisageait une deuxième bière quand son voisin poussa un cri :

— Merde ! J'y crois pas !

Noah avait son téléphone à la main. Tous les yeux se tournèrent vers lui.

— Gueulard ! protesta Jordan. N'en fais pas trop, raconte-nous ! Qu'est-ce qui se passe ?

Noah leva la tête et fixa Nico avec yeux écarquillés et stupéfaits.

— Le Fuel vient de virer Vorhees, le directeur général et quasiment la moitié de ses collaborateurs.

— Quoi ?

L'estomac noué, Nico se demanda s'il ne venait pas de passer dans un univers parallèle. Il ne comprenait plus rien.

— Mitch Warren, le propriétaire du Fuel, a fait irruption à Indianapolis, expliqua Noah, il a renvoyé Rees et une bonne partie du personnel. Vorhees aussi, mais pas les autres entraîneurs.

Jordan sifflota.

— Il a fait un grand ménage. Ton article explique pourquoi ?

— Oui, mais c'est vachement long, alors, plutôt que vous résumer ça, je vais transférer l'intégralité de l'article sur notre groupe interne.

Poussé par la curiosité, Nico fit comme tous les autres, il sortit son téléphone et lut…

MALVERSATIONS AU FUEL!
Le directeur général, une bonne partie de ses collaborateurs et l'entraîneur du Fuel sont licenciés.
Le District Attorney [54] Avery Taylor met en examen John Rees et Chuck Vorhees, accusés de fraude, de matchs trafiqués et de pari illégaux.
Par Neil Watson
13 février

Mitch Warren, propriétaire du Fuel, l'équipe de hockey sur glace d'Indianapolis, a causé ce matin un grand choc dans le monde de hockey en licenciant enfin Chuck Vorhees, l'entraîneur, et John Rees, le directeur général, ce qu'il aurait dû faire depuis des mois.

Mais plus surprenant encore est la cause de cette intervention.

Tard hier soir, Avery Taylor, procureur du district et responsable du sud de l'Indiana, a porté plainte contre Rees et Vorhees pour leurs rôles dans de sombres magouilles de manipulations de matchs.

Vous vous demandez peut-être comment faire perdre son équipe peut être une source d'enrichissement pour les tricheurs ? Moi aussi. Je vais donc laisser la parole à Cassandra McTavish, qui a écrit un article très bien documenté sur le trucage de matchs (et je dois avouer qu'il m'a fallu trois lectures et l'aide patiente de Cassie pour avoir une vague notion des subtilités mathématiques de ces schémas). En écrivant cet article, j'ai entendu des rumeurs sur d'éventuels liens avec le crime organisé, mais rien n'a encore été confirmé, aussi, restons prudents.

---

54 *Procureur de district*, en droit américain, fonctionnaire élu ou nommé qui représente le gouvernement dans la poursuite d'infractions. C'est le plus haut titulaire en charge dans sa juridiction.

Le Fuel n'a pas encore fait de déclaration officielle,
nous ignorons donc comment Rees a éveillé les suspicions,
mais je vous rappelle combien ses décisions au cours
des derniers mois ont été jugées incompréhensibles, en
particulier cette dernière saison : transférer Nicolaï
Kirschbaum, un premier choix au classement général,
aux Orques de Vancouver, ou échanger Ryan Wright, des
Voyageurs de Montréal, contre l'excellent défenseur, Lucas
Lundstrom.

QUAND NICO eut fini de lire, il prit note de vérifier les termes techniques dans un dictionnaire anglais-allemand pour s'assurer d'avoir bien compris. Il avait toujours su que Vorhees était nul comme entraîneur, mais quand même, un hors-la-loi ? C'était presque risible.

Quant à Rees, eh bien, Nico savait très bien comment exprimer ce qu'il ressentait : *Schadenfreude* – une expression allemande signifiant « joie maligne » devant le malheur d'autrui. Après tout, Rees avait été odieux avec lui, il l'avait humilié, il avait engagé un baby-sitter, il avait bouleversé sa vie, alors qu'en contrepartie, il soit viré et emprisonné ? Tant pis pour lui !

Jordan lui ébouriffa les cheveux.

Arraché à ses pensées, Nico baissa la tête.

— Hé ! protesta-t-il.

Jordan soupira et fit semblant d'essuyer ses larmes.

— Ces petits ! déclama-t-il d'un ton théâtral. Ils grandissent si vite ! Un jour, ils marquent leur premier but, le lendemain, ils provoquent la chute de tout le corps directorial !

Nico ricana.

— Comme si j'avais quelque chose à y voir ! Je ne savais même pas que ces clowns trichaient !

Noah éclata de rire et fit signe au serveur.

— D'après ce que j'ai lu, tu es un génie des échecs, Kirschbaum. Tu avais tout prévu, c'est ça ?

— Les Allemands ont la rancune tenace, persifla Nico. Pour m'avoir envoyé à Vancouver, mon ancien entraîneur et mon ancien directeur méritaient bien d'aller en prison, je trouve ! Alors, j'ai agité ma crosse magique, et boum ! Ça a marché !

— Aaah ! Les gars. Il nous aime !

— Hé, Vancouver, c'est quand mieux que Columbus !

Jordan pointa Noah du doigt :

— Ou qu'Edmonton [55] !

Nico ne put retenir un sourire. Il n'avait jamais envisagé d'arriver si vite chez les Orques, mais il s'y sentait bien. Il était de plus en plus certain de s'y accoutumer très vite.

— D'accord, d'accord, vous êtes géniaux. Là ? Vous êtes contents ?

Sa boutade fut accueillie par des cris et des éclats de rire. En écoutant le tumulte, Nico s'accorda un petit moment de nostalgie en pensant à ceux qu'il avait laissés derrière lui.

Puis il commanda une autre tournée générale.

SANS NICO, la maison n'était plus la même. Ryan avait la sensation que les murs et le mobilier l'accusaient et le traitaient de sale con.

Il dormait tellement mal qu'il finit par abandonner sa chambre pour squatter celle de Nico. Il se trouva pathétique, mais il avait absolument besoin de sommeil, parce que quand il dormait mal, ses performances sur la glace devenaient encore plus… pathétiques.

Et puis, personne ne saurait qu'il occupait le lit de Nico.

Au moins, Rees et Vorhees n'étaient plus là, ils ne terroriseraient plus jamais une équipe de hockey avec leurs machinations, leur malveillance, leur incompétence, leurs activités illégales.

Ryan aurait dû apprécier que Mitch Warren se soit enfin décidé à prêter attention à son équipe, qu'il ait viré Rees et Vorhees, qu'il les ait fait envoyer en prison. Il aurait dû apprécier la perspective que Nico s'éclate à Vancouver ou que le Fuel, son équipe à lui, ait enfin une chance de remonter la pente.

C'était le cas, bien sûr. Mais ça ne suffisait pas à atténuer sa culpabilité et son chagrin. Il était horriblement malheureux.

Une semaine environ après le départ de Nico, Ryan reçut un texto de sa sœur :

Tara. TU AS VU ? C'EST DINGUE, NON ?

Le message était accompagné d'un lien vers un article : *Nico Kirschbaum rompt son contrat avec son agent, Rudy Kirschbaum, son père.*

---

55   Capitale de la province canadienne de l'Alberta.

Sans hésiter, Ryan cliqua sur le lien. L'article, assez bref, annonçait les faits sans fioritures. Ryan n'en fut pas surpris, sachant très bien que jamais Nico n'évoquerait devant un journaliste les détails de sa relation conflictuelle avec son père. Même à Ryan, il en avait à peine parlé !

Pourtant au cours de cette semaine si chargée entre son départ d'Indianapolis et son installation à Vancouver, Nico avait trouvé le temps de limoger son ancien agent – son père – et d'engager à sa place Erika Orrick.

Ryan sentit un poids lui tomber sur le cœur. Il avait vu juste ! Nico n'avait jamais eu besoin de lui, il voulait juste échapper à la trop lourde tutelle de son père. Avoir un peu d'espace pour respirer.

Nico s'adapterait très vite à Vancouver, où le hockey était plus populaire qu'en Indiana, les médias plus agressifs… mais la pression ne l'écraserait pas. Il était désormais dans une équipe solide aux résultats infiniment supérieurs à ceux du Fuel, parmi des joueurs doués.

D'après les premiers chiffres que Ryan avait consultés, Nico s'en sortait bien. Il avait toujours eu du potentiel. Tant mieux s'il parvenait enfin à l'exprimer.

Du moins, Ryan ne cessait de se le répéter. Au fond de lui, il restait amer : Nico n'avait pas besoin de lui. Il n'avait *jamais* eu besoin de lui.

Après tout, c'était aussi bien. Trop dépendre d'autrui, fut-ce d'un compagnon, n'était pas sain. Si Nico devait rester avec lui, Ryan préférait que ce soit par amour, pas par… nécessité.

Et c'était le cas avant que Ryan foute tout en l'air.

Mais il n'avait pas le temps de ressasser ses erreurs passées, alors, autant de consacrer sur ce qui était à sa portée.

Quelques jours avant le match à domicile contre Vancouver, Phil vint voir Ryan sur la glace, il lui tapa sur l'épaule et déclara :

— Tu joues en deuxième ligne demain. Tu y resteras jusqu'à la fin de la saison. Alors, travaille un peu pour être plus en phase avec tes ailiers, d'accord ?

— Euh… d'accord. Bien sûr, coach.

Il ne comprenait plus. Vorhees l'avait mis en deuxième ligne, oui, mais d'après Ryan, personne n'avait approuvé cette décision.

Ils jouèrent contre Edmonton ce soir-là, le premier match de Ryan dans sa nouvelle position. Si sa performance fut loin d'être convaincante, il évita au moins de se ridiculiser et Le Fuel gagna deux buts à un sans aller jusqu'aux prolongations.

Ryan se sentait plutôt bien après le match, dans le vestiaire, devant son casier, face aux médias – qu'il devait *encore une fois* affronter. Ça devenait lourd, non ?

Soudain, un journaliste lui signala qu'il avait pris la place de Nico.

Chenner devait le surveiller, parce qu'il traversa la foule agglutinée en riant bruyamment, la tête détournée pour crier quelque chose à Greenie. Il était en boxer, une serviette autour du cou, alors instinctivement, les journalistes reculèrent d'un pas, ce qui donna à Ryan un moment pour se ressaisir.

Chenner se laissa tomber sur son banc.

Maintenant, Ryan devait répondre à la question. Mais comment ? Il n'en savait rien. Ses blessures étaient encore fraîches.

— Non, dit-il enfin, personne ne remplacera Grincheux, surtout pas moi. Sur la glace, quand un joueur s'écarte, il y a toujours un autre qui avance, vous savez, c'est la règle du jeu.

Une fois l'interview terminée, Ryan entendait encore ses paroles tourner en boucle dans sa tête. *Personne ne remplacera Grincheux, surtout pas moi.* Il y avait deux interprétations possibles… Il avait voulu dire qu'il ne pouvait pas remplacer Nico sur la glace, en seconde ligne… mais il était tout aussi vrai qu'il ne remplacerait jamais Nico dans son cœur.

Il devrait commencer à y penser.

En fait, il ne pensait plus qu'à ça. Il y pensait encore en rentrant chez lui, sur la banquette arrière d'un taxi Uber parce que Chenner, son nouveau chauffeur, sortait avec l'équipe pour une celly. Mais Ryan n'était pas d'humeur à faire la fête.

Il sortit son téléphone et vérifia ses appels et ses mails pour la première fois depuis le début du match.

Diane lui écrivait :

Salut Ryan,

Nico envisage de vendre sa maison, il y aura donc des visites ces prochaines semaines, un agent immobilier et un inspecteur fédéral en particulier. Avec votre permission, je leur donnerai vos coordonnées pour qu'ils vous contactent directement et voient avec vous en fonction de vos disponibilités.

Elle lui transmettait aussi le mail reçu de l'agent de Nico.

Sur un ton plus formel, Erika Orrick prévenait Diane des intentions de son client, tout en ajoutant les noms et les coordonnées des intervenants.

Alors, c'était bel et bien fini. Étrangement, Ryan le ressentait plus ce soir qu'au moment du transfert de Nico.

Une fois rentré chez lui, il s'attabla quelques minutes dans la cuisine et fit rouler le roi contre l'échiquier. Nico et lui ne feraient plus jamais de partie à cette table. Quel que soit le sort que l'avenir lui réservait, où qu'il le mène, Ryan ne pouvait plus revenir en arrière.

Il secoua la tête et se leva, il sortit de sous l'évier l'énorme sac trop plein qu'il oubliait constamment de vider et le porta dans la benne. Puis il ouvrit le placard où il gardait ses barres sucrées et autres cochonneries interdites par les diététiciens et jeta tout dans un autre sac. Une fois le placard vidé, il fit un tri drastique dans le frigo, se débarrassant de tout ce qui était trop sucré ou sans réelle valeur nutritive, sauf la confiture que Nico mettait dans son thé. De toute façon, Ryan ne risquait pas d'y toucher.

Il attacha son deuxième sac poubelle et le déposa dans la benne, qu'il traîna ensuite dans l'allée jusqu'au trottoir. Demain, c'était le ramassage des ordures. Pour une fois, il s'en souvenait.

Il restait trois bouteilles de bière dans le carton. Il les ouvrit et les vida dans l'évier, puis déposa les bouteilles vides dans le recyclage.

Il prit ensuite une carte de visite collée au frigo depuis octobre, sortit son téléphone et composa le numéro. Il était presque minuit, il savait qu'il devrait laisser un message, mais il préférait. C'était plus facile.

— Barb, bonjour, ici Ryan Wright. Je voulais savoir… auriez-vous des disponibilités cette semaine pour me recevoir ? Rappelez-moi, s'il vous plaît. Merci.

LE LENDEMAIN, Ryan reçut un texto :
Yorkie. *Entraînement. 11 h. sois ponctuel.*

Quand Ryan arriva à la patinoire, Yorkie était seul au centre de la glace, il parlait à une femme que Ryan ne connaissait pas. En le voyant arriver, Yorkie revint vers lui. Ryan posa sa bouteille d'eau sur les planches.

Il pressentait un guet-apens.

— Salut, déclara Yorkie. Merci d'être venu.

Ben voyons.

— Que se passe-t-il ?

Yorkie le poussa sur le banc et s'assit à côté lui.

247

— Écoute… tu as été vraiment super avec Chenner cette saison. Je n'ai pas été aussi disponible que je l'aurais voulu. Ni pour les recrues ni pour toi.

Ryan laissa échapper un long soupir. Il devinait un « mais ».

— D'accord, maintenant, dis-moi ce que je fais ici.

— Tu tires pas mal, tu es bon aussi aux mises au jeu.

Ryan devina la suite : *mais tu n'as pas le niveau requis.*

— Cette femme ? C'est une entraîneuse ?

— Oui, confirma Yorkie. Elle vient d'être engagée. Elle a eu de bons résultats à Tampa [56]. Ici, tu seras son premier cobaye.

Résigné, Ryan finit par hocher la tête. Il avait passé trop de temps à procrastiner, se contentant d'un niveau moyen, pensant que s'il se donnait à fond sans résultats probants, ça risquait de détruire sa confiance en lui. Il évoqua ses douloureuses expériences des derniers mois : son transfert à Indianapolis, sa rupture avec Nico.

Il en avait assez de souffrir. Il devait modifier son attitude, tenter autre chose.

— D'accord, tu te charges des présentations ?

Ryan n'avait pas changé d'avis après un entraînement intense, qui le laissa tout endolori à des endroits où il ignorait posséder des muscles. Aussi fatigué soit-il, son cerveau tournait à plein volume, revivifié par sa nouvelle philosophie. Ryan aurait pu jurer sentir une différence dans sa foulée. Il se traita de tous les noms pour ne pas avoir pensé plus tôt à cette solution. Il en voulait surtout à ses précédents entraîneurs : aucun n'avait jugé utile de lui faire donner quelques cours ! Ryan restait réaliste, il faudrait des semaines, sinon des mois ou des années, pour que ces nouvelles habitudes deviennent des automatismes, mais au final, le travail serait payant.

N'était-ce pas ce que disait le livre audio que Barb avait conseillé à Nico de lire ? Ça parlait de bois coupé et de transport d'eau…

Ryan engloutit deux Gatorade et prit une très longue douche – il avait transpiré comme un porc ! Ensuite, il ravala sa fierté et appela Kitty.

Le Russe fut direct :

— Tu es prêt à te sortir la tête du cul ?

Ryan ravala une réponse sarcastique.

— *Aidez-moi, Obi-Wan Kenobi. Vous êtes mon seul espoir.*

Kitty reconnaîtrait-il cette réplique culte de *Star Wars* ?

---

56 Ville côtière du golfe de Floride.

— Viens. Et tu fais la cuisine.

— D'accord.

Ryan trouvait le marché équitable.

Il arriva chez Kitty avec deux poulets, un paquet de riz complet, du bouillon, des oignons, des épinards et assez de beurre pour provoquer une crise de foie à vue, et alla tout droit dans la cuisine.

Kitty le suivit et s'assit à table.

— Parle.

Oui, Ryan était très doué pour parler. Malheureusement, il disait souvent des conneries.

— J'ai merdé avec Nico. Je veux réparer.

Il mit le four à chauffer et remplit une casserole d'eau pour faire cuire son riz.

— D'accord, déclara Kitty, mais pour réparer, il faut savoir ce qui est cassé. Qu'est-ce que tu as fait à Kolya?

Ryan préparait ses poulets.

— J'ai raconté n'importe quoi, pris deux ou trois détails et bâti dessus une théorie fumeuse.

Comme quoi Nico se servait de lui pour se rebeller contre son père.

Mais ce n'était pas le pire.

— Il a essayé de me dire que notre histoire était solide, mais je n'ai pas écouté, j'ai même prétendu le contraire… parce que j'allais quitter Indianapolis, parce que nous serions la saison prochaine dans des équipes différentes…

Kitty inclina la tête.

— Pourquoi?

Ryan fit un bond. Il rattrapa de justesse son poulet qui menaçait de tomber.

— Pourquoi quoi?

— Pourquoi tu as dit ça? Si tu veux réparer, c'est que c'était pas vrai. Alors, pourquoi tu l'as dit?

Merde, Kitty était *vraiment* direct. Ryan posa ses poulets enduits de beurre dans un plat à four, il les sala et se lava les mains.

— Parce que j'avais eu un accrochage avec Vorhees, il voulait que je… contrôle mieux Nico, sinon, il menaçait de le faire exclure de la glace, de briser sa carrière. Je savais que le Fuel ne prolongerait pas mon contrat en avril, mais pour celui de Nico, je pensais que ce serait le cas, alors… je ne voyais pas comment nous pourrions rester ensemble. Je ne crois pas aux relations longue distance. Et si nous rompions, Vorhees n'avait plus de moyen de pression…

Kitty gémit et s'affala dans son siège, les yeux au plafond.

Surpris, Ryan demanda :

— Quoi encore ?

— J'avais raison, soupira Kitty. Tu es idiot !

— C'est très réconfortant, grommela Ryan. Merci.

— Cuisine !

Il parlait du même ton impérieux que quand il imposait une amende à ses coéquipiers.

— Et écoute-moi, ajouta-t-il. Je vais te dire comment réparer.

LA VEILLE de son arrivée à Indianapolis, Nico reçut un texto :

Ryan. *J'ai merdé*

Nico passa quelques secondes à regarder son écran, une main sur la bouche. Ryan verrait que son texto avait été lu, Nico le savait. *Qu'il se ronge les sangs !* Après tout, Nico le faisait bien en ce moment même. Il avait les paumes moites et l'estomac noué. Il se demandait s'il avait bien interprété le texto de Ryan… Ou lui donnait-il le sens qu'il voulait.

Mais Nico voulait-il *vraiment* des excuses de Ryan ? Après tout, ses blessures commençaient à peine à cicatriser. Certaines excuses, Nico le savait d'expérience, étaient si douloureuses que mieux valait les éviter. Ne serait-ce pas le cas cette fois encore ? Pourquoi donner à Ryan une autre chance de le blesser ?

Une éternité plus tard, il reçut un autre message :

Ryan. *J'aimerais m'excuser en personne. Si tu veux bien…*

Nico déglutit. En lisant ces mots, il comprit qu'il allait céder, revoir Ryan et l'écouter. Le cœur humain résistait au bon sens, à la raison, à la logique, pas à l'espoir.

Il pouvait prendre ce risque, non ? Si ça foirait, il tournerait la page pour de bon.

Il répondit avec des doigts qui tremblaient un peu :

Nico. *D'accord. Chez moi, après le match.*

Il devait passer chez lui de toute façon, il avait des affaires à récupérer. Donner rendez-vous à Ryan était plus adulte que tenter de l'éviter.

Ryan. *Parfait. Merci.*

Ainsi, le lendemain, non seulement Nico affronterait son ancienne équipe sur la glace pour la première fois depuis son transfert, mais il reverrait aussi son ex pour la première fois depuis leur rupture. Il avait intérêt à bien dormir cette nuit !

En atterrissant à Indianapolis, il était plus nerveux qu'à son premier match de jeune recrue. Jordan – qui était son mentor non officiel, ce dont Nico ne lui gardait pas rancune, puisque lui au moins avait annoncé la couleur – lui donna un coup de coude avant de se lever pour récupérer son sac dans le porte-bagages.

— C'est le premier tour du chapeau de ta carrière, non ? Qu'est-ce que tu en penses ?

Nico esquissa un sourire.

— Je ne sais pas. Je crains que mes anciens fans mettent le feu à ma maison.

Maison dans laquelle, d'ici quelques heures, il serait à nouveau avec Ryan.

Après le patinage, Nico afficha un sourire commercial pour affronter les journalistes et s'en tint au script que l'équipe des relations publiques de Vancouver lui avait seriné : il était reconnaissant au Fuel et aux fans de l'avoir soutenu et encouragé ; il était heureux de revenir à Indianapolis ; tous les joueurs de hockey étaient régulièrement transférés au cours de leur carrière, c'était la règle du jeu ; il continuerait à jouer au hockey au mieux de ses capacités ; il espérait progresser à Vancouver et satisfaire ses supporters et ses fans.

Pendant les échauffements, Nico avait tenté – en vain – d'éviter le centre de la glace. Et Ryan devait être dans le même état d'esprit, car il se retrouva à faire des cercles en face de lui. Et des milliers d'yeux étaient rivés sur eux !

— Salut, Nicky, dit-il calmement.

Devant ce regard incertain, Nico sentit les plaies mal cicatrisées de leur dernière rencontre tirailler, menaçant de se rouvrir

Il sut aussi qu'il n'était toujours pas immunisé contre le charme de Ryan. Dommage.

— Salut.

— C'est… euh, calme ici sans toi. Chenner non plus n'est pas fan de cinéma pop.

Du menton, Ryan désigna ses coéquipiers qui s'échauffaient derrière lui. Alors, c'était tout ? « *Tu me manques* » ? C'était insuffisant.

251

Après des semaines de silence radio, Nico méritait des phrases mieux formulées.

— Pauvre bébé !

Il avait voulu parler avec détachement, mais sa voix, même à ses oreilles, parut sèche et crispée. Une expression douloureuse affleura dans les yeux de Ryan.

— Oui, c'est dur, acquiesça-t-il, sans le moindre sarcasme.

Nico se racla la gorge. En principe, leur conversation ne pouvait être surprise, mais il était conscient d'être en public. D'ailleurs, s'il s'attardait, son langage corporel risquait de le trahir, si ce n'était pas déjà fait.

— On se voit toujours après le match ?

Ryan tapota sa crosse contre celle de Nico.

— Oui.

— Hé, Groot [57] !

Nouvelle équipe, nouveau surnom. Un des Orques, doté de quelques rudiments d'allemand, avait annoncé à toute l'équipe que le « *baum* » de Kirschbaum signifiait « arbre ». Nico était donc devenu Groot pour ses nouveaux coéquipiers. Il s'en tirait bien ! Personne n'avait pensé à vérifier sur Google le sens de « *kirsch* », « cerise », mais surtout « cherry » en anglais – virginité. Nico préférait éviter les fines plaisanteries qui en auraient découlé.

Ryan et lui se tournèrent pour voir Jordan patiner vers eux.

— Il est temps de sortir de la glace. Dis au revoir, Kirschbaum.

— Au revoir, Kirschbaum, déclama Nico, pince-sans-rire.

— À plus tard, dit Ryan.

Il s'éloigna. Nico suivit Jordan et le repoussa quand il reçut un coup d'épaule. Il allait bien, merde ! Assez bien pour jouer au hockey, en tout cas.

Peu après, l'entraîneur des Orques envoya la ligne de Nico débuter le match. Dès que Nico s'élança sur la patinoire, la foule réagit à sa présence, cris et sifflets devinrent assourdissants.

— Le directeur général a été viré pour avoir truqué les matchs et fait perdre délibérément Le Fuel, quand même, grogna Noah à Nico. Ils sont gonflés de t'en vouloir d'avoir été transféré !

Effectivement, quelques huées s'entendaient parmi les acclamations.

Sully, l'ailier droit, intervint :

---

57 Extraterrestre végétal à l'allure d'arbre et super-héros de l'univers Marvel.

— Il garde nettement plus de fans que de détracteurs. Regarde, Groot, tes admirateurs te font signe ! Ils ont même apporté des panneaux !

Il désignait les gradins. Suivant son geste, Nico repéra une fillette qui brandissait un drapeau avec le numéro 17, décoré aux couleurs de l'arc-en-ciel. Elle portait une tenue assortie, legging rayé, mitaines et un bandeau orange – la couleur du Fuel. Nico agita la main dans sa direction. Tout émue, la petite faillit tomber à la renverse.

Les responsables du marketing de la NHL devaient se frotter les mains, parce que quand Nico arriva au centre de la glace pour la mise au jeu, il vit Ryan en face de lui.

— Soyez gentil avec moi, déclara Ryan. J'ai récemment perdu mon centre de deuxième ligne.

Le juge de ligne ricana.

Nico gagna le palet.

— Aucune chance !

Le match fut plus équilibré qu'il l'aurait été une semaine plus tôt, mais les Orques étaient bien placés pour participer aux séries éliminatoires et Le Fuel cherchait juste à ne pas finir à la dernière place. Pourtant, il se battit honorablement, forçant les Orques à tout donner.

En deuxième période, Sully et Nico arrivèrent avec le palet devant le filet ; il y eut une brève mêlée, Nico perdit le palet, le récupéra et, après une boucle complète autour du filet, il repassa devant et fit entrer le but.

Sully le tacla par-derrière.

— Bien joué, Groot ! cria-t-il.

Nico sourit. Les Orques menaient deux buts à un.

Sully marqua le troisième but dans la troisième période sur une passe décisive de Nico, scellant la victoire de Vancouver.

En retournant au vestiaire, Nico avait des crépitements d'excitation sous la peau. Il s'en voulait un peu d'avoir fait perdre ses amis du Fuel, mais cette victoire, ici, à Indianapolis, comptait beaucoup pour lui. Quoi qu'aient dit de lui ses détracteurs, il avait enfin fait ses preuves sur cette patinoire qui l'avait si souvent vu patauger, c'était une grande satisfaction.

Les Orques avaient programmé une celly, bien entendu. Nico s'excusa et annonça qu'il retournerait à l'hôtel plus tard, en taxi. Il se fit huer, mais gentiment.

Jordan lui tapota l'épaule en disant :

— Amuse-toi bien !

Nico scruta son expression, mais sans deviner si la formule avait ou pas un sous-entendu.

Il trouva Ryan dans le parking, les mains dans les poches, près de sa vieille voiture de location.

Nico fronça le nez.

— Pourquoi cette grimace ? demanda Ryan.

Nico désigna le tacot.

— Tu détestes cette voiture ! Moi aussi.

Ryan ricana, puis il surprit Nico en lui jetant son trousseau de clés.

— Je n'allais pas quand même utiliser la tienne !

Pourquoi pas ?

Nico ouvrit la portière côté conducteur et recula le siège avant de s'y installer. Il ajustait le rétroviseur quand Ryan prit place à côté de lui.

— Ce n'est pas bon qu'un moteur ne tourne pas, déclara Nico. Ça me rendrait service que tu sortes la BM régulièrement.

Il quittait le parking quand il sentit les yeux de Ryan peser sur lui.

— Quoi ?

Ryan secoua la tête.

— Rien, je ne m'attendais pas à cette proposition.

— Tu t'attendais à quoi ?

— Je ne sais pas, admit Ryan après un temps de réflexion. Je n'ai jamais… c'est la première fois pour moi, alors, je pensais… que tu serais en colère contre moi ?

Il avait formulé sa phrase presque comme une question.

Oh, en colère, Nico l'avait été, contre Ryan, contre lui-même, contre le directeur du Fuel. Il avait davantage de difficulté à trier ses sentiments actuels. Tristesse, incompréhension, trouble, déception. Par-dessus tout, il se sentait blessé et trahi. Mais la tension qui existait dans l'habitacle manquait de finalité, aussi presque malgré lui, Nico conservait-il un peu d'espoir.

— Non.

— Ah, je croyais… que tu serais fou… de rage.

Si Nico ne s'était pas totalement trompé sur son compte, Ryan était incapable de cruauté. Il savait avoir blessé Nico, bien entendu, mais ce n'avait pas été intentionnel. Et le mot qu'il avait utilisé…fou ? D'accord, l'anglais n'était pas la langue natale de Nico, mais « fou » était un mot bien trop banal pour tout ce qu'il ressentait.

254

Ryan s'était exprimé d'une voix basse, hésitante. Ça ne lui ressemblait pas.

Tout à coup, Nico fut certain de ne pas avoir toutes les pièces du puzzle.

Il chercha à gagner du temps.

— Au point d'éviter de retourner chez moi ? Pourquoi ? Tu disais vouloir t'excuser en personne.

Le nez sur la vitre que son souffle embuait, Ryan chuchota :

— Je n'étais pas sûr que tu voudrais me voir.

Voudrais ? Nico doutait que ce soit le terme exact. Depuis qu'il avait quitté Indianapolis, il redoutait de revoir Ryan.

Tout en sachant que ce serait nécessaire.

La partie stratégique de son cerveau venait de s'éclairer et, comme c'était souvent le cas aux échecs, il voyait à présent ses prochains mouvements... jusqu'au lit, jusqu'à des ébats torrides.

Ce soir, il découvrirait la vraie nature des sentiments de Ryan pour lui. En fonction de ça, il déciderait de la suite à donner à leur liaison. Rien n'était garanti, mais là, au moins, Nico en aurait le cœur net. Il tenait à exprimer exactement ce qu'il voulait pour éviter de passer le reste de sa vie à se demander s'il avait vraiment été au fond des choses, s'il n'avait pas laissé passer sa chance...

— Nous en reparlerons à la maison, d'accord ?

Sur le papier, c'était encore « sa » maison, mais il ne s'y sentait plus vraiment chez lui depuis son départ pour Vancouver.

— Bien sûr, s'empressa de répondre Ryan.

Nico éprouva une sensation étrange en garant la voiture de Ryan dans son garage. Une fois dans l'entrée, il enleva ses chaussures et enfila des chaussons – ceux qu'il gardait pour des invités de passage, car il avait laissé les siens chez Jordan – et passa dans la cuisine.

Ryan le suivit.

— Tu peux brancher la bouilloire, s'il te plaît ? demanda Nico.

Ryan hocha la tête en silence, il obtempéra et sortit du placard la tasse préférée de Nico en attendant que l'eau soit à la bonne température.

Nico décida de faire patienter Ryan le temps de se changer. Il ne tenait pas à avoir une conversation aussi importante en costume. Il avait laissé des affaires dans sa chambre, il trouverait bien quelque chose à mettre.

Ryan courut derrière lui.

— Nico, attends...

255

Trop tard, Nico avait ouvert sa porte.

Il s'arrêta sur le seuil de sa chambre. Le lit était défait, les couvertures formaient un nid, indiquant que c'était Ryan qui avait dormi là. D'ailleurs, il avait laissé son chargeur de téléphone branché à la lampe de chevet, à côté de la machine à bruits blancs que Nico lui avait offerte à Noël dernier.

Si Ryan souffrait de son absence au point de dormir dans son lit, pourquoi avait-il repoussé Nico ? Pourquoi n'était-il pas revenu lui parler et tenter une réconciliation en apprenant son transfert ? Pourquoi n'avait-il jamais exprimé ses sentiments avant cette horrible journée à l'arène ?

Nico avait su que la plaie était mal cicatrisée ! Elle recommença à saigner. Sous l'effet de la douleur, il poussa un grognement étranglé et se retourna.

Ryan avait les joues écarlates – de honte ou d'embarras ? – et il tournait la tête pour ne pas croiser son regard.

— Tu as pris ma chambre ? croassa Nico.

Ryan gémit, comme s'il souffrait. Il ferma les yeux, se mordit les lèvres et voûta les épaules. Sa posture indiquait la défaite, la reddition.

Puis il hocha la tête. Il ouvrit des yeux pleins de remords et regarda Nico, le visage débordant de sincérité.

— Oui. Je suis désolé. C'est que… tu me manquais tellement !

Cet aveu, sur une plaie ouverte, piquait aussi fort qu'un antiseptique.

— Alors, *pourquoi m'as-tu repoussé* ?

Ryan tressaillit à la violence de son ton.

— On serait mieux dans la cuisine pour parler, non ? L'eau doit bouillir…

Nico accepta. Il voulait absolument des réponses.

Peu après, ils étaient attablés l'un en face de l'autre avec l'échiquier entre eux. Ryan venait d'installer les pièces du jeu, un peu machinalement, comme s'il cherchait juste à s'occuper les mains.

Pour ça, Nico avait son thé. Il en sirota une gorgée et serra la tasse contre son cœur, comme un bouclier.

Ni Ryan ni lui ne disait mot.

Quand le silence devint franchement pesant, Ryan se frotta le visage avec un gémissement. Il posa les mains sur la table et regarda Nico.

— Je ne supporte pas cette gêne entre nous ! souffla-t-il. Surtout en sachant que tout est de ma faute.

Agacé, Nico finit par craquer, les mots jaillirent sans qu'il les ait pesés :

— Je pensais que nous étions bien ensemble ! Moi, en tout cas, j'étais heureux !

Et il avait cru que Ryan l'était aussi. Il posa sa tasse et agita les mains pour illustrer son propos :

— … et puis… *boum !*

Ryan, qui poussait un pion sur l'échiquier, grimaça.

— Nous étions très bien ensemble ? déclara-t-il. Moi aussi, j'étais heureux, trop heureux, je crois, et ça a fini par devenir un problème. Venu à Indianapolis à contrecœur, je suis tombé des nues quand Rees m'a demandé de me lier d'amitié avec toi, je voulais juste jouer au hockey ! Je ne tenais pas à des complications. Et puis, je t'ai rencontré, tu as été très agressif…

Il leva les épaules et les garda contre ses oreilles, comme pour se protéger.

— Je n'ai rien dit, souffla-t-il, je ne me suis pas défendu contre tes accusations, mais je ne tenais pas *du tout* à être un pion dans le jeu de Rees, ni à faire du baby-sitting sous prétexte que nous étions tous les deux gays… Alors, j'ai fait comme si tout était normal, j'ai cherché à m'intégrer au Fuel, à mieux connaître mes coéquipiers, toi, y compris. Et plus le temps passait, plus ça me minait de te voir aussi malheureux, alors, j'ai voulu t'aider. Nous sommes devenus amis, j'ai découvert que tu cachais sous ton abord abrupt des tas de qualités irrésistibles, alors… oups !

Ryan s'empourpra.

Que devait-il comprendre de cette conclusion ? se demanda Nico. Il poussa un pion.

— *Oups* ? Ça veut dire quoi ? Et pourquoi tu tires cette tête ? C'est d'évoquer tes sentiments qui te met dans un état pareil ?

Ryan se recroquevilla dans son siège et tambourina des doigts sur la table.

— Je te l'ai déjà dit, je suis allergique ! J'ai été sacrément échaudé à l'université, j'avais un copain. Je l'aimais, je pensais que nous étions bien ensemble. Un jour, un recruteur est passé, pas pour moi, mais il m'a vu jouer – par hasard –, il m'a proposé un contrat à l'essai dans la NHL. C'était tellement inattendu ! Inespéré ! J'étais si fier, si excité. Josh était informaticien, il pouvait exercer n'importe où. J'ai cru que nous irions à Montréal ensemble.

Il poussa un soupir et bougea son cavalier avant de continuer :

— Il m'a ri au nez. Il voulait faire fortune dans la Silicon Valley, je ne faisais pas partie de ses projets d'avenir. Je ne comptais pas. Cette réalisation a eu un effet dévastateur sur moi.

Si Ryan connaissait l'impact d'une rupture, pourquoi l'avoir infligée à Nico ?

Nico fit avancer son cavalier.

— L'ego en prend un coup, hein ? J'en ai fait l'expérience quand tu m'as largué.

Ryan fit la grimace.

— Je suis désolé. Ce qui m'est arrivé n'excuse en rien mon comportement. Je t'en ai parlé parce que je crains…

Nico se figea. Si Ryan disait « de recommencer », mieux valait en rester là.

Mais Ryan continua d'une voix que l'émotion enrouait :

— … que tu te sentes responsable, Nicky, tu as le don d'endosser des responsabilités qui ne sont pas les tiennes et parfois, c'est lourd à porter, même pour toi. Ce qui s'est passé est entièrement de ma faute. Et je ne sais pas ce qui m'a pris, je ne voulais pas te faire du mal, nous étions bien ensemble, très bien même, mais quand tu en as parlé, je me suis senti acculé, j'ai réagi de façon épidermique, c'était tellement idiot !

Il ferma les yeux.

Soulagé d'un grand poids, Nico en vacilla presque de soulagement.

— D'accord, dit-il, d'une voix sans timbre.

Manifestement surpris, Ryan releva la tête.

— Quoi ?

— J'accepte tes excuses. Mais elles ne suffisent pas pour reprendre là où nous en étions.

Si Ryan avait changé d'avis, s'il était prêt à faire un effort pour rétablir leur relation, c'était à lui de l'exprimer clairement.

— Non, non, ce n'est pas… déclara Ryan d'un ton hésitant.

Il déglutit avec difficulté

Le cœur serré, Nico faillit dire une connerie pour sauver la face. Il n'en eut pas le temps, car Ryan enchaînait déjà :

— Je t'ai fait mal, je ne veux plus jamais recommencer. Il faudra du temps, j'imagine, pour que tu me fasses à nouveau confiance… Pourquoi reprendre là où nous en étions ? Nous pourrions avoir une relation plus… équilibrée, avec moins de hockey, et sans les manigances de Rees, nous pourrions sortir ensemble, en couple. Enfin, si tu es d'accord, si tu trouves que ça en vaut la peine.

— Oui ! s'exclama Nico. C'est une excellente idée !

Il se mordit la lèvre pour cacher un sourire qu'il jugeait prématuré. Ryan avait raison, ils avaient sauté des étapes importantes, ils étaient partis sur de mauvaises bases, mais peut-être était-il encore temps de réparer ces fondations.

Si ça ne marchait pas, Nico saurait au moins qu'il avait essayé.

Ryan esquissa un sourire soulagé et reconnaissant.

— D'accord, merci.

— Attends, j'ai une dernière question à te poser, insista Nico. Qu'est-ce que Vorhees t'a dit ? Je veux savoir *tout* ce qu'il t'a dit.

Ryan se frotta les tempes avec un soupir.

— Quel sale con, ce type ! Eh bien, comme je te l'ai déjà dit, il suspectait que nous étions ensemble et il a parlé de ta tête dans mon cul… il a aussi ajouté que si je ne te contrôlais pas, il saboterait ta carrière et te ferait expulser de la glace.

Nico en resta bouche bée.

— Quoi ?

Ryan lui adressa un sourire gêné.

— C'est son style, non ? Il prenait son pied à faire sentir son pouvoir aux joueurs sous sa coupe !

— *Pourquoi ne pas en avoir parlé ?*

Ryan croisa les bras.

— Hé, du calme, je l'ai fait ! Je prenais Rees pour un directeur ouvert, attentif au bien-être de l'équipe, je suis allé le voir, je lui ai exprimé mes réserves concernant Vorhees – et *pas qu'une fois* ! Il m'a promis de faire une enquête… Tu parles ! En fait, quand Vorhees a proféré ces menaces, j'ai eu une illumination. Pour qu'il soit aussi arrogant, aussi sûr de lui, c'était qu'il avait des appuis en haut lieu, j'ai alors compris pourquoi Rees ne faisait rien contre lui. Je ne savais rien de leurs magouilles pourries, mais ils étaient complices, j'en étais certain.

Merde !

Cette fois, Nico voyait les pièces du puzzle se mettre en place.

— Tu aurais dû m'en parler, gronda-t-il, au lieu de ruminer dans ton coin.

Ryan tripotait son fou.

— Je craignais…

259

Quand il ne termina pas sa phrase, Nico le fit à sa place :

— … que Vorhees cherche à me nuire à travers toi ?

La mine embarrassée, Ryan acquiesça.

— Oui, mais j'étais tellement paniqué que je ne parvenais pas à réfléchir de façon cohérente. Depuis le début, je me demandais ce qu'un homme comme toi faisait avec moi…

Tu mérites tellement mieux… avait-il dit.

Si leur relation devait partir sur de nouvelles bases, décida Nico, mieux valait que Ryan entende la vérité une bonne fois pour toutes.

Il tendit le bras à travers la table et posa la main sur celle de Ryan, qui tenait toujours son fou.

— Pourquoi dis-tu ça ? Me crois-tu aveugle ? J'ai très bien vu la façon dont tu t'occupes de Chenner, tu es toujours là pour tes coéquipiers quand ils en ont besoin. Sans toi, je me demande combien de temps j'aurais encore perdu avant d'améliorer mon jeu ! Et tu t'es impliqué avant même de me connaître !

Ryan se tortilla.

— Nico…

Nico emmêla ses doigts aux siens. Enfin détendu, Nico commençait à réagir physiquement – comme toujours – à la proximité de Ryan.

Il parla donc d'une voix que le désir enrouait :

— Tu es intelligent, gentil, sexy. Tu aimes ta famille, tu as des goûts étranges en matière de vieux films, tu cuisines super bien, tu dors mal et tu détestes conduire. Et quand tu passes du côté obscur sur la glace, tu es si agaçant que l'équipe adverse enchaîne penalty sur penalty.

Ryan déglutit visiblement.

— Et je tiens beaucoup à toi, conclut Nico, sans réfléchir.

Cet aveu à peine sorti de ses lèvres, il piqua un fard et tenta de retirer sa main. Ryan s'accrocha à lui.

Nico se racla la gorge.

— Je préférerais que tu ne fasses pas une crise d'anaphylaxie [58], Ryan.

Surpris, Ryan sursauta et explosa d'un rire nerveux, il lâcha la main de Nico pour passer les doigts dans ses cheveux. Son sourire redevenait naturel, détendu. Et Nico retrouvait l'homme affable et sûr de lui qu'il avait rencontré au vestiaire en septembre.

Mais cette fois, l'assurance de Ryan semblait plus authentique.

---

58 Manifestation la plus sévère de l'allergie

— Moi aussi, déclara Ryan. J'ai lu que pour traiter les allergies sévères, les experts préconisaient une désensibilisation – ou immunothérapie allergénique. Nous pourrions essayer.

— Des petites doses régulières, mmm? D'accord, acquiesça Nico avec un sourire. Je te signale que c'est à toi de jouer!

QUAND RYAN ouvrit les yeux, il était reposé, la tête vide, le corps détendu et repu.

C'était vraiment très étrange! Tout semblait différent ce matin et il ne comprenait pas pourquoi.

D'un seul coup, il se souvint de ce qui s'était passé la veille au soir – et au cours de la nuit. Il avait pu discuter avec Nico, éclaircir le différend qui les avait séparés. Nico avait accepté ses excuses, il lui avait offert une seconde chance.

Je tiens beaucoup à toi. Je préférerais que tu ne fasses pas une crise d'anaphylaxie.

Ryan cacha son sourire dans un oreiller qui sentait le shampoing de Nico et ferma les yeux quand une boule se forma dans sa gorge. Nico était génial, Ryan le savait mieux que personne. Ils allaient tenter d'être un vrai couple, c'était terrifiant… mais l'idée de baisser les bras l'était bien davantage.

Qui savait ce que leur réservait l'avenir?

Dans un état second, Ryan se leva, il enfila un pantalon de pyjama et se rendit dans la cuisine. La cafetière programmée était déjà en route, Ryan sirota son café en regardant autour de lui.

Sur la table de la cuisine, l'échiquier avait été réinitialisé la nuit dernière, après la victoire de Nico. Ce matin, on aurait dit qu'il attendait, comme une métaphore. Avant de rentrer à son hôtel pour rejoindre les Orques, sa nouvelle équipe, Nico avait déplacé un pion blanc en E4, son ouverture classique.

Il avait aussi laissé un message sur la porte du frigo.

Je pensais ce que je t'ai dit. C'est à toi de jouer.

Ryan se frotta vigoureusement le visage à deux mains. Quand Nico avait évoqué ses sentiments, Ryan l'avait rejeté – alors qu'il savait d'expérience combien c'était douloureux.

Et Nico lui avait pardonné.

Ryan avait arraché son masque de joueur de hockey sûr de lui, révélant ce qu'il cachait dessous, ses insécurités, ses craintes d'être abandonné. Et même en sachant la vérité, Nico tenait toujours à lui.

C'était à ne plus rien y comprendre !

Ryan hésita : que faire de cette nouvelle donne ?

Il commença par le plus simple. Il sortit son téléphone et envoya un texto.

Ryan. E5.

Un mouvement prévisible, d'accord, mais pourquoi se priver d'un classique ayant fait ses preuves ?

Il bougea la pièce sur l'échiquier et retourna dans sa chambre.

LE FUEL SE RENOUVELLE EN BEAUTÉ !
Par Cassandra McTavish
2 Mars

Ne mâchons pas les mots, Le Fuel d'Indianapolis a sombré si profond cette saison qu'il est encore naufragé, en termes de statistiques.

En septembre, l'équipe a échangé son meilleur jeune défenseur et un repêchage pour un centre de troisième ligne ; au fil des mois, Le Fuel a chuté dans le classement ; en janvier, la direction a transféré sa superstar en herbe et fait la Une des journaux pour avoir truqué les matchs avec la complicité de l'entraîneur-en-chef.

Pas étonnant dans ce contexte que les fans se demandent si Le Fuel a touché le fond ou s'il réussira à remonter la pente.

Franchement, assez parlé de catastrophes, évoquons plutôt les bonnes nouvelles ! Ryan Wright, le centre de remplacement suscité, a été promu en seconde ligne où il s'en sort plutôt bien. Depuis le départ de Kirschbaum, Wright a su relever les défis avec une détermination admirable et un succès remarquable. Bien que la défense du Fuel ait été renforcée par les transférés des Orques, nous nous attendions à des scores en baisse d'environ 27 pour cent. Le Fuel a réussi à ne perdre que onze points, ce qui est très raisonnable.

Je vais parler franchement. Cette équipe a toujours de gros problèmes. Mais avec Wright en seconde ligne, une défense renforcée, un nouvel entraîneur et de jeunes recrues qui passent du temps sur la glace pas seulement sur le banc de touche, Le Fuel peut devenir une équipe à surveiller.

Ce qui amène les fans et la nouvelle gestion du Fuel à se poser la question : faut-il garder Wright à la fin de la saison et lui proposer un nouveau contrat?

Ryan Wright est un atout de valeur, c'est une évidence, aussi faudra-t-il le payer à sa juste… *valeur* (désolée, je n'ai pas pu résister). Il est bien adapté dans l'équipe, il s'entend avec tout le monde sur la glace et en dehors. Mais un agent libre n'a aucune contrainte. Alors, Wright acceptera-t-il de rester après ce qu'il a enduré cette année?

— KOLYA CHÉRI! Tu parais en pleine forme. Comment ça se passe pour toi à Vancouver?

Sa mère venait d'apparaître à l'écran, un sourire chaleureux aux lèvres.

Nico sourit lui aussi.

— Bien, maman.

Les Orques étaient sur une bonne séquence, ils participaient au deuxième tour des éliminatoires de leur division et, la saison officielle prendrait fin d'ici une semaine.

— Le temps est un peu pluvieux, ajouta Nico. J'aime bien.

Elle inclina la tête.

— Toi, oui, mais je présume que tes coéquipiers s'en plaignent?

Il roula des yeux. La plupart des Orques étaient à Vancouver depuis des années. Ils auraient dû être habitués à la pluie, quand même!

— Oui, pourtant, ça n'en vaut pas la peine. Manifestement, ils ne connaissent pas les intempéries du nord-est de l'Allemagne!

Sa mère eut un petit rire.

263

— En général, les gens apprécient peu le ciel gris et bas, et de longs mois sans voir la lumière du soleil. Ça leur mine le moral.

Nico pensa à Ryan… né et élevé à Vancouver, il devait être accoutumé à cette grisaille implacable. Était-ce pour lutter contre elle à sa façon qu'il avait adopté une attitude aussi délibérément ensoleillée ? Peut-être.

— C'est vrai. Comment va papa ?

— Je suis là !

Son père apparut, un torchon à la main. Sans doute était-il occupé à essuyer la vaisselle du dîner.

— Mais je ne vais pas tarder à sortir, déclara-t-il. Les garçons jouent ce soir.

Nico hocha la tête.

— Comment ça se passe avec ton équipe, papa ?

Le visage tout éclairé, son père se lança dans une description détaillée des progrès de l'équipe qu'il entraînait. Par ce biais, Nico et son père pouvaient continuer à parler hockey sans pression. Son père critiquait souvent ses jeunes joueurs, bien entendu, mais il les aimait bien, ça se voyait. Et il tenait à les voir réussir.

Nico aurait dû virer son père des années plus tôt !

Rudy secoua la tête.

— Ce jeune Kurt me rappelle ton Ryan, déclara-t-il.

Nico se demanda si ce possessif était un lapsus, si son père cherchait à lui soutirer une confirmation… ou s'il préparait une vacherie.

— Ah, bon ? En quoi ?

Son père leva une épaule.

— Il est plus petit que les autres et tout le monde semble l'apprécier. Il ne prend pas le hockey suffisamment au sérieux et c'est dommage, car il pourrait être bon.

De la part de son père, c'était presque un compliment.

— Mais peut-être, ajouta son père, fera-t-il des progrès d'ici quelques années, comme Wright. Il joue mieux, non ?

Nico dut faire un effort pour ne pas béer ouvertement devant la caméra. Ryan et lui échangeaient des SMS, des coups de fil. Le plus souvent, ils flirtaient. Effectivement, la nouvelle éthique de Ryan portait ses fruits, Nico le savait, il suivait les statistiques de près.

Il ne comptait pas pour autant en parler à son père. Si Ryan regagnait peu à peu sa confiance, son père, lui, avait encore du chemin à faire.

264

Il répondit avec un temps de retard :

— Oui, c'est vrai. Phil, le nouvel entraîneur du Fuel, a bien fait de le mettre en seconde ligne.

Quelle platitude ! Quand il abandonnerait le hockey, l'âge de la retraite venu, Nico ne se reconvertirait *certainement pas* en analyste de jeu à la télévision !

Sa mère, Dieu la bénisse, intervint pour le sauver :

— Ça suffit, Rudy ! Je veux savoir comment Nico s'adapte à sa nouvelle vie.

Nico vit son père poser un baiser contrit sur le front de sa femme.

— Désolé, Ira chérie, je vais te laisser avec lui, je dois m'en aller. À bientôt, Nico, garde la tête haute.

C'était sa formule habituelle au lieu de « au revoir ». Nico arrivait à peine à la taille de son père la première fois qu'il avait entendu ces mots. Il en avait été très fier, très touché. Il savait leur vraie signification : « prends soin de toi, mon cher fils ».

— Toi aussi, papa.

Il racontait à sa mère qu'il envisageait d'acheter un vélo pour explorer Vancouver pendant ses jours de congé quand un « *bip* » indiqua l'arrivée d'un message sue son téléphone.

Le texte apparut en haut de son écran.

Ryan. Tour en A5.

Nico sourit en le lisant.

— Kolyasha ?

Sa mère s'étonnait de son soudain mutisme.

— Excuse-moi, maman. Je lisais un message.

Il tenta de retrouver un visage impassible. N'était-il pas censé être un adulte responsable ?

— Tu sais que tu peux tout me dire, *solnyshkuh*.

Oh, là, elle trichait, elle essayait de le manipuler. « Petit soleil » ? C'était comme ça qu'elle l'appelait quand il était enfant.

— Que te racontait Ryan ? ajouta-t-elle.

Ah. Ainsi, elle avait deviné. Comment avait-il cru pouvoir lui cacher quelque chose ?

— Il m'annonçait ses intentions, répondit-il. Aux échecs.

Si sa mère devina qu'il y avait davantage, elle ne lui posa aucune question.

— Ne le laisse pas gagner trop facilement, Kolya.

Nico sourit.

— Bien, entendu !

LES ORQUES SE QUALIFIENT POUR LES SÉRIES ÉLIMINATOIRES !
Cassandra McTavish
28 mars

Avec leur victoire décisive d'hier soir contre Edmonton, cinq buts à deux, les Orques de Vancouver participeront aux séries éliminatoires de la division Pacifique*.

Les derniers matchs de la saison détermineront quelle équipe ils affronteront au premier tour, mais au vu du classement actuel, je parierais pour Las Vegas.

À mon avis, il est peu probable qu'ils gagnent le Trophée des Présidents*, car le Colorado l'a d'ores et déjà presque remporté, mais les parieurs donnent les Orques comme favori de la Coupe Campbell*. Ils sont trois à un contre le Colorado cette saison, des chiffres qui semblent prometteurs.

LES ÉCHANGES entre Ryan et Nico comportaient des messages, mais aussi des photos, dont celle de Gaby, la fille de Yorkie, à un tournoi de hockey près d'un trophée aussi grand qu'elle, ou celle des gratte-ciel de Vancouver. Comme les deux joueurs étaient très pris dans la folie des derniers matchs de la saison régulière, ils manquaient de temps pour de vraies conversations, en visio ou au téléphone.

Un samedi d'avril, Le Fuel raccrocha enfin ses patins. Ryan envoya à Nico une photo de Kitty et Katja entourés de ballons roses, jaunes, verts et blancs, et de décorations de fête.

Une bannière au-dessus du couple indiquait :

Félicitations pour le bébé !

Nico reconnut l'écriture, bien sûr, mais il comprit que Gaby avait collé les paillettes et fait le dessin.

Un message accompagnait la photo.

266

Ryan. Kitty était tellement ivre qu'il a failli me tomber dessus !

Nico l'appela aussitôt en vidéo-conférence.

— Je croyais qu'une *baby shower* avait lieu dans l'après-midi ?

Nico vivait en Amérique du Nord depuis assez longtemps pour savoir qu'il ne s'agissait pas de « doucher le bébé ». Cette fête prénatale de tradition américaine était organisée par les amies de la future maman pour célébrer un ventre rond. En Allemagne, cela ne se faisait pas, en Russie non plus.

Ryan était torse nu dans la cuisine d'Indianapolis.

— Ne m'en parle pas ! Nous avons frôlé le désastre ! Figure-toi que les Russes ne font pas de *baby shower*, parce que selon eux, ça porte la poisse d'acheter des affaires de bébé avant la naissance. Jenna avait tout organisé pour faire une surprise à Katja, mais à la dernière minute, Yorkie a reçu un texto de Baltierra ou de Martin, à qui Kitty avait parlé de cette superstition. Nous avons eu cinq minutes à peine avant l'arrivée de Kitty et de Katja pour cacher tous les cadeaux et prétendre que la fête était juste pour célébrer la prochaine arrivée du bébé.

Nico retint un rire. Voilà qui évoquait tout à fait la saison du Fuel : de bonnes intentions, une préparation bâclée sans recherche du contexte et des ratés à l'exécution.

— Qu'allez-vous faire des cadeaux ?

Ryan secoua la tête.

— Ils sont tous entassés dans la chambre d'ami de Yorkie, nous les ressortirons cet été, quand le bébé sera né. J'ai été sidéré en voyant certains d'entre eux. Savais-tu qu'on peut acheter des « gâteaux de couches » ? C'est à plusieurs étages, comme un gâteau de mariage, avec de vraies couches pour bébé.

— C'est une idée atroce !

— Oui, je trouve aussi !

Ryan se laissa tomber dans son siège habituel devant la table de cuisine. Nico aperçut l'échiquier posé devant lui.

— En plus, vous avez soulé Kitty.

— Hé ! Bien sûr ! Il va être papa, quand même !

Ryan semblait trouver sa réponse logique.

En vérité, Nico n'était pas surpris, nombreuses étaient les cultures où les amis du futur père l'emmenaient faire la fête – et se souler. Il s'apprêtait à demander comment s'était passée la soirée quand Ryan poussa un cri :

267

— Oh ! Tu portes lle tee-shirt !

Nico piqua un fard et espéra que ça ne se verrait pas en vidéo. Il avait reçu ce tee-shirt par la poste quelques jours plus tôt. En guise de réponse, il avait envoyé à Ryan une photo du dessin de la poche avant – une loutre cartoon agitant un drapeau arc-en-ciel – et un GIF pour exprimer sa réprobation.

— Je n'avais rien d'autre de propre à mettre, mentit-il.

Bien sûr, il portait lle tee-shirt… mais seulement dans sa chambre. Pas question de l'arborer à l'entraînement. Oh, ses coéquipiers ne comprendraient pas, bien entendu, mais Nico ne tenait pas à leur expliquer l'allusion, ni à les voir chercher « loutre » sur Internet.

Il savait très bien ce qu'ils trouveraient !

Sur pride.com, les gays étaient classés en fonction de leur pilosité, des « minets » imberbes aux « ours » très poilus. Une « loutre » était entre de ces deux extrêmes.

Nico s'affolait des idées que ça pourrait donner aux Orques !

Ryan éclata de rire.

— D'accord, vachement crédible !

Nico s'apprêtait à argumenter, même s'il ne voyait pas bien comment se justifier, quand son alarme de téléphone sonna, lui rappelant qu'il était temps pour lui de se préparer pour l'entraînement. Ce serait son premier match en séries éliminatoires et il voulait être prêt.

Mais devoir écourter sa première vraie conversation avec Ryan depuis des lustres lui coûtait beaucoup.

— Je dois y aller, annonça-t-il. Je suis attendu sur la glace. Et il faut que je change de tee-shirt.

Le sourire de Ryan se durcit.

— Oui, bien sûr. Pour toi, la saison n'est pas terminée. Tu as encore des matchs importants à jouer.

Pas moi. Ces deux derniers mots, Ryan ne les prononça pas, mais Nico les entendit quand même. Avant qu'il prenne ombrage de ce sous-entendu passif-agressif, Ryan le regrettait déjà.

— Tu vas les défoncer ! ajouta-t-il, sans arrière-pensée cette fois. À très vite, ma petite loutre !

Il coupa la connexion sans laisser à Nico le temps de rétorquer.

Ce n'était pas la meilleure conversation qu'ils aient eue, pensa Nico en se préparant, mais ça s'était quand même bien passé. Ryan lui manquait, et pas seulement à cause du sexe ou de l'affection physique. Nico aimait lui parler, écouter ses blagues stupides. Les textos, c'était sympa, mais plus impersonnel. Un appel vidéo ne valait pas une conversation en tête-à-tête, mais c'était un pas dans la bonne direction.

Et Nico comptait continuer à avancer, quoi qu'il advienne.

Une fois sur la glace, il oublia tout ce qui n'était pas le hockey et patina avec une concentration appliquée, attentif au moindre mot de son entraîneur et suivant d'un regard d'aigle les mouvements des vétérans de l'équipe, cherchant de trouver le juste milieu entre se préparer à fond pour son match des séries éliminatoires sans s'épuiser trop tôt, puisqu'il n'en était encore qu'à l'entraînement.

Au moment de la sieste d'avant-match, il était trop survolté pour espérer s'endormir, alors, il fixa le plafond et se branla avec force, presque avec brutalité, en se souvenant de la façon dont Ryan l'avait collé au mur de la douche à son retour de la Barbade.

Après cet exutoire, il sombra dans un sommeil si réparateur que c'en était presque gênant.

Et le match…

Oh, Dieu, le match !

Les Orques avaient l'avantage de jouer à domicile et tout Vancouver semblait vibrer avec eux de la même anticipation électrique. Quand Nico entra dans l'arène, il eut la chair de poule, les cheveux hérissés sur la nuque. Il était toujours en overdose d'adrénaline au milieu de la première période, en nage, à patiner comme un malade avec le palet sur sa lame et le rugissement des fans aux oreilles.

Enivré, il savoura le son du palet qui heurtait le fond du filet, les accolades de ses coéquipiers, les hurlements de la foule scandant son nom. Il se sentait mieux accepté à Vancouver qu'il ne l'avait jamais été à Indianapolis et c'était son premier but en séries éliminatoires.

Il en marqua un second en fin de troisième période, deux minutes avant la fin du match.

Waouh ! Deux buts, dont un décisif pour la victoire des Orques ! Nico avait du mal à y croire !

Il planait encore pendant son interview d'après-match devant les médias, il souriait d'un air béat, prêtant à peine attention à ses réponses.

Et quand il rejoignit enfin les vestiaires, Jordan et Noah l'attendaient, tout aussi enthousiastes.

Jordan lui passa le bras sur les épaules.

— Bravo, Groot! Continue à jouer comme ça pendant les quinze prochains matchs, d'accord?

Nico n'y voyait aucun inconvénient.

La CUISINE était aussi propre que possible.

Ryan avait jeté la nourriture qui traînait, il avait même pensé au jour des poubelles et vidé le lave-vaisselle. Dans le frigo, il ne restait que la confiture de Nico; dans les placards, la vaisselle et du thé.

Pour le reste de la maison, il alla plus vite. Il avait emballé les rares affaires qu'il avait emportées à Indianapolis et même retrouvé le stylet de sa tablette coincé entre le matelas et le sommier quand il avait enlevé les draps pour faire une machine.

Maintenant, il fermait sa valise, tout en faisant une dernière vérification pour s'assurer de n'avoir rien oublié. Nico avait engagé des déménageurs pour venir emballer ses meubles et les stocker jusqu'à la signature de son prochain contrat. Ryan ne savait pas s'il y aurait accès.

Cette saison ne s'était pas *du tout* déroulée comme il s'y attendait. Il avait prévu le pire et oui, par certains côtés, il avait vu juste, mais c'était les aspects positifs qui le surprenaient encore.

Par exemple, il n'aurait jamais pensé devenir un bon buteur – il avait le quatrième meilleur score de l'équipe sur les deux derniers mois de la saison.

C'était agréable… mais aussi terrifiant.

Ryan relativisait sa réussite, bien entendu, il n'avait pas beaucoup de compétition au Fuel, mais il appréciait que son travail porte ses fruits. Il était plus musclé, plus rapide, plus audacieux sur la glace, il prenait désormais des risques, ce qu'il n'avait jamais osé faire auparavant. Sans doute parce qu'il se sentait plus confiant…

Et si tous les soirs, avant de se coucher, il écoutait le livre audio de Barb, *Chop Wood, Carry Water*, c'était son secret, personne n'avait à le savoir. Un peu de lecture positive l'aidait à mieux dormir, le repos, c'était important, comme sa dispute avec Nico l'avait prouvé.

Désormais, Ryan envisageait l'avenir avec plus de confiance, car sa remise en question et ses entraînements ciblés avaient fait une vraie différence dans sa vie professionnelle.

Parfois, il avait la frousse, parce que s'il pouvait résoudre ses problèmes de hockey, ça voulait dire qu'il pouvait aussi dépasser son handicap relationnel et s'engager pour de bon avec Nico.

Mais rien ne garantissait que leur couple durerait.

Ryan s'apprêtait à tenter le coup, cependant. Il rentrait chez lui à Vancouver, et Nico… eh bien, Nico y était en ce moment, il jouait de façon remarquable, marquant but sur but comme si les défenseurs adverses n'étaient que des pylônes à contourner. Et ce sourire qu'il avait ! Cette fierté quand ses coéquipiers le congratulaient, quand les fans l'acclamaient !

Nico n'aurait pas beaucoup de temps à lui consacrer avant la fin des séries éliminatoires, mais ça, Ryan le comprenait, il ne lui en tiendrait pas rigueur. Franchement, rien que regarder…

Son téléphone vibra dans sa poche. Ryan vérifia l'écran et fronça les sourcils : un numéro masqué ? Il accepta l'appel.

— Allo ?

— Ryan Wright ? demanda à une voix autoritaire.

— Oui.

— Bonjour, M. Wright, je suis Patrick Laroche de Hockey Canada. Avez-vous des projets pour les six prochaines semaines ?

Ryan était sous le choc. *Hockey Canada* ? L'organisme dirigeait le hockey sur glace canadien et faisait aussi partie de la fédération internationale de hockey.

Le cœur battant très fort, Ryan bredouilla :

— Euh, non… pas vraiment.

— Parfait, je vous propose de participer aux Mondiaux au printemps.

Le Championnat du monde de hockey sur glace dépendait de la Fédération internationale – à ne pas confondre avec la Coupe du monde qui se jouait avec les règles de la NHL. Il avait lieu chaque année en avril et mai. Comme c'était aussi le début des séries éliminatoires, seuls pouvaient être sélectionnés pour composer une équipe nationale les joueurs *qui n'étaient pas* au sein de la NHL, ou ceux dont l'équipe avait été éliminée aux Séries.

Ryan pensa qu'il dormait, qu'il rêvait peut-être…

— Aux Mondiaux ? Pour… jouer… ?

— Oui, M. Wright, pour jouer. Nous sommes en train de composer l'équipe du Canada, la liste est courte et vous en faites partie. Si vous acceptez, vous prendrez l'avion samedi pour Prague afin de vous entraîner avec le reste de l'équipe.

Peut-être que Ryan hallucinait ?

— Vous voulez m'intégrer à l'équipe du Canada pour jouer au championnat mondial de hockey, répéta-t-il lentement. Vous me demandez de partir en la fin de semaine pour l'Europe?

— Oui. Dès que vous m'aurez confirmé votre accord, je contacterai votre agent, votre vol est réservé, vous avez une chambre dans le même hôtel que le reste de l'équipe. Les arrivées s'étaleront sur le week-end.

Ryan se lécha les lèvres. Il tremblait comme une feuille.

Si c'était une blague...

— M. Wright? insista Laroche. J'attends votre réponse.

— Putain! Oui! cria Ryan. Euh, excusez-moi, oui, bien sûr. Je... enfin, oui.

Quand Laroche reprit la parole, il retenait un rire, Ryan le devina.

— Parfait, j'en suis ravi. Votre agent recevra tous les documents dans l'heure. Bon après-midi, M. Wright.

— Merci, monsieur. Au revoir.

Ryan raccrocha et fixa son téléphone un long moment.

Prenant son courage à deux mains, il envoya un texto à Diane :

Ryan. Je crois avoir été contacté par Hockey Canada... je crois aussi avoir accepté de jouer aux Mondiaux dans l'équipe nationale. C'est peut-être une farce... Ou alors, je suis bon à enfermer.

Diane répondit du tac au tac, indiquant qu'elle était avec Laroche au téléphone pour discuter du contrat et qu'elle rappellerait Ryan dès que tout serait signé et dûment validé.

Donc, ce n'était pas une farce et Ryan n'était pas devenu fou. C'était bon à savoir.

Ça ne l'empêcha pas de se ronger les sangs en attendant que Diane le rappelle. Combien de temps allait-il devoir attendre?

En guise de distraction, il appela Tara.

— Quoi de neuf, petit frère?

Petit? Il ne prit pas la peine de rappeler à Tara qu'il était son aîné de onze mois.

— Je viens de recevoir un appel d'un responsable de Hockey Canada, jeta-t-il, le souffle court, je vais jouer au Championnat du monde dans l'équipe Canada.

— *Quoi?* hurla sa sœur.

Elle lui raccrocha au nez.

Surpris, Ryan écarta son téléphone de son oreille et regarda l'écran. Deux secondes plus tard, une sonnerie indiqua un appel vidéo.

Les yeux écarquillés, Tara semblait vibrer de tension.

— Tu es sérieux ? Oh, mon Dieu, Ryan ! Tu vas jouer pour le Canada ?

— Ce n'est pas encore signé, précisa-t-il avec nervosité. Diane est actuellement en train de négocier mon contrat.

— D'accord, j'attendrai que ce soit officiel pour téléphoner à tout le monde.

— Merci.

— Si tu n'appelles par pour rouler les mécaniques, qu'attends-tu de moi ?

— Je ne voulais pas attendre tout seul !

Tara lui tira la langue.

— Tu as de la chance, déclara-t-elle ensuite, j'ai un peu de temps devant moi.

Quelques minutes plus tard, il parlait encore à Tara quand il reçut un message de son agent.

Diane. Ce n'est pas une farce. Contrat vérifié et signé. Ils sont efficaces, tout est déjà réservé et organisé. Bravo, Ryan ! Appelez-moi dès que possible !

Ryan pompa l'air de son poing.

– Yes ! Tara ! C'est bon, c'est officiel, je vais aller à Prague, j'ai encore du mal à y croire !

— Pas moi, c'est super et tu le mérites !

— Merci, il faut que je rappelle Diane. C'est dingue, je pars samedi pour l'Europe ! Je te tiendrai au courant dès que j'en sais davantage, d'accord ?

Il avait le tournis en essayant de lister tout ce qu'il avait à faire : prévenir ses parents, Yorkie.Et Nico, bien étendu. Il voulait désespérément le dire à Nico.

— Tu as intérêt ! Je veux savoir quand je dois réserver mes billets.

Ryan se figea.

— Quels billets ?

— Je viendrai te voir jouer au championnat, frangin ! Allez, je te laisse, tiens-moi au courant.

Il sourit.

— Bien sûr.

Il rappela Diane, écouta son compte-rendu et prit des notes, puis il tint parole et envoya à Tara les dates réclamées.

Enfin, il put envoyer un texto à Nico.

Ryan. *J'ai deux nouvelles à t'annoncer, une bonne et une mauvaise.*

273

La réponse fut succincte.

Nico. *???*

Ryan. *Mauvaise nouvelle, je ne viens pas à Vancouver, je risque même de ne pas monter avant un bail. Bonne nouvelle... c'est parce que je joue aux Mondiaux.*

Nico. *Félicitations ! C'est génial. Je ne peux pas te parler maintenant, mais je t'appelle très vite et tu me raconteras tout.*

Ryan. *D'accord. À plus.*

Un sourire aux lèvres, il rangea son téléphone et retourna à ses bagages. Il lui fallait tout revoir, sa destination avait changé.

PROLONGATIONS

LA DÉROUTE DES ORQUES
Eric Doyle
21 avril

Les fans de hockey de Vancouver ont été effondrés quand, après avoir mené trois à un contre Las Vegas, les Orques ont finalement perdu ce septième match du premier tour des séries éliminatoires. Ils renoncent donc à écrire leur nom sur la Coupe Stanley cette année!

Comment expliquer cette défaite? Malgré les points marqués, les Orques ont été handicapés par l'absence de leur gardien, Noah McIlroy, blessé à la tête. Il souffre d'une commotion cérébrale. C'est une grosse déception à la fin d'une saison des plus réussies.

Cependant, nous attendrons octobre avec espoir. Le nouveau venu, Nico Kirschbaum, a fait ses preuves en marquant six buts et onze points en sept matchs des séries – ce genre de performances nous fait voir en lui une future pierre angulaire de son équipe. La deuxième ligne des Orques a également eu de bons résultats, l'attaquant Mark Sullivan ayant même obtenu une victoire dans le troisième match grâce à un coup du chapeau. Daniel Svensson est un vétéran qui vit ses dernières saisons, mais à part lui, le noyau de l'équipe est composé de jeunes joueurs, en bonne santé et très investis. McIlroy devrait avoir récupéré de sa blessure en octobre prochain, après l'intersaison, et toute l'équipe se retrouvera pour affronter des nouveaux challenges.

NICO TAPAIT du pied. Encore quarante-cinq minutes de vol avant d'atterrir à Berlin et il était à bout. Depuis combien de temps était-il en avion? Il avait perdu le compte. L'Europe était *diablement* loin de Vancouver. Il avait réussi à dormir quelques heures avant d'arriver à Toronto, puis en traversant l'Atlantique. Depuis, son horloge interne était détraquée, Nico ne savait plus dans quel fuseau horaire il était. Il était à la fois survolté et épuisé. Il avait les yeux secs et rougis. Il détestait les longs vols.

Les sept matchs des séries éliminatoires s'étaient terminés par une déception, il payait encore le prix de ces efforts physiques intensifs. Nico avait tout donné, mais sans Noah, les dés étaient joués. Remplacer des attaquants et des défenseurs, c'était faisable, à condition d'avoir de bons éléments pour partager la charge de travail. Mais la plupart des équipes ne pouvaient s'offrir un gardien suppléant capable de faire gagner ses coéquipiers en séries éliminatoires.

Donc, Nico digérait la défaite. Mais les Orques n'étant plus dans la course pour les séries, il avait été appelé pour jouer dans l'équipe nationale d'Allemagne aux Mondiaux, il se rendait donc de toute urgence au camp d'entraînement, à Berlin, où il allait retrouver les meilleurs joueurs de hockey de son pays natal.

Par le train, Berlin n'était qu'à quatre heures de Prague où Ryan s'entraînait avec l'équipe du Canada, vivant le rêve de tous les amateurs de hockey canadiens.

Nico s'agaçait un peu que l'Allemagne et le Canada soient séparés. L'Allemagne était en groupe A avec la Suède, championne en titre, et leurs tournois « à la ronde* » se disputeraient à Brno [59], tandis que le Canada était dans le groupe B, avec l'équipe de Prague.

Donc, Ryan et lui ne se verraient pas pendant presque un mois, avant le début officiel du championnat. Ensuite, si le Canada et l'Allemagne terminaient leurs matchs respectifs dans les quatre premiers, ils s'affronteraient en quart de finale, en demi-finale ou en finale.

En gros, dès que Ryan et Nico se rencontreraient sur la glace, une de leur équipe serait éliminée.

Nico commença à se demander comment les joueuses de hockey féminin s'en sortaient avec leurs conjoint(e)s. Lui, sans même être officiellement en couple, il stressait déjà. Il voulait gagner, mais il voulait aussi que Ryan ait de bons résultats.

Et il ne pouvait se permettre de trop y penser, parce qu'il devait rester concentré sur son jeu.

---

59 Ville de République tchèque.

Couper du bois. Porter de l'eau.

Il avait à peine eu le temps de rassembler ses esprits avant de monter dans l'avion. Quand les Orques avaient perdu aux séries, Ryan lui avait envoyé un émoticône triste. Il n'en dirait pas davantage, mais même s'il l'avait fait... Nico n'aurait pas déprimé. Il avait bien joué, il le savait.

Et maintenant, l'avion atterrissait, il pouvait enfin annoncer à Ryan son arrivée. Il ne voulait pas envoyer un texto. Il tenait à téléphoner.

En revanche, il aurait dû répondre à Ryan après la défaite des Orques. Il espérait que Ryan n'ait pas pris son silence pour de la bouderie ou pire encore, des ruminations mentales comme au Fuel.

Une fois la douane passée, Nico trouva un coin tranquille et vérifia l'heure locale. Dix heures du matin – Ryan serait éveillé, mais peut-être était-il déjà à l'entraînement.

Incapable de patienter plus longtemps, il pressa le bouton d'appel.

À sa grande surprise, Ryan répondit à la deuxième sonnerie. En arrière-fonds, Nico entendit les bruits et les rires d'un vestiaire.

— Salut, bab... hum, salut.

Nico entendit dans sa voix un sourire et une grimace penaude. En réaction, il piqua un fard à l'idée que Ryan avait failli dire « babe » dans une pièce pleine de joueurs de hockey.

— Ton timing est excellent, enchaîna Ryan. Nous venons de finir notre entraînement.

— Moi, je sors de l'avion, répondit Nico.

— Tu es retourné à Indianapolis ? demanda Ryan.

Il s'arrêta, calcula sans doute dans sa tête, puis reprit :

— Non, sûrement pas, aucun avion n'atterrit à trois heures du matin. Où es-tu ?

— Je viens d'atterrir à Berlin.

— Hein ? Attends... Donne-moi une minute.

Il se remit en route et prit la direction de la gare. Ses parents auraient préféré l'avoir chez eux, mais il était attendu dès le lendemain à l'entraînement. Ce serait plus simple pour lui de résider à l'hôtel avec le reste de l'équipe. Une fois à la gare, il sortit son portefeuille, en tira sa carte bancaire allemande et prit un abonnement d'un mois.

Il avança ensuite vers les quais.

Un train arrivait, Nico y monta, son téléphone toujours collé à l'oreille. Les bruits de vestiaires ayant disparu à l'autre bout du fil, il comprit que Ryan avait dû s'isoler.

— Que fais-tu à Berlin, Nicky? Tu es venu regarder un match? M'encourager peut-être?

Il plaisantait, mais sa voix exprimait un soupçon de vulnérabilité. Nico aurait adoré regarder Ryan jouer sur la scène mondiale et prouver enfin sa valeur – à lui-même et au monde du hockey.

Mais il était là pour jouer pour l'Allemagne.

— Peut-être, ça dépendra de mon emploi du temps.

Après un temps de silence, Ryan demanda d'un ton hésitant :

— Pardon?

Nico se laissa tomber dans une banquette, il coinça son bagage entre ses genoux et ferma les yeux.

— Figure-toi que j'ai reçu un appel, moi aussi, l'Allemagne voulait un autre centre dans l'équipe pour les Mondiaux. Je suis dans le métro, je vais rejoindre le reste de l'équipe à l'hôtel.

Ryan poussa un gémissement.

— L'Allemagne est dans le groupe A! Tu vas jouer à Brno!

— Oui.

Il répondait plus à la déception de Ryan qu'à la véracité de ses mots.

— On est baisés!

— Pas encore, dit Nico.

Il n'avait pu retenir cette vanne facile, il en fut récompensé par un éclat de rire surpris.

— Merde, Kirschbaum, tu me tues! Nous sommes dans le même pays et encore trop loin!

— Techniquement, je suis en Allemagne.

— Pfut, tu ergotes!

— Oui. Peut-être.

Le silence retomba, Nico entendait Ryan respirer.

— Tu m'as manqué, murmura enfin Ryan.

Nico fut traversé par une vague de chaleur.

— Toi aussi.

— Nous pourrons au moins nous écrire.

— Bien sûr!

Nico. Je viens de rencontrer l'équipe. Pas beaucoup de joueurs de la NHL. Je me sens lent, la glace est si grande!

278

Ryan. *Je croyais que tu avais grandi à Berlin, tu dois connaître cette glace, non ?*

Nico. 😑 *Je vis en Amérique du Nord depuis mes quatorze ans.*

Ryan. *Ah, je vois, en plus d'être un geignard, tu es un traître !*

Nico. *Ils m'ont nommé capitaine !*

Ryan. *YES ! Bien sûr ! Ils ne sont pas fous !*

Nico. *Pourquoi « bien sûr » ! Certains ont deux fois mon âge !*

Ryan. *N'importe quoi ! Il n'y a pas de vieillards de quarante-deux ans sur la glace !*

Nico. *C'est vrai, j'exagère un peu, mais je suis le plus jeune.*

Ryan. *Tu es aussi le seul premier choix au classement général de toute cette équipe. Écoute, ils ont aussi des vétérans, pas vrai ?*

Nico. *Oui. Et alors ?*

Ryan. *Et alors, tu seras soutenu par des joueurs expérimentés et pleins de sagesse ! Profite de cette évidente manœuvre des relations publiques et amuse-toi bien à être capitaine*

Nico. *D'accord.*

Nico. *Félicitations pour ta victoire et ta passe décisive ! Tu as été superbe !*

Ryan. *Merci ! J'ai encore du mal à croire à ce que je vis !*

Nico. *Moi, pas du tout. Tu le mérites.*

Nico. *Félicitations à l'équipe Canada, joli match !*

Ryan. *Je crais sui pamal bourra*

Nico. *Va te coucher.*

Ryan. *Cellllllllly !*

Nico. *Il est tard. Va dormir*

Ryan. *okkkkkkkkkkkk*
Nico. *Dors bien. À bientôt.*

Ryan. *Allez l'Allemagne! À bientôt!*

NICO VENAIT à Prague.

Ryan se frotta le visage et respira plusieurs fois. Il devait se concentrer sur son entraînement, sur son jeu.

Nico voulait le voir.

Ryan y tenait aussi. Il manquait tellement de contact humain qu'il se sentait presque prêt à tuer pour étreindre dix secondes un Allemand grincheux champion d'échecs et de hockey. Mais à l'heure actuelle, rien n'était simple.

La phase éliminatoire du championnat venait de commencer. Si une équipe perdait une rencontre, c'était fini – sauf pour les perdants des demi-finales qui s'affronteraient pour la médaille de bronze. Bref, la pression était terrible. Le Canada jouerait contre la Finlande en quart de finale, l'Allemagne contre la République tchèque, mais si l'équipe de Ryan et celle de Nico gagnaient, elles se rencontreraient en finale.

Merde!

Ryan constata qu'il retenait son souffle depuis trop longtemps. Devait-il contacter Nico?

Après une dernière hésitation, il accepta l'appel. Le geste lui coûta énormément. Il avait l'estomac noué et une nausée dans la gorge.

Les premiers mots de Nico furent :

— Tu as des doutes?

— Non! répondit aussitôt Ryan. Pas sur nous, j'ai terriblement envie de te voir, le problème…

Il hésita, la gorge serrée. Puis il prit son courage à deux mains. N'avait-il pas décidé d'être franc? D'admettre ses sentiments? D'aller de l'avant?

Nico soupira.

— Oui? Continue!

Le connaissant, Ryan savait qu'il était stressé, pourtant, ça ne s'entendait pas dans sa voix :

Parle, s'admonesta Ryan. *Explique-toi le plus honnêtement possible.*

— J'ai peur, avoua-t-il. Et si je recommence à déconner, hein ? Tu te rends compte de la responsabilité ? Nous serions tous les deux bouleversés alors que nous avons des matchs hyper importants en vue, ça peut impacter notre façon de jouer. Si je te faisais ça, Nicky, tu me détesterais, je me détesterais encore plus ! Je te veux au top de ta forme en arrivant sur la glace !

Nico y réfléchit un moment.

— D'accord, je comprends ton point de vue, mais si tu veux mon avis, ne pas nous voir serait encore pire. Sois franc, tu t'es aussi posé la question, hein ?

— Bien entendu, admit Ryan en toute sincérité – il ne faisait même que ça. Justement ! C'est aussi un problème !

— Hé ! Je te connais, tu n'es pas du genre à prôner la chasteté les jours de match ! Une petite baise rapide ne te fait pas peur !

Cette fois, Nico paraissait amusé.

Ryan s'étrangla avec un rire nerveux.

— *Rapide* ? Je ne t'ai pas vu depuis six mois, Nicky, je doute énormément qu'une « petite » baise suffise à apaiser ma faim !

Il avait parlé trop vite, sans réfléchir à ses paroles. Il avait voulu dire que pour ces retrouvailles tant attendues, Nico et lui prendraient tout leur temps… Là, il avait révélé sa frustration sexuelle, son besoin désespéré de rétablir une connexion avec Nico, son manque de lui…

Et il n'était même pas sûr de le regretter.

Il s'éclaircit la gorge et continua :

— Je doute de pouvoir me contrôler et ce serait bête, pour notre premier championnat, de finir à l'hosto suite à des ébats trop torrides, non ? Je me vois très mal expliquer cela à ton entraîneur !

Nico lui éclata de rire au nez.

— Je suis presque offensé, déclara-t-il quand il retrouva sa voix, me crois-tu un homme facile ? Ou assez fragile pour me blesser dans des circonstances aussi délectables ?

— Hé, ça arrive, je t'assure ! s'exclama Ryan. Quand j'étais à l'université, à Vancouver…

Il relata des anecdotes loufoques qui avaient fait le buzz six ou sept ans plus tôt dans les amphithéâtres. Nico l'écouta, partagé entre l'incrédulité et l'amusement.

Un peu à contrecœur, il accepta cependant d'attendre la fin du championnat – pour tous les deux. Il semblait déçu.

Ryan l'était aussi, mais il se méfiait trop de lui, de son «allergie». Malgré les progrès accomplis, rien n'était encore gagné et Ryan risquait un effondrement émotionnel en retrouvant Nico. Il aurait l'air fin s'il provoquait une scène publique embarrassante, sur la glace ou ailleurs.

Il médita longuement après avoir raccroché, puis il se secoua, car il était presque en retard pour déjeuner avec ses parents et sa sœur.

Les Wright étaient arrivés à Prague au début du championnat. Entre les matchs, ils visitaient la ville et les sites connus. Ryan n'avait pas le temps de faire du tourisme, mais il les voyait régulièrement.

Quand il arriva, sa mère le serra dans ses bras comme si leur séparation avait duré des mois.

— Ryan! Comment vas-tu?

— Très bien, répondit-il, avec enthousiasme, en forçant un peu la note. J'ai encore du mal à réaliser que je ne rêve pas. C'est joli, ici!

Le restaurant était sur une colline qui surplombait la ville. C'était le premier voyage de Ryan de l'autre côté de l'Atlantique et il s'émerveillait souvent que tout soit si différent de ce qu'il connaissait.

Il regarda autour de lui, le bâtiment était très ancien, serein, avec de gros murs de pierre.

Notant son étonnement, Tara expliqua :

— C'est un monastère! Ils ont de la glace à la bière.

Ryan en eut l'eau à la bouche. Aujourd'hui, il suivrait strictement son régime, mais il se promit de revenir goûter à ces spécialités alléchantes dès la fin du championnat.

Après le repas, ses parents et Tara décidèrent de visiter les jardins du cloître. Ryan, lui, était attendu à son hôtel pour un meeting. Il avait espéré pouvoir s'esquiver sans subir une inquisition de la part de sa sœur – il savait très bien qu'elle brûlait de curiosité depuis que le groupe B était revenu Brno. Elle avait évité de l'interroger à table à cause de leurs parents. Malheureusement, ils se rendirent aux toilettes. Laissant Ryan seul avec elle.

Oh là là!

Tara ne perdit pas une seconde. Elle l'empoigna par le bras.

— Alors, l'équipe nationale allemande est revenue à Prague, hein?

Ryan consulta l'heure sur son téléphone.

— Bien sûr, ils jouent demain en quart de finale.

Tara ne cacha pas sa frustration.

— Ryan ! Les parents ne vont pas tarder, nous n'avons pas beaucoup de temps ! As-tu prévu de revoir Nico ? Vous vous êtes réconciliés ou pas ?

Ryan baissa le menton.

— Tu es bien curieuse !

— Oui ! En plus, je tiens à te voir heureux, espèce d'idiot ! Ça t'étonne ?

Ryan se sentit coupable. Et il ressentit une chaude bouffée d'affection pour sa sœur.

— Eh bien, nous attendrons la fin du championnat pour nous revoir, c'est plus sage. Nicky et moi en parlions justement ce matin !

À voir la tête qu'elle tirait, il devina que Tara hésitait à se frapper la tête contre le mur. Elle s'en abstint.

— Eh bien, vos retrouvailles font faire flamber Internet, dit-elle enfin. J'espère que tu es prêt à subir la pression des médias !

Ryan dansa d'un pied sur l'autre. La perspective que le monde entier sache que Nico était à lui – et mieux encore, qu'il était à Nico – lui paraissait aussi terrifiante que merveilleuse.

— Ne mettons pas la charrue avant les bœufs, rétorqua-t-il. Je m'inquiéterai d'Internet plus tard, une fois que nous serons vraiment ensemble et que je pourrai le présenter comme mon compagnon.

Tara éclata de rire.

— J'espère que cette fois, tu ne choisiras pas la fuite, petit frère !

Ryan ne perdit pas son sourire. Il se sentait assez confiant, même s'il n'en précisa pas les raisons à sa sœur.

Tara se trompait parfois, après tout. Et d'après Ryan, une petite leçon de modestie lui ferait le plus grand bien.

NICO QUITTA la glace après l'entraînement, heureux de sentir le tiraillement de ses muscles fatigués. La veille, son équipe avait gagné contre les Tchèques, demain, ils affronteraient le Canada.

Après-demain, la médaille l'or serait en jeu.

Nico retira son casque et but une longue gorgée de sa bouteille d'eau. Il s'était attardé sur la patinoire après ses coéquipiers, pour s'exercer aux lancers frappés, aussi était-il presque seul. Il ne restait que les entraîneurs et les techniciens, rangeant le matériel.

Une fois désaltéré, Nico prit la direction des vestiaires, son casque et sa crosse sous le bras. Il comptait prendre une douche rapide et se changer afin de passer un moment avec ses parents, qui escomptaient visiter la ville. Nico avait connu Prague étant enfant, mais ses souvenirs dataient.

À mi-chemin dans le tunnel, un bruit étouffé attira son attention. Nico se retourna.

Ryan était à quelques mètres, les yeux écarquillés.

Ils se fixèrent en silence un long moment, aussi embarrassés l'un que l'autre.

— Ryan…

— Eh merde ! marmonna Ryan. Je ne peux pas !

Déçu, mais résigné, Nico pensa que Ryan allait s'esquiver. Pas du tout. Ryan se jeta sur lui, le prit par le poignet et l'entraîna au bout du couloir dans une petite salle médicale meublée d'une table de massage et d'un fauteuil d'examen.

Ryan referma la porte, il colla Nico au panneau et l'embrassa voracement. Il dut se hisser sur la pointe des pieds, parce qu'il portait des chaussures de ville, tandis que Nico, déjà bien plus grand que lui, était en plus perché sur ses patins.

Nico se pencha et prit Ryan par les coudes, le collant contre lui. Malgré l'épaisseur de son équipement rembourré, il sentit le frémissement qui traversa Ryan.

Enivré, il approfondit le baiser, joua avec la langue de Ryan, resserra son étreinte sur lui. Il avait la tête vide, tout son sang ayant fui son cerveau pou s'accumuler dans son aine. Il poussa un grondement rauque quand Ryan lui mordit la lèvre inférieure.

Ryan recula, les pupilles dilatées, les cheveux hérissés. Il examina Nico des pieds à la tête d'un œil avide.

Nico aurait voulu continuer à l'embrasser. Ça faisait bien trop longtemps que sa bouche était privée de lui. Cependant, il cligna des yeux pour éclaircir ses idées embrumées par le désir.

— Euh… salut.

Ryan se frotta la nuque.

— Salut, répondit-il. Tu vois comme je suis doué pour tenir mes engagements, hein ? Nous étions censés attendre la fin du championnat, je persiste à penser que c'est le plus sensé, mais dès que je te vois, je perds la tête ! Je ne peux pas te résister !

Nico gonfla le torse, un sourire satisfait aux lèvres.

— Je suis irrésistible, c'est vrai, déclara-t-il avec une fatuité exagérée.

Ryan éclata de rire. Nico s'imprégna de ce son qui lui avait tant manqué. Même au téléphone, même en vidéo, ce n'était pas pareil. La présence physique, ça comptait, c'était primordial. La chaleur de ce rire lui imprégna la peau.

— Et si nous sortions dîner au restaurant ? proposa Ryan. Comme un couple normal qui apprend à se connaître ?

— Peuh ! lança Nico, l'œil enflammé. Après ce baiser, je dirais que nous avons bien avancé dans la phase de connaissance mutuelle.

Ryan se remit à rire.

— Quoi ? demanda Nico.

Ryan secoua la tête.

— Rien. Comptes-tu accepter mon invitation ou m'envoyer un vent ?

Nico en était bien incapable, même s'il l'avait voulu. Et il savait que son expression le criait.

— Quand ? Il faut que je consulte mon agenda.

— Après le match de la médaille d'or.

Nico resta bouche bée.

— Ici ? À Prague ? Tu es conscient que si nous sommes ensemble au restaurant, nous serons presque certainement reconnus…

— Je sais, dit Ryan. Prague est actuellement envahi de journalistes spécialisés dans le hockey – sauf ceux qui sont restés gérer la Coupe – et de fans de hockey purs et durs venus du monde entier.

Notant sans doute la stupeur que Nico ne cachait pas, il haussa les épaules.

— Je me fichais de ce que pensaient les médias quand nous n'étions pas ensemble, au moment où tu m'as proposé de devenir ton colocataire. Si tu es mon compagnon officiel, crois-tu vraiment que je vais vouloir le cacher ? Oh, non, je serai bien trop fier de parader avec toi !

Nico s'empourpra de plaisir.

— D'accord, mais après le match pour la médaille d'or, d'accord ? Parce que si ton équipe ou la mienne gagne, un de nous deux aura très envie de se souler et de baiser pour fêter sa victoire… et l'autre pour se remettre de sa défaite.

Ryan émit un bruit étrange, une sorte de rire étranglé, avant de recommencer à embrasser Nico.

— D'accord, soupira-t-il ensuite, je serai patient. Comme je te le disais, je tiens à établir entre nous de nouvelles bases.

— Aurais-tu trouvé un bouquin du genre « logistique entre deux colocataires gays joueurs de hockey professionnels pour les Nuls » ? s'enquit Nico. Pas moi ! Et j'en aurais bien besoin !

Riant de plus belle, Ryan appuya le front contre sa poitrine.

— Mon Dieu, tu… tu m'as vraiment manqué !

Nico n'entendit pas ce que Ryan grommela ensuite.

Il se mordit la lèvre.

— Tu m'as manqué aussi, admit-il. Mais si l'Allemagne gagne la médaille d'or, je ne pourrai éviter une celly avec mon équipe.

Ryan s'écarta et sourit, il ne semblait pas très inquiet. Il changea d'expression quand la poignée de la porte s'activa.

Nico et Ryan reculèrent brusquement, se séparant par la même occasion.

La porte s'ouvrit et une jeune blonde d'environ vingt-cinq ans passa la tête. Elle avait les mêmes yeux bruns que Ryan.

— Frangin ! Je te signale que tout le monte se demande où tu as disparu, ton capitaine parle d'envoyer une équipe à ta recherche, il m'a l'air un tantinet psychorigide !

Nico réprima un frisson. Il connaissait la réputation du gars.

Tara Wright se tourna vers lui.

— Oh, cher von Trapp, je suis ravie de vous rencontrer *enfin* ! Mais Ryan fera les présentations officielles une autre fois !

Elle ajouta à l'attention de son frère :

— Dépêche-toi, Ryan, sinon, tu vas te faire remonter les bretelles pour fraternisation avec l'ennemi !

Elle refermait déjà la porte.

Il fallut quelques secondes à Nico pour retrouver sa voix.

— Von Trapp ? Serait-ce à cause de « *La mélodie du bonheur* » ? Sait-elle au moins qu'ils sont d'origine autrichienne, pas allemande ?

— Oh, il y a longtemps que je ne cherche plus à comprendre le complexe processus de pensées de Tara. Crois-en mon expérience, ignore-la ! Ce surnom ne tiendra pas longtemps.

Nico fit la grimace.

— Tant mieux ! Je préférais encore « Grincheux ».

Ryan lui fit un clin d'œil, assorti d'un sourire très doux, intime.

— Moi j'aime bien « Nicky ». Ou « babe ».

Son cœur ratant un battement, Nico se sentit pris de vertige. Il n'allait pas tomber dans les pommes quand même ! Ce serait très con ! Sans doute ne s'était-il pas assez hydraté après son entraînement.

Ryan avait repris son sourire habituel, assuré, un peu espiègle.

— Bon, je vais devoir y aller. Apparemment, l'équipe m'attend pour l'entraînement. Bonne chance pour demain !

— Mais je joue contre toi !

— Et alors ?

Ryan lui caressa la joue, puis il sortit.

Nico attendit un moment avant de le suivre, le cerveau en ébullition. Quand il sortit, il esquissa un sourire, cette fois au moins, il n'était pas dans un placard à balai.

LE MATCH fut…

Ce *match*…

Ce fut le hockey le plus parfait que Ryan ait jamais joué.

L'équipe était d'une cohésion parfaite, à tous les niveaux. Oui, le capitaine avait une réputation sulfureuse – certains le prétendaient même psychopathe. Oui, les défenseurs n'avaient à eux quatre que trente-deux dents. Oui, Ryan n'était là que par défaut, parce que les meilleurs centres de lignes disponibles n'étaient pas encore remis de blessures subies en fin de saison.

Mais sur la glace, chaque passe fut parfaite. Chaque mouvement fluide et efficace. Et il y avait tellement d'*espace* ! Chaque fois que Ryan retournait à son banc, son temps écoulé, il avait les muscles en feu. Et son cœur restait derrière lui, sur la patinoire.

Le Canada menait deux buts à un en milieu de seconde période quand un joueur allemand perdit le palet sur un giveaway*. Le récupérant sur sa lame, Ryan fit une passe presque directe à Caleb Brown, son ailier, qui avait gagné deux fois le trophée Art Ross*.

Brownie fila avec le palet dans la zone, il n'avait pas un bon angle de tir, alors, Ryan, arrivé en position avec une rapidité époustouflante, reçut le palet de Brown et tira.

Le gardien allemand bloqua le but, le palet rebondit. Grange, placé de l'autre côté, le récupéra sur le rebond et tira. Cette fois, le but entra.

Le Canada menait trois à un.

Ryan et Brownie sautèrent sur Grange pour la celly.

— Bravo ! Je t'aime ! cria Brownie.

Sans trop savoir à qui étaient destinés ces mots, Ryan répondit :

— Oui, c'était pas mal joué.

Grange tapa sur son casque.

— C'était super !

Ryan le pensa encore trois minutes et demie plus tard, en voyant Nico opérer un takeaway* sur un défenseur canadien – un vrai mastodonte – derrière le filet allemand.

Assis sur le banc de son équipe, Ryan se pencha en avant. D'un côté, bien sûr, il tenait à ce que ses coéquipiers se regroupent et interviennent. Il savait ce que Nico pouvait faire, même dans la courte fenêtre qui était actuellement la sienne.

D'un autre côté, il s'enthousiasmait de voir Nico aussi brillant – tout en remerciant le ciel de ne pas se trouver sur la glace en ce moment précis. Arrêter Nico n'était pas sa responsabilité.

Les coéquipiers de Nico, connaissant aussi ses talents de tireur, ne cherchaient qu'à bloquer les attaquants canadiens, laissant le chemin libre à leur centre. Nico traversa cette garde d'honneur en poussant le palet devant lui.

Le dernier défenseur en place tendit sa crosse et tenta de le bloquer, mais Nico le contourna, aussi fluide que du mercure glissant sur une surface lisse

Il dépassa la ligne bleue et… oh ! Ryan eut du mal à suivre ses mouvements rapides, précis, parfaits. Feinte à gauche, à droite, encore à droite.

Le but entra. Dieu que c'était bien joué !

Nico était magnifique.

Il avait traversé toute la patinoire d'un filet à l'autre !

— Oooh ! Gémis Ryan.

Assis à ses côtés, Grange lui tapota le genou.

— J'ai des sels, si tu veux éviter la pâmoison.

— Va te faire foutre !

— C'était un but superbe, reconnut Grange. J'en suis tout retourné. À la réflexion, je vais garder mes sels pour mon usage personnel.

Nico recevait les félicitations enthousiastes du banc allemand. Le visage rouge de plaisir, il jeta un regard discret en direction de Ryan.

Ryan fit un gros – très gros – effort pour se retenir de lui faire un clin d'œil. Il avait très chaud.

— Garde ça pour la fin du championnat, conseilla Grange.

Ryan s'en étrangla d'indignation. C'était plus facile à dire qu'à faire, merde ! Nico était bandant !

Malgré ce but remarquable, l'Allemagne stagnait. Le Canada marqua un but en deuxième période et Grange assura la victoire de la feuille d'érable avec un tour du chapeau en fin de troisième période.

Le Canada avait gagné, cinq à deux.

Le Canada venait de se qualifier pour la finale du Championnat du monde

Ryan allait jouer pour la médaille d'or !

Quant à Nico… Ryan était sûr qu'il remporterait la médaille de bronze, même si le dernier match de l'Allemagne restait à jouer.

Ryan se mit en ligne avec ses coéquipiers pour le rituel des poignées de main entre adversaires. Ryan admirait beaucoup l'équipe allemande, arrivée au championnat en outsider. Personne n'avait prévu sa présence aux quarts de finale. Les joueurs s'étaient tous donnés à fond, aussi Ryan adressa-t-il à chacun d'eux des mots de félicitation tout à fait sincères.

Quand vint le tour du défenseur allemand ayant marqué le premier but du match, la poignée de main de Ryan fut encore plus ferme.

Nico étant capitaine, il était le dernier de la ligne. Il faisait bonne figure, mais il serrait les lèvres et Ryan lut la déception dans ses yeux.

Quand ils se retrouvèrent face à face, Ryan vibrait de tension et les mots se pressaient sur ses lèvres.

Mais ce n'était pas le bon moment, pas alors que Nico avait perdu.

Il se contenta donc d'une solide poignée de main, puis il chuchota :

— Tu as joué comme un dieu !

Sur une impulsion, il prit Nico par la nuque et heurta son casque au sien.

Nico lui empoigna la taille.

Merde ! En public ? Les paparazzis allaient se régaler ! Tant pis.

— Ryan…

— Je suis tellement fier de toi ! lança Ryan.

Nico grogna et rit en même temps.

— Tu es gonflé ! C'est ce que je voulais dire !

Ryan le savait, mais il ne voulait pas trop insister sur sa victoire.

— N'oublie pas que nous sortons bientôt ensemble !

Nico sourit.

— Avant, remporte la médaille d'or.

Ryan y comptait bien.

L'ALLEMAGNE REMPORTE LA MÉDAILLE DE BRONZE
Eric Doyle
22 juin

La surprise est générale dans le monde du hockey! Dimanche après-midi, l'Allemagne a battu la Russie par trois buts à un en quart de finale du Championnat du monde, un beau succès après une défaite difficile contre le Canada en demi-finale.

La Russie a tiré davantage que l'Allemagne, trente contre vingt-huit, mais le gardien allemand, Felix Birner, les a tous bloqués en première période. Les trois buts allemands ont été marqués respectivement par le défenseur Markus Brestrich (New Jersey), l'ailier droit Daniel Mayerhofer (San Jose) et le capitaine Nicolaï Kirschbaum (Vancouver); le seul but de la Russie a été marqué par Andrei Sidorov.

Dans une conférence de presse donnée après le match, Kirschbaum a déclaré : «Je suis extrêmement fier de mon équipe, chaque joueur est solide, fiable, dur au travail. J'ai été très honoré de jouer pour mon pays, avec ces gars et d'être leur capitaine.»

Lorsqu'un confrère demanda à Kirschbaum ce qu'il prévoyait pour célébrer cette médaille, il a répondu : «nous allons sortir fêter ça, bien entendu, mais avant, je tiens à assister à la finale du championnat.»

Au début, Kirschbaum n'a pas voulu dire quelle équipe il allait supporter, le Canada ou la Suède, mais quand on lui a rappelé ses liens personnels avec le Canadien Ryan Wright, il a souri. «Mon ancien colocataire? Il jouait comme un pied aux échecs!»

Pour le compte-rendu détaillé du match, veuillez continuer à lire.

ELLA BLOQUA d'une main le genou de Nico.

— Si tu n'arrêtes pas de bouger cette jambe, je la coupe! menaça-t-elle.

Nico lui lança un regard penaud.

— Excuse-moi.

Elle lui tapota la cuisse.

— Je comprends. Tu t'inquiètes pour ton petit Canadien.

Nico lui lança un regard furieux, puis d'un rapide coup d'œil, il vérifia autour de lui. D'accord, Ryan et lui sortiraient bientôt ensemble en public, mais avant que leur couple devienne officiel, Nico ne tenait pas à alerter le monde du hockey et à lancer des rumeurs.

— Pas du tout! mentit-il d'un ton plat. C'est juste l'adrénaline.

Il parlait, il en était conscient avec ce qu'Ella appelait «sa voix de serial-killer», mais il ne le faisait pas exprès. C'était une simple réaction au stress. Il avait gagné une médaille un peu plus tôt!

Machinalement, il tapota le médaillon de bronze qu'il portait, sur ordre de son entraîneur. Il arborait aussi un survêtement aux couleurs de son équipe, comme tous les autres joueurs assistant au dernier match du championnat.

Ella suivit son geste des yeux. Elle sourit.

— Oui, et tu as gagné, je suis très fière de toi. Nous le sommes tous!

Il cogna son épaule à la sienne.

— Je sais. Merci.

— Maintenant, dis-moi, pourquoi es-tu aussi anxieux?

— À cause du match!

Il reporta son attention sur la glace. La pause de fin de seconde période se terminait. Pour le moment, les deux équipes étaient à égalité, deux buts partout.

— Oui, bien sûr, comme tous les spectateurs, je présume, déclara Ella.

— Tous sont des passionnés de hockey, déclara Rudy Kirschbaum, qui arrivait derrière elle. Un championnat, c'est très excitant!

Nico et Ella se levèrent pour laisser Rudy et Ira reprendre leurs sièges. Ils avaient profité de la pause pour aller chercher à manger et à boire, son père rapportait deux bières, sa mère du pop-corn et une saucisse. Elle s'assit à côté de Nico et lui tendit la saucisse.

— Mange, lui dit-elle en Russe.

Nico ne se fit pas prier, son estomac gargouillait.

— *Spassiba* [60], soupira-t-il.

— Tu es un ventre ! railla Ella.

Nico résista à son envie de lui tirer la langue, il préféra mordre avidement dans sa saucisse, ce qui fit sourire sa mère.

— Kolya a travaillé dur, déclara Ira. Il a besoin de se sustenter.

Elle donna à Ella le pop-corn et une des bières, puis sortit deux cannettes de son sac, une boisson énergisante pour Nico, une eau pétillante pour elle.

— Pas de bière pour moi ? s'étonna Nico.

— Non, tu boiras bien assez ce soir. En attendant, tu dois te réhydrater.

Nico sourit. Femme d'athlète professionnel, sa mère connaissait le régime nécessaire à un sportif et, en vraie Russe, elle possédait un instinct maternel exacerbé.

— Maintenant, chéri, la troisième période va commencer, nous attendons de voir comment va s'en tirer ton amoureux.

Ella gloussa et s'étrangla avec sa bière.

— *Mama* ! protesta Nico.

— Je ne suis pas aveugle, Kolyasha. J'ai très bien vu la façon dont il te regardait.

Nico devint ponceau et du coin de l'œil, il surveilla la réaction de son père. Il avait entendu, c'était certain, bien que ses yeux soient restés sur la glace.

— Maman, je t'en prie, rien n'est officiel. Je dois… lui parler après le match.

— Très bien. Ensuite, tu nous l'amèneras, chéri. Cette fois, nous l'accueillerons comme ton compagnon. Je veux aussi rencontrer ses parents, Kolya, tu organiseras un dîner, c'est ce qui se fait, non ? Il est important que les familles se rencontrent.

Muet d'horreur, Nico fixait sa mère sans en croire ses oreilles.

Ella ajouta d'un ton plein d'espoir :

— Et moi, Ira, je peux venir aussi ?

— Bien sûr, répondit Irina, je t'ai toujours considérée comme la sœur de Kolya.

Elle parlait comme si tout était d'ores et déjà décidé.

---

60 *Merci* (russe).

292

Nico n'eut pas le temps de contester cette idée cauchemardesque, car quand il retrouva sa voix, le palet tombait sur la glace.

La troisième période du championnat venait de débuter.

La lutte fut acharnée. Totalement pris par le jeu, Nico oublia tout le reste. Il serrait les poings et se penchait en avant chaque fois qu'un des joueurs tentait de tirer. À chaque arrêt de jeu, Ella et Ira, qui l'encadraient, lui frottaient à tour de rôle le haut du dos et les épaules. Nico le sentait à peine.

Sept minutes après la mise au jeu, la Suède marqua un troisième but. Deux minutes plus tard, le Canada rétablissait l'égalité.

Pendant un engagement, un des joueurs suédois s'adressa à Ryan, qui rétorqua par un sourire plein de dents. Nico ricana intérieurement, Anderssen n'aurait pas dû provoquer Ryan, il n'allait pas tarder à le regretter.

Effectivement, quinze minutes plus tard, Anderssen, furieux pour une cause indéterminée, contra Ryan du manche de sa crosse – une infraction au hockey – et écopa d'un penalty. Ryan retourna à son banc avec un sourire satisfait. Le Canada avait l'avantage numérique !

Nico suivit les minutes suivantes tout crispé de tension, mais il ne se passa rien, *rien du tout*. Au changement d'équipe, Grange et Ryan retournèrent sur la glace. Granger tira, Nico retint son souffle, le palet heurta la barre en fer qui entourait le filet.

Comme tous les fans du Canada assis dans les gradins, Nico gémit sa déception. Ella serrait si fort les mains que ses jointures avaient blanchi.

Le palet était retourné sur la glace, Ryan tira à son tour, le gardien tenta de bloquer, le palet rebondit sur ses jambières, et…

Une bruyante sonnerie retentit, le but était entré.

Quatre à trois pour le Canada, il restait moins de quatre minutes à jouer. La Suède changea de gardien, le Canada s'était regroupé, les joueurs protégeaient le palet, cherchant à gagner du temps.

Nico gardait les yeux fixés sur la glace, il aurait pu jurer qu'il ne respira pas jusqu'à la fin du match, les mains pressées sur la bouche.

Le buzzer final sonna enfin et les joueurs canadiens se jetèrent les uns sur les autres.

Nico vacilla de soulagement, il avait la tête vide et des fourmillements sous la peau.

— Il a gagné ! souffla-t-il.

Ella éclata de rire.

— Oui, il a gagné la médaille d'or au Championnat du monde !

Nico cherchait toujours à reprendre contact avec la réalité.

— Je dois aller le voir.

— D'accord, mais tiens-toi bien.

— Quoi?

— Reste décent! ricana-t-elle.

— *Ella!*

— Je sais, je sais, tu veux lui dire des mots doux, adorables, pleins de sentiments et de tendresse. Je te connais, tu sais, allez, file, maintenant, mais n'oublie pas tes autres amis, Nico, tu as promis de m'emmener à la celly de l'équipe d'Allemagne ce soir!

— Bien sûr. À tout à l'heure, Ella.

Il se tourna vers sa mère, elle aussi lui fit signe de partir.

— Vas-y, chéri, nous te reverrons demain. Ou mardi.

— Maman, je ne vais pas vous laisser si long…

— Ton père et moi sommes capables de rester seuls, tu sais. C'est ce qui nous arrive toute l'année ou presque. Tu es jeune, profite de la vie. Surtout ce soir, après tous ces beaux succès. Va t'amuser!

Nico lui lança un regard reconnaissant. Un grand sourire aux lèvres, il embrassa sa mère sur la joue, puis il salua son père.

— Ta mère a raison, Nicolaï, passe une bonne soirée, fils.

Sur la glace, les joueurs des deux équipes échangeaient des poignées de main, les officiels attendaient pour la remise des médailles.

Il fallut un moment à Nico trouver celui qu'il cherchait.

Ryan avait ôté son casque, il avait les joues écarlates et un sourire rayonnant de joie et de fierté. Il était beau à couper le souffle.

Il était tout ce que Nico voulait.

Quand *Ô Canada*, l'hymne national, résonna sur la glace, Nico fonça tout droit vers le vestiaire canadien. Une fois arrivé là, il hésita, ne sachant trop où attendre Ryan.

Quelques journalistes et des membres du personnel de la patinoire le repérèrent et le regardèrent avec spéculation, Nico les ignora.

Puis un bruit de voix émana du couloir, venant de la patinoire, tout le monde se retourna, Nico en profita pour se glisser dans le vestiaire. Il s'assit sur un banc et attendit.

Les joueurs et leurs entraîneurs entrèrent peu après, laissant les journalistes dehors.

Quand Granger repéra Nico, il éclata de rire.

— Doc! Regarde! Tu as un cadeau qui t'attend devant ton casier!

— Quoi ?

Ryan, caché jusque-là par de gigantesques défenseurs, apparut enfin. En voyant Nico, son visage s'illumina.

— Nico !

Nico se leva et avança vers lui. Ryan ayant ses patins, ils étaient à peu près de la même taille, pour une fois, les yeux dans les yeux. Malgré la foule bruyante qui les entourait, ils se sentaient isolés dans une bulle.

Nico sourit.

— Je suis venu te féliciter avant que tu sois noyé dans le champagne.

Ryan fronça les sourcils.

— Quoi ? Mais je croyais qu'on sortait tous les deux…

Nico secoua la tête. Il prit la main de Ryan, celle qui était près du mur, et emmêla ses doigts à ceux de son amant, son geste caché aux regards par leurs corps.

— Pas ce soir. Tu te dois à ton équipe, moi, à la mienne. Mais demain… ah, demain, il n'y aura plus que nous deux et nous irons dîner ensemble, comme promis.

Ryan se mordit la lèvre, puis il hocha la tête.

— D'accord.

— Bien. Bravo pour cette belle victoire, Ryan. Je suis fier de toi !

Ryan eut un rire mi-ravi mi-embarrassé.

Incapable de résister plus longtemps à la tentation, Nico prit son visage en coupe et posa un bref baiser sur ses lèvres. Derrière lui, le vestiaire éclata en cris et hurlements de loup.

Nico s'écarta à regret.

— Amuse-toi bien ce soir, Liebling, murmura-t-il.

Ryan avait des étoiles dans les yeux.

— Toi aussi. À demain.

RYAN RECONNUT vite que Nico avait raison : ce soir, tous deux se devaient à leurs équipes respectives, à leurs célébrations. En fait, c'était même Ryan qui l'avait rappelé à Nico en octobre dernier.

Ryan avait marqué un but déterminant à la victoire de son équipe, le Canada venait de gagner la médaille d'or, Ryan méritait bien une orgie de champagne.

Enfin « orgie », non, sans doute pas. Le mot était excessif. Il n'y aurait pas de relations sexuelles.

295

Ryan regarda autour de lui, tous les joueurs étaient bourrés. Lui aussi. Même s'il avait voulu baiser, sans doute n'était-il pas physiquement en état de…

Pour commencer, jamais il ne réussirait à retrouver Nico, ou à sortir ce club labyrinthique.

— Doc ! Docidoc ! Doc Wright. Je t'adore !

Surpris, Ryan faillit s'affaler à plat ventre. Granger venait de se jeter sur lui pour plaquer sur sa joue un baiser mouillé de bière. Il était encore plus soûl que Ryan !

— C'est grâce à ton but qu'on a remporté cette putain de médaille ! hurla Grange, d'une voix pâteuse. Tu grandis si vite, bébé, tu t'épanouis !

— Je pense avoir dépassé l'âge de la puberté, Grange.

Inquiet que son coéquipier lui vomisse dessus, Ryan manœuvra pour l'appuyer sur le bar, pas sur lui. Il vérifia deux fois la stabilité de Grange, ne tenant nullement à devoir appeler sa femme s'il tombait et s'assommait.

Grange ignora ses efforts et réussit, aussi incroyable que ça paraisse, à vider sa chope sans rien renverser.

— Si notre nouvelle directrice générale ne t'offre pas un contrat, c'est une idiote !

— Merci.

Ryan ne précisa pas qu'il tenait à quitter Le Fuel.

Grange lui tapa dans le dos. Ryan manqua cracher ses poumons et s'étaler, le nez sur le comptoir. Waouh ! Il avait les jambes en compote. Peut-être était-il temps pour lui de rentrer. Actuellement sans contrat, il n'avait pas de mutuelle, ce n'était pas le moment de finir aux urgences !

— Je vais prendre l'air, annonça-t-il.

Il sortit son portefeuille de sa poche, plissa les yeux et chercha à estimer le montant de l'addition. Il doubla le chiffre calculé, par prudence, et tendit une liasse de billets au barman.

— Grange, préviens le capitaine que je ne suis ni mort ni écroulé dans le caniveau, d'accord ? Je rentre à l'hôtel.

— Dacodac !

Par chance ou par intervention divine, Ryan réussit à retrouver son chemin, il ouvrit la porte de sa chambre d'hôtel et s'écroula sur le lit sans même se déshabiller.

Le lendemain, son réveil fut peu glorieux, il avait un goût atroce dans la bouche – comme si tous les égouts tchèques s'y étaient déversés – et l'estomac aussi plein que la Vltava – prononcer « Veultava » –, la rivière qui traversait Prague. Pire encore, il avait une migraine effroyable.

Après tout ce qu'il avait bu, il était déshydraté !

Il souleva péniblement la tête de son oreiller et prit conscience de mariner encore dans des vêtements imbibés d'alcool. Il les enleva avec dégoût, à gestes très lents pour ne pas aggraver ses nausées.

Il tituba jusqu'au mini-frigo de sa chambre, en sortit une bouteille d'eau et la vida. Il passa ensuite dans la salle de bain, sans allumer la lumière, et entra dans la douche. Il resta un long moment assis par terre, dans le noir, sous un jet d'eau tiède, jusqu'à se sentir redevenu à peu près humain.

Il espéra avoir la journée pour se remettre de ces excès. Nico serait sans doute dans le même état que lui ce matin.

Une fois lavé et séché, Ryan retourna dans la chambre. Il avait le regard un peu plus clair, aussi ouvrit-il ses SMS.

Il écarquilla les yeux en regardant son écran. Il ne comprenait rien à ce qu'il lisait. Serait-il encore bourré ?

Il lui fallut plusieurs secondes pour prendre conscience que les trois premiers textos de Nico – envoyés dans la nuit – n'étaient pas écrits en anglais. Ni en allemand, d'après Ryan, même s'il crut reconnaître deux ou trois mots.

Le quatrième message, daté du matin, fut enfin compréhensible.

Nicky. *Désolé, mes coéquipiers m'avaient piqué mon téléphone hier soir.*

Ah ! Grange avait fait la même menace à Ryan. Quant à ces messages abscons, sans doute étaient-ce des avertissements par procuration – du genre, « si tu brises le cœur de mon coéquipier, ça va être ta fête ».

Cinq minutes après le cinquième message, Nico avait écrit :

Nicky. *Tu vis encore ?*

Il avait été envoyé une demi-heure plus tôt. Ryan sortit deux Advil de sa trousse de toilette avant de répondre.

Ryan. *Oui, mais g la tête comme une pastèque. Et toi ?*

En principe, Nico avait survécu à sa cuite, puisqu'il écrivait. La confirmation tomba peu après.

Nicky. *Pareil. Je crois que j'ai trop bu.*

Ryan rit, puis le regretta aussitôt. Sa tête ne tenait pas à remuer.

Ryan. *Je vais tenter d'avaler quelque chose. La caféine, c'est bon pour le mal au crâne. Pour ce soir, 20 h, ça te va ?*

297

Nicky. Parfait. Je t'attendrai dans le hall de ton hôtel à 19 h 30.

Ryan décida de passer à la réception avant d'aller prendre son petit déjeuner : il voulait l'adresse d'un bon restaurant.

SA MIGRAINE ayant disparu à la troisième tasse de café, Ryan put savourer un petit déjeuner continental. Une fois repu, il remonta dans sa chambre faire la sieste.

Tara passa déjeuner avec lui. Il lui parla du restaurant que le réceptionniste lui avait conseillé et demanda son avis. Avec un soupir, elle posa la main sur la sienne.

— C'est un dîner important, Ryan, ne gâche pas tout.

La veille, Ryan avait joué en finale du Championnat du monde pour la médaille d'or.

Aujourd'hui, il visait un objectif plus important encore.

Nico fut ponctuel, bien entendu.

Le restaurant s'appelait Mlynec, un mot que Ryan ne savait ni écrire ni prononcer, aussi demanda-t-il au chauffeur de taxi de les conduire au célèbre pont Charles : de style gothique et bordé de statues, il datait du XIVe siècle. Piège à touristes bien connu, l'endroit n'en restait pas moins terriblement romantique, surtout de nuit, avec la chaude lueur orange des lampadaires urbains qui illuminait la vieille ville de Prague.

Ryan se demanda si son opération séduction ne manquait pas un peu de subtilité ou d'originalité.

Le pont étant piétonnier, le chauffeur les arrêta à quelques mètres de distance, mais Ryan ne s'en plaignit, pas, cette promenade était à ses yeux un atout de plus. Une fois le taxi payé et reparti, Ryan se retrouva enfin seul avec Nico par une chaude soirée de début juin, avec derrière eux quelques casseroles – au sens figuratif – et un avenir encore à définir.

Ryan inspira un grand coup et tenta d'apaiser sa nervosité. C'était le test final et il voulait réussir.

— Alors…

Il se tourna vers Nico – il avait du mal ce soir à en détourner le regard.

Nico était superbe, l'été lui seyait, l'Europe aussi, le hockey aussi. Le teint hâlé, le sourire rayonnant, il exsudait la bonne santé et le bonheur. Il portait une chemise noire à manches courtes – dont le tissu soyeux paraissait terriblement onéreux – et un jean qui mettait en valeur son cul et ses cuisses.

Un spectacle… impressionnant! Tout le monde devinait au premier regard que Nico était joueur de hockey professionnel, pensa Ryan.

— Alors, quoi?

Ryan revint à la conversation.

— Euh… Tu connais mieux que moi les us et coutumes des Européens. Les habitants de Prague sont-ils homophobes ou ouverts d'esprit? Nous est-il permis de marcher dans la rue la main dans la main?

Au début, Nico ne put cacher sa surprise, il se reprit vite, les joues empourprées, et jeta un coup d'œil autour de lui. La rue était animée, bien éclairée, les touristes nombreux. S'inquiétait-il d'être reconnu? se demanda Ryan, ou prenait-il juste le temps de peser sa réponse?

— Je pense que c'est bon, répondit enfin Nico avec un sourire.

Il enlaça ses doigts à ceux de Ryan. Ils avaient encore du temps devant eux, aussi s'arrêtèrent-ils au milieu du pont pour admirer la vue. C'était magnifique! Ryan repéra des églises aux toits ornés de flèches, deux châteaux, des ruelles anciennes à petits pavés, des maisons gothiques. Un dépaysement total avec ce qu'il connaissait en Amérique du Nord.

— Tu sais, souffla-t-il, de temps en temps, je me disais que je pourrais peut-être jouer en Europe, mais jamais je n'aurais imaginé que ce soit dans le cadre d'un championnat du monde.

Nico resserra ses doigts sur les siens.

— Je suis bien content que tu aies fait un détour par Indianapolis au lieu d'aller directement en Europe.

Ryan colla son épaule à celle de son compagnon.

— Moi aussi. Mais avoue que c'est beau! Surtout ce soir. J'ai l'impression de rêver! Tout ce qui m'arrive est tellement… inattendu.

Et c'était un euphémisme.

Nico lui sourit.

— Je sais.

Ryan décida le moment venu pour ses aveux. Il se tourna vers Nico, sans lâcher sa main.

— Je te veux, dit-il.

Nico gloussa et haussa un sourcil.

Ryan grogna.

— Non, ce n'est pas ce que je voulais… enfin, si, je te désire, bien entendu, mais je te veux dans tous les domaines, je veux sortir avec toi, vivre avec toi, mais euh… après la façon dont j'ai lamentablement foiré la première fois, je m'inquiète de ne pas savoir comment m'y prendre.

Très ému, il perdit sa voix.

Nico secoua la tête, il s'approcha de Ryan et pressa le front contre le sien.

— Idiot! Pourquoi dis-tu des bêtises pareilles? Nous étions très bien à Indianapolis. Tu es un parfait compagnon… sauf quand tu paniques, parce que tu décortiques trop une situation toute simple.

— Moi? souffla Ryan, sans trop y croire. Un parfait compagnon?

— Oui. Tu as été à la fois mon meilleur ami, mon coéquipier, mon colocataire et mon amant, tu t'es révélé très doué sur tous les points. Cela ne fait-il pas de toi un excellent compagnon?

Ryan vacilla, les genoux tremblants, et son cœur se mit à tambouriner contre ses côtes.

— Waouh! Nicky! Toi, tu es doué pour les beaux discours!

Nico rit et posa un baiser sur son nez.

— Merci.

Ils se remirent en marche sans hâte, pour mieux profiter de ce moment d'intimité.

— Alors, comment vois-tu la suite de notre relation? demanda Nico.

Ryan réfléchit un moment.

— Eh bien, pour commencer, je sais très bien qu'il y aura sans doute une grosse différence entre ce que je veux et ce que je peux avoir.

— Comment ça?

— Ce que je veux, Nicky, c'est vivre avec toi, jouer au hockey avec toi, mais ça n'arrivera pas.

Nico lui lança un regard amusé.

— Qui sait? Alors, que prévois-tu en septembre?

— En septembre? Aucune idée, mais j'ai déjà dit à Diane que j'aimerais rester à Vancouver, ou au moins au Canada.

Nico ne cacha pas son plaisir.

— C'est vrai?

— Oui. Et pour ça, j'accepterais n'importe quel contrat sous-payé.

— Quoi? Non! Je ne veux pas que tu te vendes au rabais!

— Nico…

— Ne dis surtout pas aux équipes que tu es prêt à…

Ryan lui coupa la parole.

— C'est Diane qui négociera mon contrat. Elle n'est pas idiote. En plus, comme elle me l'a récemment rappelé, elle est payée en fonction de ce que je touche.

— D'accord, mais je ne veux pas que tu refuses une belle opportunité à cause de moi. Plus tard, sinon, tu pourrais le regretter.

De toute évidence, il n'avait rien compris. Ryan allait devoir tout lui expliquer. Il s'arrêta net.

Nico le fit aussi et tourna pour le dévisager.

— Nicky, la vie réclame toujours des sacrifices... Tu es ma priorité, tant que je suis avec toi, je ne regretterai jamais rien.

Nico l'embrassa avec une passion désespérée tout en tenant son visage en coupe. Ryan s'accrocha des deux mains à sa taille et lui rendit son baiser.

Au bout d'un long moment, ils se séparèrent pour respirer.

Nico chuchota à même les lèvres de Ryan :

— Assez ! Je ne veux pas que tu continues à te rabaisser. Ryan, hier, tu as gagné une médaille d'or. Les équipes se battront pour t'avoir ! Et elles te feront des ponts d'or – sans mauvais jeu de mots !

Ryan marmonna un vague «hmm-hmm». Il se fichait de l'argent, mais il ne tenait pas à se disputer avec Nico.

Ils reprirent leur route.

Soudain, Nico demanda :

— Ryan ?

— Oui ?

— Tu as un plan B ?

— Pardon ?

— Si tu ne restes pas au Canada, qu'allons-nous faire ?

Ryan soupira.

— Souffrir de frustration sexuelle les neuf mois de la saison régulière, perdre un temps fou dans les avions quand nos deux emplois du temps nous accorderont un bref moment ensemble, baiser par téléphone.

— Souffrir, hein ?

— Oui, le sexe virtuel à ses limites, il manquera le contact physique.

— C'est exact, convint Nico. La solitude ne me vaut rien.

— Espérons que les Orques me proposeront un contrat, alors, déclara timidement Ryan.

— Oui, mais en te payant le prix que tu vaux !

Ryan roula des yeux.

— D'accord, mais je doute que tu approuves le prix que je me donne. De toute façon, ça n'a aucune importance, toi, tu auras un contrat avec plein de zéros, tu pourras m'entretenir !

— Oh ? Vraiment ?

— Oui. La vie à Vancouver est hors de prix, l'immobilier en particulier. Tel que je te connais, il te faudra un jardin, un garage, une salle de gym et des chambres d'amis. C'est super ! Je viendrai m'installer chez toi. Un loyer, c'est moins contraignant qu'un prêt bancaire.

Très amusé, Nico répliqua :

— Tu es tellement sûr que je vais accepter ?

— Oh, oui ! Ça a marché à Indianapolis. Je peux être très persuasif.

Il battit des cils.

Nico éclata de rire.

— Qui résisterait à cet air de chiot perdu ? Pas moi, en tout cas. Je ne te laisserai jamais à la rue !

Ryan sourit et tapa sur l'épaule de Nico. Ils étaient arrivés. Le restaurant était en face d'eux, juste au bout du pont.

Si Ryan avait prévu ce soir de rassurer Nico qu'il ne répéterait pas les erreurs commises l'année dernière, son plan marchait à merveille.

À Indianapolis, les démonstrations d'affection étaient réservées à l'intimité de leur maison. Désormais, Ryan ne se cachait plus, du moins, autant qu'il était décent de le faire en public. Au fond, Nico l'avait toujours soupçonné d'être un grand romantique – ses goûts cinématographiques le trahissaient –, mais se le voir confirmer ainsi, à la terrasse d'un bon restaurant qui surplombait une vue somptueuse, à une table raffinée où chaque plat était accompagné d'un vin différent, dans une ville où grouillaient les médias et les fans de hockey… eh bien, tout cela dissipait enfin ses derniers doutes.

Nico se détendait, le vin l'y aidait sans doute, ainsi que le pied de Ryan collé au sien sous la table.

Tout fut parfaitement réussi, l'ambiance, l'emplacement, la qualité des couverts, de la porcelaine, de la verrerie. Donc, pensa, Nico, la nourriture devait l'être aussi, certainement, mais quand il sortit avec Ryan dans la nuit parfumée, il aurait été incapable de dire ce qu'il avait mangé.

Ils repartirent main dans la main.

Au bout d'un moment, Nico marmonna un peu gêné :

— Mes parents ont décidé hier de faire la connaissance des tiens. Ils m'ont demandé d'organiser un repas.

Ryan s'étrangla derechef. Puis il eut un rire étouffé.

— Oh, mon Dieu ! Imagine la tête de ton père si Tara te donne des surnoms grotesques !

Ce fut au tour de Nico de s'étrangler.

— Exact, comment allons-nous contrôler la situation?

Ryan s'arrêta pour proposer :

— Nous pourrions bâillonner ma sœur !

Nico ricana.

— Ou attendre une occasion qui mette papa de bonne humeur, par exemple, que l'Allemagne remporte la coupe du monde?

Ryan lui jeta un regard étonné.

— Au soccer, précisa Nico en accentuant son accent américain, que les Européens appellent le football.

Ryan colla son épaule à la sienne.

— Nous trouverons une solution, affirma-t-il. Il faudra juste bien penser aux détails.

Nico hocha la tête et ils reprirent leur route.

Tout n'était pas encore résolu entre eux. Par exemple, ils ignoraient encore où jouerait Ryan la saison prochaine. Il y avait de fortes chances qu'ils passent des mois, voire des années dans des équipes différentes, dans des villes différentes, à ne se voir qu'un jour ou deux par-ci par-là.

Mais ce soir, ils avaient dépassé une dispute douloureuse, ils étaient réconciliés, c'était un bon départ.

Et Nico se sentait euphorique, il avait bien bu, bien mangé, le championnat était derrière eux – avec une réussite incroyable qui ne pouvait que profiter à leurs carrières professionnelles respectives. Le sang échauffé, Nico voulait plus de son amant que sa main dans la sienne. Il trouvait Ryan beau à tomber dans la lumière des lampadaires.

Bien que très tenté de l'emmener tout droit au lit, il voulait aussi continuer à savourer le plaisir de cette promenade.

Nico vit alors devant eux un bâtiment bien éclairé. Il s'arrêta net. Bien entendu, Ryan le fit aussi et se tourna vers lui, un regard interrogateur dans les yeux.

— Ryan, déclara Nico, tout a été très romantique, la soirée, le cadre, tout. Vraiment, j'apprécie beaucoup. Tu m'as mis dans tous mes états.

Ryan se racla la gorge, cachant un rire.

— Je pressens un « mais »…

Nico afficha un air faussement sérieux.

— Mais je vais te faire un aveu : je suis un homme facile, je n'attendrai pas le second rendez-vous pour me laisser séduire.

Ryan eut un sourire ensorceleur.

303

— Oh ? Vraiment ?

— Absolument ! affirma Nico.

Entraînant Ryan, il emprunta les marches du bâtiment. Sidéré, Ryan le suivit dans le hall somptueux.

La réceptionniste afficha un sourire commercial.

— Bonsoir, *Herr* Kirschbaum, dit-elle en allemand.

SANS RIEN y comprendre, Ryan regarda la jeune Allemande tendre à Nico une clé magnétique et un formulaire pré-rempli, qu'il signa.

Puis elle ajouta quelque chose que Ryan ne comprit pas. Nico la remercia et se dirigea vers l'ascenseur, un sourire suffisant aux lèvres.

Toujours statufié près du comptoir, Ryan reprit alors ses esprits et courut derrière lui. Il le rattrapa alors que l'ascenseur arrivait, ils montèrent ensemble dans la cabine. Nico pressa un bouton.

— Attends ! Attends un peu ! hoqueta Ryan. Tu as réservé une chambre dans cet hôtel ? Mais… mais comment savais-tu où… Oh mon Dieu ! Tu n'as quand même pas pris une réservation dans TOUS les hôtels de Prague ?

Amusé, Nico roula des yeux.

— Bien sûr que non ! Te connaissant, je me suis douté que tu chercherais à te renseigner à la réception de ton hôtel, j'ai donc téléphoné en prétendant avoir oublié le nom du restaurant où nous allions dîner. Et voilà !

Un vrai Sherlock Holmes !

Nico ajouta avec fatuité :

— Fou en C7. Échec.

Ryan le dévisagea.

— Alors, tu as pris une chambre à proximité de notre restaurant.

— Oui. Ça ne te plaît pas ? Tu préfères que nous rentrions dans un des nôtres ? C'est à une demi-heure à peine, c'est tout à fait faisable…

— Non, non, mais que tu aies pris une chambre ici pour gagner une demi-heure plus tôt, c'est tellement… ah ! Je croyais que ça n'arrivait qu'au cinéma !

Dans sa tête, Ryan entendait la musique triomphale qui accompagnait les heureux couples dans ses films préférés. Il avait le cœur en fibrillation. Les joues brûlantes, il ne put retenir les mots qui lui échappèrent – pour la première fois de sa vie d'adulte :

— Oh, Nicky ! Je t'aime.

L'ascenseur était arrivé. Quand Nico recula dans le couloir, il avait le même sourire que Yann Solo :

— Je sais.

Oh, putain ! Il avait osé ?

Ryan poussa un cri mi-admiratif mi-indigné, et suivit en riant son amant jusqu'à leur chambre. Il volait presque, il se sentait si léger, si libre, si amoureux. Il se jeta sur Nico, impatient de le toucher partout – ses cheveux, son cou, ses reins. Nico ouvrit sa porte et tira Ryan dans la chambre par sa ceinture. À peine la porte claquée, il entreprit de le déshabiller.

Ryan l'embrassait, le mordait, se frottait à lui.

— Tu m'as tellement manqué ! soupira-t-il. Tellement !

Nico grogna et baissa la fermeture éclair de Ryan pour empoigner sa queue. Ryan se cambra avec un cri rauque, les doigts serrés dans les cheveux de Nico.

— Si je comprends bien, Nicky, ajouta-t-il, je t'ai manqué aussi ?

Nico frissonna et accentua sa prise.

— Oui. Tu veux que je te le prouve ?

Quelle question stupide !

— Oh, ouiiii !

Nico le lâcha pour prendre son visage en coupe. Il posa sur ses lèvres un baiser plein de douceur et de tendresse.

— Veux-tu savoir ce que je vais te faire ?

— Oui.

Ryan retint son souffle en le voyant s'agenouiller devant lui, ouvrir ses cuisses et coller le visage à son bas-ventre. Nico releva ensuite la tête pour dire d'une voix que le désir éraillait :

— Je vais commencer par une pipe.

Ryan vacilla, émoustillé par les joues écarlates de son amant. Puis il gémit parce que Nico avait repris son sexe dans la main.

— Ensuite, je vais m'occuper de ton cul, ajouta Nico, plus confiant. Je vais l'ouvrir très très lentement.

De la tête, il désigna la table de chevet : à côté du lit, il y avait un panier avec des préservatifs et du lubrifiant.

Surpris, Ryan cligna des yeux.

Nico répondit à sa question muette :

— J'avais donné des instructions en prenant ma réservation.

— Je t'aime, répéta Ryan.

Nico lui mordilla la cuisse, son sourire était devenu prédateur.

— Ensuite, je vais te baiser, ajouta-t-il, et tu me diras que tu m'aimes, encore et encore.

Oh. Ryan n'y voyait pas d'inconvénient, il parlait volontiers pendant l'amour. Et cette fois… ces mots seraient nouveaux pour lui.

— Oui, souffla-t-il d'une toute petite voix.

— Parfait, déclara Nico

Il cessa de parler, car il avait la bouche pleine. Ryan ne put retenir un gémissement. Il y avait si longtemps que Nico ne l'avait pas touché comme ça… Nico était doué en fellation, mais plus encore que sa technique, Ryan aimait son enthousiasme, sa concentration, son désir de le satisfaire. Après une si longue période de chasteté, l'orgasme vint trop vite et Nico l'assista jusqu'à la dernière goutte.

Ryan remarqua à peine que Nico le dirigeait jusqu'au lit, mais il s'y effondra volontiers, les jambes coupées. Quand il reprit ses esprits, il fouilla dans le panier et récupéra un flacon de lubrifiant. Il lui fallut se concentrer pour réussir à l'ouvrir.

Nico riait de lui. Ryan, pour une fois, ne le reprit pas, trop heureux de voir leur connexion rétablie. Il lui ébouriffa les cheveux.

Une fois le lubrifiant accessible, Nico ne fit pas attendre Ryan. Il le pénétra à deux doigts tout en déposant une pluie de baisers sur son ventre. Ryan ferma les yeux, avide de savourer la moindre sensation, et sa tête creusa l'oreiller.

— C'est bon, putain, c'est génial ! Je… je… Aaah !

Il gémit de plaisir quand Nico trouva sa prostate. Nico avait refermé la bouche sur son gland, tout en ajoutant un troisième doigt en lui.

Délicieusement étiré, Ryan décolla les reins du lit.

— Nicky, s'il te plaît, gémit-il. Prends-moi…

Quand Nico accentua sa cadence, Ryan se mordit la lèvre pour retenir un cri. D'une main qui tremblait, il sortit un préservatif. Nico ne refusa pas l'invitation implicite. Il déroula le latex sur sa queue et se mit en position, mais alors, il se figea et regarda Ryan, un sourcil levé.

Ryan déglutit.

— Je t'aime.

Dès que Nico le pénétra, Ryan ne retint plus rien de ses mots d'amour… tendresse, affection, admiration, tout coula de lui au rythme des coups de boutoir de son amant. Et tout en le baisant avec la concentration implacable qu'il mettait à jouer au hockey, Nico le fixait, d'un regard intense et brûlant.

— Je t'aime, je t'aime, je t'aime ! hurla Ryan, accroché à la tête de lit.

Impatient de jouir, il finit par libérer une main pour se branler. Nico l'embrassa sauvagement, pris d'un désir incontrôlé, et Ryan noua les jambes autour de sa taille pour tenter de s'ancrer dans la tempête qui ravageait leur lit.

— Oh, putain! hoqueta-t-il, au moment de l'orgasme. Je t'aime!

Nico feula comme un fauve contre son cou. Puis il jouit lui aussi.

Ryan sourit, tout était parfait!

Au bout d'un moment, ils se dégagèrent, Nico retira son préservatif, le jeta dans la corbeille et se lova contre Ryan.

Il posa un baiser sur le bout de son nez.

— C'est nettement mieux que le sexe par téléphone!

Nico lui pinça le flanc, avant de l'embrasser.

Au bout d'un moment, il releva la tête :

— Nous devrions sans doute faire un brin de toilette avant de tremper davantage les draps.

Ryan fit la grimace.

— Je n'ai pas envie de bouger! Je me sens très bien.

— Vas-tu changer d'avis si je te dis que nous avons une immense baignoire où nous pouvons entrer tous les deux?

Ryan eut un sourire ravi.

— Oui! Donne-moi encore cinq minutes le temps que mes muscles se remettent à fonctionner. Au fait, je t'aime! Je ne me souviens plus si je te l'ai déjà dit!

Nico sourit.

— Moi, je me souviens. Viens avec moi dans la salle de bain, je vais te laver le dos, d'accord?

— Dans ce cas… céda Ryan. Aide-moi à me lever, je n'ai pas confiance en mes jambes.

Nico obtempéra.

Peu après, l'eau de la baignoire commençait à couler. Et Ryan eut une illumination. Il avait une autre affaire à régler.

— Nico?

Nico leva les yeux

— Hmm?

— Le cavalier prend C7.

Il s'arrêta quelques secondes, puis annonça avec un sourire extatique :

— Échec et mat.

307

Après Jeu

Trois semaines plus tard

— Ryan ! Dépêche-toi, nous allons être en retard !

Ryan abandonna ses efforts avec son nœud papillon et ouvrit la porte de la salle de bain.

— À qui la faute ? demanda-t-il avec une sévérité feinte. En plus, je n'arrive à rien avec ce nœud !

Nico lui écarta les mains et se chargea du nœud en virtuose. Ryan leva les yeux au ciel. Nico savait tout faire !

Sa tâche accomplie, Nico répondit à l'accusation :

— C'est de *ta* faute ! C'est toi qui as insisté pour que nous nous douchions ensemble, pas vrai ?

— J'étais en manque, reconnut Ryan. Je te rappelle que tu es resté une semaine *entière* à Berlin avec tes parents, me laissant à me morfondre.

Nico redressa les revers du smoking de Ryan et brossa ses épaules.

Après le Championnat du monde, il avait effectivement consacré dix jours à ses parents pour leur faire visiter l'Europe, même si, très vite, toutes les villes s'étaient confondues. Souvent, la foule le reconnaissait et scandait : «Nico, Nico, Nico !»

Après leur folle nuit à Prague, Ryan et lui avaient discuté, ils n'avaient encore ni l'un ni l'autre signé de contrat définitif, mieux valait garder leur relation secrète jusqu'au mois d'octobre, afin de ne pas courir aucun risque. Ils avaient pris des photos d'eux, bien sûr, mais aucune n'avait filtré jusqu'à Instagram.

En bon agent, Diane veillerait à ce que les équipes s'intéressant à Ryan sachent qu'il ne se cachait pas durant l'été.

Les engagements des agents libres commençaient aujourd'hui, à minuit. La tension devenait tangible.

Nico sourit.

— Tu aurais pu rester avec nous. Mes parents y comptaient.

Ryan avait préféré ne pas s'y risquer. À Berlin, Nico était encore plus connu que nulle part ailleurs en Europe, alors des sorties en famille auraient été par trop compromettantes…

Ryan s'écarta, les sourcils froncés.

— Non, merci. Je suis prêt, je te signale, c'est toi qui lambines. Tu as tes clés ?

Nico les sortit de sa poche et avança vers la porte.

Malgré l'agitation de Nico, ils arrivèrent à l'heure, sinon un peu en avance. De la voiture, Ryan admira les jardins soigneusement entretenus et la tente d'un blanc immaculé.

— Bel endroit, déclara-t-il. Je m'attendais à une église.

— Non, ils se sont mariés en stricte intimité selon les rites orthodoxes, une célébration en russe qui dure des heures. Misha a préféré éviter ça à ses coéquipiers.

Ryan poussa un soupir de soulagement. Cette réception lui convenait nettement mieux. Au moins, il n'aurait pas à réclamer constamment à Nico de lui traduire ce qui se passait.

— C'est sympa de sa part. Bon, maintenant, restons cool.

Nico ricana.

— Tu parles ! Nous arrivons ensemble et tu penses vraiment qu'ils ne vont se douter de rien ? Tu les prends pour des benêts ou bien ?

Il sortit de la voiture, Ryan s'attarda une minute de plus pour admirer le cul de son amant dans son pantalon de smoking. Sublime !

Il rejoignit Nico qui l'attendait.

— De plus, ajouta Nico, je te rappelle que Grange était à Prague et que je t'ai embrassé dans le vestiaire canadien après la médaille d'or.

Ryan fit la grimace.

— Et tu crois qu'il l'a dit aux autres ?

C'était le mariage de Kitty et de Katja, Ryan ne voulait pas leur voler la vedette !

— Nous le vérifierons bientôt, répondit Nico. Allons-y.

Il esquissa le geste de prendre la main de Ryan, puis se ravisa.

Si la foule des invités comportait de nombreux joueurs de hockey, aucun d'eux ne posa de question en les voyant arriver ensemble. Nico et Ryan vérifièrent le plan de table affiché à l'entrée de la tente, ils trouvèrent leurs noms et allèrent rejoindre leur table.

Jenna Yorkshire, qui s'y trouvait déjà, les accueillit avec un grand sourire :

— Bonjour, jeunes gens. Bravo pour vos médailles !

Ryan sourit.

— Merci.

Dante Baltierra, assis à côté de Jenna, leur lança un mauvais regard.

— On vous battra l'année prochaine !

Nico cligna des yeux et prit l'air innocent.

— « On », tu parles de la Suède, je présume ?

Dante était d'origine mexicaine, ou au moins sud-américaine, aussi Ryan étouffa-t-il un rire. Putain, Nico était trop !

Gabriel Martin, installé à côté de son mari, ignora l'échange et s'adressa à Ryan :

— Bravo, petit, joli but.

Ryan le remercia. Il remarqua que Gabe avait la main posée sur la cuisse de Dante sous la table. Donc, le couple n'était pas en froid, tant mieux !

Il préféra cependant changer de sujet.

— Où est Puddin ? demanda-t-il à Jenna. Sais-tu s'il a trouvé…

Il fut interrompu quand celui dont il parlait les rejoignit, accompagné de Greenie et de sa femme.

La mine consternée, Chenner se laissa tomber dans le siège à côté de Nico.

— Incroyable ! se plaignit-il. Je suis censé accompagner les couples jusqu'à leurs tables !

Bon, Ryan pouvait poser directement sa question, après tout.

— Salut, Chenner. Tu es venu… tout seul ?

Le jeune soupira, il vacilla vers lui, se redressa et marmonna :

— Ne commence pas, toi aussi, à me charrier, Doc, sérieusement ! Ça devient lourd. Crois-tu…

Il hésita, puis ajouta, les yeux brillants :

— Katja a peut-être des demoiselles d'honneur…

Jenna et Sara Green échangèrent un regard éloquent, Greenie, lui, ouvrit de grands yeux et s'adressa à Ryan et Nico :

— Attends, il est sérieux ?

Dans un murmure que toute la table entendit, Dante déclara à Martin :

— C'est très excitant, tout ça. Nous aurions dû apporter du pop-corn.

Une musique tonitruante – sans doute une fanfare traditionnelle d'Europe de l'Est – annonça l'arrivée des mariés. Si Katja avait des demoiselles d'honneur, elles ne l'accompagnaient pas. Main dans la main, les mariés arboraient le même sourire rayonnant.

310

— Waouh! murmura Greenie. Kitty a un smoking *rouge*? C'est... audacieux.

Ryan avait d'autres qualificatifs en tête. Au moins, Kitty serait facile à repérer dans la foule.

— C'est une tradition russe, intervint Nico. Dans les années soixante, le rouge était la couleur du mariage. Et épargnez-moi les blagues *Game of Thrones*, [61] s'il vous plaît!

N'étant pas russe, Katja, elle, portait du blanc, avec une couronne de fleurs dans les cheveux. Au début, Ryan trouva que sa grossesse se voyait à peine, mais quand la jeune femme se tourna de profil, il eut un hoquet d'effroi.

— Mon Dieu! s'exclama Dante. Elle est énorme! Aïe!

— Tiens-toi bien, le sermonna Martin. Ton cul est bien plus imposant.

— Oui, mais tu adores mon cul, tu dis toujours qu'il est...

Martin eut beau lui plaquer une main sur la bouche, Ryan n'en entendit pas moins quelques mots : «divin, fantastique, irrésistible...»

Par chance, personne d'autre n'écoutait, car l'attention générale était tournée vers Yorkie, qui venait de faire cliqueter son couteau sur un verre.

Il s'était levé, il tenait un micro.

— Mesdames et messieurs, bonjour. Pour ceux qui l'ignorent, je suis Tom Yorkshire, le capitaine de Kitty. Il m'a demandé d'être maître de cérémonie ce soir. Bref, une fois encore, je suis nommé capitaine... Avant le dîner, je vous propose d'inaugurer la piste de danse... avec les mariés!

Les yeux dans les yeux, Kitty et Katja obtempèrent sous les applaudissements, ils évoluèrent à un rythme assez lent, puisque la mariée était alourdie et son centre de gravité plus instable. Aux regards attendris qui les suivaient, Ryan comprit que Katja faisait l'unanimité parmi les amis et la famille de son mari.

Le dîner fut délicieux. Nico expliqua que tout provenait d'un restaurant russe d'Indianapolis que Kitty et lui avaient découvert ensemble. À chaque nouveau plat, il répondit aux questions et commenta la composition, un sourire ému aux lèvres.

Les discours qui suivirent furent... longs. L'oncle de Kitty en particulier s'éternisa, Ryan remarqua que le reste de la table papotait en douce tout en faisant semblant de suivre. Nico, lui, écoutait vraiment, mais à son œil étonné, Ryan n'était pas sûr que son amant comprenne tout.

---

61 Cf *Les noces pourpres*, un épisode sanglant de la série.

Enfin, la fête commença, les desserts furent servis, les jeux passèrent de table en table, les couples envahirent la piste de danse.

Parmi les premiers, Dante se leva d'un bond et y entraîna son mari. Nico se crispa et les suivit d'un œil inquiet.

Ryan lui saisit la main.

— Ne t'inquiète pas, tout ira bien, Kitty nous l'a promis. Il a expliqué la situation à sa famille. Nous sommes en Amérique quand même !

Kitty avait appelé Nico des semaines plus tôt en lui assurant que, même si les Russes étaient notoirement homophobes, son mariage serait *gay friendly*.

Nico soupira et se détendit.

— Oui, bien sûr, tu as raison. Les vieux réflexes ont la vie dure.

Greenie et sa femme allèrent danser, Chenner disparut, Jenna se leva pour rejoindre Yorkie. Alors, Ryan se pencha vers Nico :

— Je ne suis pas Rudolf Noureev, mais je me défendais aux bals universitaires. Ça te dit de tenter ta chance avec moi ?

Nico haussa un sourcil ironique.

— Comment refuser une invitation qui sonne comme un défi ?

— Tu sais bien que tu ne peux pas me résister.

Ryan leva et tendit la main. Nico l'accepta et le suivit sur la piste de danse. Ensuite, il prit Ryan par la taille et annonça :

— Je dirige.

— Oh ? Et moi, je fais quoi ?

— Mets ta main sur mon épaule et laisse-toi emporter. Et regarde mes yeux, pas tes pieds !

Ryan obéit et…

Waouh ! D'accord !

Nico était un remarquable danseur – un remarquable valseur, qui plus était. Il fit tourbillonner Ryan avec grâce et élégance, lentement au début, puis plus vite quand il constata que Ryan suivait sans problème.

— Où as-tu appris à danser, Nicky ?

— Je suis Allemand, répondit Nico, les Allemands prennent la danse très au sérieux. J'ai appris avec mon premier mec, j'étais encore à l'école secondaire, c'était peu avant le bal de fin d'année.

Ryan faillit trébucher.

— Vous dansiez *la valse* à l'école secondaire ?

Nico sourit.

— Et pas que la valse ! Un bal allemand est très… structuré, tous les élèves apprennent à valser dès l'adolescence. Moi, je ne savais pas, je vivais aux États-Unis, mais Johannes m'a appris.

— Kirschbaum ! s'exclama Ryan. Je ne savais pas tout ça ! Tu ne m'as pas tout raconté !

Nico sourit.

— Et toi, Ryan, tu aimes danser ?

— Avec toi, oh, oui ! J'adore être mené, dirigé avec une telle compétence, j'adore tourbillonner dans les bras jusqu'au vertige !

Nico se pencha et lui chuchota à l'oreille.

— J'ai d'autres cordes à mon arc, je connais le fox-trot, le swing, le tango. Et aussi le frotti-frotta.

Ryan déglutit quand Nico plaqua son bas-ventre au sien en ondulant des hanches de façon indécente. Heureusement, la piste était bondée, les autres couples formaient un écran protecteur aux regards des convives encore attablés.

— Ne fais pas ça ! protesta Ryan d'une voix qui tremblait. Ne me séduis pas en plein mariage, la réception est loin d'être terminée !

Ayant fréquenté d'autres joueurs de hockey russes, Ryan savait parfaitement que la fête durerait jusqu'à l'aube, sauf si plus personne ne tenait debout.

Nico s'écarta et reprit un rythme de valse plus conventionnel.

Ce mariage russo-ukrainien fut une vraie réussite ! L'alcool coulait à flots, l'ambiance était détendue et festive, les jeux se renouvelaient constamment.

À un moment, Ryan remarqua quelque chose. Il n'en crut pas ses yeux.

— Attends, pourquoi Kitty fait-il des cadeaux à ses « amis » pour qu'ils lui rendent sa femme ?

— C'est une rançon, expliqua Nico.

— Waouh ! Le grand blond a de la chance, il vient de recevoir une énorme boîte de chocolats belges !

Nico rit et pressa son visage dans les cheveux de Ryan.

— Les amies de Katja ne seront pas oubliées non plus, déclara-t-il. Et ne t'en fais pas, je t'achèterai du chocolat. Inutile de voler la mariée !

— D'accord.

Le Gaucher prit le siège que Chenner avait abandonné.

— Alors, vous deux, c'est vrai ? Greenie l'affirmait, mais j'attendais de le voir pour y croire. Putain !

— Oui, c'est vrai, déclara Ryan.

Il resta collé à Nico, incapable de bouger, l'esprit engourdi par le vin. Ou la vodka. Ou les deux.

— Sérieusement ? Depuis le début ? Ernest et Bart, et tout ?

Ryan agita la main pour indiquer « vaguement ».

Nico précisa :

— Pas tout à fait depuis le début… mais presque.

Le Gaucher les regarda.

— Vous savez quoi ? Je ne veux pas savoir ce qui constitue un « presque » dans ce contexte. Nous avions fait des paris et constitué une cagnotte. L'argent sera versé à une œuvre caritative.

Il se redressa, ignorant leurs ricanements. Puis il ajouta :

— Vous savez que l'équipe est heureuse pour vous, hein ?

Nico resserra le bras sur les épaules de Ryan.

— Oui, merci à tous.

Dans sa poche, Ryan sentit son téléphone vibrer. Il le sortit et trouva un texto de Greenie et une photo prise de Nico et lui de l'autre côté de la tente : « *le gosse vous trouve adorables, il a raison.* »

En réponse, Ryan envoya un selfie où il tirait la langue.

— Oh ! s'exclama-t-il juste après. J'ai raté un message ! De Diane !

Elle l'avait appelé à midi. Ryan déglutit, affolé. Tenait-il à savoir *maintenant* à quelle sauce il serait mangé en octobre ?

Il ne put échapper au texto.

Diane. Inutile de me rappeler ce soir, ça peut attendre jusqu'à demain. Les Orques vous font une offre qui répond à vos conditions.

Ryan s'assit et répondit par texto :

Ryan. Acceptez. Je vous fais confiance.

Il attendit, le cœur battant.

Diane. C'est bon.

— Putain ! s'écria-t-il.

— Hmm ?

Nico tourna la tête vers lui. Et il comprit instantanément.

— Les Orques ?

— Oui, ils m'ont fait une offre, j'ai accepté ! Nicky, babe, on sera dans la même équipe l'an prochain !

Nico l'embrassa fort et pressa son front contre le sien.

— C'est super ! Mais même si nous n'avions pas porté les mêmes couleurs, Ryan, toi et moi serons toujours dans la même équipe !

Continuez à lire pour un extrait de :
Au grand jour
Le hockey pour toujours : tome 1
Par Ashlyn Kane et Morgan James

CAMP D'ENTRAÎNEMENT DES DEKES
Who's Who dans la nouvelle saison ?
Par Kevin McIntyre

Bonne saison de hockey, fans des Dekes !

Octobre arrive dans quelques semaines, le camp d'entraînement commence et les raisons d'être impatients sont nombreuses, alors, voici les joueurs à surveiller.

Joueurs établis :

Jacques Fillion, centre, #96. Le capitaine Flash a trente-quatre ans cette saison et il commence à ralentir. Mais avec l'âge vient la sagesse et Fillion a encore un réservoir plein.

Gabriel Martin, ailier droit, #53. L'Ange est la superstar de l'équipe depuis son arrivée, il y a trois ans. À vingt-huit ans, il n'a encore jamais gagné de Coupe et envisage certainement de se donner à fond cette année.

Isak Olofsson, gardien de but, #33. Avec son mètre quatre-vingt-dix, Olie est un géant à plus d'un titre. Il a été nominé deux fois pour le trophée Vézina*. L'aura-t-il enfin cette année ?

Talents émergents :

Mikhail Kipriyanov, défense, #7. Kitty est jeune, grand et talentueux sur la glace, mais il n'a pas encore fait ses preuves en tant que défenseur de premier plan.

Dante Baltierra, ailier gauche, #68. Après une première saison moyenne à monter dans la formation, Baller faisait une deuxième année fantastique jusqu'à son accident et sa commotion cérébrale. Il sera intéressant de voir s'il peut reprendre sa place à côté de Fillion.

Éléments inconnus :

Il est probable que la majeure partie des équipes repêchées cette année commenceront la saison en juniors. Deux des éléments que nous pourrions avoir chez les pros sont l'attaquant Tom Yorkshire et le défenseur Dave Symons.

Conclusions :

Donc, où en sommes-nous ? Sur le papier, les Dekes sont une équipe prête à gagner et impatiente de le faire. Fillion n'a plus beaucoup de temps s'il veut remporter la Coupe avant la retraite. Martin est dans la fleur de l'âge et avide de gloire. Avec Olofsson, l'équipe a un gardien sur lequel je parierais contre n'importe qui. À mon avis, les Dekes sont bien placés pour gagner cette année, mais ne soyez pas surpris s'il y a des transferts de joueurs au dernier moment pour mieux rentabiliser les chances de l'équipe.

ÉCHAUFFEMENT

LE VISAGE de Gabriel Martin, affiché sur une affiche haute de deux étages, toisait férocement le vrai Gabe qui approchait de l'arène où s'entraînait son équipe.

En temps normal, Gabe n'avait pas l'air aussi maussade quand il ne jouait pas – du moins, il l'espérait. Aujourd'hui, cependant, c'était différent. Malgré ses boucles blondes emblématiques, personne n'aurait osé lui donner le surnom attribué par les médias l'Ange alors que son regard était de nature à décaper les murs.

En se changeant au vestiaire, il avait tenté d'oublier la matinée qu'il venait de vivre et de se concentrer sur son travail… mais dans sa tête, il entendait encore l'écho de la porte d'entrée qui claquait.

Malheureusement, il n'était pas sourd pour autant, aussi entendit-il le cri excité d'Olie :

— Waouh ! Vous avez vu l'envergure de ce mec !

Gabe attrapa ses baskets sur le banc et en dénoua les lacets. Il avait besoin de quelques secondes pour se contrôler avant de se retourner. La soirée d'hier avait été difficile. Pierre était son… eh bien, le qualificatif n'était pas très clair, mais la rupture ne pouvait tomber plus mal. Le camp d'entraînement commençait *aujourd'hui* et Gabe avait passé une nuit blanche. Maintenant, il devait affronter le cul de Baller Baltierra, un spécimen assez énorme pour générer une force d'attraction gravitationnelle.

Après sept ans dans la NHL et bien plus longtemps dans le placard, Gabe avait appris à *ne pas* regarder. Mais s'il existait une astuce pour ne pas voir, il ne l'avait pas encore découverte.

Et l'occasion ne s'y prêtait pas. Toute l'attention du vestiaire se portait sur Baller, plaisanteries et cris à l'appui, aussi Gabe se ferait-il davantage remarquer s'il ne regardait pas comme les autres.

Il releva la tête et souhaita aussitôt ne pas l'avoir fait. Tous les joueurs de hockey avaient un cul phénoménal, musclé, rond et ferme, c'était un fait établi, mais Baller, lui… mettait la barre encore plus haut. Jamais Gabe n'avait vu de cul aussi parfait !

— Ce n'est pas la lune, c'est une station spatiale! lança le défenseur de l'autre côté de la pièce.

Baller recevait les railleries avec grâce. Sans doute en avait-il l'habitude. Dès son entrée dans les recrues, il avait dû se faire charrier pour ses proportions exceptionnelles. Il s'inclina dans un salut moqueur, puis s'approcha de son capitaine, qui l'avait un temps hébergé. Flash sourit et lui ébouriffa les cheveux. Baller fit la grimace et chercha à remettre de l'ordre dans ses longues mèches noires.

Il s'adressa ensuite à ses coéquipiers :

— Vous êtes jaloux parce que mon milkshake [62] attire toutes les filles. Alors que Baller s'arrêtait au vestiaire à côté du sien, Gabe ajouta :

— Ton milkshake a beaucoup alimenté les sites Internet cet été! Baller battit des cils et fit semblant de se pâmer.

— Hé, Gabriel, tu me surveilles? Ne t'inquiète pas, Dante Baltierra peut satisfaire tout le monde!

Une raison de plus – comme s'il en avait besoin! – pour *ne pas* faire son coming-out, décida Gabe, parce que ça rendrait ce genre de vannes nettement plus délicates. Pas de doute, il avait eu tout à fait raison de rompre avec Pierre, qui refusait de comprendre que Gabe ne serait jamais son compagnon officiel. Et qu'il ne comptait pas davantage l'entretenir à ne rien faire!

Pierre n'était pas le premier à essayer de lui soutirer de l'argent. Il ne serait pas le dernier.

Gabe finissait de lacer ses souliers quand Flash vint à la rescousse. Il frappa Baller avec une serviette.

— Nous savons exactement ce que tu as à offrir! Cesse de t'exhiber à poil et range ton matériel! L'entraîneuse ne va pas te rater si elle te trouve occupé à faire le clown.

Il s'adressa au reste du vestiaire :

— Vous avez deux minutes!

Son accent canadien était toujours plus marqué à la fin d'un long été au cours duquel il n'avait pas parlé anglais.

Gabe suivit Flash vers la zone d'entraînement afin de s'échauffer. Ils prirent deux tapis roulants côte à côte.

Gabe demanda en français :

— Tu penses que Saint-Louis va mettre Baller sur notre ligne?

---

62 Citation de la chanson *Milkshake* de Kelis.

— Si elle ne le fait pas, ce serait bien dommage. Il est hyper doué ! Tu ne vois pas d'inconvénient à ce qu'il joue avec nous, je présume ?

Flash lança à Gabe un regard de côté, dévoilant de ce fait la cicatrice en forme d'éclair qu'il avait au coin de l'œil.

Dans l'équipe, seuls Flash et Olie savaient que Gabe était gay. Flash était un chouette capitaine, il intervenait toujours pour couper court aux railleries homophones qui éclataient parfois au sein de l'équipe, mais Gabe ne comptait pour autant risquer un coming-out devant les autres. Étant plus jeune, il avait dit la vérité à sa mère et elle avait illico fichu le camp. Gabe doutait fort que son homosexualité soit davantage acceptée dans une équipe de hockey professionnelle. S'il envisageait un jour de participer à un défilé arc-en-ciel, ce serait *après* avoir gagné la Coupe Stanley.

— Je n'aurais jamais dû te dire que je le trouvais sexy ! se plaignit-il.

Heureusement, Baller était si vain que Gabe n'avait pas à se soucier de le vexer. Il détourna la conversation et revint vers le hockey.

— Il a joué bien sur notre ligne l'année dernière.

Flash arrêta le tapis roulant pour ajuster le bandage de compression de son genou droit.

— Oui, je sais, répliqua-t-il. J'étais là. J'ai aussi regardé les enregistrements des matchs. Ensuite, j'ai passé en revue les statistiques…

Gabe rit et secoua la tête.

— D'accord, n'en rajoute pas. J'arrête de jouer à la mouche du coche.

Flash continuait à le regarder comme s'il s'attendait à davantage. Comme s'il pensait encore à… Pouah ! Gabe en eut les tripes nouées. Il détestait ce regard sous lequel il se sentait comme un insecte sous une lentille de microscope.

—Arrête, répéta-t-il. C'est bon. Mets Baller où tu veux. Ça n'affectera pas mon jeu.

Les autres joueurs commençaient à sortir du vestiaire. Flash repassa à l'anglais :

— Oui, je sais.

Oh, une formule bateau.

Gabe ne supportait plus l'attention de Flash.

— Quoi encore ? jeta-t-il.

— Tu pourrais leur dire la vérité, répondit le capitaine à mi-voix, ça ne gênera personne. Ce sont de braves garçons et ils t'apprécient.

Gabe inspira un grand coup et se concentra pour ne pas frapper du poing la rambarde du tapis roulant. Il n'exprima pas ce qu'il pensait :

comment peuvent-ils réellement m'apprécier s'ils ne me connaissent même pas. Tant mieux d'ailleurs, il préférait ne rien changer à cet état de fait.

— Non.

Il n'avait pas honte d'être gay, mais il ne voulait pas être Gabriel Martin, le joueur de hockey gay. Il voulait être Gabriel Martin, l'étoile montante des Nordiques et le vainqueur de la Coupe Stanley.

Et cela n'arriverait pas si son club le transférait sous prétexte que ses coéquipiers ne voulaient plus lui envoyer des passes.

D'ailleurs, il avait pratiquement grandi dans les vestiaires, il savait que l'acceptation universelle, c'était une illusion.

Flash soupira.

— Comme tu voudras.

Exactement.

Dante adorait le jour des médias.

C'était probablement de la fatuité, mais peu importait. Dante refusait de faire semblant : il était toujours lui à cent pour cent. Bien sûr, poser avec tout son équipement et ses chaussures en faisant des mimiques sexy devant la caméra était un peu ridicule, mais Dante n'avait pas peur du ridicule. Il aimait faire rire l'équipe de tournage, c'était divertissant. Avec un peu de chance, les journaleux l'en remercieraient en n'utilisant pas ses pires photos dans les réseaux sociaux.

Certes, le maquillage n'était pas ce que Dante préférait. Il avait l'impression de porter un masque. En plus, les techniciens lui avaient laqué les cheveux ! Mais le but était de minimiser les reflets des spots, pas de rendre sa peau brune plus blanche, donc, il prit son mal en patience et fit de son mieux pour donner une version mexicano-américaine de Blue Steel [63] – avec une expression faciale à la fois sérieuse et comique – jusqu'à ce que Trish, des relations publiques, le menace en levant sa bouteille.

Dante fila en courant dans le couloir vers les vestiaires et cria par-dessus son épaule :

— Hé, vous m'adorez !

— Vous en faites trop ! répondit-elle sur le même ton.

---

63 D'après le film humoristique *Zoolander*.

321

Mais il entendit le rire dans sa voix. Il sourit. Il imaginait déjà son visage sur l'écran Jumbotron de l'Amphithéâtre de Québec, les statistiques à côté de son nom notant chaque point qu'il marquait.

L'an passé, il avait pris un mauvais coup sur la tête à un tiers de la saison. Cette année, il devait faire mieux. Un point par match, par exemple, ça sonnait plutôt bien. Un objectif peut-être prétentieux, mais il était conseillé de viser les étoiles, pas vrai?

Il n'avait plus qu'à convaincre son entraîneuse de le nommer au poste d'ailier de première ligne.

Par chance, il jouait encore mieux sous pression.

Il jeta son équipement dans son vestiaire et plongea dans la douche pour nettoyer la merde qui lui maculait le visage et les cheveux. Puis il se sécha et jeta la serviette sur son épaule. Le moment était venu de passer à la première phase de son plan : se faire apprécier de ses coéquipiers.

Le vestiaire était à moitié plein lorsqu'il y entra. La plupart des gars se rhabillaient et quelques recrues parlaient à mi-voix dans le coin, têtes penchées. Dante ne put distinguer les mots échangés, mais il déchiffra sans peine leur langage corporel : *j'ai du mal à croire d'être enfin arrivés là!* Adorable. Et compréhensible.

Olie, le gardien de but, souriait tout seul tout en vérifiant son équipement. Les lampes du plafond scintillaient sur sa tête brune, créant une sorte d'auréole, mais Dante n'était pas dupe. La vérification du matériel faisait partie du rituel, pas le sourire. Donc, une farce se préparait.

Flash n'était pas là. Rien d'étonnant. Il était leur capitaine, aussi les médias l'accaparaient-ils davantage. En revanche, il y avait Gabe Martin, l'ailier droit : il grimaçait en fixant son téléphone. Puis il le referma rageusement et le jeta dans son vestiaire, enfoui sous ses affaires. Dante reconnut l'expression frustrée : le gars avait des problèmes de couple.

Voilà qui donnait à Dante une ouverture parfaite!

Dante laissa tomber sa serviette dans le panier à linge sale et tapa une fois dans ses mains.

— Puis-je avoir votre attention, s'il vous plaît !

Ce n'était pas *vraiment* une question. Lorsque le volume des voix baissa, Dante réalisa qu'il était nu. *Oups.* Tant pis.

— Je sais que je vous ai manqué, les cocos. Alors, je vous invite à boire chez O'Ryan, d'accord?

322

Les recrues crièrent de joie. Olie leva les yeux de son équipement, il croisa le regard de Dante, secoua la tête avec une exaspération affectueuse et se remit à la tâche. Dante en déduisit qu'il était partant.

Visant enfin sa véritable cible, Dante approcha de son vestiaire, à côté de celui de Gabe, il y récupéra un boxer et l'enfila. Merde, son cul aurait-il *encore* grossi ? Il était peut-être temps de pendre des sous-vêtements d'une taille supérieure…

— Tu viens aussi, Gabe ?

De temps à autre, Gabe accompagnait l'équipe au bar après un match, mais il était toujours le premier à partir, tout comme il l'était toujours le premier à arriver au vestiaire ou sur la glace pour s'entraîner. Il parlait peu, ce que Dante trouvait navrant, parce qu'il mourait d'envie de lui arracher des infos. Sur la glace, Gabe était si doué qu'il en faisait pleurer les gardiens adverses.

Gabe cligna des yeux, presque comme s'il ne voyait pas Dante, puis il se secoua et croisa son regard.

— Pardon ?

Waouh, ce n'était *vraiment* pas la forme ! Une nuit de bringue lui ferait le plus grand bien.

— Tu viens avec nous au bar ? insista Dante. Il faut noyer ton chagrin ! Je t'ai vu regarder ton téléphone. Je sais ce que tu vis, mec. Oublie cette personne et viens t'amuser.

Cette fois, les yeux bleu glacier étaient totalement concentrés. Et Gabe avait les joues rosies, ce qui justifiait son stupide surnom médiatique : l'Ange. En fixant les boucles blondes, Dante évoqua une fresque antique qu'il avait vue une fois.

— Tu m'as harponné, hein ?

Hein ? *Harponné ?* Dante tapa Gabe sur l'épaule.

— Pas encore, dit-il avec entrain. Mais je parie que nous trouverons chez O'Ryan la fille qu'il te faut.

Il attrapa son tee-shirt et l'enfila. Quand sa tête émergea, Dante constata que Flash le fixait, le visage sévère. Hé, oh, pas de chichis ! Dante avait vécu chez le Fillion, il avait vu Flash avec sa femme et ses quatre enfants. Yvette menait son mari par le bout de nez ! Si elle décidait un jour de tester le chevillage [64] c'est-à-dire de porter un gode-ceinture, Flash serait

---

64 Terme canadien pour le « pegging », pratique sexuelle dans laquelle une femme sodomise son partenaire à l'aide d'un gode-ceinture.

à quatre pattes en un rien de temps. Bien étendu, Dante ne comptait pas le dire à haute voix. Il n'était pas fou.

Il prétendit donc ne pas avoir noté le regard létal.

— Capitaine! Dites à Gabe de venir avec nous chez O'Ryan ce soir, histoire de perdre cette triste mine!

Flash le toisa encore quelques secondes d'un air critique. Puis il se tourna vers Gabe.

— Oui, acquiesça-t-il. Tu y vas. C'est un ordre.

Dante leva le poing et pompa l'air.

— Victoire!

Maintenant, il pouvait passer à la phase deux : charmer Gabe afin d'être agréé en première ligne.

Tout guilleret, il se pencha en avant pour saisir son jean au fond de son vestiaire et… *crac*!

Un bruit de déchirure. Merde! Son boxer!

Dante se figea, un pied en l'air. Il nota enfin les ricanements qui avaient éclaté dans son dos.

— D'accord, Olofsson. Tu m'as eu!

Fils de pute! Olie avait échangé son boxer contre le même de taille plus petite. Voilà qui demandait une sacrée planification.

Dante jeta son jean à la tête du farceur.

Olie le rattrapa, toujours mort de rire. C'était contagieux, car Dante se mit à rire comme les autres.

— Oui, oui, j'ai un cul énorme. Tu es hilarant, Olie. Maintenant, où as-tu caché mon boxer?

Scanner le code QR ci-dessous pour commander

ASHLYN KANE est une casanière qui voyage à travers le monde, elle se définit par ses contradictions : elle aime le chaos, mais aspire à l'ordre ; elle écrit volontiers quand elle manque de temps. Le dossier où elle range ses romans en cours est rempli de projets non terminés, sa maison également. Elle suit un traitement pour le TDAH pour continuer à avancer.

Ashlyn a été précoce pour parler et pour lire, elle a toujours aimé écrire et raconter. À huit ans, elle s'est inscrite à son premier atelier d'écrivains en herbe, à l'adolescence, elle a remporté un prix amateur dans un concours de poésie et sa plus belle récompense à l'âge adulte, a été de recevoir un vibrant éloge dans *Publishers Weekly* pour son roman *Fake Dating le Prince* (non traduit en français).

Parmi ses passe-temps, citons la décoration intérieure, le bricolage, le jardinage écolo (sans arracher les mauvaises herbes), la musique et les câlins avec son énorme chien couleur chocolat. Elle a la chance d'avoir un mari merveilleux, des parents adorables et, comme frère et beau-frère, les plus grands nerds existant sur terre.

Inscrivez-vous à sa newsletter sur : www.ashlynkane.ca/newsletter/
Site Web : www.ashlynkane.ca

MORGAN JAMES est de la génération du millénaire, désemparé, il cherche encore à comprendre ce qu'il fera une fois grand tout en profitant de la vie durant sa quête. Après avoir passé un ou deux diplômes, fait quelques séjours en Europe et tenté sans succès différentes carrières, il attend avec impatience de voir ce que le destin lui réserve. James a commencé à écrire avant de maîtriser l'orthographe, il était encore écolier quand il a terminé son premier roman (inédit). Depuis, il n'a jamais arrêté. Tour à tour Grec, artiste, archer et fanatique, Morgan passe ses loisirs dans des mondes imaginaires, avec les personnages des livres qu'il lit ou des films qu'il voit, c'est une addiction aussi forte que son amour pour le café et le thé. Il vit au Canada avec une énorme collection de livres qu'il n'a pas encore lus et est au service de trop nombreuses créatures à quatre pattes.

Twitter : @MorganJames71
Facebook : www.facebook.com/morganjames007

Par Ashlyn Kane

American Love Songs
Le guide de la rock star pour obtenir son mec

Avec Morgan James
Le mal par le mâle

LE HOCKEY POUR TOUJOURS
Au grand jour
Prêt à marquer

Publié par Dreamspinner Press
www.dreamspinner-fr.com

Par MORGAN JAMES

Avec Ashlyn Kane
Le mal par le mâle

LE HOCKEY POUR TOUJOURS
Au grand jour
Prêt à marquer

Publié par DREAMSPINNER PRESS
www.dreamspinner-fr.com

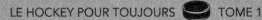

LE HOCKEY POUR TOUJOURS TOME 1

AU GRAND JOUR

Tomber
amoureux de
son coéquipier
ne figurait pas
dans son plan...

ASHLYN KANE
MORGAN JAMES

Le hockey pour toujours : tome 1

Gabe Martin ne vit que pour le hockey, il n'a rien d'autre. Dante Baltierra, lui, cherche à s'amuser sur la route du Temple de la renommée du hockey. Ni Gabe ni Dante n'ont le temps de penser à l'amour.

Mais les plans changent.

Quand l'homosexualité de Gabe s'affiche dans la presse, son petit monde bien organisé se trouve bouleversé, ce qui perturbe son jeu et cause une série de défaites à son équipe. Gabe ne s'attendait pas au soutien de Dante, mais grâce à lui, il commence à remonter la pente.

La saison n'évolue pas comme Dante s'y attendait. Il déteste perdre ! Que Gabe soit gay ne le dérange pas, que lui le soit aussi le sidère. Dante a toujours exposé ce qu'il était, ce qu'il faisait, aussi déteste-t-il devoir mentir et se cacher. Mais son coéquipier a besoin lui, alors, il ronge son frein.

Il n'avait pas envisagé de tomber amoureux.

Une relation entre coéquipiers finit toujours mal. Dante est ouvert, drôle et brillant au hockey. Gabe ne peut y résister. Malheureusement, il a du mal à s'ouvrir après des années passées dans le placard et Dante s'irrite du secret de leur relation. Réussiront-ils à s'accorder avant que la glace ne cède sous leurs pieds ?

Scanner le code QR ci-dessous pour commander

LE MAL
PAR LE MÂLE

ASHLYN KANE
& MORGAN JAMES

Il est neuf heures du matin, après les funérailles de son père, et Ezra Jones sait déjà qu'il va passer une mauvaise journée. Il se réveille avec une gueule de bois, il a mal partout et se trouve couvert de sang. Puis ça empire : le séduisant et irrésistible Callum Dawson fait son apparition sur le pas de sa porte, clamant qu'Ezra a été transformé en loup-garou. Ezra voudrait être sceptique, mais les preuves sont difficiles à ignorer.

Ezra n'a pas beaucoup de temps pour s'habituer aux règles du jeu que l'Alpha Callum lui impose – ou à la façon dont son corps répond à la domination de Callum – tandis qu'il commence à travailler pour le Centre pour le Contrôle des Maladies afin de découvrir l'origine d'une épidémie de lycans. Quand la tension sexuelle explose enfin, Ezra a à peine le temps d'en profiter parce qu'un autre danger les menace. Quelqu'un veut s'en prendre à lui à des fins peu scrupuleuses et fera tout pour y arriver.

Scanner le code QR ci-dessous pour commander